CLAUDIA PUHLFÜRST

Ungeheuer

THRILLER

blanvalet

FSC
Mix
Produktgruppe aus vorbildlich
bewirtschafteten Wäldern und
anderen kontrollierten Herkünften

Zert.-Nr. SGS-COC-1940
www.fsc.org

Verlagsgruppe Random House FSC-DEU-0100
Das FSC-zertifizierte Papier *Holmen Book Cream*
für dieses Buch liefert Holmen Paper, Hallstavik, Schweden.

1. Auflage
Originalausgabe April 2010 bei Blanvalet, einem Unternehmen der
Verlagsgruppe Random House GmbH, München.

Dieses Werk wurde vermittelt
durch die Literarische Agentur
Thomas Schlück GmbH, 30827 Gabsen
Umschlaggestaltung: © Artwork HildenDesign, München
unter Verwendung eines Motivs von Andrejs Pidjass/Shutterstock
Lektorat: Eva C. Seifert · Herstellung: RF
Satz: Uhl + Massopust, Aalen
Druck und Einband: GGP Media GmbH, Pößneck
Printed in Germany
ISBN: 978-3-442-37354-3

www.blanvalet.de

Für Elfriede Lösche
Wo auch immer du jetzt bist,
es war gut, dass du da warst.

1

Das Auto holperte über die knorrigen Wurzeln, bremste und hielt mit einem Ruck. Der Kopf der Frau auf dem Beifahrersitz kippte zuerst nach vorn, dann rollte er zur Seite und blieb mit der Schläfe an der Scheibe liegen. Es sah aus, als schliefe sie friedlich.

Der Mann betrachtete noch einen Moment lang die tiefhängenden Äste der Fichten im Kegel der Scheinwerfer und schaltete dann das Licht aus. Sofort kroch die Dunkelheit in das Auto und umschloss die Personen darin wie ein schwarzer Nebel. Er ließ die Scheibe herabfahren und lauschte in die Nacht. Nichts außer dem feinen Rauschen der Blätter. Die Waldluft roch nach modrigem Laub und Nadeln, vermischt mit einem Hauch von Pilzen. Ein lauer Luftzug streichelte über seine nackten Unterarme.

In der Ferne klagte ein Vogel. Dann war es wieder still. Totenstill.

Der Mann grinste. Seine oberen Eckzähne schimmerten bleich. Allmählich gewöhnten sich seine Augen an die Dunkelheit, und Umrisse schälten sich hervor.

Beim Abziehen des Zündschlüssels schaute er nach rechts. Der Kopf der Frau lehnte noch immer schlaff gegen das Fenster.

Er öffnete seine Tür vorsichtig. Während er nach hinten zum Kofferraum ging, hielt die linke Hand Kontakt zum kühlen Metall der Karosserie. Die Kofferraumklappe glitt mit einem feinen Ächzen nach oben. Das Lämpchen an der Innenseite beleuchtete die Werkzeugkiste nur ungenügend, aber er brauchte kein Licht, um zu wissen, welche Dinge sich darin befanden. Alles war ordentlich verstaut.

Zuerst öffnete er die Schnürsenkel und schlüpfte aus den Schuhen. Der Reißverschluss der Jeans machte ein Zirpgeräusch, dann glitt die Hose nach unten. Der Mann rollte den Stoff zu einem Bündel und legte die Hose dann neben die Schuhe in eine Klappkiste. Oberhemd und T-Shirt folgten.

Er stand ein paar Sekunden lang in Boxershorts vor dem geöffneten Kofferraum, drehte sich dann wie tanzend einmal um die eigene Achse und versuchte, den Wald mit seinen Blicken zu durchdringen. Wieder schrie der Nachtvogel.

Mit einem Schmatzen rutschte die Gummioberfläche über seine frisch rasierten Beine. Er zog beide Hosenbeine nach oben und drückte dabei die Fersen in die anhängenden Stiefel. Das Latex fühlte sich auf der Haut kühl und pudrig an.

Als Nächstes schob er seine Finger in die Chirurgenhandschuhe. Einen nach dem anderen. Im Anschluss daran zog er sich den Anzug über die Brust, schob die Arme in die Ärmel und zurrte den Reißverschluss bis zum Hals nach oben. Die Handschuhe des Anzugs hatte er zu Hause abgeschnitten. Das Material war ihm zu derb für feinere Tastempfindungen erschienen.

Mit über den Kopf erhobenen Armen drehte der Mann eine erneute Pirouette. Fast fertig, nur die Gesichtsmaske fehlte noch.

Für Perverse gab es im Netz alles. Das Zeug war nicht billig, aber Fetischisten schienen bereit, eine Menge dafür auszugeben. Und für *seine* Zwecke war ein Vollgummianzug genauso gut geeignet, wie um darin Sexspielchen zu treiben.

Er nahm den Rucksack heraus, klappte den Kofferraum zu

und blieb stehen, um seine Augen wieder an die Dunkelheit zu gewöhnen. Die ihn umgebende Luft brachte einen Hauch Fichtennadelbad mit, der ihn an seine Mutter – die erbarmungslose Hexe – erinnerte.

Nach etwa einer Minute ging er zur Fahrertür. Die aufflammende Innenbeleuchtung verlieh dem Gesicht der Frau einen kränklich gelben Schein. Der Mann legte den Rucksack auf seinen Sitz und klappte die Tür wieder zu. In der samtigen Dunkelheit tappte er um die Kühlerhaube herum zur Beifahrerseite.

Es war nicht ganz finster. Über ihm, im schmalen Spalt Himmel, den der Waldweg zwischen den Fichten gelassen hatte, hing der Halbmond wie eine silbrig glänzende Sichel.

Der Mann zog am Türgriff und musterte die Frau auf dem Beifahrersitz im schwachen Licht der kleinen Lampe. Ihre Lider flatterten. Dann stöhnte sie leise. Nicht mehr lange, und sie würde erwachen.

Er gab sich einen innerlichen Ruck. Es wurde Zeit, das Wild zu dem vorherbestimmten Platz zu bringen, bevor es zur Besinnung kam und ahnte, was geschehen würde.

Der Gurt rollte sich mit leisem Surren auf, und dann glitten seine Latexfinger unter die Achseln der Frau.

Der Mann stemmte sich mit den Gummistiefeln in den weichen Waldboden, zog das schlaffe Opfer vom Sitz und ließ es auf den moosigen Boden gleiten. Dann beugte er sich noch einmal in den Wagen, langte nach den Trägern des Rucksacks, zog ihn heraus, stellte ihn neben die Frau, schloss die Tür und blieb für ein paar endlose Sekunden mit gebeugtem Rücken stehen. Die hellen Haare der Frau wirkten im Mondlicht fast weiß. Der Mann richtete sich auf und spähte in das undurchdringliche Dunkel des Waldes. Der schmale Pfad befand sich rechts von ihm.

Jetzt kam der beschwerliche Teil. Aber ohne vorhergehende Anstrengung war es nur halb so schön. Er wollte nicht, dass ihm der Erfolg einfach so in den Schoß fiel. Es fühlte sich besser an, wenn man vorher dafür geschuftet hatte. Zuerst die Arbeit, dann das Vergnügen. Wieder grinste der Mann hinter der Gesichtsmaske.

Die Klappe des Rucksacks fiel nach hinten, und seine rechte Hand schlüpfte hinein und fühlte nach der Tasche mit dem Nachtsichtgerät. Er zog die Hartplastikhülle mit leichtem Rucken hervor, achtete dabei darauf, dass die anderen Utensilien nicht herausfielen, klappte den Deckel der Box auf und entnahm das zweigeteilte Rund mit den gepolsterten Gurten. Es war ein russisches Modell. Die Russen waren Meister im Herstellen von kriegswichtigen Gütern.

Wieder wehte intensiver Nadelduft heran und kroch unter seine Gesichtsmaske. Er verscheuchte die lärmenden Gedanken an seine Mutter so schnell, wie sie gekommen waren, schob die Gurte über den Kopf, rückte das Gerät zurecht und klickte die Verschlüsse ineinander.

Sechshundert Euro. Es gab billigere Modelle. Aber bei diesem hatte man die Hände frei. Die Szene aus dem Film *Das Schweigen der Lämmer*, in welcher der Verrückte seinem hilflosen Opfer durch den finsteren Keller hinterhergegeistert war, hatte ihn auf die Idee gebracht. Das war besser als alle Taschenlampen. Wenn man sich nicht durch laute Geräusche verriet, wusste das Wild nicht, dass es beobachtet wurde. Und auch andere nächtliche Besucher des Waldes würden den Jäger im schwarzglänzenden Anzug nicht sehen.

Der Mann schaltete die Infrarotleuchte ein. Der Wald leuchtete nun in verschiedenen Grüntönen. Der nackte Körper der vor ihm auf dem Boden liegenden Frau fluoreszierte neongrell.

Sein Mund öffnete sich einen Spalt, und die Zungenspitze schob sich wie bei einer züngelnden Schlange zwischen die Zähne. Er drehte an den Okularen, bis das Bild scharf war. Perfekt. Mindestens drei Stunden nächtlicher Sicht. Er hatte es getestet. Und im Rucksack waren noch Ersatzbatterien.

Die Frau auf dem Boden stöhnte erneut. Dann zuckte ihr rechter Arm. Es wurde Zeit.

Er glitt mit den Armen durch die Träger des Rucksacks und bewegte den Oberkörper wie tanzend hin und her, um ihn zurechtzurücken. Dann beugte er sich nach vorn, führte den mitgebrachten Tragegurt unter der linken Achsel der Frau hindurch, dann unter der Brust entlang zur rechten Achsel, drückte ihren Rücken ein wenig nach oben und verknotete die losen Enden. Das Zuggeschirr war fertig. Wie ein schwer beladener Weihnachtsmann, den Gurt über der Schulter, zog der schwarze Mann nun das schlaffe Bündel hinter sich her, den schmaler werdenden Pfad entlang in den grünschimmernden Wald.

*

Der Mann verlagerte das Gewicht auf die Fersen und federte dann ein wenig vor und zurück. Vor seinen Augen wippte der grüngelbe Wald im gleichen Takt.

Noch immer lag die Frau, wie er sie drapiert hatte, auf dem Bett aus Laub und Nadeln: die Beine ordentlich nebeneinander, die Hände locker über der Brust gefaltet. Aber gewiss nicht mehr lange. Das Betäubungsmittel wirkte nicht ewig. Er hatte es an sich selbst ausprobiert.

Sie würde schon bald erwachen, sich umsehen; feststellen, dass sie sich in einem finsteren Wald befand – nackt, frierend –, und hilflos davonstürzen. Falls sie sich an die Stunden davor erinnerte, würde das ihre Angst noch steigern.

Eine Jagd.

Eine erregende, pulsfrequenzsteigernde Jagd auf *echte* Beute. Er hatte sich das in seiner Fantasie schon so lange ausgemalt, dass er es jetzt kaum noch erwarten konnte.

Jetzt zuckten die Finger der Frau. Dann rutschte der rechte Arm langsam über den Oberbauch, landete auf dem Moos und blieb dort liegen.

Der Mann atmete schneller und erstarrte, als die Frau die Augen aufschlug. Ihr Kopf rollte von rechts nach links und löste sich dann vom Waldboden. Lautlos nach Luft ringend beobachtete er, wie sie die Arme anwinkelte und neben dem Oberkörper aufstützte. Dann richtete sie sich vorsichtig in eine Sitzposition auf. Der Mann bemühte sich, seinen Atem unter Kontrolle zu bekommen.

Wider besseres Wissen fühlte er sich von ihren wirr hin- und herhuschenden Augen beobachtet und zügelte seine nervösen Finger, die schon wieder an den Okularen drehen wollten. Das Bild war scharf.

Er konnte sehen, wie ihr Brustkorb sich hektisch hob und senkte. Das Keuchen drang nicht bis an seine durch die Gummihaut bedeckten Ohren. Die Frau zog die Knie an und schien erst jetzt zu bemerken, dass sie nackt war. Ihr Mund öffnete sich noch etwas weiter und entließ einen kleinen spitzen Schrei. Ein verschreckter Waldvogel antwortete ihr, aber sie hörte es nicht. Mit panischem Blick drehte sie den Kopf mehrmals hin und her, richtete sich dann mühsam auf und blieb mit auf die Oberschenkel gestützten Armen stehen. Wahrscheinlich war sie noch benommen. Was keine Beeinträchtigung für ihn sein würde. So würde es ihr noch schwerer fallen, sich zu orientieren. Und außerdem waren sie hier fern jeglicher Ortschaften. Die Frau konnte, wenn sie es schaffte, stundenlang durch den Wald taumeln, ohne auf andere Menschen zu treffen.

Er warf einen Stein neben ihre Füße – ein kleiner Spaß – und beobachtete, wie ihr ganzer Körper sich zuckend verkrampfte. Mit irrem Blick versuchten die weitaufgerissenen Augen die Schwärze zu durchdringen. Im Kopf des Mannes rief eine Stimme der Frau zu, sie möge nun endlich davonlaufen. Sein Mund blieb jedoch verschlossen, nur das Blut rauschte in den Ohren.

Die Frau schien seine stumme Aufforderung wahrgenommen zu haben. Sie richtete sich auf, sah noch einmal an sich herunter, dann nach oben, wo die bleiche Mondsichel über ihr zu lachen schien, und tappte los. Die Arme waagerecht ausgestreckt, setzte sie einen Fuß vor den anderen und stierte dabei mit nach vorn gerecktem Kinn geradeaus.

Mit einem lautlosen Kichern rief der Mann sich ins Gedächtnis, dass *sie* im Gegensatz zu ihm *nichts* sah, während er darauf wartete, dass ihre Fingerspitzen an den ersten Stamm stießen. Während das Wild sich vorsichtig um den Baum herumtastete, erhob er sich, drehte noch einmal an den Okularen und machte sich gemächlich auf, seiner Beute zu folgen.

Zuerst hatte er, um das Gerät zu testen, Liebespaare im Park, am Strand und abseits von Dorffesten beobachtet. Aber das Zucken der weißen Hintern im Mondschein, das stoßende Auf und Ab, meist begleitet von unsäglichem Gestöhn, hatten ihn schnell gelangweilt. Es lief immer gleich ab und entsprach nicht im Mindesten seinen Vorstellungen von einer Jagd.

Vor ihm taumelte die leuchtende Gestalt ziellos vorwärts. Dies war das wahre Leben: Wild, das orientierungslos umherirrte, nicht ahnend, was ihm noch alles bevorstand, verfolgt von einem allwissenden Jäger in schwarzem Tarnkleid.

Der Mann spürte, wie er eine Erektion bekam, und schaute der grünschimmernden Frau hinterher, wie sie durch die Finsternis davonstolperte. Das Wild schluchzte jetzt leise. Er spürte es mehr, als dass er es hörte. Trotz des unebenen Bodens und der stachligen Hindernisse versuchte die Frau, schneller voranzukommen. Ihre Arme wedelten durch die Luft, die Füße hoben und senkten sich hastig. Ab und zu blieben ihre Finger an herabhängenden Ästen oder Blättern hängen. Dann zuckte der jeweilige Arm zurück, als habe die Haut etwas Heißes berührt, und sie hielt kurz inne.

Von Zeit zu Zeit blieb die Frau stehen, und dann wartete auch er, um sie nicht durch Geräusche auf sich aufmerksam zu machen. Das Wild drehte dabei den Kopf in alle Richtungen, als wolle es Witterung aufnehmen. Das Weiß ihrer weit geöffneten Augen pulsierte regelrecht im Licht der Infrarotlampe.

Kurz darauf setzte sie ihre Flucht – oder was sie dafür hielt – fort und schlingerte weiter durch den nachtschwarzen Wald. In beschaulichem Tempo folgte der Jäger. *Er* musste sich nicht vor unsichtbaren Hindernissen in Acht nehmen. Das Dickicht war für ihn gut erleuchtet.

Doch auch die Frau machte ihre Sache insgesamt nicht schlecht. Und es war viel aufregender, als er es sich je erträumt hatte. Der Mann spürte, wie die Innenhaut seines Anzugs allmählich schweißfeucht wurde. Überall.

Während er noch darüber nachdachte, wie lange er dem Wild eigentlich die Hoffnung auf ein Entkommen lassen sollte, wie lange sein fiebriger Geist es noch aushalten konnte, auf die Bescherung zu warten, auf die kommenden Genüsse, blieb die Frau mit der Fußspitze an einer Wurzel hängen, hampelte einen Augenblick lang wild mit den Armen und fiel dann auf die Knie. Er verkniff sich ein Kichern, machte zwei schnelle Schritte und ging neben ihr in die Hocke.

Dann berührte er ihre Schulter und sagte leise: »Wohin des Wegs, schöne Frau?«

Quiekendes Schreien schrillte durch das Geäst und brach sich an den Baumkronen. Dabei hatte er so lange an diesem ersten Satz gefeilt. Die Frau jedoch war gar nicht in der Lage, den Sinn der Worte zu erfassen. Unbeherrscht kreischend fuchtelte sie mit den Armen vor ihrem Gesicht herum, die Augen groß wie Untertassen. Er war einen Schritt zurückgetreten und beobachtete das Gezappel amüsiert. Was für eine sinnlose Verschwendung von Energie!

Wieder streckte der Mann den Arm aus. Dieses Mal hielt er ihre Schulter fest und drückte Daumen und Zeigefinger in den Kapuzenmuskel zwischen Schulterblatt und Schlüsselbein. Die Schmerzen, die dabei entstanden, brachten jeden zur Räson. Ihre Haut war feucht, und die Latexfinger rutschten. »Nicht so laut, Schönste, sonst werden Sie noch heiser!« Er gestattete sich ein feines Kichern. Als ob das noch eine Rolle gespielt hätte!

Sie hörte noch immer nicht zu, und so drückte er fester, nahm die zweite Hand zu Hilfe und schüttelte die Frau ein bisschen. Das brachte sie zur Besinnung. Sie verstummte, kniff die Augen zusammen und drehte den Kopf nach rechts und links, um zu sehen, wer gesprochen hatte, konnte aber in der Finsternis nur Umrisse erkennen.

»Also hör mir zu, Schönste.« Der Mann fühlte, wie ihre Rückenmuskeln sich unter seinen Fingern verkrampften. »Ich weiß nicht, was du mitten in der Nacht in meinem Wald willst, aber ich gebe dir zehn Minuten, um zu verschwinden.

Wenn du dann nicht weg bist, wird es dir leidtun.« Blödes Geschwätz, sicherlich. Aber er hatte Lust, ihr noch ein bisschen hinterherzuschleichen und ihre Furcht wachsen zu sehen. Es war ein Spiel. So wie eine Katze stundenlang vor dem Mauseloch sitzen konnte, um die gefangene Maus dann scheinbar entkommen zu lassen, nur um sie bald darauf wieder zu fangen; so wollte er, dass die Frau noch ein wenig durch das Dickicht wankte, in der irrsinnigen Hoffnung, die Katze würde dieses einzige Mal ein Einsehen haben.

»Also? Die Uhr läuft. Zehn Minuten ab jetzt.« Er ließ ihre Schultern los und trat ein paar Schritte zurück. Würde sie ihm glauben? Aber wahrscheinlich klammerte sich das dumme Ding an jeden noch so kurzen Strohhalm.

Und schon stürzte sie davon. Der Mann blieb stehen und genoss seine wachsende Erregung. Ein trockener Fichtenast peitschte in das Gesicht der Frau, und sie schrie leise, während ihre Füße sich bei dem Versuch, dem Schlag auszuweichen, grotesk verdrehten. Dann hetzte sie nach rechts, die Arme gerade ausgestreckt. Der schwarze Mann machte sich auf, der Flüchtenden zu folgen, und bewunderte das Spiel ihrer Muskeln im Schein des Nachtsichtgeräts. Nicht mehr lange, und sie würde bleich und kalt auf dem Bett aus Laub und Nadeln liegen, die Augen sanft geschlossen, die Glieder locker gestreckt.

Jetzt blieb sein Rehlein stehen und sah sich um. Hechelnder Atem rasselte von den rauen Stämmen zu ihm herüber. Vor ihr lag eine Schonung, und er war gespannt, ob sie versuchen würde, sich mitten hindurchzukämpfen, oder einen Weg außen herum bevorzugte. Seiner Einschätzung nach war die Frau so verstört, dass sie keinen klaren Gedanken mehr fassen konnte, was für »mittendurch« sprach.

Da er keine richtige Lust verspürte, ihr durch das Dickicht eng stehender junger Bäume mit ihrer kratzigen Rinde und ihren stachligen Nadeln zu folgen, beschloss er, der Jagd ein Ende zu bereiten. Der Strick war am Rucksack befestigt, schnell hatte der Mann ihn sich ums Handgelenk geschlungen. Langsam näherte er sich der Beute. Das Wild stand noch immer wie erstarrt und zuckte unentschlossen nach rechts und dann wieder nach links. Es hörte ihn nicht herankommen.

Als er ihr die Schlinge über den Kopf warf, schrie sie laut auf und warf sich nach vorn. Der Strick in seiner Hand straffte sich mit einem heftigen Ruck, und die Frau ging zu Boden. Auf dem Bauch liegend, versuchte sie davonzukriechen, aber er hielt das Seil fest gespannt, und so brachte sie nichts anderes als ein panisches Zucken ihrer Beine und Arme zustande. Es sah ein bisschen aus wie Trockenschwimmen.

Allmählich wurde es Zeit, der Farce von Katz und Maus ein Ende zu bereiten. Für seine nächsten Aktionen durfte sie nicht zappeln. Und er hatte auch keine Lust mehr, sich mit der wimmernden Person zu unterhalten.

Der Mann stellte sich breitbeinig über den Rücken der Frau und zog an dem Strick. Das Seil zog sich fester um den Hals der Frau und wickelte sich wie von selbst um seine Hand. Ihr Kopf wurde nach oben gezerrt. Das schrille Wimmern verwandelte sich in ein Röcheln. Er zog, bis der Widerstand stärker wurde und sich ihr Rücken nach oben durchbog. Dann machte er zur Sicherheit noch eine weitere Umdrehung um seine Rechte und wartete geduldig. Die Leuchtziffern seiner Armbanduhr wechselten gemächlich von Sekunde zu Sekunde. Es schien ewig zu dauern, aber in Wirklichkeit waren es nur knapp drei Minuten, in denen das Röcheln immer leiser wurde und schließlich ganz verstummte. Sie zuckte noch ein paar Mal unkontrolliert, kurz darauf erlahmte auch der letzte Widerstand ihrer Muskeln, und Brustkorb und Kopf sanken auf den Boden.

Der Mann bedauerte, seiner Beute in diesem Augenblick nicht in die Augen sehen zu können, und merkte sich vor, den Modus Operandi zu überdenken.

Zur Sicherheit wartete er noch eine geschlagene Minute – *Wir wollen doch nicht, dass sie mitten während der Sektion wieder aufwacht, oder?* – und kniete sich dann hin. Das Seil hatte sich so fest in das nachgiebige Fleisch ihres Halses gegraben, dass es fast darin versank. Er gab den Versuch auf, den Strick zu lösen, schob beide Arme unter den Körper und drehte die Frau mit einem Ruck auf den Rücken.

Ihr Gesicht sah geschwollen und dunkel aus, die Zunge quoll dick zwischen den halbgeöffneten Lippen hervor, und die Augen waren unnatürlich verdreht, sodass fast nur noch Weiß – in seiner Wahrnehmung Neongrün – zu sehen war.

Schade. Ihr Gesicht und den Ausdruck ihrer Augen zu studieren, während Gevatter Tod die Sense über ihr schwang, wäre eine außerordentliche Erfahrung gewesen.

Der Mann lud den Rucksack ab und nahm das Damasttischtuch, ein Erbstück seiner verstorbenen Großmutter, heraus. Durch das Nachtsichtgerät leuchtete es auf dem dunklen Waldboden in hellem Farngrün. Die Instrumente, die der Mann auf dem Stoff ausbreitete, glänzten graugrün. Mit geöffnetem Schlund warteten die großen Schraubgläser darauf, gefüllt zu werden.

Im Innern des Latexanzugs war es inzwischen heiß geworden, Schweiß perlte am Rücken des Mannes hinab, aber es störte ihn nicht.

Noch einmal stellte er die Okulare nach. Ab jetzt war die

Beute nur noch ein lebloses Objekt klinischer Studien. Der Fichtennadelduft wurde stärker. Chirurgenhände streichelten über glatte Metallgriffe.

Wie ein silbriges Fischlein wirkte das Skalpell in seiner Rechten. Blitzend durchschnitt es die weiche Luft und senkte sich auf den bleichen Leib nieder.

2

Lara stöhnte.

Dann rollte ihr Kopf von rechts nach links. Sie spannte die Oberarmmuskeln, presste die Handflächen links und rechts neben dem Rumpf auf den Boden und richtete dann den Oberkörper auf.

Um sie herum war finstere Nacht. In ihrem Kopf hämmerte und pochte es. Sie konnte spüren, wie ihre Augen sich in dem Bestreben, etwas wahrzunehmen, schnell von links nach rechts bewegten.

Beim Anziehen der Knie diagnostizierte sie mit klinischer Gewissheit, dass auch die Beine schwer und müde waren. Schattenhaft schälten sich Umrisse aus der Dunkelheit. Sie senkte das Kinn. Es fühlte sich so an, als träten ihre Augäpfel bei der Anstrengung, die Schwärze zu durchdringen, hervor.

Der Blick strich über die Brüste nach unten. Keine Kleidung, keine Strümpfe, keine Schuhe.

Sie war nackt.

Lara hörte einen kleinen spitzen Schrei und stellte mit hellsichtiger Klarheit fest, dass dieser aus ihrem Mund gekommen war.

Feines Rauschen durchwebte die laue Luft und brachte einen Geruch nach Moder, Pfifferlingen und Tannen mit sich. In der Ferne klagte ein Vogel. Dann war es wieder still.

Sie drehte den Hals von links nach rechts. In ihrem Kopf hallte das Knacken der Nackenwirbel wider.

Das Ganze schien ein Albtraum zu sein. Jedenfalls betete Lara, dass es einer war. Sie drückte die Ellenbogen durch und schob sich nach oben. Ihre Oberschenkelmuskeln brannten. Das Hämmern im Kopf wurde stärker. Der Schädel schien sich auszudehnen und wieder zusammenzufallen. Vor den Augen flimmerten grauschwarze Schattenrisse von Säulen und knochenfingerähnlichen Gebilden.

Während sie auf wackligen Beinen mit gebeugtem Rücken dastand, fügte ihr Gehirn Geruch, Vogelrufe und Umrisse zusammen. Sie war im *Blair Witch Project* gefangen. Und es war furchtbar real.

Wieder schrie der Nachtvogel. Dann raschelte es dicht neben ihren Füßen. Lara hatte das Gefühl, dass sich all ihre Muskeln gleichzeitig verkrampften, während die Bronchien sich schmerzhaft verengten und das Herz wie ein Presslufthammer losratterte. Durch permanentes Starren in die Nacht hatte sich der Blick geschärft, und sie sah die borkigen Stämme und trauernden Zweige deutlicher. Sie versuchte, ihre Schultern zu lockern, drückte die Rückenwirbel durch und sah noch einmal an sich herab. Kein Zweifel, sie war splitternackt.

Über ihr wiegte sich eine leichenblasse Mondsichel. Das widerwärtige Gefühl, beobachtet zu werden, wurde körperlich. Sie musste hier weg. Sauren Speichel hinunterschluckend, stakte Lara los, den Blick zwischen die grauschwarzen Pfeiler der Stämme gerichtet, die zitternden Arme ausgestreckt.

Wenn man einen schlechten Traum hatte, konnte man ihn

entweder durchstehen und am nächsten Morgen über die Eskapaden eines schlummernden Gehirns den Kopf schütteln, oder man erwachte mitten im Film. Beides war keine bewusste Entscheidung.

Da sie bis jetzt noch nicht erwacht war, würde sie dies hier wahrscheinlich irgendwie zu Ende träumen müssen.

Im selben Augenblick verhakte sich der große Zeh an einer Unebenheit. Sie strauchelte, ruderte mit den Armen, und dann prallten beide Knie schmerzhaft auf den Boden.

Noch ehe sie den Schmerz in den Schienbeinen registrieren konnte, legte sich eine kaltglatte Handfläche auf ihre Schulter, und eine Stimme säuselte: »Wohin des Wegs, schöne Frau?«

Jetzt schrie sie. Kreischte ihre Angst und ihren Frust über diesen nicht enden wollenden Albtraum heraus, spuckte und geiferte, fuhrwerkte mit den Armen.

Wieder packte die Geisterhand zu, fester diesmal, und die Stimme sprach, sie solle zuhören und schnellstens aus diesem Wald verschwinden, zehn Minuten gebe man ihr.

Ich bin nicht freiwillig hier!, wollte Lara der Stimme zurufen, *das ist doch nur ein furchtbarer Traum!* Aber ihr Mund blieb stumm. Die Geisterhand ließ los, und ihre Beine bewegten sich ohne Befehl vom derzeit nutzlosen Gehirn vorwärts durch das Gestrüpp. Im Kopf hämmerte eine Stimme den Takt. *Lauf! Lauf! Lauf! Lauf! Lauf!*

Mitten im Stakkato gab es einen Ruck, und sie fiel, fiel im Zeitlupentempo zu Boden. Versuchte dann davonzurobben, aber irgendetwas umschnürte ihren Hals, wie bei einem Hund, dessen Leine sich straff zieht. Straff und straffer.

Lara stöhnte.

Dann rollte ihr Kopf von rechts nach links. Sie spannte die Oberarmmuskeln und setzte sich auf. Ihr Kopf zuckte von rechts nach links. Weit aufgerissene Augen bezweifelten, was sie sahen.

Schatten taumelten an den Wänden. Ein fahler Halbmond schien herein. Irgendwo knarrte ein halbgeöffnetes altes Holzfenster. Verwaschene Äste webten Muster an eine graue Wand. Sie bemerkte, dass sie noch immer wimmerte, und sah an sich herab. Die Decke war von ihrem Körper gerutscht. Im Halbdunkel schienen die kleinen Blümchen auf ihrem Nachthemd grau zu sein. Ihr Herz raste. Lara fuhr sich mit dem Handrücken über die Stirn und wischte die kalte Feuchtigkeit beiseite. Dann atmete sie mehrmals langsam tief ein und aus, schüttelte den Kopf und schwang die Beine aus dem Bett. Sie würde jetzt das durchgeschwitzte Nachthemd wechseln, eine heiße Milch trinken und dann versuchen, wieder einzuschlafen.

*

Einen Zentimeter vor der Bauchdecke stoppte der Arm. Im Mondlicht funkelte die glattgeschliffene Klinge. Der Mann beugte sich dicht über das, was noch vor zehn Minuten durch den Wald gehetzt war, und schnüffelte. Der Körper dünstete sauren Schweiß aus. Das hatte er nicht erwartet. In seinen Fantasien war das Wild immer kalt und marmorbleich gewesen und hatte nach nichts gerochen. Schade.

Aber schließlich war er nicht zum Riechen hier. Viel interessanter war der Inhalt dieses stinkenden Leibes. Das Skalpell zuckte nach unten. Geruhsam glitt die silbrige Klinge über die im Licht des Nachtsichtgeräts hellgrün schimmernde Haut und hinterließ einen dunklen, kaum sichtbaren Strich. Er hatte lange überlegt, an welcher Stelle er den ersten Schnitt ansetzen sollte, und sich dann für die klassische Y-Variante entschieden. Der Mann vermeinte, ein feines Zischen zu hören, aber das war sicher nur Einbildung. Er vollführte am Ende der Linie eine schwungvolle Handbewegung, hob das Skalpell und drapierte es auf dem Damasttuch. Die Schneide hinterließ grünschillernde Ränder auf dem weißen Stoff. Der Mann wusste, dass sie in Wirklichkeit dunkelrot waren.

Weiße Chirurgenfinger spreizten die Wundränder auseinander. Die Körperwärme des Kadavers drang durch die dünne Latexhaut. Es floss nur wenig Blut. Im Innern des klaffenden Mauls schillerten verschiedene Organe. Träge pulsierte in der Mitte der geschlängelte Darm. Es war seltsam. Das Objekt seiner Studien war tot, aber manche Organe schienen trotzdem noch zu funktionieren.

Er drängte die Finger zwischen die Schlingen und tastete nach festeren Strukturen.

Die Rippen bildeten unter den Brüsten ein nach unten offenes »V«. Der Mann hatte nicht vor, Knochen zu zerteilen. Das war auch gar nicht nötig. Es reichte, wenn er das Zwerchfell durchtrennte. Zart streichelte das Skalpell über die feste Bindegewebsschicht. Die Ränder zogen sich von allein auseinander, wie ein Vorhang im Theater.

Langsam schoben sich seine Fingerspitzen unter die knöchernen Käfigstangen, tasteten und drückten. Dem geöffneten Leib entströmte metallischer Blutgeruch. Unangenehm.

Noch einmal drehte und wendete er den Gedanken, dass Gerüche in seinen Vorstellungen überhaupt nicht vorgekommen waren. Man konnte sich noch so viel ausmalen, vor Überraschungen war man nie gefeit.

Das erste Objekt glitt mit leisem Platschen in eins der Schraubgläser. Vorsichtig spritzte der Mann bis fast an den oberen Rand Brennspiritus darüber und berauschte sich an dem klinischen Duft des Alkohols. Der Deckel saugte sich nach zwei Umdrehungen fest, und das »Kompott« landete auf dem Damasttuch.

Nummer zwei war schon schwieriger. Das Skalpell kam erneut zum Einsatz. Ein Eichelhäher krächzte, während milder Wind die Baumwipfel streichelte. Weiter oben ahmte die hämisch grinsende Mondsichel die geschwungen klaffende Öffnung im zartgrünen Leib nach. Die Rechte führte das scharfe Messer, während die Linke die Schenkel der Pinzette zusammenpresste. Mit einem letzten Schwung trennte sich das dunklere Hautstück von der hellen Fläche und wurde von den Pinzettenspitzen in den gläsernen Behälter befördert. Wieder züngelte Spiritusgeruch herauf. Wieder quietschte der Deckel beim Drehen.

Das Ganze wiederholte sich noch dreimal, dann war der Mann fertig und begann, die Instrumente zu säubern. Er wischte die Gläser mit dem Tischtuch ab, verstaute eins nach dem anderen in raschelnden Plastiktüten, die er oben zuband, damit nichts herauslaufen konnte, und stellte sie dann vorsichtig nebeneinander auf den Boden des Rucksacks.

Das Damasttuch rollte sich wie von selbst um die Instrumente. Gründlich säubern konnte man die Werkzeuge daheim. Nachdem alles an seinem Platz im Tornister verstaut war, hängte der Mann ihn an einen Ast und begann, den Platz rund um die Leiche abzugehen, die Augen sorgfältig auf den Boden gerichtet. Eigentlich dürften keinerlei Spuren zurückgeblieben sein – sein Körper war komplett in undurchlässigen Gummi gehüllt, die Utensilien befanden sich im Rucksack –, aber es konnte nicht schaden, vorsichtig zu sein.

Ab und zu blieb sein Blick an dem fluoreszierenden Leib mit dem klaffenden Maul in der Mitte hängen, während er seine Pläne überdachte. Niemand würde den Kadaver mit ihm in Verbindung bringen können, da das Wild willkürlich ausgewählt worden war und es somit keine Beziehung zwischen Täter und Opfer gab. Deshalb musste man die Leiche auch nicht vergraben, zerteilen oder anderweitig entsorgen. Sie würde einfach hier, mitten im Wald bleiben, notdürftig mit Ästen und Laub bedeckt. Sicher wäre es besser, wenn man sie nicht sofort fand, aber letztendlich war auch das egal.

Der Geruch würde Tiere anlocken, kleine und größere Fleischfresser, die sich über das weiche Gewebe hermachen und so die Spuren seiner Sektion beseitigen würden.

Der Mann umrundete das, was von der einstmals hübschen Frau übrig geblieben war, ein letztes Mal und befand, dass es gut sei. Der Platz war sauber, sein Plan wies keine Mängel auf. Er machte sich auf, Äste herbeizuschaffen und die kalkige Haut damit zu bedecken. Über das Bett aus Zweigen und Laub streute er nadelige Walderde, bis ein dunkler Buckel entstanden war.

Nicht, dass dies viel Sinn gehabt hätte, die Aasfresser würden das »Leichentuch« schnell beiseitescharren, aber es würde den doch sehr weißen Leib wenigstens einige Zeit vor allzu neugierigen Blicken verbergen.

Zeit, sich zu verabschieden.

Der Mann stellte sich vor den neu entstandenen Hügel, verbeugte sich mit vor der Brust gekreuzten Armen und sprach einen Dank an die Frau, dass sie ihm willfährige Jagdbeute gewesen war und Teile ihres Körpers für seine Studien bereitgestellt hatte.

Noch würde niemand sie vermissen. In der Zwischenzeit hatte er ausreichend Gelegenheit, Abstand zwischen sich und die Tat zu bringen und ihre Kleidung, die Handtasche, das Tischtuch und einige der Werkzeuge in aller Ruhe zu entsorgen.

Er konnte manches neu kaufen. Das war besser, als mögliche Spurenträger für eine Wiederverwendung aufzubewahren. Nur das Skalpell, sein rasiermesserscharfes Silberfischlein, würde – gründlich gesäubert und poliert – wieder zum Einsatz kommen. Demnächst. Der Mann lächelte verträumt.

Nach ein paar Sekunden der Andacht wandte er sich ab, hob den Rucksack vorsichtig vom Ast, schob die Arme durch die Träger und sah sich um. Waren sie von rechts oder von links gekommen? Von da vorn oder von hinten?

Mit Tippelschritten drehte sich der Mann im Kreis. In seinem Jagdfieber hatte er vorhin wohl ein wenig die Orientierung verloren. Noch so eine unvorhersehbare Sache. Dass man sich beim Hetzen des Wildes durch das Dickicht verlaufen könnte, war ihm gar nicht in den Sinn gekommen. Seine Fantasien endeten damit, dass er die kostbaren Gläser im Kofferraum verstaute und beschwingt nach Hause fuhr, um den Inhalt zu bearbeiten, und nicht damit, dass er ziellos durch einen nachtschwarzen Wald irrte.

»Nun, auch dafür werden wir eine Lösung finden.« Dumpf hallten die Worte durch den Wald. Er hatte immer und für alles eine Lösung.

3

Lara ließ den Blick durch den Gerichtssaal bis hin zur Anklagebank schweifen, betrachtete die Mutter des toten Jungen und hörte dabei mit halbem Ohr zu, wie der Richter den nächsten Zeugen aufrief.

Die Frau war klein und wirkte unscheinbar. Ihr langes

Haar hing herunter wie toter Seetang. Im aggressiven Neonlicht hatte es auch die Farbe toten Seetangs. Alles an der Frau wirkte wie tot. Die Schultern hochgezogen, sodass der Kopf fast dazwischen verschwand, saß sie auf ihrem Platz und starrte geradeaus. Von der Seite konnte Lara ihren Mund erspähen, der so stark zusammengekniffen war, dass von den Lippen nichts zu sehen war. Vielleicht hatte die Frau auch nur Angst, es könne etwas Unbedachtes herauskommen. Auch der Zeuge, der ein paar Mal in ihre Richtung zeigte, brachte sie nicht dazu, den Kopf zu bewegen.

Lara kritzelte ein paar Details auf ihren Block und schielte auf die Uhr. Man wusste nie, wie lange so eine Verhandlung dauern würde. Erschienen geladene Zeugen nicht, war es eher zu Ende, als man geplant hatte. Manche Richter tagten bis in den Abend hinein, um fertig zu werden. Andere neigten zu größeren Pausen oder Vertagungen. Und dann hatte sie ein Problem, den Artikel rechtzeitig fertig zu kriegen.

Leiser Kopfschmerz begann, an die Innenseiten ihrer Schläfen zu klopfen. Die Luft hier drin war trocken, und es schickte sich nicht, zur Wasserflasche zu greifen. Darum bemüht, keinen Lärm zu machen, fingerte Lara in ihrer Handtasche nach den Kautabletten.

Einige Stunden später bohrte sich die Sonne fröhlich in ihr pochendes Hirn. Die Kopfschmerzen waren noch immer da. Wassermangel und zu viel Gerede. Lara eilte die Stufen vom Gerichtsgebäude hinab und sog dabei Sauerstoff in ihre Lungen. Noch ein Aspirin wollte sie nicht nehmen. Am Fußgängerüberweg machte sie kurz halt, um ihr Handy wieder einzuschalten. Immer wenn sie im Gericht war, brummte ihr hinterher der Schädel. Vielleicht hing es mit den verhandelten Fällen zusammen. Vielleicht auch mit der ganzen Atmosphäre. Gegessen hatte sie auch nicht viel. Womöglich war ihr Körper unterzuckert, und das verursachte die Kopfschmerzen. Auf dem Weg in die Redaktion würde sie an einem Bäckerladen haltmachen und sich irgendetwas mit viel Kohlenhydraten kaufen.

Rot leuchtend breitete das Ampelmännchen seine Arme aus. Lara zwinkerte dem kleinen blonden Jungen mit der Prinz-Eisenherz-Frisur zu, der sich neben ihr an der Hand seiner Mutter festhielt. Er sah aus wie der kleine Lord.

Der kleine Lord grinste zurück. Sie tauschte noch ein schnelles Lächeln mit der Mutter des Kleinen, dann schaltete die Ampel auf Grün, und sie ließ die beiden hinter sich.

»Hallo Lara!« Tom beobachtete seine Kollegin dabei, wie sie mit den Ärmeln ihrer Jacke kämpfte, und grinste. »Gut siehst du wieder aus!«

»Du bist ein Schleimer.« Lara schenkte ihm ein halbherziges Lächeln, faltete die Jacke und hängte sie dann über die Rückenlehne des Drehstuhls. Sie war heute nicht in Bestform. Und so toll, wie ihr Kollege behauptete, sah sie mit Sicherheit nicht aus. Die Albträume der vergangenen Tage hatten Spuren hinterlassen. Außerdem war sie nicht die Einzige, die er so begrüßte. Fast immer wollte Tom etwas, wenn er Komplimente verteilte. Sie wusste nicht, was es diesmal war, aber er würde sicher gleich damit herausrücken.

»Möchtest du einen Kaffee?«

»Ich weiß nicht recht. Mir brummt der Schädel.«

Tom hörte ihre ausweichende Antwort nicht, weil er schon auf dem Weg in die Küche war. Er kam zurück, die randvolle Tasse vorsichtig in der Rechten balancierend, und nahm ihr gegenüber Platz.

Lara trank einen Schluck. Das Gebräu schmeckte widerlich. Der Kaffee hatte mindestens schon eine Stunde auf der Warmhalteplatte gestanden. Sie griff nach der halbvollen Flasche Selters, die noch von gestern auf ihrem Schreibtisch stand, und versuchte, mit dem lauwarmen Mineralwasser den bitteren Geschmack aus ihrem Mund zu spülen.

»Gab es etwas Interessantes, während ich weg war?«

»Bis jetzt nichts von Belang außer dem üblichen Tagesgeschäft. Vielleicht können wir heute pünktlich abhauen.« Sehnsüchtig sah Tom zum Fenster, dessen zugezogene Lamellenvorhänge das Sonnenlicht ausblendeten. Er hatte recht, alles war besser, als bei diesem Wetter hier am Bildschirm zu hocken.

Lara schaltete ihren Computer ein und betrachtete den Stapel Papier in der Ablage mit herabgezogenen Mundwinkeln. Das wurde auch jeden Tag mehr. Man konnte in dem Glauben heimgehen, alles erledigt zu haben, und fand doch am nächsten Tag wieder den gleichen Berg vor.

»Wie war es im Gericht?« Tom tippte und sprach gleichzeitig.

»Schrecklich. Ich habe immer noch Kopfschmerzen.« Lara massierte wie zur Bestätigung mit den Händen ihre Schläfen. »Diese Mutter ist völlig teilnahmslos. Ich verstehe das nicht. Sie sitzt da und verzieht keine Miene. Lässt alles über sich ergehen, als wäre es nicht sie, über die hier gesprochen wird. Das eigene Kind verhungert und verdurstet vor ihren Augen, und es scheint ihr überhaupt nichts auszumachen.« Sie nahm sich vor, ihren Freund Mark deswegen anzurufen. Mark Grünthal war Psychologe. Mit Sicherheit konnte er das Verhalten der Mutter analysieren und Lara ein paar psychologische Hintergründe für die nachfolgenden Artikel liefern.

»Ich kann mir vorstellen, dass dich das belastet.« Tom machte das, was er für ein mitfühlendes Gesicht hielt, und sie unterdrückte den Wunsch, ihm zu sagen, dass er sich *gar nichts* vorstellen konnte. Sie nahm abwesend noch einen Schluck aus der Tasse und erinnerte sich zu spät daran, dass der Kaffee scheußlich schmeckte. Die Bitterkeit passte zu den Erinnerungsfetzen an die bisherigen Prozesstage.

»Wie alt war denn das Kind?«

»Drei Jahre.« In Laras Kopf tauchte das unbeschwerte Grinsen des blonden Jungen von vorhin auf, sie musste schlucken und erhob sich hastig, um ihre Tasse wegzubringen. Im Spiegel über dem Waschbecken sah sie, dass ihre Augen verräterisch feucht schimmerten. Es war ihr peinlich, dass sie hier vor dem coolen Tom von ihren Gefühlen übermannt wurde. Außerdem war es unprofessionell. Und doch gab es immer wieder Fälle, die auch den abgebrühtesten Gerichtsreporter nicht kaltließen. Dieser hier gehörte dazu.

»Wann geht der Prozess weiter?« Tom klang gleichgültig.

»Am Donnerstag, also übermorgen.« Sie zwinkerte ein paar Mal, schluckte und kehrte dann zu ihrem Schreibtisch zurück. »Auch über solche Fälle muss berichtet werden.«

»Also, ich würde das nicht schaffen, mir das jeden Tag anzuhören und dann so neutral wie möglich darüber zu berichten.«

»Deswegen mache *ich* es ja.« Lara schaute auf ihren Bildschirm. Die Buchstaben schienen im Takt der Kopfschmerzen zu flimmern.

»Ihr Frauen seid wahrscheinlich härter in der Beziehung.« Tom wandte sich wieder seinem Monitor zu. »Würdest du den Wochenenddienst mit mir tauschen?«

Lara, die in Gedanken schon bei ihrem Artikel war, brauchte einen Augenblick, um Toms Frage zu registrieren. Dann schaute sie zum gegenüberliegenden Schreibtisch. Der Kollege blickte stur nach unten. Die Tastatur klapperte emsig.

»Meinst du kommendes Wochenende?«

»Hm.«

»Da muss ich nachschauen.« Das also war die Ursache für sein überfreundliches Getue vorhin. Lara sparte es sich, nach einem Grund zu fragen. Wer weiß, welches »Date« Tom dieses Mal dazwischengekommen war. Sie klappte ihren Kalender auf und studierte der Form halber die Eintragungen, obwohl sie wusste, dass dort nichts stand. Lara Birkenfeld hatte weder am fünfundzwanzigsten noch am sechsundzwanzigsten Juni eine Verabredung.

*

Noch einmal prüfte der Mann die Jalousien vor seinen Küchenfenstern. Alles dicht. Kein Licht konnte hinaus, kein neugieriger Blick herein.

Er schritt zu seinem Untersuchungstisch und knöpfte dabei den Laborkittel zu. »Doctor Nex – wir können beginnen.«

Grellweiß wurde der Neonschein der beiden Stehlampen vom kalten Metall der Tischoberfläche reflektiert. Die Flüssigkeit in den Schraubgläsern vibrierte leicht. Nex, necis – lateinisch »Mord« oder »Tod« – diesen Titel hatte er sich in einem begnadeten Moment selbst verliehen. »Doktor Tod« reckte die Arme nach vorn, um die Handgelenke vom Stoff des Kittels zu befreien. Sauber nebeneinander lagen die Instrumente und warteten auf ihren Einsatz.

Tagsüber war dies ein ganz normaler Esstisch, bedeckt mit einem rot-weiß karierten Tuch und vier Stühlen darum. Nachts verwandelte sich die biedere Küche in ein Untersuchungslabor. Wie sehr wünschte er sich, einmal eins seiner Objekte komplett hier erforschen zu können. Den allerersten Schnitt hier zu setzen, in aller Ruhe, beim hellen Schein der Lampen! Es musste ein unvergleichliches Vergnügen sein, das Farbspiel von bleicher Haut und Eingeweiden unter diesen Bedingungen bewundern zu können. Doch die Gefahr, beim Transport einer Leiche im Auto entdeckt zu werden, war leider viel zu groß. Aber vielleicht würde sich später irgendwann einmal eine Gelegenheit bieten. Bis dahin musste er wohl oder übel mit der Untersuchung kleiner »Souvenirs« in seiner Küche vorliebnehmen.

Vorsichtig griff der Mann nach dem ersten Schraubglas, zog es zu sich heran und öffnete den Deckel. Der beißende Spiritusgeruch enthielt jetzt eine neue Nuance: einen Hauch von Metzgerladen, einen Anklang von rohem Fleisch. Die Flüssigkeit hatte sich rötlich eingetrübt. Mit einem Gluckern tauchte die Pinzette in den rosafarbenen Alkohol und haschte nach dem eingelegten Objekt, ließ es dann über der Öffnung abtropfen und drapierte es anschließend in der Sezierschale.

Er rollte mit dem Stuhl so dicht an die Schale heran, dass die Tischkante in seinen Bauch einschnitt, und beugte den Oberkörper weit nach vorn, um das Stückchen Haut aus der Nähe zu betrachten. Außen schimmerte es bläulich weiß. Der dunkle Bereich in der Mitte hatte eine fast perfekt kreisrunde Begrenzung zum umgebenden Gewebe. Dunkel zeigte das Auge der Brustwarze nach oben. Die Ränder des Forschungsobjektes waren leicht gewellt. Und die natürliche braunrote Farbe des Objektes schien ausgeblichen. Vielleicht wegen des hochkonzentrierten Alkohols.

»Media in vita in morte sumus«, murmelte der Mann, »– mitten im Leben sind wir vom Tod umfangen.« Niemand antwortete ihm. Er war ganz allein mit seinen Trophäen. Jetzt würde er auch die anderen vier aus ihren Glasgefängnissen befreien und dann mit der Präparation beginnen.

Er wollte ein Kunstwerk schaffen, etwas, was die Welt noch

nicht gesehen hatte. Die Verknüpfung menschlicher Unvollkommenheit mit nichtorganischen Materialien.

Nicht so einen Pfusch, wie ihn dieser Edward Theodore Gein, »Ed« genannt, damals in den Fünfzigern in den USA abgeliefert hatte – überall im Haus verteilte, schlecht gesäuberte und miserabel präparierte Teile ehemals menschlicher Körper. Ein Gürtel aus Brustwarzen, Sitzbezüge für Korbsessel, Gesichtsmasken, Armbänder und eine Weste aus der Haut eines weiblichen Rumpfes. Das alles lag überall herum und stank. Ein Teilchen hier, ein Teilchen da. Das war Stümperei gewesen, Flickwerk. Doctor Nex konnte das besser. Zärtlich glitt sein Blick über die Schraubgläser. Er hatte sich gründlich informiert, wie man Fleisch, Haut und Fell konservieren konnte, ohne dass es stank oder verweste. Schließlich lag sein Medizinstudium schon ein paar Jährchen zurück. Er würde üben, seine Kunst verfeinern und der Beste werden. Ein wahrer Meister.

Die beste Vorgehensweise wäre sicher die Plastination nach Gunther von Hagens. Der Forscher hatte eine Methode entwickelt, ganze Menschen so zu konservieren, dass sie weder rochen noch irgendwann zerfielen. Leider konnte ein Laie dies nur ungenügend nachahmen. Es scheiterte schon am Gefrieraustausch, von der Vakuumimprägnierung ganz zu schweigen. Im Netz fand der geneigte Sucher jedoch auch einfachere Techniken, und die benötigten Chemikalien konnte man leicht über den Internetversandhandel bestellen. Doctor Nex hatte sich für die Polyethylenglykol-Methode entschieden, bei der man die zu imprägnierenden Präparate einfach in höhermolekulares Polyethylenglykol einlegen musste.

Nacheinander landeten die Objekte in Sezierschalen, gluckerte rosafarbener Spiritus in den Ausguss, nahm die Raumluft mehr und mehr den klinischen Geruch nach konzentriertem Alkohol an. Das Herz war eine schmierige Angelegenheit gewesen. Er hatte die Konservierungsflüssigkeit inzwischen dreimal gewechselt, und es gab noch immer Farbe ab. Beim nächsten Mal würde er die entnommenen Organe gleich im Wald abspülen und säubern.

Der enge Kragen des Kittels störte ihn beim Luftholen, und der Mann öffnete den obersten Knopf wieder. Dann rollte er mit dem Stuhl so dicht es ging an den Untersuchungstisch heran, zog die erste Sezierschale zu sich und tastete mit der Rechten nach der Lupe. Der Kanister mit dem PEG stand neben ihm. Laut Internet-Enzyklopädie war es ganz einfach, mit dieser Flüssigkeit haltbare Präparate herzustellen. Und was für ihn besonders wichtig war, diese konnten später jederzeit weiterbearbeitet werden, veränderten angeblich ihre Farbe nicht und waren nicht giftig. Man solle die Teile einlegen, gründlich durchtränken und abtropfen lassen.

»Und genau das machen wir jetzt.«

Die Flüssigkeit plätscherte aus dem Kanister in die große Tupperdose. Mit einer Gewebefasszange hob er die Objekte nacheinander in das PEG-Bad und schloss dann den Deckel. Dort würden die Trophäen bis zum nächsten Wochenende verweilen und sich in aller Ruhe mit Konservierungsmittel vollsaugen können.

Summend reinigte Doctor Nex seine Geräte. Weiß schäumte die Bürste das heiße Wasser auf. Das konzentrierte Spülmittel war grün, der Schaum weiß. Das war rätselhaft. Der Schaum war *immer* weiß, egal, welche Farbe das Spülmittel hatte.

Das Wochenende war fast vorbei. Morgen musste er wieder auf Tour gehen und den charmanten, ehrenhaften Vertreter geben. Der Mann lächelte probehalber sein verbindliches Verkäuferlächeln. Dann wickelte er seine Utensilien in das hellbraune Wildlederetui ein und verstaute es im Rucksack neben dem Nachtsichtgerät. Man konnte nie ahnen, wer oder was einem die Woche über so alles begegnen würde.

4

Lara speicherte den Text und sah zu Tom. »Soll ich den anlassen?« Sie deutete auf den Bildschirm.

»Mach ihn aus. Ich glaube, es kommt heute keiner mehr von den Freien in die Redaktion.«

»Ich gehe jetzt. Wenn der Richter es durchzieht, dauert es bestimmt bis sechs, sieben.« Lara prüfte den Inhalt ihrer Tasche und sah auf die große Uhr, die hinter Toms Strubbelkopf die Sekunden abtickerte.

»Dann bin ich schon weg. Ich gehe heute Abend aus.« Ihr Gegenüber grinste abwesend. Donnerstag war Toms Kinotag. Lara fragte sich, welche seiner Eroberungen heute eingeladen war. Dann warf sie sich die Tasche über die Schulter und nahm ihr Handy vom Tisch. Auf dem Weg zur Tür konnte sie spüren, wie Tom ihr nachsah und dabei ihren Hintern musterte. Das tat er öfter und dachte wohl, Lara würde nicht bemerken, wie seine Augen über ihre Brüste, ihre Hüften oder zu ihrer Rückseite wanderten. Lara hatte ihn damals, als mit ihrem Freund Schluss gewesen war, abblitzen lassen, und das wurmte ihn offensichtlich noch immer.

»Das hört sich für mich nach einem Borderline-Syndrom an.« Mark klang ein bisschen genervt, aber Lara traute sich nicht zu fragen, ob es mit ihrem Anruf oder mit etwas anderem zu tun hatte.

Sie hatte Mark Grünthal bei einer Weiterbildungsveranstaltung kennengelernt. Der Psychologe hatte einen Vortrag über die Charakterzüge und Grundmuster von Serientätern gehalten. Der Titel war ihr heute noch im Gedächtnis: »Organized and disorganized – die FBI-Typologie zu Sexualtätern«. Mark arbeitete neben seiner Tätigkeit als Psychologe auch als Fallanalytiker. Ab und zu zogen Fallanalyseteams der Kriminalpolizei in Deutschland auch externe Berater hinzu, zum Beispiel Rechtsmediziner oder Psychologen.

Nach der Veranstaltung hatte Lara noch ein paar Fragen gehabt, und sie waren einen Espresso trinken gegangen. Die Monate darauf hatten sie sporadisch miteinander telefoniert, und allmählich war Mark zu so etwas wie Laras »Psychologieberater« geworden. Ein, zwei Mal im Jahr trafen sie sich auf irgendeinem Kongress, zu einer Weiterbildung oder einfach nur so, wenn er in der Nähe zu tun hatte.

Der Freund dozierte inzwischen weiter, und sie kritzelte hastig Stichpunkte in ihre Gerichtskladde, bemüht, das Schwanken der Straßenbahn auszugleichen. »Borderliner sind emotional instabil. Sie zeigen impulsives Verhalten in mehreren Bereichen, zum Beispiel in der Sexualität, nehmen Drogen – dazu gehört auch Alkohol – oder weisen Essstörungen auf. Kommst du mit?«

»Ja, geht schon.« Die ältere Dame auf der gegenüberliegenden Sitzbank schien die Ohren zu spitzen, und Lara sprach etwas leiser, während sie ihre Notizen überflog. »Was du gesagt hast, könnte passen.«

»Eine Ferndiagnose ist immer schwierig. Wurde die Mutter des toten Jungen denn begutachtet?«

»Das kam noch nicht zur Sprache.« Lara presste das Handy fester ans Ohr und sah hinaus.

»Vielleicht kannst du vom Gutachter Informationen erhalten. Meine Vermutungen stützen sich ja lediglich auf deine Angaben.«

»Das könnte ich versuchen. Kann ich dich später noch einmal anrufen? Ich bin gleich da.« Lara erhob sich. Die Bahn bremste abrupt, und sie wäre fast auf ihrem Vordermann gelandet.

»Gern. Nimm meine Handynummer. Ich bin bis nach sieben in der Praxis.« Mark mochte es nicht, wenn Lara ihn zu Hause anrief. Seine Frau war chronisch eifersüchtig, obwohl sie keinen Grund dazu hatte.

Der Rechtsmediziner wurde aufgerufen.

Während des üblichen Vorgeplänkels notierte sich Lara, dass sie in ihrer nächsten schriftlichen Anfrage an den Pressesprecher des Gerichts eine Kopie der gerichtsmedizinischen Untersuchung anfordern wollte; auch wenn fraglich war, ob sie selbige erhielt. Aber man musste es wenigstens versuchen. Dann betrachtete sie den Mann, der den kleinen Dennis seziert hatte.

Sein Gesicht war kantig. Die Nase lang, Kiefer und Kinn mächtig. Er sah ein bisschen aus wie ein handgeschnitzter Nussknacker. Im Sitzen wirkte der Mann nicht so riesig, aber sie hatte ihn vorhin auf dem Gang gesehen. Er war nicht ganz aufrecht gegangen, und der gekrümmte Rücken hatte bei ihr sofort das Bild einer über einen Seziertisch gebeugten Gestalt hervorgerufen. Als er mit seinem Vortrag begann, staunte Lara: Für seine Größe hatte der Pathologe eine erstaunlich hohe Stimme.

Ihr Stift flog über das Papier. Lara versuchte gar nicht erst, den genauen Wortlaut mitzuschreiben, sondern notierte sich lediglich Stichpunkte. Sie konnte die Formulierungen später rekonstruieren oder mit eigenen Worten wiedergeben.

Die Zeitungsleser mochten den klinischen Stil, in dem es von Fachbegriffen nur so wimmelte, sowieso nicht. Das lapidare Notieren der Fakten lenkte ein bisschen vom Leid des Kindes ab, aber ab und zu kamen bei den Ausführungen Bilder eines kleinen, ausgezehrten Kinderkörpers hoch, die schwer zu ertragen waren. Der dreijährige Dennis war stark untergewichtig und erheblich dehydriert gewesen. Anzeichen äußerer Gewalteinwirkung hatte der Gerichtsmediziner nicht gefunden.

Was nichts bedeuten musste. Laras Blick schweifte zur Mutter. Die verzog keine Miene. Ihre Augen waren nach vorn gerichtet, die Hände hatte sie mit den Handflächen nach unten brav nebeneinander auf die Tischplatte gelegt. Sie wirkte wie ausgestopft. Ihr Anwalt hörte dem Rechtsmediziner mit versteinertem Gesicht zu. Es würde schwer werden, dieser Frau mildernde Umstände zuzugestehen, egal, was die Verteidigung vorbrachte. Am liebsten hätte Lara die Frau an den Schultern gepackt und durchgeschüttelt, bis sie aus ihrer Betäubung erwachte; ihr ins Gesicht geschrien: Dein Kind ist tot, und du hast es verhungern lassen!

Der Rechtsmediziner war fertig. Während er sich aus dem Zeugenstand erhob und zur Tür ging, atmete Lara ein paar Mal tief durch und versuchte, die Ruhe wiederzugewinnen. Der Richter verkündete eine Pause, und im gleichen Augenblick erwachte der Gerichtssaal zum Leben, Stimmen flüsterten, Papier raschelte, Sitzbänke knarrten.

»Kommen Sie mit, einen Kaffee trinken?« Frank Schweizer, der Kollege von der *Tagespost,* hatte sich neben Lara erhoben und sortierte seine Unterlagen.

»Gern. In fünf Minuten am Haupteingang?«

Er nickte, und Lara machte sich auf den Weg zur Toilette. In ihrem Kopf pochte schon wieder die Armada fleißiger Handwerker.

Weil in der Cafeteria des Gerichts alle Plätze besetzt waren, stellten sich Lara und ihr Kollege an eines der riesigen Fenster.

»Was glauben Sie, wie lange das heute noch gehen wird?«

»Ich hoffe, nicht mehr ewig.« Lara sah auf ihre Armbanduhr. »Sonst sitze ich wieder bis in die Puppen, um den Artikel fertig zu kriegen.«

»Wem sagen Sie das. Na so was, wer kommt denn da?« Frank Schweizer deutete mit dem Kinn in Richtung Eingangshalle. »Unser Freund, ›KK‹ Stiller.« Es klang ironisch. Anscheinend mochte Frank den Kriminalkommissar genauso wenig wie Lara. Sie beobachtete, wie der Mann sich näherte. Der Blödmann hatte ihr gerade noch gefehlt. »War der geladen?«

»Nicht, dass ich wüsste.«

Der große, schlanke Mann kam näher, die Schultern verkrampft, das Kinn nach vorn geschoben. Seine Kassenbrille spiegelte das Licht der Wandlampen wider, und Lara musste unwillkürlich an einen Marabu denken. Sie grinste genau in dem Augenblick, als der strafende Uhublick sie traf.

KK Stiller hatte einmal geäußert, dass er alle Reporter für Schmeißfliegen hielt, und er gehörte zu denen, die die Anfragen der Journalisten stets unbeantwortet ließen. Seinen Satz »Aus ermittlungstaktischen Gründen können wir keine nähere Auskunft geben« konnte sie schon im Schlaf singen. Es gab auch nette Beamte, die einem unter dem Siegel der Verschwiegenheit die eine oder andere Einzelheit erzählten, aber der hier nicht.

Kriminalkommissar Stiller ging vorbei.

»Der wollte gar nicht in unsere Verhandlung.«

»Na, dann bleiben uns Belehrungen dieses Mal zum Glück erspart.« Frank zwinkerte ihr verschwörerisch zu.

Lara folgte ihrem Kollegen wieder zurück zu den Presseplätzen im Gerichtssaal. Sie konnte Frank nur zustimmen.

KK Stiller würde ein Idiot bleiben, ganz egal, wie sehr man ihn hofierte. Journalisten brauchten die Kripobeamten ab und zu für Auskünfte und Recherchen, und meist funktionierte die Zusammenarbeit auch reibungslos. Kriminalkommissar Stiller jedoch hatte ein Problem mit Lara Birkenfeld. Er schien sie regelrecht zu hassen. Bei einer Reportage im letzten Jahr über die brutalen Übergriffe rechtsradikaler Gewaltstraftäter auf ein Sommercamp war Lara auf Ermittlungsfehler der Polizei aufmerksam geworden. Nach gründlichen Nachforschungen hatte die *Tagespresse* sich entschlossen, darüber zu informieren.

Straftaten, Gerichtsreportagen, Hintergrundberichte waren Laras Ressort. Und so hatte ihr Name unter den Artikeln gestanden. KK Stiller hatte dies persönlich genommen. Statt sich der aufgedeckten Missstände anzunehmen, feuerte er aus allen Rohren auf die in seinen Augen polemische Berichterstattung und weigerte sich seitdem, Lara Auskünfte zu geben. Anscheinend hatte Frank Schweizer ähnliche Probleme mit ihm. Sie blickte kurz zu ihrem Kollegen hinüber, als die seitliche Tür sich öffnete und das Getuschel verstummte. Lara klappte ihren Block auf und sah nach vorn. Hoffentlich musste sie in den nächsten Monaten nicht über Fälle berichten, bei denen Stiller das Sagen hatte.

5

»Gestern Abend wurde in einem Waldstück bei Wesenberg im Landkreis Mecklenburg-Strelitz die Leiche einer Frau gefunden. Nach Polizeiangaben handelt es sich um die seit Samstag vermisste Sandra Gerber aus Neustrelitz …«

Hastig drehte der Mann das Autoradio lauter. Sein Blut rauschte in den Ohren, während er sich bemühte, kein Wort des Nachrichtensprechers zu verpassen.

»… Campingurlauber fanden den nackten Leichnam beim Pilzesuchen. Die Polizei wollte Berichte, der Leiche seien Organe entnommen worden, nicht kommentieren. Die Bekleidung des Opfers und ihre Handtasche sind bis jetzt noch nicht aufgefunden worden. Hörer im Sendegebiet, die sachdienliche Hinweise geben können, werden gebeten, unter folgender Nummer anzurufen …«

»Ihr habt was vergessen.« Der Mann versuchte, ruhiger zu atmen, während der Sprecher weitere Nachrichten verkündete. »Der Schmuck der armen kleinen Sandra ist auch verschwunden. Alles ist weg, nur die sterbliche Hülle war noch da.« Er setzte wegen des besseren Klangs noch ein »Trallalla« hinzu und musste über seine Albernheit lachen.

Das war ja hochspannend. Obwohl er *erwartet* hatte, dass die Leiche relativ schnell gefunden werden würde, war es doch ein Schock, im Autoradio davon zu hören.

Er war wieder auf dem Weg nach Hause. Das Tagwerk war vollbracht, vier Arztpraxen hatte er abgearbeitet. Nun schnell zurück zu den aufregenden kleinen Trophäen. Zu Internet und *Tagesschau*. Es musste doch noch mehr interessante Neuigkeiten über den Leichenfund geben. Würden die Bullen zugeben, dass dem Opfer Körperteile entnommen worden waren? Manchmal behielten sie solche Einzelheiten auch für sich, um einen Täter damit zu überführen. Das Problem war nur, dass die Pilzsucher schon Details ausgeplaudert zu haben schienen. Egal, zu ihm führte jedenfalls keine Spur.

Die Gebärmutter sah aus wie eine rotbraune Birne. Zäh tropfte Polyethylenglykol durch das Sieb in die darunter befindliche Plastikschale. Die Enden der Gewebefasszange schnappten nach dem festen Fleisch. Der Mann drehte das Organ vorsichtig und betrachtete die Oberfläche mit der Lupe.

Es sah aus wie ein zu lange gebratenes Rumpsteak. Aber er hatte ja nicht vor, das Teil zu essen. Weder dieses noch irgendein anderes. Er war Doctor Nex, nicht irgendein dahergelaufener Kannibale.

Eigentlich hatte er geplant, die Objekte bis zum Wochenende in der klaren Konservierungsflüssigkeit liegen zu lassen, aber der Radiobericht über den Leichenfund hatte die Lust in ihm geweckt, ein wenig daran zu arbeiten. Noch war er sich über die endgültige Form seiner Kreation nicht im Klaren. Ein Kunstwerk entstand im Schaffensprozess des Künstlers, nahm erst allmählich Gestalt an, veränderte sich, wuchs und gedieh.

Er beugte sich nach vorn und schnüffelte. Alkohol und ein Hauch Süße. Keine Verwesung, keine Zersetzung. Das Konservierungsmittel war perfekt. Nur kurz schweiften seine Gedanken zu der nächtlichen Szene im Wald. Unruhige Chirurgenfinger hatten warmweiche Darmschlingen beiseitegedrängt, getastet, geschoben und gedrückt. Der Geruch nach mit Blut vermischter, angedauter Nahrung hatte ihm körperliches Unbehagen bereitet, zumal er sich weiter als gedacht in den Bauch hatte hineinarbeiten müssen. Die Gebärmutter war tiefer im Beckenraum verborgen gewesen, als er es sich nach seinen verblassten anatomischen Kenntnissen vorgestellt hatte. Dafür war sie nicht so festgewachsen wie der Magen und hatte sich leichter entfernen lassen. Es konnte nichts schaden, sein diesbezügliches Wissen in den nächsten Tagen ein wenig aufzufrischen.

Sein Blick schweifte zu der großen Tupperdose, während

er das kleine, zähe Organ mithilfe der Zange in die Sezierschale bugsierte. Einen Magen würde Doctor Nex nicht noch einmal mitnehmen. Erstens war das Teil zu groß, zweitens zu ledern, und drittens bot es einen widerlichen Anblick. Beim Ausspülen des Inhalts hatte er mit dem Brechreiz kämpfen müssen. Sauer riechende, an Eintopf erinnernde Brühe war in den Ausguss geschwappt, und klebrige Bröckchen verstopften fast den Abfluss. Die weißlichen, schleimigen Wülste im Innern des leeren Magens hatten ihn geekelt. Nein, ein Magen war definitiv kein passendes Objekt für das Kunstwerk des Doctor Nex.

Der Mann rückte die Sezierschale zurecht und lächelte abwesend. Fast zärtlich strich das Skalpell über die Oberfläche der Gebärmutter. Rotbraun öffnete sich ein Maul in dem muskulösen Fleisch. Tiefer glitt die Klinge hinein, weiter klaffte der Spalt. Schließlich durchdrang die Schneide eine feste innere Schicht. Der Mann zog die Ränder auseinander, musterte das Innenleben und schnitt an den beiden Längskanten noch etwas weiter ein. Das aufgeklappte Organ glich jetzt einem Schmetterlingssteak. Er fixierte die Ränder mit Präpariernadeln und verteilte dann großzügig Konservierungsflüssigkeit darüber. Fertig. Jetzt musste das Ganze zurück in den Kühlschrank, und morgen konnte er sich das Herz vornehmen.

Der Mann zog seinen Laborkittel aus und brachte das Kleidungsstück zum Wäschekorb. Es sah zwar von Weitem noch sauber aus, aber Doctor Nex legte Wert auf klinische Reinheit. Und es hingen noch mehrere, makellos gebügelte Exemplare im Schrank.

*

Ein Rad des Einkaufswagens klackte unentwegt über die Bodenfliesen im Supermarkt. Lara Birkenfeld machte einen zu großen Ausfallschritt, stieß mit dem Schienbein gegen die Querstange und fluchte leise. Dann sah sie sich um. Niemandem schien ihre Ungeschicklichkeit aufgefallen zu sein. Auf dem Mittelgang waren Sonderangebote in Metallkästen aufgetürmt. Alles Süßigkeiten. Lara schluckte und gab dem Wagen einen Stoß, sodass er schnell daran vorbeirollte. Auch direkt vor und neben den Förderbändern an den Kassen buhlten Schokolade, Gummibärchen, Kaugummis, Riegel und anderes Zuckerzeug um die Aufmerksamkeit der Käufer. Während man wartete, bis man an der Reihe war, wurde man gezwungen, die Packungen zu studieren. In Laras Mund sammelte sich Speichel. Sie zwang ihren Blick von den Verlockungen weg auf die Leute vor ihr. Noch zwei Kunden. An der Nachbarkasse ging es schneller. An der Nachbarkasse ging es *immer* schneller.

Der Mann mit dem Hawaiihemd vor ihr griff sich eine *Mittagspost* und betrachtete die erste Seite. Nebenan quengelte ein Kind. An ihrer Kasse war die Bonrolle alle. Lara fluchte unhörbar. Das Hawaiihemd begann, seine Artikel auf das Band zu legen, die Zeitung zuletzt. Als Laras Blick auf die oberste Schlagzeile fiel, begann es, in ihrem Kopf zu summen. Dann dehnte sich ihr Schädel aus und zog sich wieder zusammen. Enger und enger.

VERMISSTE FRAU AUS NEUSTRELITZ
TOT AUFGEFUNDEN!

Blut dröhnte trommelnd durch ihre Adern. Ein Eisenreif schloss sich unnachgiebig um ihre Stirn. Die Überschrift verschwand mitsamt der Zeitung im Einkaufswagen des Mannes. Das Hawaiihemd entfernte sich.

»Ist Ihnen nicht gut?« Die Kassiererin lächelte. Ihre Zähne waren gelb.

»Nein, nein. Alles in Ordnung.« Lara griff nach einer *Mittagspost* und warf sie auf das Band, während sie versuchte, tief ein- und auszuatmen. Bloß kein Aufsehen erregen.

Vermisste Frau aus Neustrelitz tot aufgefunden!
Nackte Leiche verstümmelt und ausgeweidet!
Die seit Samstag vermisste –...

»Achtzehn Euro dreißig, bitte. Hallo?«

»Oh, Entschuldigung.« Lara zwang ihre Augen nach oben, zog das Portemonnaie aus der Hosentasche und zahlte. Dann packte sie ihre Waren hastig in die große Tüte und flüchtete auf den Parkplatz.

Die Luft im Auto war heiß und roch nach altem Plastik. Mit zitternden Fingern versuchte Lara, den Zündschlüssel ins Schloss zu rammen. Endlich begann der Motor zu summen. Kühle Luft strömte aus der Klimaanlage und trocknete den Feuchtigkeitsfilm auf ihrer Stirn. Sie lehnte den Kopf an die Nackenstütze und atmete aus.

Nach einem Moment der Besinnung schielte sie zum Beifahrersitz hinüber. Höhnisch flackerten die fetten schwarzen Buchstaben. Es wurde Zeit nachzusehen, ob ihre innere Stimme recht hatte.

Die seit Samstag vermisste Sandra Gerber aus Neustrelitz wurde gestern in einem Waldstück bei Wesenberg, unweit ihres Wohnortes, von Spaziergängern gefunden. Die Leiche war nackt. Laut Aussagen der drei Campingurlauber, die sie entdeckten, war sie schwer verstümmelt. Der Bauch sei von oben nach unten aufgeschlitzt gewesen. Anscheinend hat der Täter Organe herausgeschnitten und mitgenommen.

»Am schlimmsten waren der Geruch und die Fliegen«, sagte eine der Urlauberinnen.

Sandra Gerber wurde am Freitag, dem 24. Juni, am Nachmittag zuletzt gesehen. Sie war tagsüber mit einer Freundin in Neubrandenburg gewesen. Ihre Bekannte setzte sie gegen 16 Uhr an ihrem Haus in Neustrelitz ab. Seitdem wurde sie nicht mehr gesichtet. Ihr Freund meldete sie am Tag darauf als vermisst. Kleidung und Schmuck des Opfers sind bis jetzt verschwunden. Die Polizei bittet um Hinweise. Die Informationen werden auf Wunsch vertraulich behandelt.

Lara legte die Zeitung auf den Beifahrersitz. Dann schloss sie die Augen.

Eine Frau stakte durch den grauschwarzen Wald. Die Arme zitternd nach vorn gestreckt… Die Frau strauchelte, fiel auf weich federnden Boden… Etwas umschnürte den Hals der Frau, zog sich immer fester zusammen…

Lara öffnete die Augen wieder und sah auf den Parkplatz hinaus. Grell blendete das Sonnenlicht. In dem Augenblick, als die Frau in ihrem Traum das Gefühl gehabt hatte, ersticken zu müssen, war sie aufgewacht.

Sie stellte die Klimaanlage noch etwas kälter ein. Wann hatte sie von der Menschenjagd durch den Wald geträumt? Es war höchstens ein paar Tage her. Vergangenes Wochenende? Ihr Blick schweifte zurück zur Überschrift der Zeitung. Heute war Montag. Letzten Freitag hatte man die Frau zuletzt lebend gesehen.

War die vermaledeite »Gabe« zurückgekehrt? Seit Jahren

hatte Lara keine Dinge mehr »gesehen«, und sie war froh darüber gewesen. Die Fähigkeit, etwas wahrnehmen zu können, was sich erst noch ereignen würde, war ein Fluch. Man wusste nie, wann und wie es geschehen würde. Jemand, der diese Gabe besaß, konnte somit niemanden warnen oder Geschehnisse vereiteln. Und – das, was einem gezeigt wurde, war fast immer nachteilig.

Auch wenn es nicht in der Zeitung gestanden hatte, das Opfer war vor seinem Tod vom Mörder durch den Wald gehetzt worden. Lara *wusste* es. Sie hatte das Moos unter den Füßen gespürt, den Nachtvogel schreien gehört. Ihr Hals erinnerte sich noch immer an die enger werdende Fessel, die Luftnot, den unnachgiebigen Zug.

Unbarmherzig fächelte die Luft aus den Düsen über Laras Oberarme. Draußen war Sommer. Die Menschen waren in Urlaubslaune. Es roch nach Sonnencreme und Heu. Ein Kind lachte. Während sie sich anschnallte und losfuhr, betete sie, dass die Ahnungen nicht wiederkehren mochten.

*

Der Mann senkte den rechten Fuß fester auf das Gaspedal und angelte nach seiner Sonnenbrille. Leise schnurrte der Motor. Die ersten beiden Arztpraxen waren abgehakt. Der nächste Besuch würde nicht so reibungslos ablaufen. Er kannte den Kollegen schon seit Jahren, und es war ein schwieriger Mann. Man musste ihm unentwegt Honig ums Maul schmieren, damit er die vorgestellten Medikamente empfahl und verschrieb, und kaum war man weg, ließ er sich vom Nächsten zum Gegenteil bekehren.

Die Straße vollführte einen weitgeschwungenen Bogen auf ein Waldstück zu. Kräftige, hochgewachsene Kiefern. Der Mann griff nach dem Bügel der Sonnenbrille und legte sie auf den Beifahrersitz, als das Tageslicht weniger wurde. Er liebte den Wald.

Auf dem Bildschirm des Navigationsgeräts sah der grüne Fleck ziemlich groß aus. Die Fahrtroute mäanderte als dicker weißer Strich mitten hindurch. Weiter vorn zweigte eine geschlängelte braune Linie ab. Eine Seitenstraße oder ein Waldweg. Er nahm den Fuß vom Gas und hielt Ausschau. Die braune Linie auf dem Display rückte näher. Er blinkte rechts und bog ab. Die Räder holperten über Wurzeln und Steine, rollten aus, der Wagen hielt. Ein weiterer Blick auf den Bildschirm. Die geschlängelte Linie endete mitten im Grün. Anscheinend führte dieser Weg ins Nirgendwo. Zeit für einen kleinen Erkundungsgang. Der zickige Doktor konnte warten.

Den Blick geradeaus gerichtet, schlenderte der Mann vorwärts. Bei jedem Schritt federte der Boden unter den Füßen. Sonnenstrahlen irrlichterten wie goldene Leuchtlinien durch das Geäst. In der Luft lag ein feines Summen. Würziger Nadelduft schwebte unsichtbar über dem Weg. Im Tageslicht wirkte ein Waldstück immer ganz anders: friedvoll, ruhig, so gänzlich ungefährlich. Man verlief sich auch nicht so schnell. Nachts war es problematischer, einen eingeschlagenen Weg zurückzuverfolgen.

Er dachte über den diffizilen Rückweg neulich nach. Im fiebrigen Verfolgen der Jagdbeute war ihm die Orientierung völlig verloren gegangen, und er hatte lange nach dem richtigen Rückweg suchen müssen. Das war zwar kein Problem gewesen, weil niemand ihn verfolgte und kein Zeitdruck bestand. Für die Zukunft jedoch würde sich Doctor Nex etwas Besseres einfallen lassen müssen. Es gab inzwischen mobile GPS-Empfänger mit Navigationssoftware, auch kombiniert mit Handys. Man konnte Standorte speichern und sich später wieder dorthin führen lassen. Der Mann grinste. Das würde die Lösung für sein Problem sein.

Der Weg wurde schmaler. Über ihm schimpfte ein Eichelhäher. Die hochstämmigen Kiefern waren dichtstehenden Fichten gewichen. Bemooste Äste streckten ihre Finger nach seinen Schultern aus, kratzten am Stoff. Er rieb sich die Oberarme. Nur vereinzelt drangen noch Sonnenstrahlen durch die Kronen der Nadelbäume. Schnüffelnd sog der Mann die Luft ein. Feuchtkühl und ein bisschen modrig. Ein sehr schöner Forst.

Den Blick starr nach vorn gerichtet, tappten seine Füße langsam vorwärts. Er sah eine verschwommene Gestalt durch den Wald taumeln. Ihr nackter Körper reflektierte das weiße Mondlicht. Silbrig schnellten blonde Haare unruhig auf und ab. Sein Herzschlag beschleunigte sich, die Luft wurde knapp. Der Mann blieb stehen und schüttelte den Kopf wie ein nasser Hund. Vor letztem Freitag hatte er gedacht, dass ihm die Arbeit mit den Trophäen – das Zerteilen, Konservieren, Zusammenfügen – das größte Vergnügen bereiten würde. Jetzt war er sich dessen nicht mehr sicher. Die Jagd auf eine ahnungslose, wehrlose Beute war nicht nur Vorbereitung auf das eigentliche Ereignis gewesen, sondern ebenso ein Genuss wie die spätere Entnahme der Teile und deren Behandlung und Umgestaltung. Auch wenn die Trophäen das eigentliche Ziel seiner Jagd waren.

Kurz blitzten Hautstücke und rotbraunes Muskelfleisch in rosafarbener Flüssigkeit vor seinem inneren Auge auf, dann wurde der Drang weiterzumachen, die begonnene Arbeit fortzusetzen, schier übermächtig. Doctor Nex wollte nicht aus Sicherheitsgründen Monate warten, um die nächsten Objekte zu erlangen. Am liebsten hätte er *sofort* an seinem Werk weitergearbeitet.

Aber eigentlich war genau das *kein* Problem. Warum abwarten, bis Gras über die letzte Sache – er scheute sich, das Wort »Mord« dafür zu verwenden – gewachsen war. Er fuhr im Dienst große Strecken, kam durch verschiedene Bundesländer, lernte wunderbare Landstriche und interessante Menschen kennen. Wer weiß, wohin sein Reiseplan ihn am Donnerstag und Freitag verschlug. Er konnte vorab schon eine geeignete Gegend – nicht zu stark besiedelt und mit schöner Natur – aussuchen. Vielleicht lief ihm unterwegs auch gleich eine passende Frau über den Weg.

Wieder kreischte der Eichelhäher. Wieder grinste der Mann.

Klein und schmal musste sie sein, nicht zu alt und vorzugsweise blond und hellhäutig. Er hatte keine Lust, sich auf dem Weg zu den wichtigen Körperteilen durch dicke, gelbglibbrige Speckschichten zu schneiden. Und ausgeleierte, sehnige Haut sah konserviert sicher noch scheußlicher aus.

Ein fernes Rattern, wie von einer Motorsäge, brachte den Mann in die Realität zurück. Er stand jetzt schon mindestens zehn Minuten hier am Ende dieses Waldweges und träumte vor sich hin. Der Blick auf die Uhr belehrte ihn, dass es schon fast Mittag war. Zeit zurückzufahren und sich dem widerspenstigen Arzt zu widmen. Die Woche war noch lang, sein Weg würde ihn in weitere interessante Gegenden führen.

Bis Freitag war viel Zeit, Pläne zu schmieden und das benötigte Equipment zu besorgen.

6

Das Bild zeigte borkige Stämme und stachlige Zweige. »In diesem Waldstück wurde die Leiche am Wochenende gefunden.« Die Kamera schwenkte nach unten, auf den rotbraunen Nadelteppich. »Spaziergänger entdeckten den nur nachlässig mit Zweigen bedeckten Körper beim Pilzesuchen.« Eine dicke Frau mit rosa Jogginganzug kam ins Bild. Neben ihr stand ein ebenso kräftiger Mann mit olivgrünem Topfhut. Die Frau im rosa Schlabberlook hielt einen Korb ins Bild. Der Korb war leer, was auch logisch war, schließlich fand das Interview einen Tag *nach* dem Leichenfund statt. Wahrscheinlich hatte der Sender den Leuten befohlen, sich genauso anzuziehen und zu verhalten, wie sie es einen Tag zuvor getan hatten.

Eine stark geschminkte Reporterin schob der Frau ein Mikrofon wie ein Eis am Stiel vors Gesicht, und schon legte die Urlauberin los: »Dann sind wir doch noch da rüber, obwohl wir schon genug Pilze hatten, aber mein Mann hat gesagt …« – ein schneller Seitenblick zu dem Topfhut – »… lass uns dort noch schnell nachsehen, in so einer Schonung gibt es immer Pilze, da geht sonst niemand rein, das scheuen die meisten, weil man kriechen muss und die Äste und so einem das Gesicht zerkratzen und dazu die Mücken, furchtbar sag ich Ihnen, aber auf einmal hat Gunnar« – jetzt schaute sie, ohne Luft zu holen, zum Dritten in der Runde, einem schmalen Bürschchen mit flaumigem Bartansatz – »… einen Haufen Steinpilze entdeckt, und da sind wir noch tiefer rein, weil Steinpilze sind doch die besten Pilze, nicht wahr, auf einmal kamen wir auf eine Lichtung, und Herbert hat es zuerst gesehen ich …« Jetzt schnappte sie nach Luft, verschluckte sich und musste husten. Ihr Gesicht war rot angelaufen.

Lara hustete auch und rutschte tiefer in ihre Couch. Sie spürte ihr Herz klopfen. Es pulsierte gegen den Rippenkäfig wie ein gefangener Vogel.

»Und dann sind Sie auf die Lichtung gekommen.« Die Reporterin wiederholte den letzten Satz der Frau und sah dabei den Mann mit Hut an. Der nickte heftig, sagte aber nichts. Herbert und Gunnar hatten noch kein einziges Wort gesprochen. Sicher hatten sie auch daheim nichts zu melden.

»Ja genau da sind wir auf diese Lichtung gekommen da hat Herbert gesagt: Guck mal, da drüben liegt was; da habe ich es auch gesehen zuerst nur was Weißes dann sind wir näher ran und da waren das Füße …« Der Wasserfall sprudelte wieder. »… Füße stellen Sie sich mal vor mitten im Wald weiße nackte Füße die Zehen waren rosa lackiert …« Die Stimme der Frau wurde mit jedem Wort etwas schriller. Ihr Gesicht leuchtete jetzt purpurrot, und Lara hatte Angst, dass sie gleich kollabieren würde. »Herbert ist näher ran und hat die Zweige beiseitegeschoben, und da haben wir gesehen, … da haben wir … gesehen, … dass … äh gesehen, … dass …« Jetzt hatte die Platte einen Sprung. Die Reporterin schwenkte das Mikro zu Herbert und sprach ihn direkt an. Das Stottern seiner Frau verstummte abrupt. »Was haben Sie unter den Zweigen gesehen, Herr Hellwig?«

»Den Körper.«

»Den Körper?«

»Ja.«

»Können Sie den Anblick beschreiben?«

»Die Person lag auf dem Rücken.« Im Gegensatz zu seiner Frau neigte Herr Hellwig zum Telegrammstil.

»Was haben Sie noch beobachtet?« Die Reporterin ließ

nicht locker. Sie wusste, dass die sensationshungrigen Fernsehzuschauer nach blutigen Details lechzten.

»Der ganze Bauch war aufgeschlitzt.«

»Konnten Sie sehen, ob Organe gefehlt haben?« Die Dame vom Boulevardmagazin war unerbittlich.

»Kann schon sein. So genau kenne ich mich da nicht aus. Warum sonst hätte er den Bauch aufschneiden sollen?« Jetzt kam Herbert doch in Fahrt. »Tiere waren das jedenfalls nicht. Eine Brust hat gefehlt.« Gunnar bewegte sich seitwärts aus dem Bild. Starker Tobak für einen Jugendlichen. Wieso musste der Junge eigentlich dabeistehen, wenn seine Eltern den schrecklichen Fund noch einmal durchlebten? »Und Fliegen sind rumgeschwirrt, jede Menge Fliegen.«

Frau Hellwig zerrte am Hemdsärmel ihres Mannes. Sie war ihrer Zunge wieder mächtig. »Das war furchtbar! Diese ekelhaften Brummer!« Es klang eher, als hätte sie es *sensationell* gefunden.

Lara schluckte. Ihre Schleimhäute waren völlig ausgetrocknet. Während die Reporterin versuchte, weitere Einzelheiten aus dem Ehepaar herauszulocken, erhob sie sich und schaltete im Aufstehen den Fernseher ab. Es war ein Fehler gewesen, diese Sendung überhaupt anzusehen.

Sie ging in die Küche, um sich einen Wein zu holen. Zielsicher strich ihre Handfläche über die Raufasertapete, fand den Lichtschalter. Die Fensterscheiben im Haus gegenüber waren von der untergehenden Sonne rotorange getönt. Entferntes Kindergeschrei drang von draußen herein. Mit vorsichtigen Schritten stakte sie zum Kühlschrank und öffnete die Tür. Die Weinflasche vom Wochenende war noch halb voll. Kühl und feucht schmiegte sich der Flaschenhals in ihre Rechte. Sie stellte den Wein neben die Spüle.

Bedächtig glitt eine schmale Messerklinge über weiße Haut, zog eine dunkle Linie nach sich, die sich alsbald zu einem schwarz klaffenden Maul öffnete, in dessen Schlund es schillerte und pulsierte. Die Szene wechselte urplötzlich. Jetzt schnitt das Messer in etwas Dunkelrotes, Festes, eine Pinzette kam hinzu, packte und zog.

Lara spürte einen scharfen Schmerz im Unterleib und krümmte sich. Das Bild erlosch. Heiß rollte eine Träne über ihre Wange. Der Schmerz im Bauch blieb, wie ein ferner Nachhall, noch einen Moment länger und verblich dann auch. Ihre Finger hatten sich an der Spüle festgekrallt. Sie schniefte. Schloss die Augen und schüttelte den Kopf, um die Bilder loszuwerden. Eine Szene aus einem Film fiel ihr ein, in welcher die Sinnestäuschungen des Hauptakteurs durch eine Geschwulst im Gehirn hervorgerufen worden waren. Laras Halluzinationen bestanden nicht nur aus schemenhaft auftretenden Bildern, sondern kamen in Begleitung von Geräuschen, Gerüchen und körperlichen Reaktionen. Die Angst, selbst einen Gehirntumor zu haben, packte sie und schnürte ihr den Hals zu. Welche andere Erklärung konnte es sonst geben? Sie musste das Problem ihrem Hausarzt vortragen. Sofort löste sich der enge Ring um ihren Brustkorb. Lara betrachtete den gelbfunkelnden Wein. Sie hatte eingegossen, ohne es zu merken.

Zurück im Wohnzimmer, ließ sie sich auf die Couch plumpsen, nahm einen tiefen Schluck und atmete mehrmals kräftig ein und aus. Die Abenddämmerung hatte den Raum in ein unwirkliches Fliederlila getaucht. Lara trank noch ein bisschen Wein, erhob sich und ging zum Fenster. Sie ließ die Farben kurz auf sich wirken und zog dann die Vorhänge zu. *Und morgen begibst du dich zum Arzt. So kann das nicht weitergehen.* Lara nickte sich selbst Mut zu und ließ den Kopf auf die Lehne sinken.

7

Susann Weiß drückte die Glastür des Friseurladens auf und ging hinaus. Draußen schüttelte sie ihre blonden Locken zurecht und prüfte ihre neue Frisur noch einmal in den Glasscheiben, ehe sie mit schnellen Schritten davonstolzierte. Die Absätze klapperten auf den Gehwegplatten.

Jetzt musste sie nur noch zu ihrem Arzttermin, danach einkaufen, und dann war endlich Feierabend. Es war ein anstrengender Tag gewesen, und eigentlich wollte Susann nur noch nach Hause. Zum Glück war die Arztpraxis nicht weit weg.

»Hören Sie. Wir haben gerade sehr viel zu tun.« Die Sprechstundenhilfe hinter dem Anmeldetresen klang erschöpft. Der Mann ihr gegenüber behielt sein Lächeln, während sie weiterredete. »Ich würde dem Doktor gern Bescheid sagen, dass Sie mit ihm sprechen möchten, aber im Moment ist es schlecht.« Hinter Susann hatten sich inzwischen drei weitere Patienten angestellt. Eine dicke alte Frau stieß ihr mehrmals die über den Arm gehängte Handtasche in den Rücken. Eine zweite Arzthelferin flitzte zwischen Schrank und Anmeldung hin und her, sortierte die Karteikarten in ihrer Hand und ignorierte die Menschen hinter dem Tresen dabei völlig.

»Wann hätte Herr Doktor Levant denn dann Zeit?«

Der Typ war hartnäckig. Susann musterte die dünnen Streifen seines dunkelgrauen Jacketts. Es sah teuer aus. Und er roch auch teuer. Ein bisschen nach Zitronengras mit einem Hauch Kardamom.

»Ab siebzehn Uhr wird es ruhiger. Und jetzt…«, die Schwester machte eine ungeduldige Handbewegung in Richtung Tür, »… entschuldigen Sie uns.« Sie setzte noch ein genervtes »Bitte« hinzu und versuchte dann, an dem Vertreter vorbei zu den vier Leuten hinter ihm zu schauen. Der Mann drehte sich um, und sein Blick verhakte sich für eine Sekunde in Susanns Gesicht.

Seine Augen hatten einen beunruhigend durchscheinenden Bernsteinton. Dann eilte er hinaus, die große schwarze Aktentasche unter dem Arm; und schon in dem Moment, als Susann ihre Chipkarte zückte, hatte sie die Begegnung vergessen.

»Ja, ich war bei Doktor Levant. Nein, das war nur ein Kontrolltermin. Ich fahre jetzt noch zum Supermarkt. Soll ich uns für heute Abend eine Pizza mitbringen?« Susann wühlte in ihrer Umhängetasche nach dem Notizzettel, das Handy zwischen Ohr und Schulter geklemmt. »Mach ich. Du auch! Bis später!« Sie machte einen spitzen Mund, hauchte einen Kuss ins Telefon und sah sich um, ob jemand ihre Albernheit bemerkt hatte. Dann warf sie das Handy in die Tasche, betrachtete noch kurz den Einkaufszettel und lief los. Hinter ihrem Rücken trat ein Mann aus einer Einfahrt und setzte sich in Bewegung.

*

»Manfred Drechsel, der Leiter des Jugendamts, sagte aus, dass Dennis' Mutter der Behörde bekannt gewesen sei. Die Mitarbeiter hätten der 23-Jährigen gerade erst eine günstige Sozialprognose gestellt.« Lara hielt kurz im Tippen inne und schüttelte den Kopf. Dann sah sie sich um. In der Redaktion herrschte mittägliche Ruhe. Es war doch immer wieder die gleiche Farce. Die Beamten waren entweder nachlässig, bemerkten bei Kontrollen nichts oder waren einfach der Überzeugung, alles sei in bester Ordnung. Man fragte sich jedes Mal, ob das Jugendamt seine Aufgaben wirklich ernst nahm. Selbstverständlich hatten sie dann im Nachhinein nie Schuld. Nie. Lara schnaufte hörbar und sah sich um, ob jemand ihren Unmut bemerkt hatte, aber der Raum war leer. Dass das Jugendamt fahrlässig gearbeitet hatte, konnte man so natürlich nicht schreiben. Aber die Leser waren in der Lage, selbst Schlussfolgerungen aus den geschilderten Fakten zu ziehen.

Aus dem Nebenzimmer drang Gelächter herein. Wahrscheinlich schäkerte Tom mal wieder mit der Praktikantin. Lara blickte kurz auf ihre Notizen und senkte dann die Hände wieder auf die Tastatur. Wenn sie sich nicht ein bisschen beeilte, würde sie heute Abend noch hier sitzen. »Die Behörden haben laut Aussage von Manfred Drechsel die Familie sozialpädagogisch betreut. Für die Frau sei eine Qualifizierungsmaßnahme organisiert worden, da sie keine Berufsausbildung hatte. Auch sei der dreijährige Junge bis Mitte März in eine Kindertagesstätte gegangen. Die Erzieherinnen hätten keine Anzeichen einer Unterernährung bemerkt.« Natürlich nicht. Keiner hatte etwas bemerkt. Lara unterdrückte den Zorn. Die Berichterstattung musste sachlich bleiben.

Hinter ihr klappte die Tür, und sie sah sich um.

»Na, fertig?« Tom schlenderte herein, ein halbes Grinsen im Gesicht, die Rechte lässig in eine Gürtelschlaufe eingehängt.

»Noch nicht ganz.«

»Ich muss meinen Text auch noch überarbeiten.« Er setzte sich auf seinen Drehstuhl und wippte hin und her. »Und dann gehe ich mit Isi Eis essen. Willst du mitkommen?«

Lara überlegte kurz. »Nein, danke.« Sie liebte Eis. Aber das alberne Gekicher der Praktikantin, das auf jede, auch noch so sinnlose Bemerkung Toms folgte, ertrug sie nur bedingt.

Heute würde Lara wahrscheinlich beim ersten Satz der Spätpubertierenden austicken.

»Musst du morgen wieder ins Gericht?«

»Ja. Morgen ist das Umfeld der Mutter dran, Nachbarn, Bekannte. Der Vater des kleinen Dennis sitzt übrigens.«

»Ach was! Weswegen?«

»Das wissen wir noch nicht genau. Wohl wegen irgendwelcher Drogendelikte, hat Frank Schweizer von der *Tagespost* gesagt.« Ein kurzes Schulterzucken.

»Ach, der war auch da?«

»Ja sicher. Und rate mal, wen wir noch gesehen haben.« Als der Satz heraus war, schalt Lara sich eine Närrin. Eben noch hatte sie sich gewünscht, dass Tom mit dem Smalltalk aufhören möge, und nun machte sie auch noch mit.

»Keine Ahnung. Aber du wirst es mir bestimmt gleich verraten.« Ein schmieriges Lächeln verbreiterte Toms Mund. Wahrscheinlich hielt er sich für unwiderstehlich.

Isabell klapperte auf ihren viel zu hohen Absätzen herein, und Tom winkte ihr zu. »In zehn Minuten, Isi.« Die Praktikantin verschwand, und er wandte sich wieder seiner Kollegin zu. »Wen habt ihr denn getroffen?«

»Kriminalkommissar Stiller.«

»Ach du Sch…« Tom schlug sich dramatisch die Hand vor den Mund. »Den Blechmann!«

»Blechmann?«

»Na, die Gestalt aus dem *Zauberer von Oz*!«

Der Blechmann, der eiserne Holzfäller mit dem Trichter auf dem Kopf, erschien vor Laras innerem Auge, und sie musste trotz ihres Grolls lachen. »Das ist ein netter Vergleich, Tom. Er hinkt aber leider, weil der Wunsch, ein Herz zu besitzen, mit Sicherheit nicht zu Stillers sehnsüchtigsten Träumen gehört.«

»Das hast du auch wieder recht. Ich werde über einen neuen Spitznamen nachdenken.« Tom schaltete seinen Computer aus, erhob sich und zeigte auf das Fenster. »Na, willst du nicht doch mitkommen? Draußen scheint die Sonne.«

Wie auf Kommando schwang die Tür auf, und Isabell stolzierte erneut herein. Ihre Wangen glühten. Die Lippen hatte sie leuchtend pink angemalt, und so schnell, wie es gekommen war, verschwand Laras Verlangen nach Eis wieder. Sie schüttelte den Kopf. »Sorry, Leute. Ich bin noch nicht fertig hier.«

»Alles klar. Komm, Isi.« Tom schien erleichtert. Er winkelte galant seinen Arm und reichte ihn der jungen Frau. Mit einem enervierenden Kichern hängte sie sich bei ihm ein, und beide marschierten hinaus.

In Laras Kopf begann es zu pochen. Heute war Mittwoch. Tom hatte drei Tage Zeit gehabt, sich bei ihr für den Wochenenddienst zu bedanken, aber nicht ein einziges Wort darüber verloren. Ein Tauschangebot hatte er ihr auch noch nicht gemacht. Wenn er annahm, dass es inzwischen selbstverständlich sei, dass Lara jedes Mal einsprang, wenn er sich mit der Praktikantin oder irgendeiner anderen Tussi draußen herumtreiben wollte, hatte er sich geschnitten.

Lara speicherte den Text und seufzte dann. Nun hatte sie eine geschlagene Stunde an den Zeilen gebastelt, und es gefiel ihr noch immer nicht, aber allmählich drängte die Zeit. Manche Tage waren wie verhext. Ihr Blick blieb am Fenster hängen. Die Lamellen teilten das Licht in Sonnenscheibchen. Hinter ihrer Stirn pulsierte ein Hammerwerk. Die Kopfschmerzen hatten sich schon heute Vormittag angeschlichen, und mittlerweile dröhnten sie wie eine Dampframme. Wie fast jeden Tag in den letzten Wochen. Lara griff nach der Wasserflasche. Flüssigkeitsmangel konnte auch eine Ursache sein. Oder ihrem Gehirn fehlte einfach Sauerstoff. In den Redaktionsräumen war es im Sommer immer stickig, weil sie wegen des Verkehrslärms die Fenster geschlossen halten mussten. Dazu kam der scharfe Ozongestank des Kopierers. Lara schrieb »Komme gleich wieder« auf eine Haftnotiz, klebte diese an ihren Bildschirm und verließ die Redaktion.

Unten stand Friedrich und rauchte. »Pause?« Er stieß einen perfekten Rauchring aus.

»Nur zehn Minuten. Ich bin gleich wieder da.« Sie schwang den Taschenhenkel über die Schulter und ging; bemüht, bei jedem Schritt tief und langsam zu atmen. Die Sonne brannte heiß auf Schultern und Haare, und Lara wechselte auf die schattige Straßenseite hinüber.

Vor der Apotheke blieb sie stehen und dachte darüber nach, ihren Aspirin-Vorrat zu ergänzen. Allerdings war es sicher nicht gesund, die dauernden Kopfschmerzen mit Tabletten zu bekämpfen. Besser, man ginge der Ursache auf den Grund. »Verdammt, der Arzttermin!« Jetzt führte sie schon Selbstgespräche. Das war kein gutes Zeichen. Schlagartig kam auch der Gedanke an einen möglichen Hirntumor wieder. »Das hatte ich doch glatt verdrängt.« Lara seufzte und ging weiter, während sie in ihrer Tasche nach dem Handy wühlte. »Na gut, überredet. Ich telefoniere mit dem Doc.«

Ein vorbeischlendernder Mann sah die Frau mit den rotblonden Haaren seltsam an. Wahrscheinlich fragte er sich, mit wem sie da redete.

*

Das Herz war von einem gelbweißen faserigen Gewebe umgeben, das an eine Art Beutel erinnerte. Der Mann schob die Ärmel des Kittels nach hinten und griff zum Skalpell. Dieses zähe Futteral um den Muskel musste weg. Er hätte es gleich vor dem Einlegen entfernen sollen. Beim nächsten Mal. Dieses Herz diente ihm nur als Übungsobjekt, damit beim zweiten alles perfekt funktionierte.

Während die kurze Klinge schnitt und schabte, dachte er über den heutigen Tag nach. Er hatte begonnen wie jeder andere Arbeitstag auch: aufstehen, frühstücken, den Kofferraum mit Ware und Werbung beladen. Große Städte besaßen zahllose Arztpraxen, und es war nie abzusehen, wie viele er an einem Tag schaffen würde.

Er drehte die Schreibtischlampe so, dass sie genau in die kleinen Kämmerchen im Innern des Herzens leuchtete. Sie wirkten sehr glatt und heller als die dicke äußere Schicht. Das Herz war ein zäher Muskel.

Seine Mutter hatte oft Nudeln mit Herz gekocht. Das Fleisch brauchte ewig, bis es weich war. Die ganze Küche war von weißlichem Dampf und widerlichem Kochfleischdunst erfüllt gewesen, der sich wie ein feuchter Lappen auf Mund und Nase gelegt und ihm den Atem genommen hatte.

Der Mann blickte zum Herd und schluckte. Ihn hatten die weißen Schichten und Stränge an den Fleischrändern angeekelt. Einmal war der Brechreiz so übermächtig geworden, dass er die hastig hinuntergeschlungene Suppe wieder in den halbleeren Teller gekotzt hatte. Bröckchen halbgekauten Muskelfleischs waren neben Nudelresten in das weiße Halbrund geplatscht, Fettspritzer hatten sich verteilt und Mamas feines Damasttuch befleckt. Drei Tage Arrest bei Wasser und Brot im Keller waren die Folge gewesen. In der Schule vermisste ihn bei solchen Strafaktionen keiner – Mutter hatte ihn immer gleich krankgemeldet.

Zitternd schwebte das Skalpell über dem Objekt in der Sezierschale. Der Mann schloss kurz die Augen und suchte nach ein paar lateinischen Sätzen, die zu dieser wissenschaftlichen Tätigkeit passten, um zu seiner Konzentration zurückzufinden. Das Beben der Finger beruhigte sich allmählich, so wie sich sein Atem wieder normalisierte. Die alte Hexe war tot und konnte ihm nichts mehr anhaben. Er würde nie wieder Nudeln mit Herz essen müssen. Und es wurde auch allmählich Zeit, dass er sich wie ein Wissenschaftler verhielt und die Gebilde in den Sezierschalen als das betrachtete, was sie waren – Material für sein Kunstwerk. Nichts von dem, was hier vor ihm lag, hatte etwas mit seiner Kindheit oder Nahrung zu tun. Dieses Herz hier war kein totes Fleisch, sondern Rohstoff, sonst nichts. Jetzt strömte die Luft sanft ein und aus. Doctor Nex war bereit zu neuen Taten.

Druckvoll bohrte sich die gebogene Chirurgennadel durch die Wundränder. Statt chirurgischen Nahtmaterials hatte er Fleischerfaden genommen; straffes Garn, mit dem Metzger ihre Würste banden und Rouladen umwickelten. Die Naht sollte sich schließlich nicht nach einer Weile auflösen, sondern das Kunstwerk dauerhaft fest zusammenhalten.

Das blonde Rehlein von heute Nachmittag ging ihm einfach nicht aus dem Kopf. Sie hatte zart und zerbrechlich und gleichzeitig sportlich gewirkt. Sportlich war nützlich. Die Haut war dann fester, nicht so teigig und schwabbelig. Und wenn sie, vollgepumpt mit Adrenalin, längere Strecken durch den Wald lief, würde eine trainiertere Frau auch nicht so schnell müde. Vor seinem inneren Auge stiegen die Bilder der Jagd wieder vor ihm auf, während er mit der gebogenen Nadel mechanisch Stich für Stich ausführte.

Die Frau von heute war höchstens fünfundzwanzig. Das konnte man gerade noch gelten lassen. Ihre Hüften hatten sich beim Gehen hin- und herbewegt. Das lange Blondhaar hatte bei jedem Schritt mitgefedert. Der Mann hatte sich seine trockenen Lippen geleckt. Als das Blondchen in einem Supermarkt verschwunden war, hatte er seine Schritte beschleunigt, war an dem Geschäft vorbeigelaufen und hatte sich drei Häuser weiter seitlich vor ein Schaufenster gestellt, wo es geschlagene zwanzig Minuten dauerte, bis die Blonde wieder herauskam. Sie war in die andere Richtung gegangen, und er folgte ihr, gemächlich schlendernd, wie ein Spaziergänger beim Einkaufsbummel. Das Jackett hatte er zusammengerollt und in der Tasche verstaut, die Hemdärmel hochgerollt. Keine gute Verkleidung, aber es musste reichen, weil er eigentlich gar nicht auf eine solche Begegnung gefasst gewesen war. Der Zufall hatte ihm ein hübsches Rehkitz über den Weg geschickt. Ein wunderbarer Tag.

Er schloss kurz die Augen und rief sich die glatte, zarte Haut ihres Gesichts ins Gedächtnis zurück. Nicht zu viel Sonnenbräune, kaum Make-up. Absolut perfekt. Die winzigen Sommersprossen auf der Nasenspitze störten nicht. Er wusste zwar noch nicht, wie sie hieß, aber in welchem Haus sie wohnte. Das war schon ein Anfang. Und die zierliche Blondine hatte nichts davon bemerkt, dass ihr jemand gefolgt war.

Während seine Finger den Knoten festzogen, stellte er sich vor, wie Blondchen nackt durch den schwarzen Wald hetzte, rannte, stolperte, schniefte und schluchzte. Die Kleine hatte ihm sehr gut gefallen. *Zu* gut. Vielleicht würde er morgen auf der Rückreise noch einmal bei ihr vorbeischauen, nur so zum Spaß. Ohne konkreten Ablaufplan unternahm er nichts, das war viel zu gefährlich.

Das Objekt war fertig. Doctor Nex legte die Instrumente beiseite und hob die Sezierschale an, um sein Werk aus allen Perspektiven betrachten zu können.

Er hatte zuerst die Brustwarze in der aufgeklappten Gebärmutter festgenäht und das birnenförmige Körperteil dann wieder mit feinen Stichen verschlossen. Das Herz umhüllte das Ganze wie ein festes Futteral. Bis jetzt glich das Objekt einer dieser russischen Puppen, in deren Bauch immer kleinere Ausgaben der äußeren Matrjoschka steckten.

Die ironische Metapher von Fruchtbarkeit und Mutterschaft würde nicht jeder gleich verstehen, schon gar nicht, wenn man das Kunstwerk nur flüchtig und von außen betrachtete, aber es genügte, wenn der *Künstler* sein Werk vollkommen erfasste.

Ausgereift war es noch nicht, aber dies war schließlich sein erster Versuch, von den zahlreichen Experimenten mit toten Tieren, bei denen ihn schon das Fell schier zur Verzweiflung gebracht hatte, einmal abgesehen.

Vorsichtig drapierte er die unfertige Kreation in der großen Plastikdose und füllte Polyethylenglykol auf. Da konnte das Modell bis zur weiteren Bearbeitung ruhen. Genug für heute.

Er streifte die dünnen Latexhandschuhe ab und ging zur Spüle, um sich die Hände zu waschen und zu desinfizieren. Die normale Spießbürgerküche würde schnell wiederhergestellt sein.

Die Wohnzimmereinrichtung war von der Abenddämmerung rosafarben getüncht. Durch die Fenster drang das Abendzwitschern einer Amsel herein. Meist war er so in seine Studien vertieft, dass in der Zwischenzeit die Nacht heranschleichen konnte. Die Jalousien, die er bei seinen Arbeiten geschlossen hielt, waren sehr dicht, und ohne Uhr wusste man nie, ob es Tag oder Nacht war.

Im Fernsehen lief *CSI*. Er holte sich einen Rotwein und setzte sich in den Ledersessel.

Auch wenn das Ganze auf deutsche Verhältnisse übertragen ziemlich unglaubwürdig wirkte, war die US-Serie doch lehrreich, denn durch sie konnte man die modernen Methoden der Tatortanalyse kennenlernen; erfahren, wie weit die Möglichkeiten der Spurensicherung inzwischen gediehen waren und worauf ein Täter achten musste. Die Handlung interessierte ihn dabei weniger. Ganz unglaubwürdig wurde es, wenn man sah, was die amerikanischen Ermittler so alles taten: Sie vernahmen Zeugen, arbeiteten im Labor, sprachen mit Verwandten des Opfers, observierten Verdächtige, verfolgten diese, erschossen auch mal den einen oder anderen und gerieten dabei selbst in Gefahr.

Er wälzte einen Schluck *Dornfelder* im Mund hin und her, schob das linke Bein über die weiche Armlehne, schluckte und lächelte. Im Sessel lümmeln und Wein trinken, das hätte seine Mutter nie geduldet. Bei ihr saß man immer aufrecht. »Drück den Rücken durch, Junge! Du bekommst sonst ein Hohlkreuz! Wer gerade sitzt, zeigt Aufmerksamkeit!« So war das den ganzen Tag gegangen. Spurte er nicht auf der Stelle, krachte es. Reichte die Armlänge, fuhr ihre Handfläche in sein Gesicht und hinterließ einen glühenden Abdruck. Manchmal waren es auch die Fliegenklatsche, ein Handtuch oder ein anderer Gegenstand.

Er hatte sich nicht einmal in der Schule getraut, die Rückenmuskeln zu entspannen. *Sie* würde es erfahren, und dann gnade ihm Gott! Mit fest zusammengekniffenen Pobacken, die Lendenwirbel durchgedrückt, hatte der Kleine auf seinem harten Stuhl gesessen, Stunde um Stunde, und nach vorn geschaut.

Der Mann ließ auch das rechte Bein über die Lehne hängen und wackelte schelmisch mit den Zehen. »Das hast du nun davon, liebe Helga, dich fressen inzwischen die Maden. Aber ich – ich sitze hier in ›deinem‹ wunderbaren Haus, trinke Rotwein und genieße das Leben!«

Im Fernsehen betrachtete William Petersen alias Doktor Gilbert Grissom einen aufgespießten Käfer. Insekten konnten viel über Tote aussagen. Im Fall Sandra Gerber war es jedoch egal, wie viele und welche Fliegenmaden und Käfer sich an ihrem weichen Fleisch gelabt hatten. Es gab keinen Verdächtigen und somit auch kein zu überprüfendes Profil. Im Fall seiner Mutter war das schon anders. Er hoffte bloß, dass sie die nagenden Mundwerkzeuge der fetten Engerlinge noch gespürt hatte. Wer weiß, wie ihr Kadaver heute aussah.

Im Fernsehen bekam der geneigte Zuschauer von Zeit zu Zeit hübsch dekorierte, halb verweste oder mumifizierte Leichen zu sehen, die die Maskenbildner mit reichlich Farbe, Glibber und schleimigen Säften zurechtgemacht hatten und die nun von den Ermittlern untersucht und rekonstruiert wurden. Von daher konnte er sich gut vorstellen, wie Mama, oder besser das, was noch von ihr übrig war, mittlerweile aussehen mochte, schließlich lag sie seit über einem Jahr in ihrem Holzkasten in geweihter Erde – noch so ein Frevel, der aber leider nicht mehr rückgängig zu machen war. Es wäre besser gewesen, sie einäschern zu lassen, aber er hatte gewollt, dass ihr Körper schön langsam verrottete, zu stinkender Masse zerfiel, faulte, schimmelte und moderte. Auch wenn sie davon nichts mehr mitbekam, der Gedanke allein verschaffte ihm Genugtuung.

Morgen oder übermorgen würde er noch einmal nach seinem Rehlein schauen.

8

»Meine Güte, ist mir heiß.« Susann keuchte und schob das Schweißband die Stirn hinauf. Es war durchnässt. Neben ihr strampelte Caro auf dem Spinning-Rad. Der Trainer bellte Befehle heraus. Es war wie in einem Bootcamp, und sie hasste seinen herrischen Ton jedes Mal, wenn sie ihn hörte. Andererseits hatte Susann auch das Gefühl, den Drill zu brauchen. Und man konnte seine Aggressionen daran abarbeiten.

»Noch – fünf – Minuten – kommt – nicht – schlapp – machen – Mädels – Hopp – Hopp – und – Hopp – super – und – weiter …«

Susann blendete das Stakkato aus. Heute war Freitag, endlich Wochenende. Nachher würde sie mit Caro noch einen Cappuccino trinken gehen, dabei ein bisschen tratschen und sich dann nach Hause begeben. Vielleicht konnte sie sich noch ein Stündchen hinlegen, bis Georg kam. Freitagabend war ihr gemeinsamer Abend. Sie zogen um die Häuser und trafen sich mit Freunden in den Bars der Stadt. Susann dachte an die roten Dessous in ihrer Tasche. Zuerst der lustige Abend mit den Kumpels, danach würde sie ihrem Geliebten daheim mit einem Strip die Hölle heißmachen. Sie grinste und strampelte stärker.

»In die Türkei.« Caro löffelte den letzten Rest Schaum aus der Tasse. »Faul in der Sonne liegen, im Meer baden, ein bisschen Beach-Volleyball. Abends werden wir schön essen gehen und dann das Nachtleben genießen.«

»Toll.« Susann stand mehr auf Sehenswürdigkeiten. Den ganzen Tag am Strand zu verbringen, fand sie langweilig. Aber jeder sollte tun, was ihm gefiel. »Wann fliegt ihr?«

»Am nächsten Samstag.«

»Dann muss ich ja zwei Wochen allein trainieren.«

»Oder du setzt aus.« Caro zwinkerte schelmisch und winkte dann mit dem erhobenen Portemonnaie nach der Kellnerin.

»Eher nicht. Vierzehn Tage ohne Training – da werde ich träge und nehme zu.« Susann klopfte bestätigend auf ihren flachen Bauch.

Sie bezahlten, erhoben sich dann gleichzeitig und traten in die warme Sonne hinaus. Den Ford, der sich in einiger Entfernung langsam in Bewegung setzte, bemerkten die beiden jungen Frauen nicht.

An der nächsten Ecke blieben sie stehen, und Susann deutete nach links. »Gehst du mit durch den Park?«

»Nein. Ich muss noch einkaufen. Mach's gut, Suse.« Caro hatte sich umgedreht und winkte. »Ich ruf dich an!«

Susann sah der Freundin noch einen Augenblick lang nach und bewunderte deren Hüftschwung. Warum konnte sie nicht auch so ein schmales Becken haben? Da half der ganze Sport nichts. Sie schüttelte ihre Haare zurecht und bog auf den gekiesten Weg ab.

Hundert Meter weiter hinten hielt der silberne Ford Mondeo am Straßenrand. Der Mann hinter dem Steuer trug eine verspiegelte Sonnenbrille, sodass man seine Augen nicht sehen konnte. Er blieb eine Weile sitzen und schien auf etwas zu warten. Dann stieg er aus und eilte in Richtung Park.

Die Sonne zeichnete flirrende Muster auf den Weg. Auf einer Wiese tollten zwei Hunde miteinander. Ein kleines Mädchen rannte mit einer Tüte voller Brotwürfel zum Ufer des langgestreckten Teiches und rief dabei nach den Enten. Die Mutter folgte ihr mit einem seligen Gesichtsausdruck, und Susann blieb stehen, um den beiden zuzusehen. Irgendwann wollten Georg und sie auch Kinder.

Das Mädchen nestelte an der Tüte. Von überall kamen Enten herbeigeschwommen, die sich beeilten, zu dem Kind mit dem Futter zu gelangen.

Während Susann feststellte, dass sie das gleiche versunkene Grienen wie die junge Mutter im Gesicht hatte, verdunkelte sich für eine Sekunde lang die Umgebung, und Kühle legte sich auf ihren Hals und das Gesicht. Sie schaute nach oben und beobachtete die kleine weiße Wolke, die langsam weiterdriftete und die Sonne wieder freigab.

Das kleine Mädchen trampelte vor Freude, und Susann erwachte aus ihrer Erstarrung. Wenn sie sich daheim noch ein bisschen hinlegen wollte, war es allmählich Zeit, sich auf den Weg zu machen.

Zwischen den mächtigen Kastanien wurde es stiller. Bei schönem Wetter war der Park immer belebt, aber es gab auch ruhige Ecken, in die sich selten jemand verirrte. Die Blätter schirmten das Sonnenlicht ab, und Susann spürte, wie sich die Härchen auf ihren Armen aufrichteten. Das Gefühl, als bohrten sich zwei hypnotisierende Strahler in ihren Rücken, verdichtete sich mit jedem Schritt, und sie drehte im Gehen den Kopf und sah sich um. Da war niemand. Das kam davon, wenn man zu viele Horrorfilme sah.

Susann rieb sich die nackten Unterarme und lief etwas schneller. Was sollte ihr an einem warmen Spätsommertag, mitten in einem belebten Stadtpark, schon passieren? Es waren genug Menschen in der Nähe. Wenn sie nur laut genug schrie, würden die Leute es hören und herbeieilen, um ihr zu helfen. Sie dachte an all die Hundebesitzer, die man überall in diesem Park traf.

Das Gefühl, beobachtet zu werden, wurde stärker. Wieder sah sich die junge Frau um. Aus einem Seitenweg bogen zwei Jogger ab und näherten sich schnell.

Susann presste die angehaltene Luft aus und zwang sich, an den Abend mit Georg zu denken, um die paranoiden Gedanken loszuwerden. Mit hastigen Schritten näherte sie sich dem Parkausgang. Auf der Straße angekommen, war sie außer Atem. Ein schneller Blick rückwärts bewies ihr, dass da niemand war, und mit einem Aufatmen setzte sie ihren Weg nach Hause fort, während eine weitere Wolke sich vor die Sonne schob und den Tag verdunkelte.

*

»Das Borderline-Syndrom ist bis heute in der psychiatrischen und psychosomatischen Literatur umstritten. Deshalb rate ich dir auch davon ab, den Begriff in deinem Artikel zu erwähnen.« Lara sah Marks kantiges Gesicht vor sich, während er ihr mit seiner gelassenen Psychologenstimme Dinge erzählte, die sie schon wusste. Manchmal ging es ihr nicht um Informationen, sondern einfach darum, seine Stimme zu hören, aber das würde sie ihm nicht auf die Nase binden. »Ich hatte mir einfach vorgestellt, dass ich ein paar fachspezifische Hintergründe unterbringe, aber natürlich hast du recht.« Die schrägstehende Morgensonne ließ die Frontscheibe fast undurchsichtig erscheinen, und sie kramte nach dem Poliertuch. »Vielleicht erfahre ich auch in der nächsten Woche im Prozess noch etwas über die Verfassung der Mutter.«

»Wir können gern am Wochenende noch einmal ausführlich darüber sprechen, Lara, aber jetzt muss ich Schluss machen. Ich habe gleich einen Patienten.«

»Und ich muss zum Arzt.« Lara sah auf die Uhr und zog den Zündschlüssel ab. »Wann soll ich mich melden?«

»Es ist besser, *ich* rufe dich an. Bist du morgen Abend zu Hause?«

»Ja.« Wahrscheinlich wollte er die Eifersucht seiner Frau

nicht anstacheln. Marks »Mach's gut« klang bekümmert. Immer wenn sie mit ihm telefonierte, vermeinte sie, feine Schwingungen wahrzunehmen, das Bedauern über eine vertane Chance, eine leise Traurigkeit und Begehren. Vielleicht bildete sie sich das aber auch nur ein.

Lara musterte die anderen Patienten. Es waren sieben. Wahrscheinlich würde es länger dauern. Draußen ratterte ein Rasenmäher los, und die Sprechstundenhilfe stand auf, um das Fenster zu schließen. Lara zog ihre Handtasche auf den Schoß, tastete nach dem Handy und versuchte dann, unauffällig auf das Display zu schielen. Nichts. Keine Anrufe in Abwesenheit, keine SMS-Nachrichten.

Mit einem Knarzen öffnete sich die Tür zum Arztzimmer, ein kleiner dicker Mann machte ein paar Schritte rückwärts und verbeugte sich dann in einer höfischen Pose vor dem Arzt. Doktor Radost trieb ihn förmlich vor sich her, wartete, bis der Mann sich umgedreht hatte, überreichte der Sprechstundenhilfe ein paar Zettel und verschwand so schnell, wie er gekommen war.

Während der dicke Mann sich in sein Jackett wurstelte und die Frau neben ihr im Zimmer des Arztes verschwand, versuchte Lara, sich zu entspannen. Ganz sicher handelte es sich bei ihrem Problem nicht um einen Gehirntumor, sondern um etwas Harmloses. Hatte nicht jeder Mensch ab und zu Halluzinationen oder träumte schlecht? Und trotzdem – sie schniefte unhörbar – musste sie der Möglichkeit ins Auge sehen, dass in ihrem Kopf etwas Schlimmes wucherte. Das Modell eines Gehirns begann, sich vor ihren Augen zu drehen. Verschiedene Begriffe flammten kurz auf und verloschen wieder. Sehzentrum, Sprachzentrum, Hörzentrum. Ein vor sich hin kichernder Arzt im blutbespritzten Kittel zeigte mit einem Teleskopstab auf die Areale und fragte, worauf sie in Zukunft verzichten wollte. Nichts mehr sehen? *Peng!* Der Irre richtete die Spitze des Stabs auf ein Stück Großhirn, und dieses löste sich mit einem hörbaren Puffgeräusch in grauen Rauch auf. Zurück blieb eine schwarze Höhle.

Während Lara sich noch fragte, warum sie trotz der Verpuffung ihres Sehzentrums das Gehirnmodell noch sehen konnte, klopfte ihr eigener Name an die Schwelle zum Bewusstsein. Sie wurde gerufen!

»Frau Birkenfeld!« Die Stimme wurde energischer. »Sie sind dran!«

Lara öffnete ihre Augen und fuhr mit beiden Händen über den Kopf. Da oben schien noch alles intakt zu sein. Gelbgefiltertes Sonnenlicht stach in ihre Netzhaut. »Ich bin wohl ein bisschen eingenickt.«

»Das kommt vor.« Die Schwester lächelte abwesend. »Sie können reingehen.«

Lara erhob sich, holte tief Luft und betrat das Sprechzimmer.

»Nehmen Sie Platz, bitte.« Doktor Radost wies auf den Stuhl, der seitlich neben dem Schreibtisch stand, und eilte zu seinem Platz. Die Zipfel seines offenen Kittels wehten.

Er wartete, bis die Sprechstundenhilfe ihm die Akte auf den Tisch gelegt hatte, und blickte dann über die Ränder seiner Halbbrille. Er erinnerte sie an das Kaninchen aus *Alice im Wunderland,* und Lara versteckte ihr aufkommendes Grinsen.

»120 zu 80.« Doktor Radost ließ die Luft aus der Manschette und kritzelte gleichzeitig die Blutdruckwerte in seine Patientenakte. Dann sah er Lara mit seinem Arztblick an. »Alles normal. Und nun erzählen Sie mal, was Sie für Beschwerden haben.«

Er nickte ab und zu väterlich, während Lara von ihren Kopfschmerzen und den plötzlichen Halluzinationen berichtete und mit den Worten »Ich glaube, es ist ein Gehirntumor« endete.

»Ein Gehirntumor, denken Sie.« Der Arzt war ganz ruhig. Die Diagnose stellte er und nicht der Patient. »Gab es in Ihrer Familie schon solche Fälle?«

»Nicht dass ich wüsste.«

»Nun gut, Frau Birkenfeld. Warum gleich vom schlimmsten Fall ausgehen? Kopfschmerzen und Sinnestäuschungen müssen nicht heißen, dass es eine Geschwulst ist. Gehen wir gemeinsam die Anzeichen durch.« Er schob die Brille mit dem Zeigefinger nach oben und begann mit seiner Aufzählung. Nach jedem Symptom wartete er auf Laras Antwort, ehe er sich etwas notierte. Nachdem sie die Liste abgearbeitet hatten, las Doktor Radost das Geschriebene noch einmal vor.

»Fassen wir zusammen: Übelkeit und Erbrechen: Nein. Lähmungserscheinungen: Keine. Schwindel, Sprach- und Sehstörungen: Nein. Krampfanfälle, unwillkürliche Zuckungen in Armen, Beinen oder einer Körperhälfte: Nein. Koordinationsstörungen: Nein. Vergesslichkeit: Normales Ausmaß. Persönlichkeitsveränderungen: Nein. Das deutet alles nicht auf einen Tumor hin.«

»Aber diese Halluzinationen«, sagte Lara immer noch beunruhigt, »müssen doch eine Ursache haben! Sie sind so plastisch, dass ich das Gefühl habe, es geschieht mir selbst!«

»Ich verstehe.« Der Arzt nickte zu seinen Worten, als verstehe er tatsächlich. »Das kann ich bisher auch nicht erklären, Frau Birkenfeld. Ich mache jetzt noch ein paar Untersuchungen, und dann überweise ich Sie vorsichtshalber zum Neurologen.« Er griff zum Stethoskop. »Machen Sie bitte den Oberkörper frei.«

Nachdem der Arzt sie abgehört und abgeklopft und Lara sich wieder angezogen hatte, nahmen sie erneut Platz, und der Doktor begann, wieder zu schreiben, wobei er halb für sich, halb für seine Patientin vor sich hin murmelte.

»Zuerst machen wir eine Computertomografie. Wenn das nichts bringt, können wir noch eine Kernspintomografie anschließen. Es gibt noch weitere Verfahren, aber die CT dürfte meiner Meinung nach ausreichen, um festzustellen, ob da etwas ist…« Jetzt blickte er von seinen Papieren hoch und sah Lara direkt in die Augen, »… was ich nicht glaube.« Das »nicht« betonte er besonders stark. Er drückte auf den Knopf der Sprechanlage und beorderte die Arzthelferin herein. Lara erhob sich. Sie fühlte sich ein bisschen zuversichtlicher, aber in ihrem Kopf begann es schon wieder zu hämmern.

»Rufen Sie bitte an und machen Sie einen CT-Termin für Frau Birkenfeld.« Doktor Radost gab ihr die Hand, und Lara folgte der Weißbekittelten an den Tresen.

»Montag früh um sieben kommen Sie bitte zum Blutabnehmen. Passt Ihnen der Termin?« Lara presste ein müdes »Ja« heraus, und die Sprechstundenhilfe trug die Angaben in den Terminplan ein, während sie weiterredete. »Nüchtern bitte, Frau Birkenfeld, das heißt kein Frühstück. Trinken dürfen Sie etwas, allerdings nur Wasser oder ungesüßten Tee. Das Blut geht noch am selben Tag ins Labor, und Sie kommen dann bitte am nächsten Mittwoch noch einmal zur Auswertung.« Lara nickte und dachte an das bevorstehende Wochenende. Dieses Mal hatte sie keinen Dienst. Samstag und Sonntag gehörten ganz allein ihr.

Der helle Tag verdunkelte sich. Eine kleine blonde Frau, fast noch ein Mädchen, eilte durch eine Art Park, rieb sich dabei fröstelnd die nackten Arme. Über ihr schwebte eine dunkle Wolke, wie kommendes Ungemach.

»NEIN!«

»Frau Birkenfeld?« Die Stimme klang herrisch und besorgt gleichzeitig. »Hal-lo! Frau B i r k e n f e l d! Ist Ihnen nicht gut?«

Lara schüttelte den Kopf wie ein nasser Hund und wollte die Augen öffnen, bis sie feststellte, dass diese bereits geöffnet waren. Das Wartezimmer war voller Menschen. Alle starrten sie an. Hatte sie etwas gesagt?

»Was ist mit Ihnen? Setzen Sie sich einen Moment!« Die Sprechstundenhilfe war um den Tresen herumgekommen. Fest krallten sich ihre Finger um Laras Oberarm, während sie diese zu einem Stuhl drängte.

»Nein, nein, danke. Es geht schon wieder. Mir war nur gerade etwas eingefallen.« Lara befreite sich aus dem eisernen Griff. »Ich muss los.« Hastig raffte sie die Zettel, die die Schwester ihr hinhielt, zusammen und stopfte alles in eine Seitentasche.

Ein silberner Mondeo hielt am Straßenrand, und ein Mann winkte die junge Frau von eben an das geöffnete Fenster. Während Lara ihr zurufen wollte, sie solle fliehen, näherte sich die Frau mit einem zaghaften Lächeln dem Wagen.

Noch immer stand die Krankenschwester vor ihr, beide Arme in Hüfthöhe angewinkelt, bereit zuzupacken, sollte die Patientin einen Schwächeanfall erleiden.

Lara löste die Hand von ihrem Mund, quetschte ein »Tschüss« heraus und stolperte davon. Das Letzte, was sie sah, ehe sich die Tür schloss, waren die weit aufgerissenen Puppenaugen einer älteren Dame mit Vogelnestfrisur.

*

»Hallo?« Der Mann hatte sich zum Beifahrerfenster hinübergebeugt und winkte die junge Frau an sein Auto heran. »Entschuldigung? Könnten Sie mir bitte helfen?«

Die Blondine war stehen geblieben. Er hielt den Stadtplan hoch und wedelte damit. »Ich habe mich anscheinend verfahren!« Sie machte zwei zögerliche Schritte und hielt dann inne.

»Bitte!« Jetzt flehte er regelrecht. »Ich soll meine Frau vom Arzt abholen. Doktor Gumprecht, innere Medizin. Sie wartet bestimmt schon. Und jetzt weiß ich nicht mehr, wo es langgeht.«

Das mit der Frau und dem Arzt war gut. Er verfolgte Blondie jetzt schon fast eine Stunde lang in mehr oder weniger großem Abstand und hatte die ganze Zeit an der Strategie gefeilt. Es war gar nicht so einfach gewesen, zum Wagen zurückzurennen und die Straßen um den Park herum zu fahren. Aber er wusste ja seit Mittwoch, wo sie wohnte. Und die erschwerte Verfolgung stellte sich als mindestens genauso erregend heraus wie die nächtliche Hatz einer Beute durch den Wald.

Doktor Gumprecht, ein Endokrinologe, residierte ganz woanders. Der Mann wusste dies natürlich, denn er hatte den Arzt schon mehrmals aufgesucht. Aber *das* ahnte Blondie nicht. Die Praxis lag in der Bleicherstraße, am anderen Ende der Stadt.

Sie konnte ihm den Weg auf dem Plan zeigen. Ein Mann, der verheiratet war, schien ungefährlich. Es war ein warmer Spätnachmittag im Juni, die Sonne brannte durch die Windschutzscheibe, Vögel zwitscherten, Heckenrosen raunten mit ihren zerknitterten rosa Blütenblättern. Wenn die Leute Verbrechen vermuteten, war es immer finstere Nacht, beißende Winde wehten, oder Nebel durchwallte die Luft. Der Täter hatte eine fiese Visage und einen gemeinen Blick.

Hier jedoch war keine Gefahr im Verzug. Das schien auch die junge Frau zu denken, denn inzwischen stand sie dicht neben der Beifahrertür und lugte zum geöffneten Fenster herein. Er legte seine Rechte auf den benachbarten Sitz, ließ den dicken goldenen Ehering in der Sonne funkeln.

»In welcher Straße ist denn dieser Arzt?«

»Einen Moment.« Die Gedanken rasten. Er spürte seinen Schwanz gegen den Reißverschluss der Jeans drängen. »In der Bleicherstraße.«

»Oh, da sind Sie hier völlig falsch.« Sie kniff kurz die Augen zusammen und rieb sich mit den Fingerkuppen über die Stirn.

»Ach so? Mist. Das wird knapp. Unser Kleiner ist bei der Oma und wartet, dass wir ihn abholen.« Eine Handbewegung zum Kindersitz auf der Rückbank. Er war ein liebevoller Ehemann und Vater eines kleinen Jungen. »Warten Sie, ich weiß, was wir machen.« Hastig glitten seine Augen von links nach rechts, checkten Straßenrand und Verkehr. Es war niemand in Sicht, aber er würde sich trotzdem beeilen müssen. Jederzeit konnte jemand auftauchen und seinen Plan zunichtemachen. Dann stieg er aus, den ausgebreiteten Stadtplan wie einen Schild in der Linken vor sich her schiebend, ging um das Auto herum zum Bürgersteig und lächelte dabei die ganze Zeit sein schüchternes Lächeln, während die Rechte den Elektroschocker in der Hosentasche fest umklammert hielt.

Die schrägstehende Sonne verengte seine Pupillen. Er spürte, wie sein Schwanz pulsierte, und grinste ganz kurz.

Suchendes Erkennen durchflackerte ihre Augen. Er wusste, dass sie jetzt darüber nachdachte, wo sie ihn schon einmal gesehen hatte. Bevor ihr Gehirn sein Gesicht mit den Leuten am Tresen der Arztpraxis von Doktor Levant verknüpfen konnte, war er schon neben ihr, öffnete den Stadtplan und drapierte ihn auf dem Dach des Wagens, sodass eine Hälfte herunterhing.

»Also, wo ist denn nun diese Bleicherstraße?«

Abgelenkt, vergaß die Frau die nebulöse Erinnerung an ihre erste Begegnung und blickte auf das ausgebreitete Papier. »Das ist hier …« Suchend rutschte der dunkelrot lackierte Fingernagel über die Karte. »… äh, das ist weiter unten.«

Der Mann bezwang die atemlose Gier, sich an ihren Rücken zu pressen; sie seine Erregung spüren zu lassen, öffnete stattdessen die Beifahrertür, schob den herabhängenden Teil des Plans darüber, so als wolle er das Papier besser sichtbar machen, und stellte den Elektroschocker dabei auf Kontaktmodus. Es war ein Stinger-Taser, ein pistolenähnliches Gerät mit Abzugshebel, das Elektroschocks bis 50 000 Volt aussenden konnte.

Blondies Finger schwenkte auf der Suche nach der Bleicherstraße noch immer über das gelb-rote Straßengewirr. Er trat so dicht an ihren Körper, dass er ihr Lilienparfüm riechen konnte. Sie hob den Kopf und blickte zur Seite, um ihn zurechtzuweisen, ihr Blick fiel auf das Navigationsgerät neben dem Lenkrad, und sie öffnete mit einem empörten Zug um die Lippen den Mund, um etwas zu sagen.

Das leise Knistern war kaum zu hören. Bei seinen Experimenten mit Hunden und Katzen waren die Tiere immer auf der Stelle zusammengebrochen. Einige waren auch nicht wieder aufgestanden. Schnell machte er einen Schritt hinter sie, schob seinen linken Arm unter ihre Achsel und hielt den zuckenden Körper fest, damit er nicht zu Boden fiel. Die zitternden Beine waren durch die geöffnete Tür verborgen. Für einen Außenstehenden musste es wie eine liebvolle Umarmung wirken. Ein kräftiger Ruck mit beiden Armen und Blondchen fiel schräg auf den Sitz. Eine weitere schnelle Bewegung und die nutzlosen Beine waren auch verstaut.

Mit einem satten Schmatzen fiel die Tür ins Schloss. Der Mann nahm den Stadtplan vom Autodach, faltete ihn im

Gehen zusammen, stieg ein und fuhr, ohne sich anzuschnallen, los. Die Lähmung würde nicht lange anhalten, und er musste eine unbeobachtete Stelle finden, um seinem Opfer die K.-o.-Tropfen einzuflößen, damit es schlief, bis sie zu Hause waren. Dort konnte er sich in Ruhe auf die nächtliche Jagd vorbereiten.

»Komm, Süße, trink das. Es wird dir guttun.« Er beobachtete, wie ihre Lider flatterten. Nach ein paar Sekunden öffnete Blondie die Augen. Im Dämmerlicht des Kellers erschienen sie fast violett. Sie drehte langsam den Kopf und schaute verwirrt auf die meterlangen Regalreihen, in denen silbrige Konservendosen und Einweckgläser mit undefinierbarem Inhalt exakt nebeneinanderstanden. Doctor Nex beobachtete, nach vorn gebeugt, wie ihr Blick von links nach rechts wanderte, und genoss gleichzeitig den Anblick der ordentlich aufgereihten Lebensmittel. Nicht ein Fünkchen Staub beeinträchtigte das Bild. Er lächelte kurz, dann wurde sein Gesicht wieder ernst. »Nun mach schon, trink.« Die Schnabeltasse verharrte vor ihrem Mund. Noch war seine Stimme gelassen. Blondies Blick war inzwischen von der gegenüberliegenden Wand zurückgekehrt. Erst jetzt schien sie zu bemerken, dass sie in einem altertümlichen Rollstuhl saß, Arme und Beine an die Streben geklebt. Ihre Augenlider flatterten erneut, dann verdrehte sie den Kopf so weit es ging nach hinten. Grinsend beobachtete er das unnütze Tun. Sie würde außer Umrissen gar nichts erkennen. Nicht dass es etwas ausgemacht hätte, wenn sie sein Gesicht sah, aber so war es spannender. Jetzt wandelte sich ihr Gesichtsausdruck von verwirrt zu verstört. Er liebte es, diese Vorgänge zu beobachten. Zu sehen, wie sich Gefühle in der Mimik widerspiegelten.

»Na los jetzt. Trink!« Sie presste die Lippen aufeinander.

Sein Grinsen wurde breiter. Die Kleine dachte, sie könne mitbestimmen!

»Du willst nicht?« Jetzt schüttelte sie den Kopf. »Von mir aus. Du hattest deine Chance.« Schnell packten die Finger seiner Linken zu und drückten ihre Nasenflügel zusammen, während die Rechte den Ausguss der Tasse abwartend über den Mund hielt. Es dauerte nur ein paar Sekunden, dann schnappte sie nach Luft, und er goss die Flüssigkeit hinein. Sie verschluckte sich und sprudelte einen Teil des Schlaftrunks wieder heraus, aber das machte nichts. Es war genug, um ein Pferd zu betäuben.

Nachdem die Tasse leer war, strich er ihr die Haarsträhnen aus der feuchten Stirn.

»Und nun schlaf schön! Wir haben heute noch viel vor.« Langsam klappten ihre Augen zu, wie bei der Schlafpuppe, die er als Kind auseinandergenommen hatte.

Die Glühbirne erlosch mit einem feinen Wispern. Er schob das Vorhängeschloss durch den Riegel und drückte es fest. Bis die Nacht kam, waren es noch mindestens drei Stunden. Er würde jetzt nach oben gehen, etwas Leichtes zu Abend essen und seine Utensilien kontrollieren, damit alles nachher reibungslos funktionierte.

*

»Non mortem timemus, sed cogitationem mortis.« Leise flüsterte er ihr die Worte ins Ohr. Seine Lippen berührten kurz das Ohrläppchen. Es fühlte sich warm und weich an. Ihr rechtes Lid zuckte einmal, aber die Augen blieben geschlossen. Auch wenn sie nicht reagierte, war er sich sicher, dass die gemurmelte Botschaft in ihrem Gehirn angekommen war. Das Gehör schlief nie. Die Frage war bloß, ob sie Latein verstand. Wahrscheinlich eher nicht. Sie hatte auf ihn nicht besonders gebildet gewirkt. Zur Sicherheit wiederholte er das Ganze auf Deutsch. »Nicht den Tod fürchten wir, sondern die Vorstellung des Todes.«

Irgendeiner der unzähligen römischen Gelehrten hatte den Spruch vom Tod geprägt, und Blondie würde schon bald erfahren, dass er stimmte. Bis jetzt hatte sie sich bestimmt noch keine ernsthaften Gedanken über das Sterben gemacht. Er strich der schlafenden Schönen über den Arm und griff dann nach ihrer Handtasche auf dem Rücksitz. Lau fächelte die Nachtluft staubigen Humusduft zu den geöffneten Fenstern herein, strich mild über die glattrasierten Unterarme des Mannes. Er war froh, dass kein Fichtennadelhauch dabei war. Der Geruch brachte ihn jedes Mal aus dem Konzept.

Der Mann legte den Kopf in den Nacken und lauschte mit angehaltenem Atem eine halbe Minute lang in die Dunkelheit, ehe er die Innenbeleuchtung anknipste. Manchmal waren Forstbeamte oder Jäger in den Wäldern unterwegs, auch nachts. Zur Not konnte er mit der Blonden das Liebespaar geben, seine Geliebte im Halbschlaf, weil sie zu viel getrunken hatte, gerade jetzt, wo sie es sich gemütlich machen wollten – bei dem Wort »gemütlich« würde er dem Jäger verschwörerisch zublinzeln –, war sie eingenickt. Wie schade! Sie würden nach Hause fahren, klar doch, er wusste, dass sie eigentlich in den Wäldern nichts verloren hatten, aber sicher, wir machen uns auf dem Heimweg, Schatz.

»Schatz« würde nichts zu den Worten sagen, während sich ihr Liebhaber anschnallte und davonfuhr. Er würde die benommene Kleine später irgendwo absetzen, an einer unbeobachteten Stelle am Rande der Stadt, und seine Pläne mit ihr aufgeben. Das Risiko, dass sich der Jäger später beim Fund einer Leiche in seinem Revier an das »Liebespaar« erinnerte, war viel zu groß. Sie würde sich ab dem Moment, als der nette

Fremde sie nach dem Weg gefragt hatte, an nichts mehr erinnern. Aber seine ganzen Vorbereitungen, die Logistik, das Beobachten, Suchen, Eingrenzen, wären für dieses Mal vertane Liebesmüh. Umsonst die Vorfreude auf die Hatz und das anschließende Erlegen und Ausweiden des Wildes.

Noch einmal horchte der Mann in die Nacht hinaus.

Feines Rascheln und Schaben, Nachttiere auf der Suche nach Nahrung; nichts, was im Entferntesten an einen Menschen erinnerte. Er drehte den Kopf und lächelte seiner Beute zu, während er den Reißverschluss ihrer Handtasche öffnete.

Susann Weiß. Auf dem Bild in ihrem Ausweis war sie kindlicher, das Gesicht runder, die Haare fransig. Da gefiel sie ihm so, wie sie jetzt aussah, viel besser. Das lange, glatte Seidenhaar würde im Dunkeln silbrig schimmern, wenn sie durch den Wald lief. Er konnte es förmlich vor sich auf- und abwippen sehen.

Ihr Rock war über die Knie nach oben gerutscht, und er ließ seine Hand hinübergleiten, legte sie auf die warme, straffe Oberfläche, krabbelte Zentimeter für Zentimeter mit den Fingern nach oben, wo es wärmer und wärmer wurde, schlüpfte unter den Spitzensaum ihres Höschens, tastete und streichelte, befühlte die feuchtheiße Haut. Dann rief er sich zur Räson. Noch nicht. Er konnte sich beherrschen, war kein wild drauflosstürmender Stier, sondern ein Genießer. Das Vorhaben und die Ausführung mussten *zelebriert* werden.

Susann Weiß, sein zartes Rehkitz, bemerkte von alldem nichts. Nach seinen Berechnungen und den Tests würde sie noch mindestens eine halbe Stunde schlafen, sodass er sich in Ruhe umziehen und die Ausrüstung anlegen konnte.

Der Mann neigte den Kopf, sah zum Himmel hinauf und betrachtete die Sterne. Manche strahlten ihr gelbliches Licht still in die Schwärze hinaus, andere schienen zu pulsieren, wurden heller und verblichen wieder.

Er war kein gewissenloser Räuber, der um des schnöden Mammons willen Leute narkotisierte. Er war *Wissenschaftler*. Neben ihm holte das Wild zweimal schnappend Luft. Dann normalisierte sich die Atmung wieder. Er korrigierte seine Schätzung auf fünfzehn Minuten.

Doctor Nex hatte nicht nur recherchiert, sondern in den letzten Monaten auch selbst zahlreiche Tests mit dem Mittel gemacht. Das Körpergewicht und die vorher aufgenommene Nahrung beeinflussten die betäubende Wirkung. Bei kleinen, zarten Personen – ein zärtlicher Blick zu der Frau auf dem Beifahrersitz – dauerte es länger, bis sie wieder zu sich kamen. Aber das war egal, er hatte die ganze Nacht Zeit. Es war erst kurz nach elf, noch mindestens fünf Stunden, bis es hell wurde. Doctor Nex liebte die Nacht. Sie war sein Gehilfe und Beschützer.

Und nun war es allmählich Zeit, sich vorzubereiten, ehe das Wild erwachte. Er musste sich umziehen, Rucksack und Nachtsichtgerät anlegen und die Kleine in den Wald schleppen.

Zur Kontrolle ihres Zustandes gab er ihr eine leichte Ohrfeige. Die Lider flatterten, aber sie erwachte nicht. Noch nicht.

Beim Transport sollte sie noch bewusstlos sein. Die Jagd war dann am aufregendsten, wenn die Beute orientierungslos im schwarzen Nirgendwo zu sich kam. Wenn sie nicht ahnte, was gleich geschehen würde, und noch an einen Albtraum glaubte.

9

Ein kratziges Etwas fuhr über Laras Wange, und sie hörte einen unkontrollierten Schrei. Sie blieb stehen und rang nach Luft. Die Muskeln ihrer Beine zitterten. Es dauerte einige Sekunden, bis sie realisierte, dass das borstige Etwas ein Ast und der Schrei von ihr selbst gekommen war. Ihre Augen versuchten, die Nacht zu durchdringen, während sich die Ohren wie bei einem ängstlichen Tier aufzustellen schienen. Die Schwärze atmete. Ihr Hals schmerzte, und sie hatte Durst.

Mit leisem Schluchzen stolperte sie voran. Die ausgestreckten Arme stießen an stachelige Zweige. Spitzdornige Gegenstände bohrten sich in ihre Fußsohlen. Sie schien keine Schuhe anzuhaben. Keine Schuhe und – hastig wischte die rechte Hand von oben nach unten über den Körper – auch sonst keine Kleidung. Sie war vollkommen nackt.

Das Knie verdrehte sich, sie taumelte, strauchelte kurz und fiel dann auf die Seite. Links knackte ein Armknochen. Lara spürte keine Schmerzen. In Embryonalhaltung lag sie auf dem Waldboden, die Wange an ein weichfeuchtes Moospolster geschmiegt.

Über ihr keuchte ein wildes Tier.

Jetzt lag sie auf dem Rücken. Spitze Nadeln bohrten sich an Oberarmen, Schultern, Waden und Hintern in die Haut. Im linken Arm brannte ein grelles Feuer. Irgendetwas schnürte ihr den Hals zu, sodass sie keine Luft bekam.

Leblos stierten weit geöffnete Augen nach oben in die leuchtenden Punkte am Firmament. Über ihr zischte eine silbrige Sichel durch die Nacht.

Dann verloschen die Sterne.

Lara krallte die Finger um einen Zipfel der Bettdecke, hob den schlaftrunkenen Arm und wischte sich den Schweiß von der Stirn. Dann befühlte sie ihren Hals. Kein sich zuschnürender Reif, kein Strick. Auch der linke Arm war intakt, nichts zu spüren von herausstechenden Knochen und auch sonst keine Wunden. Es war nicht völlig dunkel, und so konnte sie die vertrauten Umrisse von Kommode und Kleiderschrank sehen. Ihr Wecker zeigte 0:24 Uhr an. Sie hatte noch nicht einmal zwei Stunden geschlafen.

Lara rutschte zur Seite, setzte sich auf und tastete mit nackten Füßen nach den Pantoffeln. Für einen winzigen Augenblick fühlten ihre Fußsohlen noch einmal spitze Nadeln, Steinchen und stachlige Zapfen statt des vertrauten Teppichs, dann hatten sie die Hausschuhe gefunden und schlüpften hinein. Ohne Licht anzumachen, schlurfte sie zum Fenster.

Über den Häusern strahlte ein großer, blendender Mond, übergoss Dachfirste, Schindeln, ziegelsteinerne Schornsteine und graue Regenrinnen mit weißem Flimmer. Im Haus schräg gegenüber brannte noch Licht. Freitags gingen die Leute später zu Bett. Lara öffnete das Fenster und ließ die kühle Nachtluft herein. Eine graue Katze, die gemächlich über die buckligen Pflastersteine schnürte, sah kurz zu ihr hoch und schlich dann weiter. Süßer Blütenduft wehte herein und vernebelte die Erinnerung an die Traumbilder.

Noch einmal kehrte ihr Blick zu den dunklen Flecken auf der strahlenden Mondscheibe zurück, dann drehte sie sich um und tappte in die Küche. Es würde schwierig werden, wieder einzuschlafen. Sie brauchte einen Schlaftrunk. Der Blick schweifte vom Milchkarton zum Weinbrand. Milch – Schnaps – Milch – Schnaps.

Wie von selbst griff die Rechte nach dem Alkohol. Heiße

Milch war nicht das Richtige, um ihr aufgewühltes Gemüt zu beruhigen. Sie brauchte etwas Stärkeres; ein Mittel, das länger wirkte und traumlosen Schlaf garantierte.

Lara nahm die Kognakflasche heraus und ging damit zum Fenster. Paralysierend strahlte der Mond. Die weiße Scheibe schien ihr Licht durch die Augen direkt in Laras Hirn zu senden. Ihre Großmutter hatte immer gesagt, je länger man hinaufstarre, umso stärker wirke der Mond. Sie zwang sich, den Blick abzuwenden, und ging, um den Weinbrand in ein Glas zu gießen.

Großmutter hatte viele Sprüche von sich gegeben. *»Du hast es auch«* war einer davon.

»Es« nannte sie die vermaledeite Gabe, dieses plötzliche Aufblitzen von Bildern, die einem Dinge zeigten, die später geschahen. Man *musste* sie sehen, auch wenn es furchtbare Ereignisse waren, hässliche Sachen, die niemand wahrhaben wollte, schon gar nicht, wenn ein kleines Mädchen sie heraussprudelte. Dazu kam, dass diese Ahnungen eher Gedankensplittern glichen, kurz aufschienen und sofort wieder verblichen. Nie »sah« man konkrete Orte, Zeiten oder alle Beteiligten, und das war der eigentliche Fluch dieser Fähigkeit. *Genauso wie das, was du vorhin geträumt hast.*

Lara hob das Glas und betrachtete die braune Flüssigkeit, ehe sie den Inhalt mit einem Ruck hinuntergoss. Der kalte Alkohol brannte erst nach einer halben Minute in der Speiseröhre. Und genau aus diesem Grund bewahrte sie ihn im Kühlschrank auf. Lara mochte keinen Kognak. Es war lediglich Medizin. In ihrem Bauch breitete sich die wohlige Wärme des Hochprozentigen aus, und sie gähnte, ohne die Hand vor den Mund zu halten. Der ganze Quatsch mit der Hellseherei konnte ihr gefälligst gestohlen bleiben. Während sie noch überlegte, ob sie sich ein zweites Glas genehmigen sollte, hatte ihr Unterbewusstsein schon entschieden, und die rechte Hand drehte am Schraubverschluss.

Der zweite Schnaps machte ihre Beine schwer. Lara stellte das Glas in die Spüle, die halbvolle Flasche in den Kühlschrank zurück, löschte das Licht in der Küche und zog die Tür halb hinter sich zu.

Im Schlafzimmer war es warm und dunkel. Wie eine weiche Höhle wartete das Bett. Lara setzte sich, stellte die Pantoffeln so, dass ihre Füße morgen früh gleich hineinschlüpfen konnten, ließ den Hinterkopf aufs Kissen plumpsen und schloss die Augen.

Bei Vollmond hatte sie oft Albträume, selten so real wie den von vorhin, aber es war eine *annehmbare* Erklärung. Viele Menschen wurden vom Mond beeinflusst, das war bewiesen. Und jetzt war es wirklich Zeit, wieder tief und fest zu schlafen – ohne Träume. *Und wenn ich morgen früh aufwache, habe ich alles vergessen.*

*

Doctor Nex saß, die Beine angewinkelt, die Knie mit den Armen umfasst, auf dem weichen Boden, versuchte, ruhiger zu atmen, und dachte nach. Das Nachtsichtgerät hatte er abgenommen, die Gummihaut des Anzugs vom Kopf gezogen und nach hinten geklappt, um besser in die Nacht lauschen zu können. Das kurzgeschorene Haar war rundherum von einer an den Rändern mit Hautklebemittel fest angeklebten Folie komplett bedeckt. Im Mondlicht wirkte es wie eine reflektierende Glatze.

Vor ihm lag das Wild, der blasse Körper noch unversehrt. Bis auf den schwarzen Streifen, der sich um den Hals herum einkerbte.

»Du kleine Wilde.« Er lächelte selbstvergessen. Die da hatte ihm Jagd und Erlegen ganz schön schwer gemacht; hatte um sich geschlagen, getreten und ihn, als er ihr in dem Versuch, ihr Schreien zu ersticken, den Mund zugehalten hatte, in den Handschuh gebissen. Links von ihm raschelte ein kleines Tier durch das Laub.

Es war gar nicht so einfach gewesen, das Gesicht der kleinen Amazone zu beobachten, weil sie so gezappelt hatte, während sich die Schlinge um ihren Hals immer fester zuzog. Doctor Nex hatte heute gelernt, dass auch kleine, zarte Frauen Löwenkräfte entwickeln konnten, wenn sie um ihr Leben kämpften. Genützt hatte es ihr letztendlich nichts, denn schließlich hatte er sich schweratmend, mit gespreizten Beinen über sie geschwungen, ihre fuchtelnden Arme unter seine Knie gezwungen und ihr die Linke auf die Stirn gedrückt, während die Rechte das Seil um den Handballen wickelte.

Sicher waren es mindestens fünf Minuten gewesen, in denen die kleine Löwin sich zur Wehr gesetzt hatte, aber ihm waren sie wie eine einzige Sekunde vorgekommen, in der er den scharfen Kontrast zwischen ihrem erlahmenden Widerstand und seinem zunehmend schmerzhaft pochenden Schwanz im Innern des Gummianzugs genossen hatte. Als das grün leuchtende Feuer in ihren Augen zu erlöschen drohte, war er gekommen. In einem fast perfekten Moment.

Im Nachsinnen über die Geschehnisse spürte der Mann seine erneute Erektion. Der Blick in ihr Gesicht, ihre hervorquellenden Augen, die zuerst verengten, dann geweiteten Pupillen hatten ihm außerordentliches Vergnügen verschafft. Das Einzige, was ihn noch immer störte, war der neongrün fluoreszierende Schimmer des Nachtsichtgerätes, der jeden natürlichen Eindruck verfälschte.

Und deshalb saß er jetzt hier im Licht des Vollmonds, lauschte angestrengt in die Dunkelheit und wog Vor- und Nachteile des Einsatzes der mitgebrachten Helmlampe ab. Der Mond goss über alles ein bleiches Licht, das die Nacht ausreichend erhellte, um sich zu orientieren, aber zum Sezieren würde es nicht ausreichen.

Außer den nun schon vertrauten Nachtgeräuschen des Waldes war nichts zu hören. Trotzdem zögerte er, den Helm mit dem daran befestigten Lichtstrahler aufzusetzen. Die Dunkelheit bot zwar Schutz und verbarg seine wissenschaftlichen Aktivitäten. Doch dieses Mal wollte er bei der Sektion von Anfang an alles richtig machen. Und dazu war gute Sicht nötig. Was aber, wenn jemand den Lichtschein der Helmlampe bemerkte? Der Mann strich sich mit der Handfläche über die Kopffolie und entschied dann, dieses Risiko nicht einzugehen. Das Nachtsichtgerät musste reichen.

Für die Zukunft merkte er sich vor, den Ort der geplanten Jagd im Vorfeld genau zu besichtigen. So konnte er sicher sein, dass nicht doch irgendwo in seiner Nähe ein Hochstand war, auf dem ein Jäger vor sich hin döste, um aufgeschreckt vom Getrampel der Hatz die Flinte anzulegen. Auch Jäger hatten Nachtsichtgeräte.

Sein Keuchen schien den gesamten Wald zu erfüllen. Ein Blick zum Abschied auf das bleiche Wesen in seiner blassen Schönheit, bevor der perfekte Leib zerteilt wurde. Heiß drängte sein Schwanz gegen den Latexanzug, aber Doctor Nex verbot sich, den Reißverschluss zu öffnen und in sie einzudringen. Aus Sperma konnte DNS isoliert werden. Er würde hier keine Zellen hinterlassen. Stattdessen drückte er die Hand auf den Unterleib, rieb und presste, bis er sich erneut in den Anzug ergoss.

Als sein Atem sich wieder normalisiert hatte, machte er sich daran, die Instrumente auf dem ausgebreiteten Damasttuch anzuordnen, stellte die Schraubgläser und den Brennspiritus daneben. Dann kniete er sich neben den Körper und setzte das Skalpell zum Y-Schnitt an.

Feuchtwarmer Blutgeruch breitete sich in der kühlen Nachtluft aus, und dem Mann fiel ein, dass er *noch* etwas vergessen hatte – den Geruchsschutz. In Filmen schmierten sie sich bei der Sektion von Leichen immer irgendein scharf riechendes Eukalyptusöl unter die Nase. Er notierte es sich auf seiner inneren To-do-Liste, während er das Skalpell beiseitelegte und die Chirurgenhände links und rechts des dunkel schimmernden Spalts platzierte. Mit einem fettigen Schmatzen lösten sich die beiden Bauchlappen von den darunterliegenden Organen, und dunkelgrüne Flüssigkeit sickerte heraus.

Im Innern erwartete ihn der vertraute Anblick träge pulsierender Darmschlingen, doch dieses Mal wollte er sich nicht auf der Suche nach darunterliegenden Organen durch die weiche, warme Masse wühlen. Das, was ihn interessierte, lag weiter oben, und er hatte den Bauch lediglich geöffnet, um freier agieren zu können.

Die unteren Rippen ließen sich gut abtrennen. Das Knacken des Knorpels erinnerte ihn an das Geräusch, das entstand, wenn ein Hund Schweinsohren kaute. Weiter oben wurde es schwieriger, weil die sichelförmigen Knochen hier direkt am Brustbein angewachsen waren. Aber eine Rippenschere war genau für so etwas gemacht. Mit leisem Knirschen gab die letzte Rippe nach, und er legte das an einen riesigen Nagelknipser erinnernde Instrument auf das Tuch. Der große Rippensperrer hielt nun den Brustkorb auseinander.

Während Doctor Nex, den Schlachthofgeruch ausblendend, links und rechts an der Lunge vorbei durch den Brustkorb schnitt, sinnierte er über die Vielzahl chirurgischer Instrumente nach, die es bei zahlreichen Anbietern im Netz gab. Ein fantasiebegabter Mensch konnte bei Bezeichnungen wie »Hirnspatel«, »Hirnspatelpinzette«, »Schädelstanze«, »Schädel-Bohrapparat«, »Schädelsäge« oder »Amputationssäge« auf interessante Ideen kommen. Kurz erinnerte er sich an eine Filmsequenz aus *Hannibal*, bei der einem minderbemittelten Detective unter örtlicher Betäubung der Kopf aufgesägt und das Hirn herausgelöffelt worden war. Leider war die Szene nur ganz kurz aufgeblitzt, sodass der Zuschauer keine Einzelheiten hatte erkennen können. Die Vorstellung jedoch zu untersuchen, wie der Proband sich bei solch einer Prozedur allmählich verändern würde, hatte etwas Faszinierendes.

Endlich lag das Herz frei. Der Mann verscheuchte die Gedanken an Hannibal Lecter. Ihn erregten die Jagd und das Töten und nicht das Zerteilen der Beute. Diese Verrichtungen dienten nicht zum Vergnügen, sondern waren unerlässlich, um sein geplantes Kunstwerk fortzuführen. Unter der festgeklebten Kopffolie juckte es.

Er hielt noch einmal inne und lauschte. Ein sanfter Wind war aufgekommen, fächelte seinem Gesicht Kühlung zu und brachte die Blätter der Bäume leise zum Rauschen. Er wehte auch den stärker werdenden Blutgeruch fort.

Ein letzter Schnitt trennte das Herz vom umgebenden Bindegewebe, dann hob der Mann im schwarzen Anzug es vorsichtig heraus und ließ es über dem Brustraum abtropfen. Über dem weichen Nadelboden begann er dann, die feste helllederne Hülle um den Muskel zu entfernen. Den Herzbeutel konnte er in der Nähe des Körpers liegen lassen. Kleine Aasfresser würden ihn finden und fressen, noch ehe man die dazugehörige Leiche entdeckte. Das Jucken auf der Kopfhaut nahm zu, und er schob den Zeigefinger vorsichtig unter die Folie und kratzte hingebungsvoll.

Einen halben Meter vom Tischtuch entfernt, säuberte er auch die anderen herauspräparierten Stücke. Es war wie beim Pilzeputzen – nicht benötigte oder beschädigte Teile entfernte man gleich im Wald. Das ersparte einem zu Hause viel Arbeit. Nachdem alles in den Schraubgläsern verstaut und mit reichlich Brennspiritus übergossen war, kehrte er zu dem zurück, was von Susann Weiß übrig geblieben war. Wie eine weggeworfene Flickenpuppe lag sie auf ihrem Moosbett, die Arme unnatürlich verdreht. Im bleichen Leib klaffte ein großes, weit aufgerissenes dunkles Maul. Und drei grün schillernde Schmeißfliegen hatten das leckere Mahl auch schon für sich entdeckt. Er machte ein paar wedelnde Handbewegungen, und sie summten unlustig vom Körper nach oben, nur um sich gleich darauf wieder in der warmen Blutmasse niederzulassen und ihren Rüssel einzutunken.

Doctor Nex schob das Nachtsichtgerät nach hinten – sodass es von Weitem wie ein am Oberkopf angewachsenes zweigabeliges Geweih aussah, und wartete eine Minute, bis sich seine Augen an das fahle Mondlicht gewöhnt hatten. Dann neigte er den Kopf nach vorn, betrachtete die beiden zur Seite geklappten Hautlappen und hielt dabei die Luft an. Die äußerste, schmale Schicht war außen weiß und innen dunkel. Dann folgte eine etwa einen Zentimeter breite helle Lage, ehe wieder dunkles Gewebe folgte. Blondie war ihm so zerbrechlich erschienen, und doch hatte sie eine weißgelbe Speckschicht unter der Oberhaut. Er griff nach dem Rand und zog daran. Elastisch schnippte das Stück in seine Ausgangslage zurück.

Diese Haut war jung und frisch, dehnbar und stabil, sie würde ein gutes Leder abgeben. Da nicht vorherzusehen war, wie die Oberfläche seiner späteren Opfer beschaffen sein würde, war es sicher sinnvoll, hiervon zwei größere Lappen abzutrennen und mitzunehmen.

Ed Gein hatte sich Kleidungsstücke aus der Haut seiner Opfer gemacht. Aber Edward Theodore Gein war ein Stümper gewesen. Das Tragen unzureichend gegerbten, harten, unnachgiebigen Menschenleders hatte sich mit Sicherheit unangenehm angefühlt.

Nein, Doctor Nex hatte nicht vor, sich aus den Bauchlappen dieser Frau eine Weste zu nähen. Er brauchte das Gewebe als äußere Hülle für sein Kunstwerk. Mit ein paar schnellen Schnitten trennte er die beiden Hautstücke an den Seiten ab, spülte sie mit Brennspiritus und rollte sie zusammen, damit sie in das letzte leere Glas passten. Fertig.

Nach dem Aufräumen und Verstauen seiner Gerätschaften und Utensilien schritt der Mann, das Nachtsichtgerät wie ein großes, aufrecht gehendes Insekt wieder vor den Augen, den Schauplatz der Sektion ab und suchte nach Spuren.

Vor dem Bedecken des Körpers vollführte er seine Abschiedszeremonie und zitierte zum Dank an die Lieferantin den Abschiedsspruch, den er extra für sie ausgewählt hatte: *Finis coronat opus – Das Ende krönt das Werk.*

Die Augen abwechselnd auf den blau-weißen Bildschirm des Navigationsgerätes und den umgebenden Wald gerichtet, tappte der schwarze Mann los. In seinem Rücken konnte er bei jedem Schritt die gefüllten Gläser spüren. Obwohl sie fest in das befleckte Tischtuch eingewickelt waren, bewegten sie sich hin und her und stießen an die chirurgischen Instrumente.

Nach einer knappen Stunde hatte er sein zwischen Sträuchern verborgenes Auto erreicht. Dass er ein wichtiges Utensil im Wald zurückgelassen hatte, wusste er zu diesem Zeitpunkt noch nicht.

*

Das Garagentor quietschte so laut, dass bestimmt die ganze Nachbarschaft davon wach wurde. Ohne Licht fuhr er vorsichtig in die schwarze Höhle. Es fehlte noch, dass einer der senilen Alten in den Nachbarhäusern bemerkte, dass die Kennzeichen an seinem Auto nicht passten. Ratternd fuhr die Metallwand herunter, und der Mann blieb noch einen Moment sitzen. Im Licht der Scheinwerfer ging er schließlich zur gegenüberliegenden Wand und ließ die Neonbeleuchtung aufflammen.

Dem Kofferraum entströmte ein Geruch nach Hochprozentigem. Die Flasche mit dem Brennspiritus lag neben der Klappkiste, der Verschluss fehlte. Sie musste während der Fahrt umgekippt sein.

Vorsichtig hob der Mann die Einkaufskiste heraus und betrachtete die Unterseite. Der Spritgeruch biss in seine Nasenschleimhäute. Nur der Boden des Kofferraums war etwas feucht. Der Rest Spiritus aus der fast leeren Flasche war komplett in den filzigen Teppich, der den Kofferraum auskleidete, gesickert.

»Das macht fast gar nichts.« Es handelte sich schließlich um harmlosen Brennspiritus, nicht um Blut oder andere Körperflüssigkeiten. Heiseres Lachen hallte von den Betonwänden der Garage wider. »Machen Sie sich an die Arbeit, Doctor Nex, es gibt viel zu tun!«

Jetzt erst stellte er die Einkaufskiste auf den Boden und begann, den Inhalt auszuräumen.

Den Latexanzug würde er von rechts auf links drehen, mehrmals abspülen und dann trocknen müssen. Das angetrocknete Sperma im Innern war einfach widerlich, aber es gab keine sichere Möglichkeit, seinen Saft nach außen zu verspritzen. Die Schraubgläser mit dem kostbaren Inhalt stellte er nebeneinander auf die Treppe. Die Flüssigkeit im Innern hatte sich rötlich gefärbt. Man konnte noch so viel spülen und abkratzen, der Brennspiritus löste doch immer noch Blutreste von den Geweben.

Der Taser klapperte aus seiner Hülle. Er legte die Ersatzkartusche in das Regal und entfernte die Akkus von Elektroschocker und Nachtsichtgerät, um sie zum Aufladen mit nach oben zu nehmen.

Nachdem der Kofferraum leer war, hob er die Filzmatte heraus und hängte sie zum Trocknen über einen hölzernen Bock. Fertig. Den Rest würde er oben erledigen, sich dann einen schönen kalten Gin gönnen und anschließend schlafen. Das Wochenende hatte gerade erst begonnen. Der Mann sah sich prüfend um. Neben den auf der Treppe bereitgestellten Gläsern hatte sich der schwarze Gummianzug wie eine müde Schlange aufgerollt. Die Aufräum- und Säuberungsaktion in der Garage war damit beendet. Lüften konnte er im Lauf des Tages. Ein kleines Unbehagen rumorte in seinem Kopf herum, während der Blick über die Parade glitt, so als stimme mit dem dargebotenen Anblick etwas nicht ganz. Noch einmal ließ er die Augen von links nach rechts gleiten, zählte die Gläser, betrachtete die glänzende Gummihaut, aber der Gedanke ließ sich einfach nicht fassen. Schließlich zuckte er mit den Schultern und ging, um die Sachen nach oben zu bringen.

Doctor Nex sang. Wasser strömte aus dem großen Duschkopf wie feiner Tropenregen auf ihn herab. Der grobporige Naturschwamm erzeugte schwach duftenden Limonenschaum auf seiner glattrasierten Haut. Er rieb systematisch über den ganzen Körper, streichelte Kopf, Hals, Brust, Arme, Beine, verweilte im Lendenbereich länger, rubbelte, schabte und genoss dabei heftig keuchend das Gefühl des zarten Trommelns auf dem Rücken.

Lächelnd stieg er aus der Dusche und trocknete sich ab. Das pedantische Waschen hatte seinen Körper geläutert. Mit feinem Wispern entfaltete er nun den Latexanzug in der Badewanne. Er verteilte das Limonenshampoo großzügig über der dunklen Oberfläche und rieb den Gummi von oben nach unten mit dem Schwamm ab; bemüht, möglichst viel Schaum zu erzeugen. Nach mehreren Spülgängen innen und außen glänzte die Schutzhaut wie neu. Auf einem Bügel über der Wanne schaukelte der leere Anzug wie ein kopfloser Gehenkter sacht hin und her, feine Tröpfchen perlten nach unten und fielen mit leisem Platschgeräusch auf das Email.

Der Mann löschte das Licht und ging hinaus. Jetzt konnte er sich endlich in Ruhe seinem Kunstwerk widmen. Die Präparation der Objekte duldete keinen Aufschub. Außerdem war er noch nicht müde. Schlafen konnte man später.

Er schlief gern, wenn es draußen hell war. Seine Mutter hatte dies nicht geduldet. Man schlief nicht am Tag. Auch nicht, wenn man Arrest im Keller hatte, wo kein Tageslicht hereindrang. Die alte Furie hatte stündlich kontrolliert, ob er auch ja munter war; und wehe, sie ertappte den kleinen Jungen beim Schlafen. Irgendwann war er darauf gekommen, dass er sie herabschleichen hören konnte, wenn er sich nur ganz dicht an die Kellertür setzte und das Ohr an das Holz presste. So konnte er die Augen schließen, um sich aus der harschen Realität zurückzuziehen, und bei ihrem Herannahen rechtzeitig die von ihr geforderte Sitzposition an der rückwärtigen Wand wieder einnehmen, bevor sie hereingestürmt kam.

Inzwischen jedoch konnte ihm die garstige Hexe nichts mehr anhaben, und es bereitete ihm eine diebische Freude, gerade das zu tun, was sie verboten hatte.

Draußen wurde es allmählich hell. Gelb flackerte ein einsamer Stern über den Baumwipfeln am dunkelblauen Firmament. In der Vorortsiedlung herrschte friedliche Stille. Er schloss die Jalousien. Erst dann tastete er sich zur Tür und schaltete das Licht ein.

Nachdem die Gläser nebeneinander auf dem Tisch standen, schlüpfte Doctor Nex in seinen Laborkittel und ging, um ein Glas Wasser zu trinken. Wieder zurück, setzte er sich und rutschte dann dichter an den Tisch heran, um die mitgebrachten Dinge vorab noch einmal in ihrer Vollständigkeit zu betrachten. Die Hautlappen hatten sich, so weit es ging, entfaltet und an die Wände des Glases geschmiegt. Gedankenverloren strich seine Rechte über den Kopf, während er über die Präparation des Leders nachsann. Stoppeln kitzelten die Handfläche. Die Stoppeln seiner kurzgeschorenen Haare.

Haare.

Haarstoppeln.

Die Hand hielt inne. Doctor Nex' Augen weiteten sich. Er starrte auf die Gläser, ohne sie zu sehen.

Die Kopfhaut musste bei der Jagd immer bedeckt sein. Haare enthielten DNS. DNS führte zum Täter. Deshalb rasierte er sich vorher den ganzen Körper, trug einen Latexanzug und Handschuhe und beklebte den Kopf mit einer Folie.

Sein Blick kehrte ins Zimmer zurück, musterte die Objekte. Wo war diese verfluchte Kopffolie?

Etwas begann in Doctor Nex' Kopf zu heulen, während er in die Garage hastete.

10

Lara stellte sich an der Anmeldung an und schaute auf die große Uhr dahinter. Halb acht. Der Arzt hatte am Freitag gesagt, es würde nicht lange dauern. Sie hatte diese Woche Spätdienst, wollte aber zur mittäglichen Redaktionskonferenz zurück sein. Schließlich gab es immer Kollegen, die die geplanten Zeilen und Spalten anderer an sich zu reißen versuchten, wenn diese nicht da waren. Tom war einer von ihnen. Mochte er auch noch so nett tun, seine Artikel gingen immer vor. Hubert hatte ihr neulich im Vertrauen erzählt, der Posten des stellvertretenden Chefredakteurs der *Tagespresse* würde bald frei werden. Mit Sicherheit versuchte Tom, sich zu profilieren. Tom war ein Karrierist.

»Sie müssen zehn Euro Praxisgebühr bezahlen.«

»Schon wieder?« Lara kramte nach ihrem Portemonnaie.

»Der Juli hat begonnen. Neues Quartal.« Die Sprechstundenhilfe machte ein »Ich-kann-auch-nichts-dran-ändern«-Gesicht. Es war eine andere Frau als vergangenen Freitag. Lara hatte schon befürchtet, über ihre Absencen ausgefragt zu werden.

»Kommen Sie bitte mit.« Die Schwester ging voran, wies ihr einen Platz zu und bereitete die Utensilien zum Blutabnehmen vor. Lara beobachtete, wie das dunkelrote Blut in die Röhrchen floss.

»Gleich fertig. So, das war's schon.« Ein Pflaster landete auf der Einstichstelle. »Am Mittwoch kommen Sie wieder, dann bespricht der Doktor mit Ihnen die Werte.« Die Schwester schaute hoch und sah Lara nicken. »Wiedersehen!«

»Aber gerade so …« Tom klopfte auf seine Uhr und grinste anzüglich. Lara ignorierte ihn, warf ihre Tasche über die Stuhllehne und suchte auf dem Schreibtisch nach dem Wochenplan der Redaktion, den sie sich letzten Freitag ausgedruckt hatte. »War heute früh irgendwas Besonderes?«

»Nur das Übliche. Gert kam wie immer zehn Minuten zu spät, Christin hat nur an den nächsten Kaffee gedacht, und Friedrich war noch im Halbschlaf. Und bis jetzt hatten wir auch nur Tagesgeschäft.«

»Also, alles wie immer. Wo ist denn, verflucht …«

»Suchst du das?« Tom wedelte mit dem Wochenplan und griente. »Ich habe ihn schon mal prophylaktisch an mich genommen.«

»Ach so? Seit wann ist an meinem Schreibtisch Selbstbedienung?«

»Ach komm, Lara! Ich wusste doch nicht, ob du pünktlich kommst, und wollte dir einen Gefallen tun.«

»Lass das bitte in Zukunft. Ich kann mich schon sehr gut um mich selbst kümmern.« Lara spürte die glühende Hitze unbeherrschten Zorns in ihrer Brust. Dieser eitle Möchtegerncharmeur!

»Dann wollen wir mal, was?« Tom marschierte, seine Angeber-Ledermappe unter dem Arm, fröhlich vorneweg. Es schien ihm nichts auszumachen, gemaßregelt worden zu sein. Oder er hatte ihre Bemerkung gar nicht als Tadel aufgefasst. Lara presste ihre Hand in die Hosentasche, die am liebsten in die arrogante Visage ihres Kollegen gefahren wäre. So ein Lackaffe!

Die anderen saßen schon im Besprechungsraum. Während der Chef die Themen der Woche anriss, dachte Lara an dunkelrotes Blut in durchsichtigen Röhrchen und einen Überweisungsschein zum Neurologen.

»Wie wär's mit Kaffee?«

Tom nickte, und Isi eilte beflissen in den Nebenraum. Lara überlegte noch, ob die Praktikantin mit ihrer Frage sie beide oder nur ihren Kollegen gemeint hatte, da kam diese auch schon zurück, zwei Tassen in der Rechten, eine in der Linken. Während Tom und Isabell sich über ihr Wochenende austauschten – sie mit halbem Hintern auf der Schreibtischkante, er mit hinter dem Kopf verschränkten Armen in den Stuhl zurückgelehnt –, schaute Lara die News aus dem Ticker durch. Als das Telefon zwischen ihnen klingelte, war Lara schneller.

»Birkenfeld.«

»Lara? Gut, dass ich dich gleich dranhabe! Pack deine Sachen, schnell!« Es klang gehetzt.

»Was ist denn los?«

»Ein Großbrand in einem Wohnhaus in der Bahnhofstraße. Feuerwehr, Rettungsdienst, Polizei, alles da. Ich komm nicht dicht ran, ist alles abgesperrt. Aber es sieht aus, als ob da Leute aus dem Fenster springen! Mach dich auf die Socken, los!«

Tom und Isabell hatten ihr Gespräch unterbrochen. Die Praktikantin beobachtete mit offenem Mund, wie Lara, den Hörer am Ohr, Sachen in ihre Tasche warf.

»Alles klar, Jo, ich bin schon unterwegs.«

»War das Joachim – unser Haus- und Hoffotograf?« In Toms Augen funkelte die Neugier.

»Ja, ein Brand. Ich bin weg!« Lara war schon auf dem Weg zur Tür. »Ihr könnt mich auf dem Handy erreichen, falls was sein sollte!« Die Tür schnappte zu.

Auf dem Weg in die Bahnhofstraße überschritt sie sämtliche Geschwindigkeitsbegrenzungen. Über den Dächern stieg eine schwarze Wolke senkrecht in den Himmel. Lara parkte das Auto am äußersten Ende einer Bushaltestelle und hastete die Straße zum Bahnhof hinauf. Schon von Weitem waren Streifenwagen und die Feuerwehr mit ihren blau rotierenden Lichtern und den ausgefahrenen Drehleitern zu sehen. Das Areal war großräumig abgesperrt. Beim Näherkommen spähte Lara nach Jo und versuchte gleichzeitig, sich alle Eindrücke für ihren späteren Bericht so genau wie möglich einzuprägen.

Der Fotograf stand auf der anderen Straßenseite und bewegte, den Kopf zum Display geneigt, die Kamera langsam hin und her, um jeden Zentimeter des brennenden Eckhauses abzulichten.

»Jo!« Lara war außer Atem.

»Da bist du ja.« Er schaute nicht hoch. »Das Schlimmste haben wir schon hinter uns.«

Dicker, schwarzer Rauch quoll aus den Fenstern und wallte nach oben. Feuerwehrleute standen auf Drehleitern und zielten durch die geborstenen Fensterscheiben. Grauer Qualm verwandelte sich allmählich in weißen Rauch. Lara öffnete ihr Notizbuch und begann, eilig Stichpunkte auf das Papier zu werfen, während Jo Satzfetzen heraussprudelte.

»Ich war auf dem Weg zum Supermarkt … da habe ich das Sirenengeheul … Bin gleich hinterhergefahren … man weiß ja nie … und …« Die Fotografen waren nicht fest angestellt und immer darauf bedacht, sich selbst um Aufträge zu kümmern. »Dann komm ich hier an …« Jo sprach und knipste gleichzeitig. Zwei Worte – Klick. Ein Satz – Klick. Komisch, dass Digitalkameras auch »Klick« machten. Vielleicht wünschten sich das die Kunden so.

»Das Treppenhaus hat wohl als Erstes gebrannt. Dann standen mindestens zwanzig Leute an den Fenstern … Frauen, Kinder.« Jo sprach immer in Halbsätzen.

Frauen und Kinder. Lara schluckte und wagte es nicht,

nach mehr Informationen zu fragen, weil sie sich vor den Fakten fürchtete, aber Jo sprach einfach weiter, und sie schrieb und schrieb, nur um sich die Bilder nicht vorstellen zu müssen.

»Das hat vielleicht gedauert, bis die die Sprungtücher ausgebreitet hatten. Mann, Mann. Inzwischen hat eine Mutter …« – jetzt sah er kurz hoch, nur um den Kopf sofort wieder auf das Display zu richten – »… ihr Baby runtergeworfen.«

»Was …« Weiter kam Lara nicht.

»Ein Polizist hat es aufgefangen. Ich sage dir!« Jo wischte sich mit dem Hemdärmel den Schweiß von der Stirn. »Kannste dir nachher in der Redaktion alles ansehen. Ich hab's drauf.« Brandgeruch wehte herüber, und Lara hatte das Gefühl, es röche nach verkohltem Fleisch.

»Es sind auch Erwachsene runtergesprungen. Manche haben sich verletzt.« Lara sah verkrümmte Gestalten auf dem leeren Pflaster liegen und unterdrückte die Tränen.

»Die Krankenwagen sind schon weg.« Er deutete in Richtung Süden. »Könnte sein, dass es Tote gibt.«

»Tote.« Lara kam sich vor wie ein Papagei.

»Hab ich läuten hören, aber nichts Genaues weiß man nicht.«

»Jo, ich geh mal rüber und sehe, ob ich aus den Leuten was rausquetschen kann. Wir treffen uns nachher in der Redaktion, und du erzählst mir die Details, o. k.?«

»Klar. Ich bin dann sowieso gleich weg. Für mich ist das Ding gelaufen. Mach deine Interviews.« Er zwinkerte mit einem Auge und zog gleichzeitig den Mundwinkel hoch.

Das Notizbuch unter den Arm geklemmt, marschierte Lara los und sah sich dabei um. Die Vorstellung des herabfallenden Babys ging ihr nicht aus dem Kopf. Aus den Fenstern gegenüber spähten Neugierige. Auch an den Straßenrändern weiter oben und unten hatte sich eine Menschenmenge versammelt. Direkt an der Absperrung sah sie ein bekanntes Gesicht.

»Brandmeister Gansmann?« Sie kannte den Mann von früheren Einsätzen. Herr Gansmann war ein umgänglicher Mensch. Vielleicht hatte sie bei ihm Glück. Der Uniformierte, der die Löscharbeiten konzentriert beobachtete, drehte sich um.

»Hätten Sie einen Moment Zeit für mich?«

»Frau Birkenfeld! Sie sind aber auch überall, was?«

»Das ist meine Arbeit. Die Leser wollen informiert sein. Darf ich Ihnen ein paar Fragen stellen?« Lara hatte das Diktiergerät schon in der Hand und drückte auf den Aufnahmeknopf.

»Versuchen Sie es. Ich muss meine Leute beaufsichtigen.« Brandmeister Gansmann hatte sich wieder dem Geschehen auf den Drehleitern zugewandt, und Lara stellte sich neben ihn und begann damit, ihren Fragenkatalog abzuspulen.

»Wir wissen noch nicht, ob es Brandstiftung war. Das müssen die Brandursachenermittler der Kripo herausfinden.«

»Wann kann man mit Ergebnissen rechnen?«

»Zuerst muss der Brand komplett gelöscht sein. Dann wahrscheinlich nicht vor übermorgen, je nachdem, wie es da drinnen aussieht. Das Gebäude ist einsturzgefährdet. Die Kripo muss vorsichtig rangehen.«

Lara nickte. Jetzt würde sie Herrn Gansmann noch einmal nach möglichen Opfern fragen und sich dann den herumstehenden Gaffern zuwenden.

»Was haben *Sie* denn hier zu suchen?« Die unwirsche Frage wurde von einem unsanften Stoß gegen ihren Oberarm begleitet. Lara schaute seitlich hinter sich und blickte direkt in die unheilbringend glühenden Uhuaugen von Kriminalkommissar Stiller.

Das Gleiche könnte ich dich fragen, du ungehobelter Kerl. Was hatte der Kriminalkommissar an diesem Brandherd zu suchen? Normalerweise erschienen bei einem solchen Ereignis nur die sofort alarmierten Schutzpolizisten und die Brandermittler. Es sei denn, man vermutete von vornherein Schlimmeres. Maestro Stiller würde ihr jedoch darüber bestimmt keine Auskunft geben. Brandmeister Gansmann ging ein paar Schritte nach links, so als wolle er sich von der Auseinandersetzung fernhalten.

»Ich recherchiere.«

»Sie recherchieren, aha.« Es klang verächtlich.

»Genau. Und ich behindere schließlich niemanden. Die Leser haben ein Recht auf Information.« Während Lara sich noch fragte, wieso sie sich eigentlich vor dem Typen rechtfertigte, hatte dieser sie schon am Arm gepackt und versuchte, sie von der Absperrung wegzuzerren.

»Lassen Sie mich los!«

»Gehen Sie zurück zu Ihrem Wurstblatt! Sie stören!«

»Ich bestimme selbst, wohin ich gehe.« Lara machte sich los und rieb sich demonstrativ den Oberarm. Hinter ihr starrten die Gaffer. Sie ärgerte sich, dass sie das Diktiergerät ausgeschaltet hatte, als der Blechmann aufgetaucht war. Vielleicht hätte man seine Rohheit als tätlichen Angriff auf eine Journalistin werten können.

»Gute Frau, Sie verschwinden hier, und zwar sofort, sonst mache ich Ihnen Beine.« Der Kommissar stieß zischend die angehaltene Luft aus.

»Sie sind mir gegenüber nicht weisungsberechtigt!« Laras Antwort erreichte nur den stocksteifen Rücken. KK Stiller war bereits auf dem Weg zu seinen Kollegen. Wenn er der Ansicht war, sie ins Bockshorn gejagt zu haben, dann hatte er sich aber gründlich getäuscht.

Sie würde jetzt die Umstehenden befragen, und es würde ihr eine Genugtuung sein, wenn der da drüben vor Zorn platzte.

11

»Meine Güte, das war vielleicht eine öde Vorlesung!« Robert prustete Luft aus und verdrehte die Augen. »Der wird auch nie fertig mit seinem Gelaber.«

»Nützt ja nichts.« Ann-Kathrin schlenkerte ihre Stofftasche beim Gehen auf und ab. Ihre blonden Haare, die in der Sonne einen rötlichen Schimmer hatten, wippten im Takt. »Ich habe gehört, der Prof merkt sich die, die in seiner Vorlesung pennen, und schikaniert sie dann in der Prüfung. Das möchte ich lieber vermeiden. Und nächste Woche beginnen die Semesterferien, dann haben wir es geschafft, nicht, Lisa?« Sie hängte sich bei ihrer Freundin ein. Das Mädchen neben ihr trug das Schneewittchenhaar zu einem lockeren Dutt zusammengezwirbelt. »Dann fahren wir ans Meer und entspannen.«

»Ich kann es kaum noch erwarten.« Robert gähnte, ohne sich die Hand vor den Mund zu halten.

»Mir sind auch bald die Augen zugefallen. Habt ihr gemerkt, der Typ hinter mir hat sogar geschnarcht!« Paul grinste, fischte eine zerknitterte Schachtel Zigaretten aus der Tasche und klappte sie auf. »Rauchen wir erst mal eine.«

Gemeinsam nahmen die vier nebeneinander auf der steinernen Rabatteneinfassung Platz, reckten ihre Gesichter in die Sonne und stießen dabei synchron Rauchwölkchen aus.

Robert war als Erster fertig und zertrat seine Kippe auf den Gehwegplatten. »Kommt ihr mit in die Mensa?«

»Ich hab eigentlich gar keinen Hunger.« Lisa zog ihren Bauch ein und erhob sich ebenfalls.

»Komm doch wenigstens mit. Du kannst ja einen Salat essen!« Ann-Kathrin zog ihre Freundin am Arm mit sich mit.

»Ich muss abnehmen. Sonst passt mir der Bikini nicht.«

»Ich finde dich genau richtig!« Paul tätschelte Lisas Hintern. »Schön rund. Und nun los. Ich habe auch Hunger.« Nebeneinander marschierten die Freunde in Richtung Mensa.

Die Schlange rückte im Schritttempo vorwärts. Paul und Robert hatten sich bei den Hauptspeisen angestellt, und Lisa war schon bei den Getränken. Ann-Kathrin strich sich die Haare aus dem Gesicht und las sich zum dritten Mal die Liste der Gerichte durch.

Hinter ihr stand ein Mann im dunkelgrauen Nadelstreifenanzug. Seine Kleidung passte nicht zu der der Studenten. Wahrscheinlich war er ein Honorardozent. Unmerklicher Duft nach Zitronengras, vermischt mit etwas Kardamom, umhüllte ihn und bildete mit dem Geruch der Speisen ein merkwürdiges Gemisch.

Ann-Kathrin sah Lisa nach, die mit einem Tablett, beladen mit vier Flaschen und Plastikbechern, an ihr in Richtung Fensterfront vorbeibalancierte, und entschied sich für den Gemüseauflauf.

Der Mann im Anzug schien die Parade der Speisen zu betrachten. Dann schlängelte er sich an Ann-Kathrin vorbei und blieb bei den Nachspeisen stehen. Während sie mit ihrem Teller an ihm vorbeiging, fixierten seine bernsteinfarbenen Augen ihr rotblondes Haar.

Ann-Kathrin bemerkte von alldem nichts. Als sie den anderen mit ihrem Tablett zum Tisch folgte, nahm der Mann im Anzug drei Tische weiter hinten Platz. Ein feines Lächeln umspielte seine Lippen, während er genüsslich seinen Salat verzehrte.

12

Lara blendete das Klacken von Toms Tastatur aus und wandte sich wieder ihrem Artikel zu.

»Im Zusammenhang mit dem Tod des kleinen Dennis ermittelt die Staatsanwaltschaft möglicherweise schon bald wegen Mordes. Bislang lautete der Vorwurf gegen die Mutter auf Totschlag wegen Unterlassung. Es häufen sich inzwischen die Hinweise, dass die 23-Jährige ihren Sohn mindestens zwei Tage allein in der Wohnung zurückgelassen hat, bis er am Ostermontag verhungerte. Auch wird derzeit untersucht, ob das Kind bereits tot war, als die Frau den Notarzt rief. Ein weiterer Zeuge belastete Frau F. heute schwer.«

Lara las sich die letzten Sätze noch einmal durch. Der lapidare Berichterstattungston machte das Ganze noch schlimmer. Dazu kam, dass der Vormittag im Gericht ihre Kopfschmerzen wieder hervorgerufen hatte. Sie hatte bereits zwei Aspirin intus.

»Der Zeuge aus Bayern hat bestätigt, dass die 23-jährige Frau mit dem vier Jahre alten Bruder von Dennis mehrere Tage vor Ostern bei ihm zu Besuch gewesen ist. Damit erhärtete sich der Verdacht, dass der dreijährige Dennis allein zu Hause gelassen wurde. Vor diesem Hintergrund werden nun auch Mordmerkmale geprüft. Der Zeuge sagte aus, dass die Mutter vom Morgen des 14. April bis zum Abend des 16. April bei ihm gewesen sei, also mehr als zwei Tage. Eine weitere

Zeugin hatte im Vorfeld bereits bei der Polizei ausgesagt, dass die Mutter vor Ostern verreist gewesen sei.«

Lara schaute kurz zum Fenster. Heute war es draußen bewölkt. Der trübe Himmel passte zu ihren Sätzen.

»Zur Familie gehören noch zwei vier und sechs Jahre alte Jungen. Der Sechsjährige lebt laut Aussage des Jugendamts in einem Heim, der Vierjährige war mit dem Freund der Mutter unterwegs. Der Junge wurde in Obhut genommen. Sein Vater, der auch der Vater des zu Tode gekommenen Dennis ist, sitzt zurzeit eine Haftstrafe ab.

In der ersten Vernehmung hatte die Mutter noch angegeben, der Junge sei vor dem Osterfest krank gewesen. Die Mutter war sich anscheinend bewusst, wie ernst es um den Zustand ihres Sohnes vor seinem Tod bestellt war. Aus Angst, dass ihr Dennis genauso wie sein sechsjähriger Bruder weggenommen werden könnte, habe sie keinen Arzt gerufen. Am Ostermontag konnte der von der Mutter alarmierte Notarzt dann nur noch den Tod des Jungen feststellen …«

»O nein!« Isabell stand hinter Tom, der gerade den ersten Seitenaufriss kontrollierte, und starrte mit weit aufgerissenen Augen auf seinen Bildschirm. Die Hand hatte sie vor den Mund geschlagen. Ihre Augen glänzten. »Das ist ja furchtbar!«

»Ganz ruhig, Süße, ein Polizeibeamter hat das Baby aufgefangen.« Tom wandte sich zu der Praktikantin um, und Lara sah, wie er ihr zuzwinkerte. Ganz offensichtlich hatte er gerade Laras Artikel gelesen.

»O Gott! Stell dir vor, der hätte danebengegriffen!« Isabell legte Tom die Hand auf die Schulter und ließ sie dort liegen; und Lara fragte sich, ob die beiden inzwischen schon miteinander im Bett gewesen waren.

»Und was muss das für ein Gefühl für die arme Mutter gewesen sein, ihr Baby aus dem Fenster zu werfen!« Die Praktikantin löste ihre Handfläche, fuhr sich dann mit beiden Zeigefingern unter die Augen, wischte die Tränen weg, ohne die Schminke zu beschädigen, und ließ ihre Rechte wieder auf der Schulter des Kollegen landen. Sie schien tatsächlich so etwas wie Mitgefühl zu verspüren. »Wollt ihr das Foto etwa drucken?«

»Selbstverständlich.« Tom drehte sich mit dem Stuhl halb zu ihr herum. »Es ist sogar schon erschienen. Jo hat es gestern gleich weiterverkauft und nicht schlecht damit verdient.«

»Ach!«

»So ist das Leben. Hat es denn inzwischen schon neue Erkenntnisse über die Brandursache gegeben?« Jetzt drehte Tom sich zu Lara um, und Isi machte einen Schmollmund.

»Ich muss nachher mal bei der Kripo anrufen und sehen, ob mir jemand Auskunft gibt.« Lara dachte an die Beleidigungen des Kriminalkommissars. »Guckt mal hier.« Sie schob ihren Ärmel nach oben und zeigte Tom und Isabell die drei blauen Flecken am Oberarm.

»Hast du Sado-Maso-Spielchen gemacht?« Tom grinste anzüglich, und Lara hasste ihn einen Moment lang.

»Nein. Das war Kriminalkommissar Stiller.«

»Was, der Blechmann hat dir blaue Flecken beigebracht?«

»Genau der. Gestern bei dem Brand. Hat mich am Arm gepackt und wollte mich wegzerren.«

»Warum denn?« Isis Stimme machte einen kleinen Quiekser beim »denn«.

»Er fand, ich störe dort.«

»Was hat der Typ für ein Problem mit dir?« Tom schaute jetzt ernster.

»Ich vermute, ihm liegen noch immer die Ermittlungsfehler seiner Kollegen letztes Jahr schwer im Magen. Als diese Neonazis das Sommercamp überfallen haben. Die Beamten hatten beim ersten Mal nicht einmal die Personalien der Täter aufgenommen. Als die Glatzen in der Nacht zurückkamen, um es ›den linken Ratten zu zeigen‹, wie sie selbst gesagt haben, hat es eine halbe Stunde gedauert, bis die Polizisten erneut vor Ort waren. Es gab noch andere Ungereimtheiten.« Lara spürte ihren Zorn von damals erneut in sich aufflammen.

»Ach ja, und du hattest den Artikel darüber geschrieben, richtig?«

»Genau. Stiller fand ihn polemisch. Und der Bericht ›verunglimpfe‹ die Arbeit seiner Kollegen. Am Ende sind die Ermittlungen im Sande verlaufen. Seitdem hat der Kriminalkommissar einen Groll auf mich.«

»Du kannst ihn aber auch nicht gerade gut leiden, oder?«

»Das ist ja auch kein Wunder bei seinem Benehmen.«

»Ich meine ja nur, dass sich das dann auf den anderen überträgt.«

»Also, Tom, entschuldige bitte, aber abgesehen von diesem Fall ist Kommissar Stiller ein mürrischer alter Marabu. Ich glaube, das ist seine Grundeinstellung: Groll gegen alles und jeden.«

»Marabu – das passt. Besser als ›eiserner Holzfäller‹.« Tom wandte seine Aufmerksamkeit wieder Isabell zu, die die ganze Zeit hinter ihnen gestanden und mit halboffenem Mund zugehört hatte. »Kannst du mir mal einen Kaffee holen, Isi?« »Isi« lächelte und stolzierte davon; erfreut, ihrem Angebeteten einen Gefallen tun zu können, und Lara dachte zum wiederholten Mal, dass ihr Kollege die Praktikantin wie einen Laufburschen behandelte. Dann griff sie zum Telefon, um bei der Kripo anzurufen und Erkundigungen über den gestrigen

Brand einzuholen. Wenn sie Glück hatte, bekam sie einen der freundlichen Beamten an die Strippe, jemanden wie Kriminalobermeister Schädlich zum Beispiel. Der hatte ein Herz für Lara und steckte ihr, wo immer es ging, Informationen zu.

Auf dem Computerbildschirm lief die neueste Nachricht durch, ohne dass Lara oder Tom sie wahrnahmen.

...Polizei geht nach Leichenfund in Waldstück bei Wernigerode von Gewaltverbrechen aus...

*

Dämmerung kroch in die Ecken des Arbeitszimmers. Der Computer begann zu summen, und auf dem Bildschirm erschienen bunte Symbole. Der Mann schob die Maus hin und her und wartete darauf, dass der Rechner fertig wurde, während die kleine Blondine von der Uni durch seinen Kopf geisterte. Das Mädel war aber auch zu süß, die Figur genau richtig, elfenhaft zart, der Hintern nicht so dick wie der ihrer schwarzhaarigen Freundin, ein richtiges Püppchen. Das Beste waren ihre langen Haare, die in der Sonne einen rötlichen Schimmer bekamen. Erdbeerblond nannte man das wohl. Der Mann grinste in sich hinein und stellte sich vor, das Püppchen nackt durch den Wald zu scheuchen. Was für ein Glück, dass er sie entdeckt hatte! Der Unicampus bot ein reichhaltiges Angebot an jungen Frauen. Für jeden Geschmack war etwas dabei. Die Jagd auf Susann Weiß am letzten Wochenende war fast perfekt gewesen. Makellos ihr bleicher Körper in der Dunkelheit, vollendet das Wippen ihrer Haare. Am erregendsten war der Augenblick gewesen, als sich ihre Pupillen plötzlich weiteten. Diesen Moment hatte er für immer auf seine Netzhaut bannen wollen, und doch verblasste schon nach wenigen Tagen die Erinnerung daran. Und noch eins hatte ihn gestört: dieser fahlgrüne Schein des Nachtsichtgerätes, der den wirklichkeitsgetreuen Eindruck verfälschte.

Der Gedanke daran, den Moment, wenn das Leben aus dem Körper entwich, bei natürlichem Licht zu erleben, hatte ihm keine Ruhe gelassen. Und so war er schon wenige Tage später erneut losgezogen, um sich – wie er es poetisch ausdrückte – ein wenig umzuschauen. Die Uni war eine gute Idee gewesen.

Der Computer war inzwischen so weit, und er wählte Google News Deutschland. Das Internet war mit aktuellen Meldungen immer am schnellsten. Seine Augen blieben an der obersten Schlagzeile hängen.

> …Erneuter Leichenfund. Diesmal in einem Waldstück bei Wernigerode…
> und 45 weitere Artikel…

Man hatte Susann Weiß, oder besser gesagt, das, was von ihr übrig war, gefunden. Der Mann schluckte trocken, rief die Schlagzeile auf, ließ sich die Artikel nach Aktualität sortieren und wählte den ersten aus.

> …wurde die nackte Leiche der Toten in einem Waldstück bei Wernigerode in einer Erdmulde, notdürftig mit Zweigen und Blättern getarnt, gefunden. Die Leiche wurde mittlerweile geborgen. Kleidung und Schmuck sind bis jetzt verschwunden. Die Kriminalpolizei bittet um Mithilfe. Zeugen und Personen, die Hinweise zum Verbleib der Kleidung und der Schmuckstücke geben können, melden sich bitte beim nächsten Polizeirevier. Es ist nicht auszuschließen, dass der Täter diese in der Nähe weggeworfen hat. Informationen, die auf Wunsch auch vertraulich behandelt werden,

können außerdem unter folgender Telefonnummer angegeben werden …

Er arbeitete sich schnell durch die anderen Artikel. Überall das Gleiche, zum Teil wortwörtlich. Schrieben die alle voneinander ab oder veröffentlichten sie einfach unkommentiert die ursprüngliche Meldung? Das war alles mehr als dürftig. Letztendlich spielte das jedoch keine Rolle. Sie schienen nichts Konkretes zu haben. Das war gut für ihn.

Doctor Nex zog die Unterlippe zwischen die Zähne und fixierte den Bildschirm. Außerdem sollte man doch wenigstens Angaben machen, wie Kleidung und Schmuck in etwa aussahen, wenn die Leute schon gebeten wurden, danach Ausschau zu halten. Auch zum Zeitpunkt des Auffindens hatten sie nichts Genaues geschrieben. Er erhob sich.

Im Keller roch es modrig. Die Härchen auf seinen Unterarmen richteten sich auf, und er beeilte sich, das Licht einzuschalten. Feine Mäusefüßchen huschten davon, und der Mann schüttelte sich. Die Kette an der Tür zu seinem ehemaligen »Bestrafungsraum« war fest verzurrt. Er hatte diesen Raum, seit Mutter tot war, nicht mehr betreten. Und das würde auch in Zukunft nicht geschehen. Für den Zwischenaufenthalt seiner Jagdbeute benutzte er den Vorratskeller. Da die Mädchen nie lange hier waren, lohnte es sich nicht, ein extra Verlies einzurichten.

Der Mann ging zu den Regalen an der Rückwand des Kellers, drückte auf einen verborgenen Hebel, und ein Metallgestell klappte mit einem leisen Ächzen zur Seite. Die Wand dahinter schien auf den ersten Blick unversehrt. Nur wenn man richtig hinsah, konnte man den feinen Falz erkennen, der zwischen Boden und Ecke nach oben umlief. Es hatte ihn viel Arbeit gekostet, dieses Versteck anzulegen, aber es war die Mühe wert gewesen. Noch ein Knopfdruck und die verborgene Tür schob sich auf. Dahinter kam ein zwei mal ein Meter großer Tresor zum Vorschein.

Wie bei Edgar Wallace. Nur schöner! Doctor Nex hörte sein Kichern von den Wänden zurückprallen.

Den Stoffbeutel über der Schulter stieg er wieder nach oben. Draußen wurde es allmählich dunkel. Sanft schnurrten die Jalousien herunter. Golden reflektierten die Schmuckstücke auf dem blauen Samtkissen das Licht der Küchenlampe. Der Ring rutschte gerade bis zur Mitte seines kleinen Fingers und blieb dort stecken. Er drehte den Finger hin und her und ließ den meergrünen Stein funkeln. Die Ohrringe trugen den gleichen Stein, nur kleiner. Kein Wunder, dass die Polizei am Tatort nichts gefunden hatte.

Obwohl …

Noch einmal durchlebte er die Ängste des vergangenen Wochenendes. Wenn die Bullen diese verdammte Kopffolie gefunden hätten, hätte ihn das im wahrsten Sinne des Wortes den Kopf kosten können. Zum Abgleich fehlten ihnen zwar seine genetischen Daten, aber man konnte nie wissen.

Und so war Doctor Nex in der Morgenstille des Samstags noch einmal aufgebrochen; getarnt als ein Wanderer, mit Rucksack, Wanderschuhen und Knotenstock, eine dicke Hornbrille im Gesicht, unter der Nase ein angeklebtes Bärtchen, unter dem Leib ein Sofakissen. Die Verkleidung war gut, barg allerdings die Gefahr, Spuren zu hinterlassen. Er seufzte leise. Da war er nun bei der Jagd immer so umsichtig, trug einen Latexanzug, Gummistiefel und Handschuhe, rasierte sich von Kopf bis Fuß, nur um keine Spuren zu hinterlassen, und musste sich nun ohne all diese Schutzmaßnahmen noch einmal an den Tatort zurückbegeben. Aber es war nun einmal geschehen, das Klagen nützte also nichts.

Wie gut, dass er wenigstens so klug gewesen war, letzte Nacht seinen Standort im Navigationsgerät zu speichern. Und trotzdem hatte er im zarten Licht des Morgens eine Weile suchen müssen. In Wäldern funktionierte die Standortbestimmung nicht so genau.

Das aufgeregte Summen der Fliegen hatte ihm schließlich den Weg gewiesen. Ständig in alle Richtungen lauschend, hatte er sich vorsichtig näher gepirscht.

Tiere hatten die Decke aus Blättern und Zweigen beiseitegescharrt, um sich an dem zarten Fleisch gütlich zu tun. Der auseinanderklaffende Unterleib war von einem schwarzschillernden Gewimmel bedeckt. Es sah aus, als atme dieser Teil des Körpers noch.

Noch ein bisschen dichter heran. Das, was von Susann Weiß übrig geblieben war, roch schon nach Kadaver. Doctor Nex mochte kein verwesendes Fleisch. Er hatte die Luft angehalten und fieberhaft Äste und mit Nadeln vermischtes Laub auf das Insektengetümmel geworfen. Bösartig brummend waren die Schmeißfliegen nach oben gesummt. Sie würden wiederkommen. Ihr Raunen überdeckte sein banges Keuchen.

Danach hatte er die Szenen der Jagd noch einmal vor seinem inneren Auge ablaufen lassen. Die Folie musste herabgerutscht sein, als er das Nachtsichtgerät nach hinten geschoben hatte. Einen Meter neben dem Kadaver war ihm schließlich das faltige Gebilde direkt ins Auge gesprungen. Er hatte es eingepackt, schnell noch einmal die Lichtung abgeschritten und sich davongemacht. Erst im Auto war ihm aufgefallen, dass seine Kleidung bis auf die Unterwäsche durchgeschwitzt war. Doctor Nex' empfindliche Nase hatte den Schweißgeruch bis nach Hause aushalten müssen.

Nun, es war ja schließlich alles noch einmal gutgegangen. Er streifte den schmalen Ring ab und ging, um den Kamin anzuzünden. Es war zwar Juli, ein lauer Sommerabend, aber um der Abendkühle zu begegnen, konnte man durchaus ein kleines Feuerchen vertragen. Es war an der Zeit, ein paar Dinge dem Feuer zu übereignen. Danach würde er sich seinem Kunstwerk widmen.

Und am morgigen Mittwoch – da stand ein kleiner Besuch auf dem Universitätscampus auf dem Plan.

13

Lara ging zu ihrem Auto und rieb sich dabei die Stirn. Ihr Blutzucker sei zu niedrig, hatte Doktor Radost gesagt. Eine Langzeitmessung würde Aufklärung bringen, ob das bei ihr öfter auftrat. Das könne eine Ursache der Kopfschmerzen sein.

Die Luft im Innern des Wagens roch sommerwarm. Sie schloss die Tür, ließ den Motor an und blieb ein paar Sekunden so sitzen. Im Rückspiegel blickte sie eine mürrische Lara an. Ob sie eine Brille brauche, hatte der Arzt sie gefragt. Manchmal wurden solche Beschwerden wie die ihren auch durch langes, angestrengtes Sehen verursacht. Lara dachte sich ein Horngestell um ihre Augen. Ein Uhu materialisierte sich, und sie sah KK Stiller vor sich.

Sie verscheuchte das Bild und fuhr los. Mittwochs waren keine Gerichtsverhandlungen. Bis zum Beginn ihrer Spätschicht war noch viel Zeit. Sie würde in die Innenstadt fahren, sich in ein Straßencafé setzen, etwas gegen ihre Unterzuckerung tun und ein bisschen herumtelefonieren. Vielleicht war Kriminalobermeister Schädlich heute zu sprechen. Der Brand war zwei Tage her, das erhöhte die Wahrscheinlichkeit, dass die Ermittler inzwischen Näheres zur Ursache wussten.

Laras Emotionen und ihr Verstand kämpften den ganzen Weg bis zum Parkhaus stumm miteinander. Ihr Gefühl wünschte, dass sie Mark anrief, die Vernunft war dagegen. Es gab keinen konkreten Anlass für ein Gespräch, sie wollte ihn nicht nerven, und trotzdem nagte die ganze Zeit das Verlangen, einfach nur seine Stimme zu hören.

»B i r k e n f e l d. Ja genau. Wie Birke und Feld. Von der *Tagespresse.*« Lara sah sich um und verdrehte die Augen. »Kriminalobermeister Schädlich, bitte. Ich hatte gestern schon einmal angerufen. Ja, ich warte.« Die Kellnerin stellte den Teller mit dem Obstkuchen ab und huschte davon.

»Stiller.«

Reflexartig nahm Lara das Handy vom Ohr, schaute kurz auf die Anzeige, während ein zweites »Stiller!«, gefolgt von einem ärgerlichen »Hallo!«, aus dem Hörer schallte. Heftig drückte sie den Daumen auf den »Beenden«-Knopf und legte das Telefon auf den Tisch. Zwei Sekunden später klingelte es. In ihrem Kopf stritten sich zwei Stimmen, ob sie abnehmen oder sich lieber tot stellen sollte. *Lara, sei nicht albern. Der Typ hat doch eben deine Nummer im Display gesehen.* Langsam streckte sie die Hand nach dem Gerät aus.

»Kriminalkommissar Stiller, guten Tag! Wir wurden eben leider unterbrochen.« Es war ihr egal, ob er ihr das abkaufte oder nicht.

»Was wollen Sie?«

»Ich hatte eigentlich Kriminalobermeister Schädlich verlangt.« Sie ließ ihre Stimme betont fröhlich klingen.

»Der ist nicht anwesend.«

Ach nein. Das habe ich schon selbst bemerkt. Lara schwieg.

»Also, was *wollen* Sie?«

»Ich hätte ein paar Fragen zu dem Brand am Montag.«

»Dazu geben wir derzeit keine Auskunft. Die Ermittlungen sind noch nicht abgeschlossen.« Klick. KK Stiller hatte aufgelegt. Der Kerl war und blieb ein Schnösel. Seine Manieren reichten nicht einmal für ein »Auf Wiederhören«.

Lara versetzte dem Obstkuchen einen Dolchstoß mit der Kuchengabel. Eines Tages würde sie dem Marabu sein Getue heimzahlen. Nach einer Tasse Kaffee und einem zweiten Stück Obstkuchen hatte sich ihr Zorn gelegt. Sie würde jetzt Zeitungsschau machen und dann gemütlich in die Redaktion laufen.

Tote Frau ist vermisste Susann W. aus Wernigerode …

In Laras Kopf begann es zu pochen.

Die Identität der gestern in einem Wald nahe Wernigerode aufgefundenen Frauenleiche konnte inzwischen geklärt werden. Es handelt sich um die seit Freitagabend vermisste Susann W. (23) aus Wernigerode. Die am gestrigen Abend durchgeführte Obduktion der Leiche hat zur Feststellung der Todesursache geführt. Die Frau wurde zuerst gewürgt, danach wurden ihr mehrere Schnittverletzungen zugefügt. Die Gesamtheit der erlittenen Verletzungen habe zum unmittelbaren Tod der Geschädigten geführt.

Lara sah sich wieder durch den Wald stolpern, die Arme ausgestreckt, Finger, die an stachlige Zweige stießen. Sie fiel, blieb auf dem Rücken liegen. Über ihr keuchte ein wildes Tier. Etwas schnürte ihr den Hals zu. Lara konnte nicht mehr atmen.

Ihre weit geöffneten Augen stierten nach oben zu den funkelnden Sternen. Eine silbrige Sichel zischte durch die Nacht.

»NEIN!« Das ältere Ehepaar am Tisch gegenüber sah mit verwunderten Blicken herüber. Lara ballte die Fäuste und drückte sie gegen die Augen, bis grellbunte Muster auftauchten und wieder verloschen. Sie griff nach dem Wasserglas. Die Flüssigkeit zitterte. Dann zwang sie ihren Blick zurück auf die Zeitung. Einzelne Worte blitzten auf, leuchteten, riefen dumpfe Echos in Laras Kopf hervor: »Susann W.«, »gewürgt«, »Schnittverletzungen«. Mochte Doktor Radost sagen, was er wollte, das, was sich hier abspielte, lag weder an zu niedrigen Zuckerwerten noch an nachlassender Sehkraft. Der Arzt hatte alles auf die Kopfschmerzen reduziert und ihre Halluzinationen als nicht relevant abgetan.

Die Tote war gestern Vormittag in einem Waldstück bei Wernigerode im Harz von einem Förster gefunden worden. Nachdem die Bereitschaftspolizei – verbunden mit einem Hubschraubereinsatz – den Fundort der Leiche gestern bis zum Einbruch der Dunkelheit weiträumig auf Spuren abgesucht hat, wird die Beweismittelsicherung heute fortgesetzt. Die Ermittlungen dauern an.

»Fräulein? Bezahlen, bitte!« Lara hob den Arm. Die Lust auf Zeitunglesen war ihr gründlich vergangen. Wann hatte sie eigentlich von der Jagd durch den Wald geträumt? Sie zermarterte sich den Kopf, aber es wollte ihr nicht einfallen. Und wenn sie sich richtig erinnerte, war es auch nicht nur einmal vorgekommen. Sah sie in ihren Träumen etwa *Morde* voraus?

Die Kellnerin brachte die Rechnung, und Lara erwachte aus ihren Grübeleien. Das Zischen der Espressomaschine wurde vom Stimmengemurmel der Gäste untermalt. Von draußen blendete die Sonne herein und ließ Staubteilchen tanzen.

Lara trat auf den Gehweg hinaus und sah nach oben. Der Sommerhimmel wölbte sich wie ein Leinentuch über der Stadt. Ein perfekter Julimorgen. Sie marschierte los. Ihr Dienst begann erst am Mittag, aber Lara hatte es trotzdem eilig. Sie musste ein bisschen recherchieren. Und dann würde sie Mark anrufen und nach den Mordfällen fragen. Er war vermutlich der Einzige, der ihr helfen würde.

*

»Habt ihr das gelesen?« Lisa zeigte auf den Artikel und wartete, bis die anderen verneint hatten, ehe sie vorlas. »… Die Frau wurde zuerst gewürgt, danach wurden ihr mehrere Schnittverletzungen zugefügt …«

»Gruselig.« Ann-Kathrin sah sich um. Der Campus lag in hellem Sonnenlicht. Alle Bänke waren besetzt. Studenten lachten, erzählten, lasen Bücher, rauchten oder träumten mit geschlossenen Augen, den Kopf zurückgelehnt.

»Stell dir mal vor, du gehst im Wald spazieren und findest plötzlich eine Leiche!« Robert schien die Szene zu durchleben. Seine Augen leuchteten.

»Ich will mir das gar nicht vorstellen.« Lisa suchte nach ihren Zigaretten.

»Ich frage mich, was sie mit ›mehrere Schnittverletzungen‹ meinen.« Robert wollte das Thema anscheinend noch nicht beenden.

»Das ist doch wohl klar!« Paul zog eine Fratze und stach mit einem imaginären Messer zu. »Zisch! Und zisch! Wie bei *Scream*!« Paul liebte Horrorfilme. »Der hat die natürlich voll abgeschlachtet. Ich seh das richtig vor mir, wie der Typ dem

Mädchen die Machete in den Bauch rammt. Zisch!« Wieder sauste das imaginäre Messer durch die Luft.

»Du bist unmöglich.« Robert grinste, während Lisa ihrem Freund mit dem Zeigefinger an die Stirn tippte. »Spinner.«

»Wir könnten mal wieder ins Kino gehen! Es läuft grad ein schicker Film. Ich hab die Vorschau gesehen. Viel Blut!« Pauls Arm sank herab und landete auf Lisas Schultern. »Wie wäre es am Freitag? Vorher können wir ja noch was trinken gehen.«

»Ein Horrorfilm?« Ann-Kathrin nahm sich eine Zigarette aus der Schachtel, die ihre Freundin ihr vor die Nase hielt. »Nur wenn ihr mich anschließend noch nach Hause bringt.«

»Ich bringe dich, wohin du willst.« Robert machte es Paul nach und umfasste Ann-Kathrins Schultern.

»Ich mag eigentlich keine Horrorfilme.« Lisa spitzte die Lippen. Aus ihrem Mund kam ein perfekter Rauchring.

»Wir sind doch bei dir.« Paul liebte es zu sehen, wie sich die Mädels fürchteten. Das machte ihn automatisch zu ihrem Beschützer. Und schließlich war es nur ein Film, sonst nichts.

»Na gut.«

»Abgemacht!« Die Jungs klatschten die Handflächen gegeneinander. Lisa warf die Zeitung in den Papierkorb.

»Ich muss mal aufs Klo. Bin gleich wieder da.« Lisa erhob sich vorsichtig und verschwand zwischen den Regalen.

Ann-Kathrin löste den Blick von ihren Notizen und musterte den Bücherstapel vor sich. Das würden sie im Leben nicht schaffen. Manchmal wünschte sie sich, alles so locker sehen zu können wie die Jungs. Die kamen gar nicht auf den Gedanken, ganze Nachmittage in der Bibliothek zu verbringen, um Sekundärliteratur durchzuforsten. Ihnen reichte das, was die Suchmaschinen ausspuckten. Jungs waren wahrscheinlich generell gelassener. Sie sah sich um. Der Raum war fast leer. An der Seite hockte ein dünnes Mädchen mit krummem Rücken an einem Computerarbeitsplatz und starrte unbeweglich auf den Monitor. Und ganz weit hinten, an der großen Fensterfront, saß noch ein einzelner Mann.

Lisa kam zurück und setzte sich neben ihre Freundin. »Wie lange willst du eigentlich machen?« Ihr Flüstern wurde durch die Stille irgendwie verstärkt. Der Mann am Fenster neigte den Kopf noch etwas weiter über den Tisch. Seine Haare waren so kurzgeschoren, dass die Kopfhaut durchschimmerte.

»Ich muss das hier« – Ann-Kathrin legte ihre Hand kurz auf das blau eingebundene Buch – »und wenn ich es schaffe, auch das hier« – die Hand zeigte zum nächsten Wälzer – »noch durchsehen. Zwei Stunden?«

»Bis um sieben? Puh. Mal seh'n, ob ich so lange durchhalte.«

»Es macht mir nichts aus, wenn du eher gehst.«

»Na, mal schauen.« Lisa griff nach ihrem Block und ging ihre Aufzeichnungen durch.

»Mist!« Lautes Poltern zog die Aufmerksamkeit der beiden Mädchen auf sich. Das knochige Mädchen hatte sich hingekniet und sammelte, Entschuldigungen murmelnd, die Bücher vom Boden wieder ein. Beim Aufrichten schwankte sie hin und her. Ihr schmaler Körper schien sich unter der Last zu biegen, und Lisa sah die Wälzer schon erneut zu Boden rutschen, aber die Knochige schaffte es wider Erwarten doch bis an den Tresen.

»Hör mal, Süße.«

»Ja?« Ann-Kathrin sah hoch und fand, dass Lisas Augen hier drin fast schwarz aussahen.

»Ich kann nicht mehr. Nimmst du es mir übel, wenn ich schon losziehe?«

»Nein, geh ruhig. Kein Problem.«

»Ich ruf dich nachher an.«

»Fein. Bis dann. Grüß Paul von mir.«

»Mach ich.« Lisa ging.

An der Fensterfront drehte sie sich noch einmal um und winkte ihrer Freundin zum Abschied zu. Der Kahlkopf saß noch immer hinter seinem Bücherstapel. Er sah gar nicht aus wie ein Student.

Lisa sprang die Treppen hinunter und dachte, dass der Typ irgendwie eigenartig gewirkt hatte, so als beobachte er die anderen in der Bibliothek die ganze Zeit aus den Augenwinkeln. Nur dass jetzt keine anderen mehr da waren. Der Kerl war allein mit Ann-Kathrin.

Draußen wärmte die Abendsonne. Vögel zwitscherten auf den Spitzen der Bäume. Lisa zog die Zigaretten hervor und vergaß ihre Bedenken.

*

Vor dem Haus war kein einziger Parkplatz frei. Kein Wunder, die meisten Anwohner kamen auch viel eher von der Arbeit als sie. Lara fuhr ein zweites Mal um den Block und quetschte ihren Mini zwischen zwei identisch aussehende VW. Die Sonne war bereits hinter den Dächern verschwunden. Gelbrosa Linien teilten den dunkler werdenden Himmel in breite Streifen.

Oben angekommen, öffnete Lara den Kühlschrank. Salatblätter wellten sich in einer Plastikschüssel unter labbrigen Tomatenscheiben. Betrübt betrachtete sie die eingetrockneten Maiskörner darüber und warf den gesamten Inhalt der Schüssel dann mit Schwung in den Mülleimer.

Seit Peter beschlossen hatte, sein Leben mit einer anderen zu verbringen, gab es in Laras Haushalt kaum noch geregelte Mahlzeiten. Natürlich konnte sie kochen, aber was hatte das für einen Sinn, wenn niemand da war, dem das Essen schmeckte.

Und dann fehlte ihr auch einfach die Lust, sich allein an einen schön gedeckten Tisch zu setzen und sich selbst zuzuprosten. So war es in den letzten Wochen bei schnell hinuntergeschlungenem Fastfood geblieben, das die Geschmacksknospen, ohne Spuren zu hinterlassen, passierte. Lara dachte an die Abende mit Peter. Es schmerzte noch.

Im Kühlschrank gammelten noch drei Joghurtbecher mit abgelaufenem Verfallsdatum neben einer gelblichen Gurke und eingeschweißtem Leberkäse vor sich hin. Lara entsorgte Joghurtbecher und Gurke. Mochten sie dem verwelkten Salat Gesellschaft leisten. Hinter dem Leberkäse hatte sich noch ein Grießpudding versteckt. Ansonsten – gähnende Leere. Sie nahm die Weinflasche und ein Mineralwasser aus der Tür und mixte sich eine Schorle. Auf dem Weg ins Wohnzimmer fiel ihr Blick auf den Flurspiegel. Schlank war sie noch immer, trotz all des Kuchens am Nachmittag. Seltsam. Es würde trotzdem nichts schaden, heute auf das späte Essen zu verzichten.

Auf dem Handyetui klebte ein kleiner gelber Zettel: »Mark anrufen«.

Das hätte sie fast vergessen. Schlagzeilen flammten in Laras Kopf auf und erloschen wieder.

Vermisste Frau aus Neustrelitz tot aufgefunden!

Nackte Leiche verstümmelt und ausgeweidet!

Tote Frau ist vermisste Susann W. aus Wernigerode …

… wurde zuerst gewürgt, danach wurden ihr Schnittverletzungen zugefügt …

Lara stellte das Glas ab und holte ihr Notizbuch. Sie hatte, nachdem die Artikel für morgen fertig waren, den gesamten Rest der Spätschicht damit verbracht, nach Informationen über die Leichenfunde zu suchen und diese miteinander zu vergleichen. Fein säuberlich standen die Angaben untereinander auf dem karierten Papier.

Sandra Gerber – das erste Opfer – war am Sonntag, dem 26. Juni gefunden worden. Der Tod musste zwischen Freitag, dem 17. und Samstag, dem 18. eingetreten sein, so hatte man festgestellt. Zuletzt lebend gesehen worden war die junge Frau am Nachmittag des 17. Juni.

Neben den Daten hatte Lara in Druckbuchstaben notiert: *Albtraum Jagd: Freitag oder Samstag (17./18.6.).*

Genauer wusste sie es nicht, aber es war an einem Wochenende gewesen. Sie erinnerte sich, dass sie am nächsten Morgen hatte ausschlafen können.

Die Leiche des zweiten Opfers, Susann Weiß, war am gestrigen Dienstag von einem Förster entdeckt worden. Verschwunden war sie jedoch auch an einem Freitagabend. Letzten Freitag, am 31.6.

Auch hier hatte Lara lange nachdenken müssen, wann die Albtraumfetzen sie um den Schlaf gebracht hatten. Schließlich war es ihr wieder eingefallen. Ein riesiger gelber Mond hatte zum Fenster hereingeblendet und sie hypnotisiert. Im Kalender war der große runde Mond am vergangenen Freitag eingezeichnet, am Freitag, dem 31.6. – in der gleichen Nacht, in der Susann Weiß verschwunden war.

Lara schaute auf die tonlos flimmernden Fernsehbilder und nahm einen Schluck Weinschorle. Hatte sie im gleichen Augenblick vom Tod der Opfer geträumt, als diese sterben mussten?

Sie erinnerte sich daran, dass sie als Sechsjährige im Gesicht der greisen Nachbarin einen Totenschädel erblickt und die ganze Nachbarschaft zusammengeschrien hatte, bis ihre Mutter der Hysterie durch eine Ohrfeige ein Ende bereitet hatte. Niemand hatte die Halluzinationen des Kindes ernst genommen, auch nicht, als die Alte einen Tag später friedlich in ihrem Bett entschlafen war.

Nur Laras Großmutter hatte den Finger auf die Lippen gelegt, gezwinkert und ihr zugeflüstert, dass sie ihr später alles erklären werde.

Später – das war gewesen, als Lara schon im Teenageralter gewesen war, dreizehn oder vierzehn. Und natürlich hatte sie der Oma keinen Deut von dem Gerede um die »Gabe« und »Prophezeiungen« abgenommen. Eigentlich glaubte sie es bis heute nicht.

Laras Blick kehrte zu den Notizen zurück. Da standen die Fakten, schwarz auf weiß.

Die Opfer waren nicht nur am gleichen Wochentag verschwunden und wiesen, wenn man den Berichten glauben konnte, ähnliche Verletzungen auf; nein, sie hatten sogar ähnlich ausgesehen – zierlich, lange blonde Haare, jung, hübsch.

Sie wunderte sich, dass das noch niemandem aufgefallen war. Oder hatte es die Kripo längst bemerkt, hielt diese brisante Information jedoch unter Verschluss? Lara dachte darüber nach, dass einige der Merkmale auch auf sie zutrafen. Die Weinschorle hinterließ ein Prickeln am Gaumen.

Das Einzige, was nicht zusammenpasste, waren die Tatorte. Neustrelitz und Wernigerode lagen mehrere hundert Kilometer auseinander. Aber fuhren Täter nicht heutzutage große Strecken?

Nachdem die Recherchen fürs Erste beendet waren, hatte Lara lange überlegt, ob es richtig war, Mark mit ihren Erkenntnissen zu »beglücken«. Was, wenn sie recht hatte und ein Serientäter am Werk war?

Kriminalkommissar Stiller und seine Beamten konnte sie vergessen. Auch die Kollegen in der Redaktion würden sich wahrscheinlich eher über ihre Erkenntnisse lustig machen, als sie ernst zu nehmen. Die Familie würde ihr vielleicht aufmerksam zuhören, konnte aber nichts bewirken. Das Gleiche galt für ihre Freundinnen. Lara brauchte jemanden, der sie gut genug kannte, um die Sache nicht gleich als Spinnerei abzutun, und gleichzeitig die Möglichkeit hatte, selbst Nachforschungen anzustellen.

Sie trank das Glas leer und stellte es ab. Das Handy wartete auf der Tischplatte. Es war schon halb zehn. Wenn sie jetzt nicht anrief, konnte sie das Ganze für heute vergessen. Sie musste *jetzt* etwas unternehmen. Das bedeutete allerdings, dass sie ihn zu Hause würde anrufen müssen. Unschlüssig betrachtete Lara den Eintrag im Telefonbuchspeicher. Ihr Daumen senkte sich auf die »Anrufen«-Taste und hob sich wieder. Was sollte sie sagen, wenn seine Frau abnahm? Sie kannte Anna nur aus Marks Erzählungen. Würde sie es ihr abnehmen, dass Lara spät abends nur wegen einer dubiosen Vermutung bei ihrem Mann anrief?

Und Lara hatte noch immer keine Vorstellung, ob Mark ihr die Geschichte abkaufen würde, aber sie brauchte seine Hilfe. Schließlich war er Experte in solchen Dingen. Morgen war schon Donnerstag. Die Frauen waren bisher immer freitags verschwunden. Was, wenn der Täter schon die Nächste im Visier hatte?

»Grünthal.«

»Mark? Hier ist Lara.« Sie unterdrückte ein erleichtertes Seufzen. Jetzt würde sich alles zum Guten wenden.

Lisa legte auf und schob die Lippen nach vorn. »Ich versteh das nicht. Vorhin, in der Bibliothek, hat Ann-Kathrin gesagt, ich solle sie anrufen.« Dass eigentlich sie es gewesen war, die der Freundin den Anruf versprochen hatte, war Lisa entfallen. »Warum geht sie dann jetzt nicht ran?«

»Vielleicht ist sie mit Robert im Bett.« Paul grinste und ließ das Bier aus der Flasche in seinen Mund laufen.

»Um diese Zeit?« Lisa sah zur Uhr. »Es ist erst halb zehn. Glaub ich nicht.«

»Versuch es eben in einer halben Stunde wieder.«

»Ich probier es lieber gleich noch mal.« Lisa drückte die Wahlwiederholung, presste den Hörer ans Ohr und legte dabei den Kopf schräg.

Paul hielt seine leere Flasche hoch, machte ein Zeichen, dass er sich noch eins holen würde, und verschwand im Flur.

Als er zurückgekehrt war, sah er, wie seine Freundin das Telefon in die Ladestation zurücksteckte und die Schultern hob. »Nichts. Nicht mal die Mailbox. Da ist bestimmt was passiert!«

»Ach was. Dass du immer gleich so übertreiben musst. Was soll denn da passiert sein!« Paul entkorkte die Flasche mit den Zähnen.

»Ich könnte höchstens mal bei Robert anrufen.« Ann-Kathrin und Robert wohnten zwar nicht zusammen, aber vielleicht wusste er, wo seine Freundin steckte. Lisa nahm das Telefon wieder an sich. Paul setzte sich neben sie und verdrehte die Augen.

Aus den Gesprächsfetzen entnahm er, dass Ann-Kathrins Freund auch nicht wusste, wo sie sich aufhielt.

»Scheiße. Ich mache mir wirklich Sorgen. Was, wenn ihr was passiert ist?«

»Lisa!« Es klang streng.

»Außerdem brauche ich ein Skript von vorgestern. Ann-Kathrin hatte es heute vergessen, als wir in der Bibliothek waren.«

»Und?« Paul nuckelte an seiner Flasche.

»Ich dachte, wir könnten vielleicht schnell mal zu ihr rüberfahren.«

»Jetzt?«

»Ja. Bitte, Paul!«

»Ich hab schon drei Bier getrunken!«

»Wenn du *mich* fahren lässt…« Lisa legte den Kopf schräg und machte ihren Schmollmund. Normalerweise ließ Paul niemanden ans Steuer seines Autos. »Bitte.« Zur Unterstützung ihres Wunsches streichelte sie ihm über den Kopf. »Ich komme sonst den ganzen Abend nicht aus dem Grübeln raus.«

»Meinetwegen.« Paul nahm noch einen Schluck. »Dann aber gleich.«

Sie erhoben sich gleichzeitig. Im Flur war es finster. Paul tappte zum Lichtschalter. Direkt neben Lisas Kopf schepperte die Türklingel. Sie schrie auf und ließ den Autoschlüssel fallen. In der gleichen Sekunde flammte das Licht auf. Paul nahm den Hörer von der Wand, blaffte ein »Hallo?«, lauschte, grinste Lisa an und drückte auf den Knopf der Wechselsprechanlage. »Komm hoch!«

»Wer…?«

»Dreimal darfst du raten!«

»Ann-Kathrin?«

»So ist es!«

Lisa spürte ihren Herzschlag bis in den Hals hinauf. Paul öffnete die Tür. Schnelle Schritte näherten sich. Dann bog Ann-Kathrin um die Ecke, wedelte atemlos mit einem Hefter. »Das Skript! Ich dachte, ich bringe es dir noch schnell vorbei, weil wir uns doch morgen nicht sehen!«

»Wir wollten gerade zu dir fahren. Lisa hat sich Sorgen gemacht.« Paul schloss die Tür und ging zurück ins Wohnzimmer. Jetzt konnte er in Ruhe sein Bier genießen.

»Sorgen? Warum das denn?«

»Weil du nicht ans Telefon gegangen bist. Ich konnte dir nicht mal was auf die Mailbox sprechen!«

»Das hab ich doch glatt verpeilt!« Ann-Kathrin kramte in ihrer Umhängetasche. »Ich hatte es in der Bibliothek ausgeschaltet und vergessen, es wieder anzumachen.« Sie drückte ein paar Knöpfe und betrachtete das Display. »Robert hat auch versucht, mich zu erreichen!«

»Wo ist der eigentlich?« Paul saugte den letzten Schluck aus der Flasche. Er fühlte sich beschwingt.

»Mit Kumpels weg. Mittwoch ist doch sein Männerabend.«

»Bist du gelaufen? Allein?« Lisa betrachtete die geröteten Wangen ihrer Freundin.

»Klar. Es ist toll draußen. Ein schöner lauer Sommerabend.«

»Dass du dich nicht fürchtest! Es ist doch schon fast dunkel.«

»Lisa, wir sind mitten in der Stadt! Was soll denn da passieren?«

Lisa hob die Schultern. »Man hört so viel.«

»Wollen wir noch auf ein Gläschen ins *Boudoir* gehen?« Paul war aufgestanden und räumte die Flaschen weg. Das *Boudoir* war die Studentenkneipe um die Ecke.

»Von mir aus gern. Was Robert kann, kann ich schon lange. Und *ich* hab morgen Vormittag keine Vorlesungen.« Ann-Kathrin verstaute ihr Handy. »Lisa?«

Die Freundin nickte. Ihre innere Unruhe war noch immer nicht ganz abgeflaut.

Paul zählte das Geld ab und reichte es über die Theke. Gemurmel vermengte sich mit dem Pianojazz aus den Lautsprechern. Er schob sich durch die Massen zur Tür, suchte dabei nach seinen Zigaretten. Lisa und Ann-Kathrin standen in einem Pulk von Leuten um einen meterhohen Standaschenbecher herum.

»Fünfzehn Euro dreißig. Hab siebzehn gegeben.« Paul ließ das Feuerzeug aufflammen.

Der Schein der kleinen runden Außenlampen spiegelte sich in den schwarzen Scheiben der geparkten Autos wider. Hinter ihnen wurde ein Motor angelassen, doch die drei achteten nicht darauf. Zigarettenrauch verwirbelte in Schwaden nach oben in den sternenklaren Himmel.

»So, ihr zwei Süßen. Macht's gut.« Ann-Kathrin umarmte zuerst Paul und dann ihre Freundin. »Wir sehen uns übermorgen im Kino!«

»Wir können auch noch bis zu deinem Haus mitlaufen.«

»Nicht nötig. Ist ja nicht weit.«

»Komm gut nach Hause!« Lisa hob die Hand und sah ihrer Freundin nach. Die Straßen waren inzwischen fast menschenleer. Über ihnen schaukelte ein halber Mond. Ann-Kathrins Absätze klapperten. Ihre sich schnell entfernende Gestalt wurde abwechselnd von der Dunkelheit verschluckt und dann wieder von den Lichtinseln der Laternen hervorgehoben. Ein Ford Mondeo näherte sich von hinten, fuhr gemächlich an ihnen vorbei.

»Na los jetzt.« Paul zog an Lisas Arm. »Mir wird allmählich kalt. Ann-Kathrin wird den Heimweg, auch ohne dass du ihr nachschaust, finden.«

An der übernächsten Kreuzung bog die Freundin um eine Ecke und war verschwunden. Lisa löste sich aus ihrer Erstarrung. Das Unbehagen von vorhin war zurückgekommen und rumorte in ihrer Brust. Paul gähnte. Der silberne Ford erhöhte die Geschwindigkeit und bog dann ebenfalls rechts ab.

Lisa gähnte auch und verscheuchte das unheimliche Gefühl.

*

Vorsichtig steuerte der Mann sein Auto durch die nächtlichen Straßen, immer bemüht, nicht aufzufallen. Vor ihm lief die kleine Studentin. Sie trug einen Zopf, der bei jedem Schritt wippte. Jedes Mal, wenn sie in den Lichtkegel der Straßenlaternen kam, leuchtete das Haar orange auf. Er stellte sich Mondlicht anstatt des künstlichen Scheins vor und dass die Haare offen hinter ihr herwehten. Das Bild erregte ihn sofort.

Er überlegte, ob er sie überholen sollte, verwarf den Gedanken aber schnell wieder. Wenn sie bis jetzt noch nicht auf den Ford aufmerksam geworden war, musste man dies nicht extra provozieren. Seine Lippen spitzten sich zu einem tonlosen Pfeifen.

Wie gut, dass er vorhin vor dem Haus gewartet hatte! Nach dem Bibliotheksbesuch, der mit allerlei Scherereien verbunden gewesen war, weil ihn die Schickse an der Anmeldung erst umständlich ein Besucherformular hatte ausfüllen lassen, war er der Kleinen gefolgt, bis sie in einem Gründerzeithaus verschwunden war. Zum Glück hatte die Bibliothekstussi nicht nach seinem Ausweis gefragt. Er würde sich für solche Fälle etwas einfallen lassen müssen.

Nach zwei Stunden erfolglosen Wartens vor dem stuckverzierten Haus hatte er schon aufgeben wollen, als die Kleine plötzlich, gerade so, als hätten seine Fantasien sie herbeigerufen – wieder erschienen war. Ihr kleiner Apfelhintern schwenkte beim Laufen von links nach rechts. So wie jetzt auch. Nur dass sie momentan schneller lief als vor drei Stunden auf dem Weg zu ihren beiden Freunden. Als sie vorhin die Tür zum Studentenwohnheim öffnete, hatte er zum dritten Mal an diesem Tag die Jagd beenden wollen, aber irgendeine Vorahnung befahl ihm, sich zu gedulden, hatte ihm eingeflüstert, dass das Glück ihm noch hold sein werde.

Und so war er weitere zwei Stunden in seinem Auto sitzen geblieben, den Kopf an die Nackenstütze gelehnt, die Augen halb geschlossen. Vor der Kneipe war reges Treiben, ständig kamen Leute heraus, um zu rauchen, und gingen anschließend wieder hinein; entlassen und empfangen vom Getöse, das aus der geöffneten Tür schwappte.

Dann endlich war seine Kleine wieder aufgetaucht und hatte sich mit ihren beiden Freunden auf den Heimweg gemacht. Und wie die allwissende Stimme es ihm eingeflüstert hatte, so war es geschehen. Rosenrot war mit ihrem Freund in Richtung Wohnheim abgebogen, und Schneeweißchen war allein weitergegangen.

Der Mann konnte im feinen Summen des Motors seine Atemgeräusche hören. Sein Herz trommelte, während die junge Frau vor ihm, nichts ahnend von den Abenteuern, die sie bald erwarteten, ihrem Wohnhaus zustrebte.

Jetzt bog sie links ab.

Er gab ein wenig mehr Gas und lenkte den Wagen geräuschlos um die Ecke. Die Finger der Linken lässig in die Lenkradspeichen eingehängt, tastete die rechte Hand auf dem Beifahrersitz nach dem Taser, der unter einem Jackett auf seinen Einsatz wartete. Er würde schnell handeln müssen. Die Geschichte mit der Suche nach der Arztpraxis und dem Stadtplan mochte bei Tag funktionieren, in der Nacht war sie nutzlos.

Sein Atmen beschleunigte sich. In wenigen Minuten würde

die kleine Prinzessin ihren Eingang erreichen. Wenn sie noch so weit kommen würde.

Im Schritttempo rollte der Ford lautlos über das Pflaster. Die blonde Prinzessin näherte sich ihrem Wohnhaus. Seine rechte Hand rutschte über den Beifahrersitz und tastete dabei unter der Jacke nach dem Elektroschocker. Schon von weitem erspähte er die Parklücke direkt vor ihrem Eingang, wie geschaffen für sein großes Auto.

Jetzt kam der schwierige Teil. Er musste schnell sein, sie überholen und vor ihr einparken. Und das alles, ohne dass es jemandem auffiel. Noch einmal sah er sich um. Die Gehwege waren menschenleer, die Fenster der Gründerzeithäuser dunkel.

Natürlich konnte man nie ausschließen, dass nicht hinter den Gardinen ein Schlafloser auf die Straße starrte, aber gerade die latente Gefahr machte den Reiz der Jagd aus. Und er musste diese Kleine unbedingt haben. Noch keine vor ihr war ihm so vollkommen erschienen. Außerdem war er gut präpariert – falsche Kennzeichen am Auto, dunkle Kleidung, die Baseballkappe beschattete sein Gesicht.

Die kleine Studentin hatte nur noch ein paar Schritte. Jetzt! Sein Fuß senkte sich auf das Gaspedal.

Die schwere Eingangstür wurde aufgestoßen. Gelbes Licht flutete auf den Gehweg. Zwei junge Männer traten auf den Bürgersteig. Einer von ihnen hob grüßend die Hand und wartete dann, bis die junge Frau heran war. Im Vorbeifahren sah Doctor Nex, dass die drei sich angeregt unterhielten. Er verbot sich, mit quietschenden Reifen davonzupreschen, beschleunigte stattdessen nur moderat und grub dabei die Zähne so fest in die Unterlippe, dass es schmerzte.

Alles war so gut gelaufen, und nun hatten ihm diese beiden

Lackaffen im letzten Moment die Tour vermasselt! Er bog um die nächste Ecke und gestattete sich erst jetzt einen wütenden Aufschrei. Sein Gesicht im Rückspiegel glich einer wutverzerrten Karnevalsmaske, die Finger krallten sich um das Lenkrad. Er trat das Gaspedal durch. Sie war ihm entwischt!

Das konnte Doctor Nex sich nicht bieten lassen. Er musste diese kleine Prinzessin haben, komme, was wolle.

Erst nach zehn Minuten viel zu schneller Fahrt beruhigte sich der Aufruhr in seinem Innern etwas, und er begann nachzudenken.

Morgen war Donnerstag. Er würde nicht vor dem Abend von seinen Praxisbesuchen zurück sein, schließlich durfte er die Arbeit nicht vernachlässigen.

Das bedeutete, er konnte sich erst am Freitag wieder um die Kleine kümmern. Aber vielleicht war das auch besser so, denn dann hatte er das ganze Wochenende Zeit, sich mit ihr und der Jagd zu befassen und sein Kunstwerk zu vervollständigen.

14

»Und, willst du es heute noch einmal versuchen?« Tom schaute kurz zu Lara, dann schwenkte sein Blick zu Isabell, die gerade hereingestöckelt kam. Der Rock, den die Praktikantin heute trug, war kein Rock, sondern eher ein breiter Gürtel. Isabell zwinkerte Tom zu, machte eine Winkbewegung zu Lara und ging zu einem Regal mit Nachschlagewerken.

»Das habe ich vor. Ich weiß schließlich immer noch nicht, was die Todesursache im Fall Dennis war. Und unsere Leser somit auch nicht. Allmählich müssten die Ermittler doch etwas herausgefunden haben.«

»Das ist anzunehmen. Aber ob sie es dir auch sagen?« Tom blickte noch immer zu dem Regal, vor dem Isabell stand. Die Praktikantin beugte sich nach vorn und suchte nach etwas. Lara beobachtete, wie Toms Adamsapfel sich beim Schlucken bewegte. Wenn das Mädel sich auch nur noch einen Millimeter weiter nach vorn krümmte, würde man ihr Höschen sehen können. Und genau darauf hoffte anscheinend ihr Kollege.

»Ich versuch es besser gleich. Nachher sind wieder alle beim Mittag. Hoffentlich ist nicht wieder Kommissar Stiller dran.« Tom hörte gar nicht zu. Er leckte sich die Lippen. Gleich würde er zu sabbern beginnen. Lara verkniff sich ein abschätziges Lächeln und griff zum Telefon.

»Danke. Das ist ganz nett von Ihnen. Ab siebzehn Uhr? Gern.« Lara legte auf und atmete durch. Kriminalobermeister Schädlich war freundlich. Das Ganze könnte eine fruchtbare Zusammenarbeit zwischen Presse und Polizei ergeben. Wenn er nicht so einen bockigen Vorgesetzten hätte.

Während sie telefonierte, war Tom aufgestanden, zum Regal gegangen und hatte so getan, als wollte er Isabell bei der Aktensuche unterstützen. In Wirklichkeit hatte er die Gelegenheit jedoch genutzt, der Praktikantin ein bisschen näher zu kommen, mittlerweile stand er halb hinter ihr und schaute über ihre Schulter auf das Regal.

Lara spürte ihre Blase, nahm die Handtasche von der Stuhllehne und erhob sich. Ein schneller Seitenblick auf dem Weg nach draußen zeigte ihr, dass zwischen die beiden kein Blatt Papier mehr passte.

Sie unterdrückte ein Hüsteln und ging zur Toilette.

Das Plätschern verstummte, und Lara hob ihre Handtasche auf den Schoß und suchte nach dem kleinen Etui mit den Tampons. Im Innern des Lederbeutels herrschte ein heilloses Durcheinander. Während sie noch zwischen all den Utensilien nach dem Täschchen kramte, klappte die Tür. Kichern und Girren. Lara hielt inne und erstarrte. Das leise Getuschel kam abwechselnd von einer tiefen und einer hohen Stimme. Die hohe Stimme seufzte anhaltend. Dann fiel in der Nachbarkabine die Tür zu. Ein Riegel kratzte über das dünne Holz. Keuchendes Atmen setzte ein.

Lara beugte sich nach vorn und versuchte, unter dem Rand nach drüben zu spähen. Sie neigte sich noch weiter vor.

Da standen Turnschuhe, mindestens Größe 43, darüber schwarze Jeans. Davor befanden sich in umgedrehter Richtung Stöckelschuhe, die genauso aussahen wie die, die Isabell heute trug. Ein Reißverschluss zirpte. Die Turnschuhe rutschten nach vorn, die Stöckelschuhe nach hinten. Die beiden Turteltäubchen hatten Platz genommen.

Lara erstickte ihr aufkommendes Kichern und setzte sich wieder gerade hin. Jetzt stöhnten die hohe und die tiefe Stimme. Synchron. Das Stöhnen wurde rhythmischer und von einem zunehmend heftiger werdenden Poltern begleitet. Zum Glück war die Rückwand massiv gemauert.

Lara betrachtete das Etui mit den Tampons, das sich während des Getümmels nebenan wie von selbst in ihre Hand geschmuggelt hatte, und versuchte, das asthmatische Keuchen in der Nachbarkabine auszublenden.

Hoffentlich wurden die beiden da drüben bald fertig. Sie musste nachher noch ins Gericht und konnte ja schlecht herauskommen, während es die zwei noch trieben. Wahrscheinlich wussten sie nicht einmal, dass Lara hier nebenan saß und ihren Quickie belauschte.

Jetzt verstärkte sich das Rumoren, dann gab Isabell einen kleinen Quiekser von sich, und Lara musste sich erneut ein Lachen verkneifen. Das war ziemlich lächerlich, eine Szene wie in einem schlechten Film. Das Stöhnen verröchelte. Klappernd wurde Papier abgerollt, raschelte. Stoff rutschte über Haut, dann rauschte die Spülung. Wieder knarrte der Riegel über das Holz, dann plätscherte Wasser ins Handwaschbecken, und Isabell kicherte albern, bevor die Tür klappte. Lara war wieder allein.

»Warst du draußen?« Tom verfolgte, wie seine Kollegin zu ihrem Stuhl ging und die Tasche wieder über die Lehne hängte. Sein Gesicht war gerötet.

Lara betrachtete seine schwarze Jeans und die Turnschuhe und lächelte. »Das war ich.« Dabei stellte sie sich vor, wie es für Tom und Isabell ausgesehen haben musste, als sie mit der über der Schulter baumelnden Handtasche hinausgegangen war. Die beiden Turteltäubchen mussten angenommen haben, Lara begebe sich an die frische Luft und nicht auf Toilette.

Isabell trippelte herein, ein Mineralwasser in der Hand. Auch ihr Gesicht hatte eine rosige Farbe. Sie konnte ihren Kollegen nicht anschauen.

Lara erweckte ihren Computer aus dem Schlafmodus, und während sie ihren Artikel noch einmal las, dachte sie darüber nach, wann sie selbst das letzte Mal Sex gehabt hatte. Peter war vor zwei Monaten ausgezogen, aber es hatte auch vorher schon Ruhe im Schlafzimmer geherrscht.

Und nun würde sie Mark am Samstag treffen. Sie hatten gestern Abend noch fast eine Stunde miteinander geredet, Anna hin oder her. Lara hatte sein kantiges Gesicht mit der langen Nase förmlich vor sich gesehen, während sie ihm von den schrecklichen Morden an den zwei Frauen erzählte. Den Teil mit den Vorahnungen hielt sie kurz. Mark hielt nichts von übersinnlichen Phänomenen oder Vorhersehungen. Zumindest glaubte Lara das.

Jedenfalls hatte er sich ihre Geschichte, ihre Vermutungen und Schlussfolgerungen angehört, ohne verächtliche Kommentare abzugeben. Als Psychologe war er wahrscheinlich daran gewöhnt, die Ergüsse seiner Patienten anzuhören, ohne sie zu bewerten, aber sie benötigte ja auch eher seine Kenntnisse als Gutachter und Berater bei operativen Fallanalysen der Kriminalpolizei.

Mark hatte sich während des Telefonats Notizen zu den beiden Fällen gemacht und sich danach mit dem Versprechen verabschiedet, Recherchen zu ihnen anzustellen. Ende dieser Woche würde er bei einer Fortbildung nur fünfzig Kilometer von ihr entfernt sein, und so hatte er kurzerhand vorgeschlagen, sich Samstagabend zu treffen. Lara hatte die aufsteigenden Verwirbelungen in ihrem Bauch schnell verscheucht, aber jetzt waren sie wieder da.

»Zu Kriminalobermeister Schädlich.« Lara zeigte dem Beamten in dem Glaskasten ihr schönstes Lächeln.

»Sind Sie angemeldet?« Der Mann ließ sich nicht beeindrucken. Seine Uniformjacke war offen. Die Hemdknöpfe spannten über dem mächtigen Bauch. Mit seinem Schnauzer sah er aus wie eine betrübte Seerobbe.

»Ja. Ich habe einen Termin um siebzehn Uhr.«

»Moment. Ich sage ihm Bescheid.« Der mürrische Polizist brabbelte kurz ins Telefon und machte dann eine unwirsche Handbewegung. »Warten Sie hier, Sie werden abgeholt.« Lara nickte. Ein weiteres Lächeln wäre reine Energieverschwendung gewesen. Der Eingangsbereich roch nach altem Papier und kaltem Rauch. Kriminalobermeister Schädlich kam die Treppe herunter, und die Seerobbe ließ die Tür aufsummen.

Im Zimmer des Kriminalobermeisters war es heiß. Der Ölsockel an den Wänden hatte Kratzer und undefinierbare Flecken. Zum angekippten Fenster schallte Kindergeschrei herein. Sie setzte sich dem Beamten gegenüber und begann, ihren Fragenkatalog zum Fall Dennis abzuarbeiten. KOM Schädlich hatte eine Abneigung gegen Laras Diktiergerät, und so ließ sie ihn erzählen und schrieb sich ein paar Stichpunkte auf.

»Ich danke Ihnen. Sie haben mir sehr geholfen.« Lara kritzelte »Mordmerkmale« und klappte die Kladde dann zu.

»Behalten Sie das, was ich Ihnen gesagt habe, aber bitte noch für sich. Die Staatsanwaltschaft wird Dennis' Mutter wegen Mordes anklagen, aber das ist noch nicht offiziell.«

»Wann erwarten Sie denn, dass das bekannt gegeben wird?«

»Morgen, spätestens Samstag.« KOM Schädlich erhob sich. »War nett, mit Ihnen geplaudert zu haben, Frau Birkenfeld. Ich bringe Sie runter.«

»Darf ich Sie dann morgen noch einmal anrufen?« Ein koketter Augenaufschlag. Manchmal hatte es auch Vorteile, eine Frau zu sein.

»Versuchen Sie es nach dem Mittagessen. Ich bin bis etwa vierzehn Uhr hier.« Freitags machten die Beamten anscheinend auch eher Schluss. Schädlich schloss seine Tür ab und marschierte neben ihr zur Treppe.

»Das glaube ich nicht!« Wie bösartiger Donner grollte die Stimme den Gang entlang. »Was machen *Sie* hier?«

Lara und Kriminalobermeister Schädlich drehten sich synchron um. Hinter ihnen stand Kriminalkommissar Stiller, die Hände in die Seiten gestemmt. Auf seiner Stirn kerbten sich drei zornige Längsfalten.

»Ich habe recherchiert.« Genau das Gleiche hatte sie am Montag auch schon gesagt. Lara griff sich an den Oberarm, an dem die blauen Flecken allmählich zu grüngelb gewechselt hatten.

»Recherchiert, ha!« Der grimmige Mann kam näher. »Erst rufen Sie dauernd hier an und nerven meine Beamten mit sinnlosen Fragen …« Lara öffnete den Mund, um zu erwidern, dass sie nicht »dauernd« anrufe, sondern höchstens einmal die Woche, kam aber nicht dazu, weil der Mann schon weiterpolterte. »… und jetzt besitzen Sie auch noch die Frechheit, bei mir auf dem Revier aufzutauchen und die Kollegen von der Arbeit abzuhalten!« Er holte kurz Luft und setzte die Tirade dann, an seinen Untergebenen gewandt, fort.

»Schädlich! Was haben Sie dazu zu sagen?«

»Frau Birkenfeld hat mich zum Fall Dennis befragt. Sie berichtet über den Prozess.« Der Kriminalobermeister wand sich unter dem aufgebrachten Blick seines Vorgesetzten wie ein Aal.

»Und natürlich hatten Sie auch gerade Zeit, gemütlich mit der Dame zu plaudern, oder? Was ist mit Ihren Dienstpflichten?«

»Ich … entschuldigen Sie.«

»Unglaublich! Das wird in Zukunft nicht mehr vorkommen, haben Sie mich verstanden!« Die Uhuaugen glühten. »Und jetzt bringen Sie diese Frau nach unten, und anschließend melden Sie sich bei mir, aber zackig!« »Diese Frau« sprach er besonders verächtlich aus.

»Jawohl.« KOM Schädlich ließ den Kopf hängen.

Lara ärgerte sich und fragte sich gleichzeitig, ob solch ein

Umgangston überhaupt noch erlaubt war, wagte es aber nicht, sich dazu zu äußern.

Kriminalkommissar Stiller machte auf dem Absatz kehrt und marschierte davon.

»Tut mir leid.« Sie sah Kriminalobermeister Schädlich an. Der hatte den Kopf zwischen die Schultern gezogen wie eine ängstliche Schildkröte. »Das wollte ich nicht.«

»Eigentlich können Sie nichts dafür.« Schnell eilten sie die Treppen hinunter. »Er mag Sie nicht.« Der dicke Uniformierte am Eingang schien das Geschrei gehört zu haben. Mit funkelnden Augen stand er in der Tür und hielt sie für Lara auf.

»Wiedersehen.« Lara wagte es nicht zu fragen, ob sie KOM Schädlich morgen trotzdem anrufen dürfe.

15

Paul schaltete den Backofen ein und schob die Pizza hinein. »Ich freue mich schon auf den Film. HUH!« Seine Hand fuhr in Lisas Nacken, und diese zuckte, wie er es erwartet hatte, zusammen. Vielleicht auch deswegen, weil es im gleichen Augenblick klingelte.

»Ich mach schon auf.« Lisa ging zur Tür. Paul war ein kindischer Schwachkopf.

»Ihr seid ja überpünktlich!« Sie sah an Robert vorbei um die Ecke. »Wo ist Ann-Kathrin?«

»Hey!« Robert hob lässig die Hand. »Die wollte noch schnell ein paar Briefe wegbringen, Zigaretten besorgen und dann direkt zu euch kommen. Ist sie noch nicht da?«

»Nein.« Lisa ging voran.

»Dann kommt sie bestimmt gleich.«

»Mensch, bin ich satt!« Paul kaute an den letzten Resten und schluckte. »Jetzt wird es aber allmählich Zeit, sonst kommen wir zu spät.« Der freitägliche Kinoabend läutete das Wochenende ein und lief immer nach dem gleichen Schema ab: Zuerst aßen sie Pizza, die Jungs tranken ein paar Biere, die Mädels Wein, dann gingen sie in den neuesten Film, und danach versackten sie in irgendeiner der zahlreichen Studentenkneipen im Viertel.

»Ich verstehe das nicht.« Lisa sah zum dritten Mal innerhalb von fünf Minuten auf ihre Armbanduhr. »Wo steckt Ann-Kathrin bloß? Hast du nicht gesagt, sie wollte nur schnell Zigaretten holen?«

»Und zum Briefkasten«, ergänzte Robert.

»Das kann doch aber keine halbe Stunde dauern.«

»Eigentlich nicht. Warte, ich ruf sie an.« Robert drückte ein paar Tasten und hielt sich das Handy mit konzentriertem Gesichtsausdruck ans Ohr. Lisa konnte es klingeln hören. Nach endlos erscheinenden Sekunden tutete es, und eine Computerstimme verkündete, dass die Angerufene nicht zu erreichen sei.

»Das ist komisch.« Robert betrachtete die Anzeige.

Wieder wählte er. Wieder klingelte es. Wieder nahm niemand ab. »Ich versteh das nicht.« Seine Unterlippe hatte sich nach vorn geschoben.

»Was machen wir denn jetzt?« Paul nahm ihm das Handy ab und schaute mit dem gleichen zweifelnden Gesichtsausdruck auf das Display wie sein Freund.

»Das ist tatsächlich seltsam.« Lisa spürte das beunruhigende Gefühl der letzten Tage zurückkommen. »Und Ann-Kathrin wollte nur zum Briefkasten und Kippen kaufen?«

»Wenn ich es euch sage.«

»Und wo wollte sie die Zigaretten holen?«

»In dem kleinen Tante-Emma-Laden bei uns in der Nähe. Die haben freitags bis zweiundzwanzig Uhr auf.«

»Kann es sein, dass sie aufgehalten wurde?«

»Von wem sollte sie denn aufgehalten werden?« Robert zündete sich die dritte Zigarette in Folge an und hielt die Schachtel dann Lisa und Paul hin.

»Freunde, Bekannte. Was weiß ich.« Lisa verschluckte Rauch und hustete.

»Im Tante-Emma-Laden?«

»Man weiß ja nie.«

»Also, passt auf. Ich schlage vor, wir machen einen Zettel an unsere Tür, dass wir uns im Kino treffen, und gehen dann vorher noch mal schnell zu dem Geschäft.« Paul sah zur Uhr. »Das schaffen wir gerade noch.« Auf dem Weg in den Flur drehte er sich zu Robert um. »Vergiss dein Handy nicht!«

Lisa schrieb »Liebe Ann! Sind schon los. Treffen uns vor dem Kino!« auf eine Haftnotiz, klebte diese unter den Spion und eilte den beiden Jungs nach.

»Klein und zierlich, lange blonde Haare. Warten Sie.« Robert kramte in seiner Brieftasche. »Das ist sie.« Er reichte dem Ladenbesitzer ein Foto seiner Freundin. »Sie hatte eine helle Jeans und so eine Art Schlabberbluse an.«

»Die war vorhin hier.« Der Mann gab das Bild zurück. »Sie hat Zigaretten gekauft.«

»Genau!« Robert klang erleichtert.

»Wann war das?« Lisa war keineswegs beruhigt.

»Vor einer halben Stunde ungefähr. Ich habe nicht zur Uhr gesehen.« Die Ladenklingel bimmelte, und ein alter Mann tappte herein.

»Wissen Sie, wohin sie danach gegangen ist?«

»Keine Ahnung, aber ich glaube, sie hatte es eilig.«

»Scheiße.« Robert wischte sich die Schweißperlen von der Stirn. Hinter ihm zählte der Alte Münzen in der Handfläche.

»Tja, sorry.« Der Ladeninhaber wandte sich dem neuen Kunden zu. »Bier, Ernst?«

»Drei Büchsen!« Ernst warf die Münzen auf die Glasplatte. Sein Gestank nahm Lisa den Atem. »Danke trotzdem.« Sie folgte den Jungs nach draußen.

»Was machen wir denn jetzt?«

»Ruf sie noch mal an.«

»Hab ich doch schon dreimal.« Robert schnaufte und wählte erneut.

»Nichts, nada.«

»Hoffentlich ist nichts passiert!« In Lisas Bauch kribbelten hundert Käferbeine. »Sie kann doch nicht spurlos verschwunden sein!« Als könne die Freundin plötzlich auftauchen, sah sie sich nach allen Seiten um, aber die Straßen waren verwaist.

Hinter ihr kam der Alte aus dem Laden, die drei Dosen Bier glücklich an die Brust gedrückt. Der Besitzer schloss hinter ihm ab.

»Gehen wir zum Kino. Vielleicht wartet Ann-Kathrin dort auf uns.« Paul verglich noch einmal die Uhrzeit. Wenn sie sich sehr beeilten, würden sie noch rechtzeitig zum Hauptfilm kommen.

Die Jungs gingen mit weitausgreifenden Schritten, und Lisa musste fast rennen, um mithalten zu können. In ihrem Kopf kreiselten Bilder von Verkehrsunfällen, Kidnapping und Verfolgungsjagden, während sie wie ein Mantra wiederholte, dass die Freundin gleich vor dem Kino stehen würde, als sei nichts geschehen.

Jetzt bogen sie um die Ecke. Vor dem Eingang zum Cinemaxx stand niemand. Die Spätvorstellungen hatten bereits begonnen. Auch das Foyer war wie leergefegt.

16

»Ich freu mich.« Lara löste sich aus Marks Umarmung und sah ihn an. Sein Gesicht war runder geworden, aber die Nase ragte noch immer wie ein großer Erker hervor.

»Du siehst ein bisschen erschöpft aus, meine Kleine.« Mark schlüpfte aus den Schuhen und folgte ihr in die Küche.

»Ich schlafe schlecht. Heute ist Samstag, ich hätte ausschlafen können, und doch war ich um sechs munter.«

»Die Albträume?«

»Auch. Aber lass uns nicht gleich *darüber* reden. Jetzt trinken wir erst einmal gemütlich einen Kaffee, und du erzählst mir, wie es bei der Tagung war, dann gehen wir etwas essen. Wir haben doch den ganzen Abend Zeit.«

Während Lara Kaffee brühte, saß Mark am Tisch, die langen Beine gerade nach vorn gestreckt, erzählte von seinen Kollegen und den neuesten Erkenntnissen in der Forschung über hemmende biogene Transmitter. Lara verstand nur die Hälfte, fragte aber nicht nach, sondern genoss einfach nur das Auf und Ab seiner tiefen Stimme.

Nach der ersten Tasse Kaffee begann er zu fragen.

Lara wälzte weichkrümeligen Kuchen im Mund hin und her und setzte dreimal zu »Peter hat eine andere« an, aber der Satz wollte einfach nicht über ihre Lippen, und so gab sie es auf.

Wahrscheinlich interessierte es ihn auch gar nicht, dass

Lara wieder allein lebte, oder – schlimmer – er würde ihre Mitteilung als einfältige Anmache auffassen. Obwohl sie in den letzten Tagen mehrmals miteinander telefoniert hatten, hatte Lara es nicht fertiggebracht, Mark von der Trennung zu berichten. So erzählte sie auch jetzt lieber wieder von ihrem Redaktionsjob und den Kollegen und fügte am Schluss als kleines Schmankerl noch die Geschichte von Tom und Isabell in der Nachbarkabine der Toilette hinzu. Marks gackerndes Lachen passte gar nicht zu seinem langen, schmalen Körper.

Mark überflog noch einmal die Weinkarte. Geduldig stand der Kellner neben dem Tisch und wartete.

»Lass uns einen trockenen Rotwein zu der ›Besprechung‹ trinken. Dann ist es nicht ganz so schauerlich, einverstanden?«

»Rotwein ist immer gut.« Lara hatte ihre Notizen schon auf dem Tisch ausgebreitet.

Sie fasste noch einmal ihre Informationen zusammen, nur kurz unterbrochen von der Rückkehr des Obers, der den bestellten Wein brachte. Auf ihren Zettel musste sie dabei nicht schauen, die Fakten hatten sich in ihr Gedächtnis eingebrannt. Mark nickte ab und zu bedächtig und trank zu jedem dritten Satz einen Schluck. Durch das geöffnete Fenster schlich der Abend in sanftem Rot herein und ließ sich dabei von Vogelgezwitscher begleiten.

»… die Opfer verschwanden meinen Recherchen nach beide an einem Freitag. Sie ähnelten einander wie Zwillinge, beide waren zierlich, jung und hübsch und hatten lange blonde Haare. Das kann noch Zufall sein. Aber bei beiden findet man ähnliche Verletzungen, wenn man den Berichten glauben kann. Zudem wurden beide Leichen in einem Waldstück gefunden.« Ein Luftzug ließ die Kerze auf dem Tisch flackern. »Sind das nicht ein paar Übereinstimmungen zu viel? Ich bin mittlerweile überzeugt davon, dass die Fälle zusammenhängen!«

Als Lara fertig war, schwiegen sie beide ein paar Sekunden.

»Du könntest mit deinen Vermutungen recht haben.« Marks Augen waren dunkler als sonst. »Die Polizei hat mich in dem Fall Sandra Gerber inzwischen hinzugezogen. Das war das Opfer, dessen Leiche in der Nähe von Neustrelitz gefunden wurde.«

»Die Erste, aus dem Waldstück bei Wesenberg, ich weiß.« Lara atmete hörbar aus. »Du arbeitest als Fallanalytiker in der SOKO mit?« Seit sie Mark kannte, hatte Lara gelernt, dass in Deutschland ab und zu Psychologen von der Polizei zurate gezogen wurden, die »operative Fallanalytiker« hießen. Marks Berufsgenossen wehrten sich dagegen, mit den Profilern aus dem amerikanischen Raum gleichgesetzt zu werden, weil die europäischen Kollegen keine psychologischen Täterprofile erstellten, sondern anhand von Indizien, Spuren am Tatort und Umständen der Tat auf das Verhalten des Täters schlossen. Lara verstand zwar den Unterschied nicht, Profiler oder Fallanalytiker – aber das war egal. Wichtig war nur, was dabei herauskam. Vielleicht wollten sich die Deutschen einfach nur von den Amerikanern abgrenzen.

Mark schwieg, und so bohrte Lara weiter. »Also findest du auch, dass die Parallelen in den Fällen darauf hindeuten, dass es derselbe Täter ist?«

Mark nickte und presste die Lippen zusammen, ehe er weitersprach. »Lara, ich *kann* keine internen Informationen an Außenstehende weitergeben. Das weißt du so gut wie ich. Bestimmte Dinge dürfen nicht an die Öffentlichkeit gelangen, Details zur Tatbegehung oder dazu, welche Verletzungen den Opfern wie beigebracht wurden. Dieses Wissen könnte dazu dienen, den Täter zu überführen. Ich komme in Teufels Küche, wenn jemand erfährt, dass ich einer Journalistin vertrauliche Informationen herausgegeben habe.«

»Ich sage es niemandem. Alles bleibt strikt unter uns.« Lara fixierte Marks Augen. Sie hätte im Moment alles versprochen.

»Es geht nicht. So etwas kann mich den Job kosten.« Er seufzte, zuckte die Schultern. Lara tat es ihm nach. Während der Kellner die zweite Flasche Rotwein brachte, schwiegen sie.

»Ich sollte Anna anrufen.« Mark nestelte sein Handy hervor. »Es ist schon nach acht.«

Während er mit seiner Frau sprach, betrachtete Lara das kantige Gesicht des Freundes und versuchte dabei, das trunkene Verlangen in ihrem Unterleib zu zügeln, während sie gleichzeitig darüber nachdachte, wie sie doch noch an die brisanten Informationen, die Mark anscheinend hatte, herankommen konnte.

Sie verbarg ein Grinsen, als er zum Schluss nacheinander seine beiden Kinder ermahnte, nett zu ihrer Mutter zu sein und keine Dummheiten zu machen. Dann legte er auf und sah sie an. Seine Pupillen waren geweitet.

»Du bist mit den Kollegen zum Abendessen, hm?« Lara goss Wein nach.

»Was hätte ich ihr sagen sollen? Dass ich mit einer wunderschönen jungen Frau beim Rotwein sitze?«

Das »wunderschön« ließ das Feuerrad in Laras Bauch erneut erwachen, und sie senkte den Blick auf das Tischtuch. Ihre Hand machte sich selbständig, kroch zu Mark hinüber und legte sich auf seinen Unterarm. Seine Haut fühlte sich fiebrig an.

»Kannst du mir nicht wenigstens ein paar Anhaltspunkte zu den Fällen geben?« Jetzt setzte sie ihren Augenaufschlag bewusst ein. Er seufzte erneut, lehnte sich zurück und schnaufte, zog aber den Arm, auf dem Laras Hand lag, nicht weg. »Es darf *niemand* erfahren.«

»Das verspreche ich dir.« Lara legte die gesamte Inbrunst, die sie in sich fand, in ihre Stimme. Es dauerte etwa zehn Sekunden, dann beugte Mark sich nach vorn und begann leise zu sprechen.

»Das, was du instinktiv vermutet hast, könnte stimmen. Die beiden Opfer ähneln sich in ihren Körpermerkmalen ziemlich. Auch der Tathergang scheint analog zu sein. Beide wurden, soviel wir wissen, an einem Freitagabend entführt. Beide Opfer fand man in unzugänglichen Waldstücken, nackt, nur unzureichend verborgen.« Er hielt kurz inne, sah sie an. »Das wusstest du ja schon alles selbst.« In Laras Bauch flatterten hektische Motten, während er fortfuhr.

»Es gibt aber noch weitere Parallelen. Die Opfer wurden nach ihrem Tod regelrecht ausgeschlachtet. Der Täter hat sie seziert, und es fehlen Organe.«

»Davon stand etwas in der *Bild*-Zeitung.« Laras Mund war trocken. »Nicht dass ich deren Berichten vertraue, aber warum sollten sie sich so etwas ausdenken?«

»Leider ist es tatsächlich wahr. Da die erste Leiche von Spaziergängern gefunden wurde, konnte man nicht alle Informationen unter Verschluss halten. Die *Bild* hat diese Leute natürlich ausgequetscht und die Aussagen veröffentlicht.«

»Alles für die Quote.«

»Auch da hast du recht.« Mark goss Rotwein nach und stellte die leere Flasche für den Kellner gut sichtbar an den Rand des Tischs.

»Bei der zweiten Toten habe *ich* nur die Informationen gefunden, dass sie gewürgt wurde und Schnittverletzungen hatte.«

»Auch ihr hat der Täter Organe entfernt. Und zwei große Hautlappen aus der Bauchgegend.«

»Was waren denn das für Organe?«

»Bei beiden das Herz. Bei der ersten hat er auch die Gebärmutter mitgenommen. Und die Brustwarzen. Dazu den Magen. Und wie gesagt – diese Hautstücke vom Bauch der zweiten Frau.«

Lara trank, um Zeit zum Nachdenken zu gewinnen. Durch ihren Kopf huschten Bilder aus anatomischen Lehrbüchern. Und ihre Brustwarzen schmerzten, als fühlten sie mit. Der Kellner eilte mit Rotweinnachschub herbei. Lara hatte gar nicht mitbekommen, dass sie eine dritte Flasche bestellt hatten.

»Mark, lach mich nicht aus. Ich habe davon geträumt.« Sie schloss die Augen und versuchte, Erinnerungsbilder aus den dunklen Ecken ihres Bewusstseins hervorzuholen. »Da war eine Klinge, die über meine Haut fuhr. Ich habe gefühlt, wie« – sie schlang die Arme schützend um den Bauch –, »wie etwas in mich hineingeschnitten hat, direkt in meinen Unterleib.« Jetzt öffnete sie ihre Augen wieder und sah ihr Gegenüber an. Mark hatte seinen Psychologenblick aufgesetzt; streng, ein bisschen väterlich.

Zumindest machte er sich nicht lustig. »Ich verstehe. Und ich denke, ich kann dir nachher dazu eine Erklärung geben. Ob du sie akzeptierst, ist eine andere Sache.«

»Ich war schon bei meinem Arzt, weil ich fürchtete, dass es ein Hirntumor sein könnte.«

»Das ist es sicher nicht. Bleib ruhig. Ich würde mit dir gern erst die Tatsachen zu Ende besprechen, ehe wir auf das Thema ›Vorhersehung‹ kommen.«

»Du hast recht, eins nach dem anderen.«

»Im Wald wurde ein Teil des Herzbeutels gefunden, den

er – ich sage jetzt bewusst ›er‹, weil ich davon ausgehe, dass es ein Mann ist – am Tatort hat liegen lassen. Wahrscheinlich brauchte er ihn nicht.«

»Aber was will er denn überhaupt mit den ganzen Körperteilen?« Lara flüsterte, rieb sich dabei die Arme, als fröre sie. Das Flirten war ihr gründlich vergangen.

»Wenn wir das wüssten … Ich kann nur Vermutungen anstellen. Es hat in den fünfziger Jahren in den USA einen Serienmörder gegeben, der seinen Opfern auch Organe und Hautstücke herausgeschnitten hat – Edward Theodore Gein. Nach ihm wurden Filme gedreht und Bücher geschrieben, wie zum Beispiel *Psycho* von Alfred Hitchcock, *The Texas Chainsaw Massacre* und *Das Schweigen der Lämmer*, um nur drei davon zu nennen.«

»Das ist abartig.«

»Das ist es wohl. Aber wir müssen die Fakten so hinnehmen, wie sie sind.« Mark beugte sich wieder vor und stützte das Kinn auf die ineinandergefalteten Hände. »Ein hässliches Thema für einen Sommerabend im Juli.«

»Erzähl mir mehr von diesem Edward Gien.«

»Edward Gein. Bist du sicher, dass du das hören möchtest?«

»Ich finde es widerlich, aber irgendwie fasziniert es mich auch. *Das Schweigen der Lämmer* und Hannibal Lecter kenne ich natürlich, aber den Namen Edward Gein höre ich zum ersten Mal.«

»Eigentlich war in dem Buch nicht Hannibal Lecter Ed Gein nachempfunden, sondern einer seiner Patienten, Buffalo Bill. Das war der, der die Frauen gekidnappt und sich Kleidungsstücke aus Menschenhaut genäht hat.«

»Ich erinnere mich.« Lara nahm ihre Jacke von der Stuhllehne und legte sie sich über die Schultern. Sie hatte das Buch gelesen und auch den Film gesehen. Der Perverse hatte an der Nähmaschine gesessen und vor dem Spiegel getanzt. Was er da nähte, war der Fantasie überlassen worden.

Mark wartete, bis der Kellner ihnen nachgeschenkt hatte, ehe er leise weitererzählte.

»Also, dieser Edward Theodore Gein lebte in Wisconsin. Seine Mutter war dominant, sehr streng und zudem tief religiös. Sie erzog ihn und seinen älteren Bruder nach einem strengen Moralkodex. Alle Frauen waren in ihren Augen unmoralisch und schlecht. Sexuelle Gedanken führten direkt in die Hölle, soll sie gepredigt haben. Eds Vater dagegen, ein Alkoholiker, war in ihren Augen ein Schwächling, eine wertlose Kreatur, der keinen Job behalten konnte und bei der Erziehung der Jungen nichts mitzureden hatte. Ich vereinfache und reduziere das Ganze, aber das ist eine klassische Konstellation für psychische Fehlprägungen.«

»Ich kann es mir lebhaft vorstellen.«

»Auch Ed Geins Bruder ist übrigens unter mysteriösen Umständen ums Leben gekommen. Aber das lasse ich jetzt mal beiseite.« Mark sah sich um. Von den Nachbartischen kamen leises Gemurmel und ab und zu ein kullerndes Lachen herüber. Kleine, bunte Papierlampions schaukelten in der Abendbrise vor den Fenstern.

»Als Geins Mutter an den Folgen eines Schlaganfalls starb, war er allein auf der Farm. Er verschloss die Räume, die seine Mutter genutzt hatte; also ihr Schlafzimmer und das Wohnzimmer und benutzte auch die Treppe zum oberen Stockwerk nicht mehr.«

»Genau wie in *Psycho.*« Lara schauderte. Sie hätte jetzt gern einen Kognak getrunken.

»Dieser Fall muss Alfred Hitchcock sehr fasziniert haben. Wobei – über den vermuteten Kannibalismus des Täters hat sich Hitchcock in seinem Film bedeckt gehalten. Manche glauben, das deutlich zu sehende Kauen von Norman Bates, nachdem er den Wagen des Privatdetektivs Arbogast versenkt hat, sollte eine Anspielung darauf sein.«

»Das wusste ich gar nicht.« Lara nahm sich vor, beim nächsten Mal, wenn der Film gezeigt wurde, darauf zu achten. »Er hat Menschenfleisch gegessen?«

»Edward Gein? Ich glaube schon. Gesehen hat ihn keiner dabei, doch es gibt Indizien. Ab und zu hat er den Nachbarn ›frische Leber‹ gebracht. Und als sie nach seiner Verhaftung sein Haus durchsuchten, fanden die Sheriffs in einer Pfanne auf dem Ofen ein menschliches Herz. Aber lass mich der Reihe nach berichten.« In Marks Augen spiegelte sich das Kerzenlicht, während er fortfuhr.

»Während der späten vierziger und frühen fünfziger Jahre des zwanzigsten Jahrhunderts registrierte die Polizei von Wisconsin einen Anstieg von Vermisstenfällen. Auch Grabschändungen mehrten sich. Aber erst, als die Besitzerin eines Eisenwarengeschäftes in Eds Heimatstadt verschwand und Zeugen ihn kurz vorher am Tatort gesehen hatten, wurde sein abgelegenes Gehöft durchsucht. Die Polizisten fanden Grauenhaftes. Ich erspare dir die Einzelheiten.«

»Nein, *das* will ich jetzt auch noch wissen.« Lara dachte an »ihre« beiden Fälle und daran, dass den Opfern Organe gefehlt hatten.

»Na gut. Aber sei mir nicht böse, wenn du wieder Albträume bekommst.« Mark rieb sich mit den Fingern über die Stirn, was ein schabendes Geräusch verursachte. Die Kerze auf ihrem Tisch flackerte, als fürchte sie sich vor dem, was jetzt kam.

»Die Sheriffs betraten also Edward Geins Haus und fanden die Besitzerin des Eisenwarengeschäftes. Sie hing mit dem Kopf nach unten an der Decke. Gein hatte Fleischerhaken durch die Sehnen der Fußknöchel gebohrt und sie dann hochgezogen.«

Jetzt flüsterte Mark wirklich. »Der Kopf fehlte. Und er hatte sie ausgeweidet wie ein geschlachtetes Tier. Es gibt Fotos davon.«

Lara fror. Jetzt brauchte sie definitiv einen Kognak, Vernunft hin oder her.

»Edward war nicht anwesend. Er saß bei den Nachbarn und aß mit ihnen zu Abend. Man verhaftete ihn. Am nächsten Tag durchsuchte die Polizei sein Haus.« Mark hatte sich weit nach vorn gebeugt, damit die anderen Gäste nicht hören konnten, was er seiner Begleiterin erzählte.

»Die Sheriffs fanden fünfzehn weibliche Körper. Man konnte nur bei zweien nachweisen, dass Edward Gein sie umgebracht hat.«

»Woher kamen dann die anderen Körper?«

Nebenan begann ein Mann dröhnend zu lachen. Der Ober kam und brachte Laras Kognak.

»Er hat sie auf dem Friedhof ausgegraben. Ed studierte Todesanzeigen. Handelte es sich bei der Verstorbenen um eine nicht zu alte Frau, begab er sich nachts auf den Friedhof, grub die Leiche aus, richtete das Grab wieder so her, dass es nicht auffiel, und nahm die Leiche mit auf seine Farm.«

»Ich ahne, was er damit angestellt hat.« Lara sah Buffalo Bill an der Nähmaschine sitzen. Hinter ihrem Brustbein brannte sich der Alkohol einen Weg nach unten.

»Die Polizei fand außer einzelnen Körperteilen wie Nasen, Lippen oder Knochen auch insgesamt zehn abgesägte Frauenköpfe, eine mit Menschenhaut überzogene Trommel, mehrere Stühle, die mit Streifen aus Haut bezogen waren, Handtaschen, deren Henkel aus gegerbter menschlicher Haut zusammengenäht worden waren, neun oder zehn Totenmasken, Armbänder aus Menschenhaut und eine Schüssel aus einem Menschenschädel, die Edward Gein anscheinend zum Essen benutzt hatte.«

»Das ist entsetzlich.«

»Du wolltest die Details wissen.«

»Ich halte das schon aus.« Lara dachte darüber nach, noch einen Kognak zu trinken, entschied sich aber dagegen.

»Und genau so, wie Thomas Harris es dann in *Das Schweigen der Lämmer* aufgegriffen hat, hatte dieser Ed Gein sich Bekleidungsstücke aus der Haut seiner Opfer genäht, zum Beispiel eine Art Überhose aus menschlicher Beinhaut und eine Weste aus der Haut eines weiblichen Rumpfes. Wohl gemerkt, Lara: Dies hat sich kein blutrünstiger Horrorautor ausgedacht, das ist alles wirklich geschehen und wurde fein säuberlich dokumentiert. Und ab und zu gibt es ähnliche Taten. Ich könnte dir auf Anhieb mindestens zehn weitere Täter nennen.«

»So richtig ausmalen will ich mir das nicht.« Und trotz – oder vielleicht gerade wegen – dieses Vorsatzes saß in Laras Vorstellung ein verlottert aussehender, unrasierter Mann an einer altertümlichen Nähmaschine, seine Beine wippten vor und zurück und bewegten so das Antriebsrad, die Hände schoben langsam lederähnlichen Stoff zur Nadel hin. Als die Figur damit begann, sich eine blutbefleckte Weste anzuziehen, schloss Lara die Augen und dachte an eine Südseeinsel mit Palmen mitten im azurblauen Ozean. Mark hatte recht gehabt – sie *würde* Albträume bekommen. Aber sie hatte es nicht anders gewollt. Lara öffnete die Augen wieder und sah ihr Gegenüber an.

»Wollen wir noch etwas trinken oder zahlen?«

»Weißt du was? Ich trinke jetzt auch einen Kognak. Wir

nehmen nachher ein Taxi, und ich lasse dich auf dem Weg zum Hotel zu Hause absetzen.« Lara nickte. Sie stürzte das letzte Glas Rotwein hinunter, als sei sie am Verdursten.

»Und nun zu deinen Visionen.« Von seinen Erläuterungen über »morphische Felder« und dass diese immateriellen Gebilde das »Sehen« von gleichzeitig stattfindenden, ortsfernen Ereignissen ermöglichen konnten, verstand Lara höchstens ein Zehntel. Vieles war nach Marks Worten umstritten und nicht bewiesen. Er empfahl ihr Bücher zu diesem Thema, und Lara war froh darüber, dass er ihre Fantasien nicht als hellseherischen Blödsinn abtat. Außerdem trugen die Erklärungen dazu bei, Ed Gein für eine Weile aus ihrem Kopf zu verdrängen.

»Gute Nacht. Bis morgen!« Lara winkte und stieg die Stufen hinauf. Das Taxi fuhr erst an, als sie die Haustür aufschloss. In den Vororten herrschte um Mitternacht schon Totenstille, auch wenn heute Samstag war. Der Halbmond über ihrem Kopf wiegte sich sanft hin und her. Ein einsamer Vogel tschilpte einmal und war dann wieder still.

Drinnen drehte sie den Schlüssel zweimal um, warf dann die Strickjacke über einen Bügel, streifte gleichzeitig die Pumps ab und stellte sich vor den Spiegel. Das Spiegelbild schaukelte vor und zurück, wurde schemenhaft und schärfte sich wieder.

»Ich bin dir wohl nicht hübsch genug?« Lara strich sich über die Hüften und wusste gleichzeitig, dass ihr Aussehen nicht der Grund war, weshalb Mark im Hotel übernachtete. Die Spiegelgestalt schwankte stärker und wedelte dann mit den Armen: Genug gehadert. Es ließ sich nicht ändern. Etwas wackelig manövrierte Lara ihren instabilen Körper vorsichtig in Richtung Küche. Sie würde sich jetzt noch einen

Gute-Nacht-Schluck holen und dann hoffentlich tief und fest schlafen.

Ein silbriger Schatten zischte durch das Halbdunkel. Die Luft vibrierte. Laras Fingerknöchel schlugen gegen den Schrank. Wieder schwirrte schimmernder Stahl von oben nach unten, funkelte, spiegelte fahles Licht wider.

Jetzt fanden die zitternden Finger den Lichtschalter, und mit einem Klacken erhellte gelbes Licht den Raum. Lara zwinkerte und sah sich um. Alles war wie immer. Sie öffnete den Wandschrank, um ein Glas herauszunehmen. Der Korken der Weinflasche quietschte leise beim Herausdrehen. Die Flasche neigte sich.

Klare Flüssigkeit gluckerte in ein Wodkaglas. Wacholdergeruch drang durch die Nase direkt ins Gehirn. Ein kurzer Blick auf ein Etikett auf zartblauem Glas: Bombay Sapphire – London Dry Gin.

So schnell, wie es aufgeblitzt war, verblasste es auch wieder, verblasste die quaderförmige Flasche, verblasste der Wacholderduft, und nur ein leichtes Brennen in den Augen blieb zurück, so als habe sich Lara zu dicht über den hochprozentigen Alkohol gebeugt.

Sie zitterte. Ihre Zähne machten ein tackerndes Geräusch beim Aufeinanderstoßen. Lara nahm den Wein mit zu ihrem Bett, setzte sich auf den Rand und trank. Trank, bis die Flasche leer war. Dann ließ sie sich einfach nach hinten fallen und war nach einer Minute eingeschlafen.

*

Der Mann legte das Skalpell beiseite und betrachtete sein Werk. Der helle Schein seiner Küchenbeleuchtung verfälschte die Farben irgendwie. Es gab noch allerhand zu tun, aber ein Anfang war gemacht. Im Moment wirkte es wie einer dieser

Homunkuli aus historischen anatomischen Sammlungen, die mit blinden Augen in Formaldehyd schwammen. Das Brustwarze-in-Gebärmutter-in-Herz-Objekt bildete den Mittelteil der Schöpfung. Noch war es lediglich ein unfertiges Konstrukt aus rotem Fleisch und weißen Fasern. Das neongrüne Garn leuchtete an den oberen Nähten expressionistisch. Und er wollte ja auch etwas damit *ausdrücken*.

Der Mann fand, dass er sich jetzt eine Belohnung verdient hatte. Einen schönen eiskalten Gin zum Beispiel. Im Vorbeigehen musterte er sich im Spiegel und suchte auf dem Kittel nach Flecken. Er mochte es nicht, mit beschmutzter Kleidung zu arbeiten.

Im Licht der kleinen Kühlschranklampe grüßten die Tupperdosen ihren Halbgott in Weiß. Die kantige Flasche schmiegte sich kühl in seine Hand. Er goss sich ein schmales Wodkaglas reichlich voll und sog den Wacholderduft tief in seine Lungen. Mit zufriedenem Schmatzen saugte sich die Tür wieder fest.

Zurückgekehrt nahm der Mann vor seinem unfertigen Kunstwerk Platz und trank den Gin in ganz kleinen Schlückchen.

Er war jetzt rechtschaffen müde. Der gestrige Freitag hatte ihn bis in die Morgenstunden beschäftigt, und auch heute war er fleißig gewesen. Jetzt war es an der Zeit, sich auszuruhen. Der Sonntag war ein Feiertag. Auch für Doctor Nex.

Die Kleine – Ann-Kathrin war ihr Name – hatte es ihm wirklich nicht leicht gemacht. Und doch waren das Verfolgen, das Ausspähen ihrer Wohnung, das Hinterherfahren, das heimliche Beobachten des zukünftigen Opfers, ohne dass dieses etwas davon ahnte, erregend gewesen. Am Ende wäre sie ihm fast noch entwischt. Der Mann nahm einen Schluck, schnüffelte und drückte die eisige Flüssigkeit mit der Zunge an den Gaumen. Der Gin führte einen Geruch nach Wald mit sich und untermalte so seine Erinnerung.

Diese Ann-Kathrin hatte beim Tasern noch heftiger gezappelt als ihre Vorgängerin. Genau wie vorgestern hatte er sie bis zum Abend ein paar Stunden beschattet. Als sie sich dann von ihrem pickelgesichtigen Freund getrennt hatte und in die andere Richtung gelaufen war, war ihm klar, dass das Schicksal ihm heute Abend wohlgesinnt sein würde. Die Kleine hatte noch einen Einkauf in einem winzigen Tante-Emma-Laden erledigt – Zigaretten, wie er später beim Durchsuchen ihrer Tasche festgestellt hatte. Als beim Herauskommen das Licht über dem Ladeneingang ihr Haar zum Leuchten brachte, hatte er gewusst, dass er nicht noch länger auf dieses delikate kleine Ding warten wollte. Danach war alles ziemlich schnell gegangen. Er hatte sie überholt, an einer dunklen Ecke angehalten und war, den Stinger-Taser im Ärmel verborgen, ausgestiegen, als sie nah genug herangekommen war. Aus ihrem Mund war ein kleiner Schreckenslaut gekommen, dann hatte sie nur noch konvulsivisch gezuckt. Und inzwischen zuckte gar nichts mehr an dem, was einmal Ann-Kathrin gewesen war.

Auf der Fahrt zu dem Waldstück, das er am Vortag ausgesucht und gründlich inspiziert hatte, erklang plötzlich leise Musik, und er hatte eine Weile gebraucht, um herauszufinden, dass die Melodie von ihrem Handy kam. Da machte sich anscheinend jemand schon nach so kurzer Zeit Sorgen. Nach der Ankunft am Ausgangspunkt seiner Jagd hatte er das Telefon in ihrer Tasche gesucht. Auf dem Display stand: zwei Anrufe in Abwesenheit und der Name »Robert«. Robert musste ihr Freund sein. Doctor Nex hatte das Handy abgeschaltet. Robert würde noch früh genug erfahren, dass seine Freundin nie wieder Zeit für ihn haben würde.

Und nun lag die süße kleine Ann-Kathrin irgendwo, den bleichen Körper nur spärlich mit Laub und Nadeln bedeckt, die leeren Augenhöhlen blicklos in die Nacht stierend, und wurde von eifrigen Fliegen und Käfern besucht.

Der Mann ließ den Blick über die grünen Nähte der Skulptur gleiten und betrachtete dann die daneben aufgereihten Gläser mit den neuesten Objekten.

Wie gut, dass er diesmal daran gedacht hatte, auch die Augen an sich zu nehmen. Ein Paar Augen machte sich immer gut an einer expressionistischen Skulptur.

Leider hatte sich die Hornhaut im hochkonzentrierten Alkohol sofort weißlich eingetrübt, was ihm im Dunkel der Nacht gar nicht aufgefallen war. Das ließ sich nicht umgehen. Trotzdem konnte man später immer noch sehen, dass es sich um Augen handelte. Und das war das Ausschlaggebende.

Doctor Nex erhob sich. Es wurde Zeit, dass er seine Arbeit beendete, die Objekte und das unfertige Kunstwerk im Kühlschrank verstaute, die Küche wieder in ihren aufgeräumten Ausgangszustand versetzte und sich ausruhte. Morgen war auch noch ein Tag.

Er zwinkerte den beiden milchigen Augenkugeln in ihrem Glas zu und war gespannt, wer ihre blinde Besitzerin diesmal finden würde. Dieses Spiel konnte nur einer gewinnen.

17

»So, das dürfte es gewesen sein.« Lara betrachtete das Word-Dokument noch ein letztes Mal. All ihre Erkenntnisse und Marks Hinweise waren jetzt gespeichert. Zumindest soweit sich ihr umnebeltes Gehirn daran erinnern konnte. Nach dem

Aufwachen heute Vormittag hatte sie eine Stunde gebraucht, um ihre Gedanken zu ordnen, sich im Anschluss ein paar unerquickliche Minuten lang für ihre unbeherrschte Gier nach Marks Körper geschämt und schließlich ihr Gewissen damit beruhigt, dass nichts passiert war.

Zur Sicherheit und weil sie morgen während der Arbeit weiter zu dem Thema recherchieren wollte, speicherte sie alles auch auf ihrem USB-Stick.

Mark hatte vor fünf Minuten angerufen und sich für einen kurzen Abschiedsbesuch angemeldet. Seine Fortbildung war beendet, und er wollte sich noch auf einen Kaffee mit ihr treffen. Danach würde er zurück nach Berlin fahren. Zurück zu seiner Frau und den beiden Kindern. Lara warf den Speicherstick in ihre Handtasche. Sie hatte ein schlechtes Gewissen wegen der Aufzeichnungen, beruhigte sich aber mit dem Vorsatz, dass niemand außer ihr die Notizen zu Gesicht bekommen würde.

»Können wir denn sonst noch irgendetwas unternehmen? Potentielle Opfer warnen?« Das Gefühl der Unzulänglichkeit in Lara wollte einfach nicht nachlassen. Von der erneuten Vision mit dem Skalpell und der Ginflasche gestern Nacht hatte sie Mark auch noch nichts erzählt. Sie stellte den Kaffee beiseite. Er war schal und bitter.

»Momentan leider nicht. Es ist alles sehr vage, und unsere Vermutungen sind nicht bewiesen. Ich versichere dir aber, dass ich gleich morgen früh alles mit der Bitte, es als dringlich einzustufen, weiterleite. Man wird sich darum kümmern, da kannst du sicher sein. Und du behältst bitte das, was wir gestern besprochen haben, für dich.«

»Das habe ich dir doch gestern schon versprochen, Mark.«

»Ich weiß. Ich wollte es nur noch einmal gesagt haben.

Wenn ich dir nicht vertrauen würde, hätte ich dir die Informationen gar nicht gegeben.«

Eigentlich habe ich dich weichgekocht. Den Satz behielt Lara lieber für sich. »Denkst du, dass er schon ein nächstes Opfer im Visier hat?« Sie schaute nach draußen und kniff die Augen zusammen.

»Möglich ist es. Nach den Tatmerkmalen zu urteilen, ist das hier kein Täter, der nach zwei Opfern einfach so aufhört. Was ich nicht kenne, sind die Ursachen, die zu dieser Eskalation geführt haben. Soweit ich ermitteln konnte, gab es ähnlich gelagerte Fälle in den letzten Jahren weder in Deutschland noch im benachbarten Ausland. Wenn es ein Serientäter ist, hat irgendein Auslöser ihn dazu gebracht, seine Fantasien jetzt in die Wirklichkeit umzusetzen, oder er hat vorher in einem anderen Land gelebt und dort gemordet, ohne dass wir es wissen. Die dritte Variante könnte sein, dass er im Knast saß. Darüber kann man momentan nur spekulieren, und das tue ich ungern. So leid es mir tut, Lara –«, jetzt sah er sie direkt an, »wir können derzeit gar nichts unternehmen.«

Wir warten also auf die nächste Leiche. Lara sprach auch diesen Satz nicht laut aus.

Mark sah auf seine Armbanduhr. »Morgen telefonieren wir wieder. Ich rufe dich gegen Abend an. Vielleicht finde ich noch etwas Neues heraus.«

Lara winkte und ließ die Hand dann sinken. Marks Auto beschleunigte, dann bog er um die Ecke und war verschwunden. Sie blieb noch einen Augenblick so stehen. Sacht erwärmte die Abendsonne Kopf und Schultern. Ein Marienkäfer surrte heran und setzte sich direkt neben ihr auf einen Vorsprung in der Mauer. Das entfernte Knattern eines Mopeds unterstrich die Stille noch. Bratenduft drang aus irgendeinem der Fenster.

Die perfekte Vorstadtidylle. Und doch ließen irgendwo zur gleichen Zeit Mütter ihre Kinder verhungern, vernichteten Brände Leben und Existenzen, war ein Mörder auf der Suche nach seinem nächsten Opfer.

Während Lara den Schlüsselbund klimpern ließ und dabei abwesend feststellte, dass sich an der Spitze der Sonnenblumenpflanzen nebenan schon Blüten bildeten, riss lautes Hupen sie aus ihrer Versunkenheit. Mit offenem Mund beobachtete sie, wie ein eisblauer Audi heranrauschte, vor ihrem Haus anhielt und Mark heraussprang. Er warf die Tür zu und drückte im Heranhasten auf die Fernverriegelung. Hatte Lara zuerst noch gedacht, er habe etwas vergessen, belehrte sie sein Gesichtsausdruck eines Besseren. Es musste etwas Schlimmes passiert sein.

»Was ist denn ...«

»Lass uns ins Haus gehen. Ich möchte das nicht hier draußen besprechen.« Die Tür klappte hinter ihnen zu, und sie standen in der Dämmerung des Hausflurs.

»Ich habe Autoradio gehört, wegen der Staumeldungen.« Mark sprach gehetzt. »Gerade kam in den Nachrichten, dass eine verstümmelte weibliche Leiche gefunden wurde. In einem Forst nahe Regensburg.«

18

»Du sollst gleich zum großen Meister kommen.« Toms Finger zuckten über die Tasten. Jetzt sah er auf. »Du siehst ziemlich erledigt aus. Das war wohl ein anstrengendes Wochenende?«

»Was will denn der Chef?« Tom hatte recht, sie *sah* erledigt aus. Aber die Schlussfolgerungen, die er daraus gezogen hatte, waren komplett falsch. Und Lara hasste ihn für sein anzügliches Grinsen.

»Ich weiß es nicht. Ich glaube aber, er ist auf hundertachtzig.«

»Das verstehe ich zwar nicht, aber ich gehe gleich rüber.« Lara suchte nach Notizbuch und Handy und überlegte dabei, was der Redaktionsleiter von ihr wollte. Sie war sich jedenfalls keiner Schuld bewusst.

Im Zimmer des Chefs roch es nach frisch gebrühtem Kaffee und Männerschweiß. Gernot Hampenmann – hinter seinem Rücken nannte man ihn »Hampelmann« – thronte hinter seinem Schreibtisch. Er reagierte nicht auf Laras Erscheinen, sondern tat beschäftigt. Lara näherte sich, grüßte noch einmal und setzte sich in den Besucherstuhl, nachdem der Chef, ohne die Augen von dem Papier zu heben, eine unwirsche Geste gemacht hatte. Wenn Gernot Hampenmann den Kopf so nach vorn neigte, wie er es jetzt gerade tat, konnte man die Strähnen, die er über die kahlen Stellen seines Schädels kämmte, besonders gut sehen. Lara ließ den Blick nach unten wandern und landete bei den kurzen Beinen des Redaktionsleiters, die, mit schwarzen Socken bestrumpft, in polierten Schuhen endeten. Die Sohlen berührten kaum den Boden.

Man durfte in der Redaktion weder Haarausfall noch die Probleme zu klein geratener Männer thematisieren. Überall lauerten Fallstricke. Schnell blickte sie wieder auf, direkt in Gernot Hampenmanns zusammengekniffene Augen.

»Wir haben ein Problem, Frau Birkenfeld.« Er sprach sehr leise.

»Ein Problem?« Seit Tom ihr gesagt hatte, der Chef sei auf hundertachtzig, hatte Lara darüber nachgedacht, was passiert sein könnte.

»Ja, ein Problem! Tun Sie nicht so unschuldig.« Jetzt wurde

er lauter. »Raten Sie mal, wer mich vorhin angerufen hat.« Er wartete kurz, und als Lara nur die Schultern hob, setzte er fort. »Kriminalkommissar Stiller!«

»Was …?« Weiter kam sie nicht.

»Er hat sich beschwert. Und zwar über Sie.« Gernot Hampenmanns Zeigefinger stach in Richtung Laras Brust. »Sie würden die Arbeit seiner Kollegen behindern, polizeiliche Abläufe stören, Tatorte mit Ihren Spuren verunreinigen. Das kann so nicht weitergehen!« Jetzt redete er so laut, dass die draußen sicher jedes Wort verstanden. Lara schämte sich ein wenig und sagte sich gleichzeitig, dass dazu kein Anlass bestand.

»Ich habe *niemanden* behindert.«

»Waren Sie an dem Tag, als der Großbrand in der Bahnhofstraße war, vor Ort?«

»Ja sicher. Ich habe auch darüber geschrieben.«

»Und haben Sie sich hinter der Absperrung aufgehalten und während der Löscharbeiten Feuerwehrleute befragt?«

»Nicht *während* der …«

»Moment! Ich bin noch nicht fertig!« Hampenmanns Handfläche klatschte im Takt auf den Tisch. »Stimmt es, dass Sie den Kommissar dauernd mit Anrufen behelligen und, weil Sie von ihm keine Auskunft bekommen, seine Leute danach in der Wache belästigt und von ihren Aufgaben abgehalten haben?«

»Das war ganz anders.«

»Aber sicher!« Ein feines Speicheltröpfchen löste sich vom Mund des Redaktionsleiters und wehte auf die Tischplatte. »Wenn das nicht sofort aufhört, ziehe ich Sie von sämtlichen Polizeireportagen ab. Betrachten Sie dies als Abmahnung. Und ich erwarte, dass Sie sich bei Kommissar Stiller entschuldigen. Und zwar umgehend!«

Der Redaktionsleiter nahm die Papiere wieder zur Hand. Für ihn schien das Gespräch beendet zu sein. Der Hampelmann hatte Lara nicht einmal die Möglichkeit gegeben, die ganze Sache aus ihrer Sicht zu schildern. Sie erhob sich und spürte, dass sie zitterte. Sie sollte sich bei Stiller entschuldigen? Der hatte sie wohl nicht mehr alle! Eigentlich müsste der Marabu sich bei ihr entschuldigen!

Sich den Oberarm reibend, marschierte Lara zur Tür und riss sie auf. Isabell und Tom, die direkt davorgestanden hatten, machten synchron einen Schritt nach hinten und beobachteten dann verblüfft, wie die Kollegin zu ihrem Stuhl stürmte, die Handtasche nahm und hinausrannte.

Lara tupfte sich mit einem Tempo die Feuchtigkeit unter den Augen weg und schniefte. Friedrich kam heraus, um seine Morgenzigarette hinter dem Haus zu rauchen. »Alles klar bei dir?«

»Sicher. Ich kämpfe bloß mit Heuschnupfen.« Zur Bekräftigung ihrer Worte schnaubte Lara geräuschvoll in das Taschentuch und ging, um dem Kollegen keine Möglichkeit für weitere Fragen zu bieten.

Zurück in der Redaktion, waren alle Plätze verwaist. Kichern und Girren schallten aus der Kaffeeküche, begleitet von brummelnden Untertönen. Lara rückte ihren Stuhl zurecht und wollte gerade zu tippen beginnen, als ihr Handy klingelte. Im Display stand »Mark«.

»Birkenfeld?«

»Lara, ich bin's, Mark.«

»Ich weiß.«

»Warum flüsterst du?«

»Ich bin in der Redaktion.« Lara sah sich um. Die anderen waren noch immer beim gemeinsamen Frühstück.

»Ach richtig, du hattest ja gesagt, dass du diese Woche Frühdienst hast. O. K, ich mache es kurz, und wir telefonieren später noch einmal ausführlich. Es geht um den Fund der Frauenleiche gestern Abend, du weißt?« Obwohl Mark es nicht sehen konnte, nickte Lara. »Warte ganz kurz. Ich muss meinen Artikel sichern.« Lara drückte auf »speichern«, suchte gleichzeitig nach ihrem USB-Stick, stöpselte ihn ein und rief das Dokument mit den Details zu den Frauenmorden auf. Sie konnte Mark atmen hören.

»Pass auf. Es ist der gleiche Tathergang. Genau wie bei den beiden anderen war die Leiche nackt, wurde in einem Wald gefunden, und ihr wurden Organe entfernt.«

»Welche Organe waren das?«

»Details weiß ich noch nicht. Die Obduktion ist noch nicht beendet. Jedenfalls fehlen die Augen.«

»Die Augen?« Lara hörte sich selbst zischend einatmen.

»Ja. Tut mir leid.«

»Das muss dir nicht leidtun. Ich versuche bloß, das Bild dazu aus meinem Kopf zu verdrängen.«

»Außerdem hat man im Blut der vorhergehenden beiden Opfer Betäubungsmittel von der Gruppe der Benzodiazepine gefunden.«

Lara tippte das Wort in ihre Datei und nahm sich vor, sich später über den Stoff zu informieren.

»Und sie hatten ziemlich identisch aussehende Wundmale in Taillenhöhe. Könnte ein Elektroschocker gewesen sein.«

»Ein Elektroschocker.« Lara schrieb »Elektroschocker« und sprach dabei ins Telefon. »Das würde bedeuten, er hat sie zuerst damit kampfunfähig gemacht und anschließend mit dem Betäubungsmittel ruhiggestellt.«

»Genau so stelle ich mir das vor.«

»War das auch bei der Leiche von gestern der Fall?«

»Ich gehe davon aus, dass ähnliche Male gefunden werden.«

»Mark, wenn das so ist, können wir sicher sein, dass es sich um einen Serienmörder handelt! Etwas anderes kann ich mir gar nicht vorstellen! Oder glaubst du, dass zwei Täter mit identischer Vorgehensweise zur gleichen Zeit in Deutschland unterwegs sind?«

»Nein, Lara, das ist äußerst unwahrscheinlich. Die zahlreichen Übereinstimmungen deuten zwar stark darauf hin, aber sicher sind wir noch nicht. Ich kümmere mich darum. Und du musst Stillschweigen bewahren.«

»Darauf kannst du dich verlassen. Ich schweige wie ein Grab.« Lara fragte sich kurz, warum er sie dann überhaupt angerufen und ihr von den neuen Entwicklungen erzählt hatte, wenn er Zweifel hatte, vergaß den Gedanken aber fast sofort wieder. Mark wusste schließlich, dass seine Informationen bei ihr sicher waren.

»Gut. Dann störe ich dich jetzt nicht länger. Ich rufe dich heute Abend noch einmal an.«

»Danke dir. Bis später dann.« Lara nahm das Telefon vom Ohr und schaltete es aus.

»Ein Serienmörder?« Sie zuckte zusammen. Tom stand direkt hinter ihr und streckte eine Tasse in ihre Richtung. Seine Augen leuchteten. »Ich hab dir einen Kaffee mitgebracht, weil du vorhin nicht hier warst.«

»Danke.« Lara nahm ihm die Tasse ab.

»Was hast du gerade über einen Serienmörder gesagt?« Tom war hartnäckig. Wenn ihn etwas interessierte, war er wie ein Trüffelschwein, er wühlte, schnüffelte, suchte, bis er das Geheimnis ausgegraben hatte.

»Nichts von Belang. Ich habe mich mit einem Kollegen

über einen Fall in den USA unterhalten.« Lara nahm einen Schluck. Das Gebräu war wie immer widerlich – lauwarm und bitter.

»Ach so.« Tom stand noch immer da und starrte auf ihren Bildschirm. Lara folgte seinem Blick. Die Worte »Elektroschocker« und »Benzodiazepin«, die sie selbst eben erst geschrieben hatte, flackerten vor ihren Augen, dann schaltete sich der Bildschirmschoner ein. Toms Nasenspitze zuckte jetzt. Das Trüffelschwein hatte Witterung aufgenommen.

»Also, ich muss dann mal weitermachen.« Lara wartete, dass er sich entfernte. Sie würde kein Wort mehr dazu sagen. Tom blieb noch ein paar Sekunden stehen, sein Blick huschte zu dem USB-Stick, dann drehte er sich schulterzuckend um und ging zu seinem Platz.

Lara schloss das Dokument, zog den Speicherstick ab und verstaute ihn in ihrer Handtasche.

Als sie eine Stunde später zur Toilette ging, glitt Tom um den Tisch herum, fand mit einem Griff den USB-Stick, überspielte die Dateien auf seinen Rechner und verstaute das Gerät wieder in ihrer Handtasche, alles in zwei Minuten.

Als Lara zurückkehrte, saß er an seinem Platz und tat beschäftigt. Dass seine Nasenspitze noch immer zuckte, bemerkte sie nicht.

19

Dienstag, 11.7.

Serienmörder weidet Frauenleichen aus!

Bei der am Sonntag nahe Regensburg aufgefundenen Leiche einer jungen Frau handelt es sich nach Aussagen gut informierter Kreise um das Opfer eines Serienmörders, der bereits zwei weitere Frauen auf dem Gewissen hat.

Der Täter schlachtet seine Opfer nach der Tötung regelrecht aus.

Mehr dazu auf Seite fünf – Hintergründe

Über der Nasenwurzel des Mannes bildeten sich zwei senkrechte Falten, und er ließ die Zeitung sinken. Die Schreiberlinge hatten anscheinend genauere Informationen. Er blickte zum Fenster und blätterte hastig um.

Nach dem Fund einer weiteren Frauenleiche in einem Wald nahe Regensburg geht die Polizei von den Taten eines Serienmörders aus. Das Opfer, die Studentin Ann-Kathrin S., wurde am Sonntag gefunden. Die Leiche war nackt, und der Täter hatte ihr Organe entfernt.

In den letzten Wochen gab es bereits zwei ähnliche Fälle: Ende Juni wurde die Leiche von Sandra G. in einem Waldstück bei Wesenberg (Neustrelitz) gefunden. Nur zwei Wochen später verschwand die 23-jährige Susann W. aus Wernigerode. Auch sie wurde kurz darauf tot aufgefunden, in einem Forst bei Wernigerode. Die *Tagespresse* hat herausgefunden, dass die Übereinstimmungen der Fälle dramatisch sind: Wie wir aus sicherer Quelle erfahren haben, fanden sich bei den Opfern Male am Körper, die von einem Elektroschocker stammen könnten. Das Blut der Leichen enthielt Betäubungsmittel aus der Gruppe der K.-o.-Tropfen. Der Serienmörder hat also seine Opfer mit dem Elektroschocker willenlos gemacht und anschließend betäubt.

Zusammenfassend lässt sich sagen:

Die Opfer sind junge, hübsche, zierliche blonde Frauen.

Die Mädchen verschwanden immer freitags.

Sie wurden mit Elektroschocks und Schlafmitteln betäubt.

Alle Leichen wurden nackt in Waldstücken gefunden.

Den Leichen wurden verschiedene innere Organe entfernt, zum Beispiel das Herz und die Gebärmutter.

Kleidung, Schmuck und Taschen der Opfer fehlen bis heute.

Die Stirnfalten kerbten sich tiefer ein. Der Mann las die fett gedruckten Zeilen noch einmal. Woher hatten die von der *Tagespresse* das mit dem Elektroschocker? Die dritte Leiche war erst vorgestern gefunden worden, und es war nicht anzunehmen, dass die Bullen Details an die Zeitung herausgegeben hatten.

Grell blendete das Licht der Morgensonne. In seinem Kopf pulsierte eine rote Wolke.

Er würde den Artikel zu Ende lesen und dann, wie geplant, seine heutigen Besuche absolvieren. Auf der Fahrt konnte er in Ruhe darüber nachdenken, was zu tun war. Es bestand keine akute Gefahr.

Wie die Tagespresse aus Polizeiquellen erfuhr, ist sich die Polizei aufgrund der gleichen Vorgehensweisen inzwischen sicher, dass es sich bei allen drei Fällen um den gleichen

Täter handelt. Die Wahrscheinlichkeit, dass er weitermorden wird, ist laut Aussagen eines Profilers, der eng mit der Polizei zusammenarbeitet, sehr groß.
Am kommenden Freitagabend sollte also keine hübsche blonde Frau allein ausgehen!

Langsam faltete der Mann die Zeitung zusammen und legte sie dann mitten auf den Tisch. Die *Tagespresse* schien ja einiges zu wissen. Anscheinend hatten sie einen Informanten, der an der Quelle saß und interne Informationen ausplauderte. Sein Blick kehrte noch einmal zu dem Artikel zurück. Wer hatte den Mist eigentlich verzapft? Unter dem Text stand lediglich das Kürzel »LB«. Welcher selbstgefällige Journalist mochte sich hinter »LB« verbergen?

In der Garage kontrollierte er seine Vertreterkoffer auf Vollständigkeit, setzte sich hinters Steuer und beobachtete, wie der Lichtstreifen beim Hochfahren des Tores immer breiter wurde.

»LB« von der *Tagespresse* schien sich ja in seinen Schlussfolgerungen sehr sicher zu sein, aber dem konnte man abhelfen. »Mordet immer freitags!« Was für ein Blödsinn! Als ob sich seine künstlerische Tätigkeit auf solche Plattitüden reduzieren lassen würde.

Je länger Doctor Nex über den Artikel nachdachte, umso mehr sah er den Verfasser vor sich: ein eingebildetes Bürschchen, von sich überzeugt, viel zu selbstsicher, narzisstisch. Die Klugscheißer irrten sich, wenn sie glaubten, ein Profil über Doctor Nex erstellen zu können.

Am kommenden Freitagabend sollte also keine hübsche blonde Frau allein ausgehen? Wenn »LB« sich da mal nicht getäuscht hatte! Mit quietschenden Reifen fuhr der Ford Mondeo aus der Ausfahrt und preschte davon, während hinter ihm das Tor langsam wieder nach unten glitt. Der Mann hinter dem Steuer grinste.

*

»Morgen, Isi.« Lara löste den Blick vom Monitor und betrachtete das, was die Praktikantin heute anhatte. Eine Art Bermudashorts mit sehr kurzen Beinen, darüber ein geringeltes Neckholder-Shirt, hoch am Hinterkopf wippte ein Pferdeschwanz. Isabell sah wie eine Vierzehnjährige aus. Wenigstens war mit einer kurzen Hose die Gefahr, dass ihr Unterhöschen hervorblitzte, wenn sie sich zu sehr nach vorn beugte, gebannt.

Ach ja – Lara schaute zum Schreibtisch gegenüber –, der Adressat der Spitzenunterwäsche war ja heute gar nicht in der Redaktion. Tom würde frühestens am Nachmittag wieder hier sein. Tom war im Gericht. Heute sollte das Urteil gegen die Mutter des toten Dennis verkündet werden.

Lara sah Isabell nach, die hüftschwenkend in der Kaffeeküche verschwand. Da hatte sie nun wochenlang über den Prozess berichtet, und jetzt, wo es an die Urteilsverkündung ging, saß sie hier in der Redaktion und befasste sich mit dem langweiligen Alltagsgeschäft. Und das Ganze nur, weil der Hampelmann Kriminalkommissar Stiller mehr glaubte als ihr.

Isabell kam zurück und setzte sich auf Toms Drehstuhl. »Ich hab die Kaffeemaschine angestellt.«

»Fein.« Lara schaute nicht hoch. Aus dem Treppenhaus ertönte der Lärm sich hastig nähernder Schritte. Dann flog die Tür auf, und Redaktionsleiter Hampenmann stand schwer atmend im Eingang. Er deutete mit dem Zeigefinger anklagend auf Lara und schnaufte dabei so heftig, dass er kein Wort hervorbrachte. Sein Gesicht war hochrot, Schweißperlen funkelten im Licht. Jetzt quetschte er ein »Sie! … Sie! …« heraus, während die Hand noch immer in Laras Richtung zeigte.

Isabell erhob sich lautlos und verschwand in der Küche. Wenn sie wollte, konnte sie sich ohne jeden aufreizenden Hüftschwung schnell und effizient vorwärtsbewegen.

»Kommen Sie mit!« Ohne sich nach ihr umzudrehen, marschierte Gernot Hampenmann, noch immer nach Luft ringend, in sein Büro. Lara sah erst jetzt, dass er die heutige Ausgabe der *Tagespresse* in der Hand hielt, und fragte sich, ob seine Erregung etwas mit dem zu tun haben mochte, was darin stand.

In Hampenmanns Zimmer war es noch kühl. Ein frischer Luftzug wehte zum gekippten Fenster herein. Lara blieb vor dem Schreibtisch stehen, während der Redaktionsleiter die Arme aus dem Jackett nestelte. Die Zeitung hatte er direkt vor sich auf den Tisch geworfen. Sie versuchte, in den auf dem Kopf stehenden Schlagzeilen zu lesen, um herauszufinden, was den Mann so verärgert haben mochte, wurde jedoch, noch bevor das Buchstabengewirr einen Sinn ergeben konnte, aus ihren Überlegungen gerissen.

»Ich fordere eine Erklärung!« Hampenmann nahm die Zeitung, klappte sie auf und drehte sie so, dass Lara die Überschrift in der unteren Hälfte lesen konnte. Die Worte »Serienmörder« und »weidet aus« hinterließen auf Laras Netzhaut ein flammendes Abbild. Sie machte einen Schritt nach vorn, um den Text unter der Schlagzeile zu lesen, aber das Papier wurde vor ihrer Nase weggezogen.

»Ich glaube nicht, dass Sie das erst lesen müssen, um zu begreifen, was ich meine, Frau Birkenfeld!«

»Ich verstehe nicht …« Da der Redaktionsleiter sich nicht gesetzt hatte, war auch Lara stehen geblieben.

»Tun Sie doch nicht so unschuldig!«

Lara schielte zum Fenster. Das Geschrei des kleinen Mannes war bestimmt bis auf die Straße zu hören. Noch immer kreiste das Wort »Serienmörder« durch ihren Kopf, sodass sie keinen klaren Gedanken fassen konnte, geschweige denn eine Idee hatte, was diese Anklage sollte.

»Vorhin hat mich die Kripo aus Regensburg angerufen, stellen Sie sich vor! Haben Sie auch nur den Hauch einer Ahnung, was Sie mit Ihrem Geschmiere angerichtet haben?«

»Die Kripo aus Regensburg?« Noch immer standen sie sich wie zwei Kampfhähne gegenüber.

»Was fällt Ihnen ein, vertrauliche Informationen zu veröffentlichen, völlig egal, aus welcher Quelle auch immer sie stammen! Und das auch noch ohne Genehmigung!« Gernot Hampenmann hatte die Zeitung zusammengerollt und klatschte sie im Takt seiner Worte auf die Tischplatte. »Sind – Sie – denn – jetzt – völlig – übergeschnappt? Zuerst bringen Sie Kriminalkommissar Stiller mit Ihren Aktionen gegen uns auf und nun das!«

»Herr Hampenmann, bitte, ich weiß gar nicht, wovon Sie reden.« Lara suchte verzweifelt nach einer Möglichkeit, den aufgebrachten Mann zu beruhigen, und fragte sich gleichzeitig, was in dem Artikel stehen mochte und wieso ihr Chef auf die Idee gekommen war, er stamme von ihr.

»Wovon ich rede? Von diesem Artikel hier –«, die Zeitung wurde anklagend vor Laras Augen geschwenkt, »über den Serienmörder, der reihenweise junge blonde Frauen umbringt, nachdem er sie vorher mit dem Elektroschocker betäubt hat, um sie dann auszuschlachten, das Ganze immer freitags, wie Sie schreiben!«

In Laras Beinen breitete sich ein Taubheitsgefühl aus, und sie musste sich setzen. »Ich habe das nicht …«

»Streiten Sie es doch nicht ab! Sie machen alles nur schlimmer!« Gernot Hampenmann sprühte einen feinen Speichelregen über den Tisch, während er fortfuhr. »Wie kann man nur so egoistisch sein! Ich dachte immer, ich kann meinen Mitarbeitern vertrauen! Wer hat den Artikel eigentlich gegengelesen?«

»Das weiß ich auch nicht. Der Text ist *nicht* von mir.« Allmählich verwandelte sich Laras Verblüffung in Zorn.

»Versuchen Sie nicht, es zu leugnen, Frau Birkenfeld! Das ist doch das Letzte!« Der Redaktionsleiter machte eine unwirsche Handbewegung und griff nach seinem Telefon. »Bitte gehen Sie. Ich möchte mir klar werden, wie wir weiter verfahren.«

Wahrscheinlich wollte er den Geschäftsführer anrufen. Lara hatte ein Dejà-vu-Gefühl.

Die Tür fiel hinter ihr ins Schloss, und sie atmete tief durch.

Hubert und Christin saßen vor ihren Bildschirmen und tippten wie die Weltmeister. Wahrscheinlich hatten sie eben noch gelauscht.

Auf dem Weg zu ihrem Schreibtisch dachte Lara kurz darüber nach, sich zu entschuldigen und nach Hause zu gehen, wusste aber im gleichen Augenblick, dass dies das falsche Zeichen gewesen wäre. Sie hatte keine Schuld an dem, was ihr vorgeworfen wurde, und es gab keinen Anlass zu kneifen. Sie rief die heutige Ausgabe der Zeitung auf.

Der Artikel über den Serienmörder war mit dem Kürzel »LB« gekennzeichnet. »LB« wie Lara Birkenfeld. Das bedeutete, sie hatte ihn verfasst. Nur dass sie nichts davon wusste. Einen winzigen Augenblick lang erwog Lara die Vorstellung, sie habe den Text gestern selbst geschrieben und in einer Art Geistesverwirrung die Erinnerung daran verloren, wusste aber sofort, dass das Unfug war.

Nachdem sie den gesamten Artikel noch einmal überflogen hatte, war ihr klar, dass die genannten Fakten allesamt stimmten. Und der Text war auch von ihrem Arbeitsplatz aus eingegeben worden. Irgendjemand musste also hier an ihrem Computer und unter ihrem Kürzel die brisanten Informationen veröffentlicht haben.

Wer war dieser »Jemand«? Fast jeder in der Redaktion kam in Frage, denn die meisten Kollegen kannten ihr Passwort. Lara erhob sich und ging in die Küche, um sich ein Wasser zu holen. Es gab noch eine zweite Frage: Wie war die Person an die vertraulichen Informationen gekommen?

»Was war denn da grade los?« Isabell drückte den Rücken durch und klappte die Tür des Geschirrspülers zu.

»Nichts.« Lara betrachtete die karierten Shorts der Praktikantin. War Isabell gestern Nachmittag hier gewesen?

Ihre Gespräche mit Mark kamen ihr in den Sinn. Wie sie ihm hoch und heilig versichert hatte, dass die internen Informationen bei ihr sicher seien. Sie hielt den Becher unter den blauen Hahn des Wasserspenders. Die Kälte aus dem Gefäß kroch in ihre Fingerspitzen und breitete sich aus.

Lara setzte sich, nahm einen tiefen Schluck, stützte die Stirn in die Handflächen und versuchte sich zu erinnern, wie der gestrige Tag abgelaufen war, als ihr Handy anklagend zu klingeln begann.

*

Beate Zimmer rückte die Brille zurecht und ließ den Blick vom Einkaufszettel zu den Obstauslagen gleiten. Nach langem Zögern entschied sie sich für eine Schale Himbeeren und schob dann den Wagen langsam vorwärts. Das linke Vorderrad klackte an jeder Fuge. Beim Fleischverkauf standen nur zwei Leute an. Es hatte seine Vorteile, wenn man erst kurz vor Ladenschluss einkaufen ging. Manchmal waren zwar bestimmte Obst- und Gemüsesorten ausverkauft, aber das störte sie nicht. Sie parkte ihren Einkaufswagen neben den Gewürzen und stellte sich hinter einem großgewachsenen Mann in dunkelgrauem Anzug an. Er hatte ein aufdringliches Parfüm. Es erinnerte an Wald und Kiefernnadeln, gemischt mit etwas Zitrone. Sie betrachtete den kurzgeschorenen Nacken des Anzugträgers. Männer mit ordentlichen Frisuren gefielen ihr besser als die heutigen Jugendlichen. Was die auf den Köpfen hatten, konnte man oft gar nicht mehr als »Haarschnitt« bezeichnen. Beate dachte an Jochen. Jochen hätte einen Friseurbesuch auch mal wieder dringend nötig. Aber Jochen saß, seit er arbeitslos geworden war, lieber daheim herum und ließ sich gehen.

Der Mann mit den ordentlichen Haaren verlangte Gehacktes und Roastbeef. Er warf den Beutel, den ihm die Verkäuferin reichte, achtlos in den Wagen und ging davon, ohne sich umzudrehen.

Seichtes Gedudel untermalte die Geräusche im Supermarkt. Der Duft frischer Brötchen lockte vom Backshop herüber. An den Kühltruhen spielten zwei Kinder Fangen. Beate Zimmer murmelte die Wörter auf ihrem Einkaufszettel vor sich hin und machte in Gedanken kleine Häkchen dahinter. Sie hatte alles beisammen.

Von den zehn Kassen waren nur vier oder fünf besetzt. Sie bewegte den Wagen unschlüssig hin und her und entschied sich schließlich für Kasse Nummer sieben. Vielleicht ging es hier schneller als bei den anderen. Sieben war ihre Glückszahl.

Der Mann im grauen Anzug stand direkt vor ihr. Noch einmal bewunderte Beate Zimmer seinen exakten Stoppelschnitt. Während er seinen Einkaufswagen davonschob, nahm sie sich vor, noch heute Abend mit Jochen wegen seiner Haare zu sprechen.

Auf dem Parkplatz war nur noch wenig Betrieb. Beate Zimmer ging langsam zu ihrem Auto. Vor einer Stunde war es hier noch viel lebhafter zugegangen, und sie hatte weit weg vom Eingang parken müssen. Ihr Corsa stand direkt neben dem Häuschen, in dem die Einkaufswagen abgestellt wurden. Daneben parkte ein silbergrauer Ford Mondeo. Hinter dem Steuer saß der Mann mit den kurzen Haaren und telefonierte. Der Rest der Parkplätze im hinteren Bereich des großen Platzes war verwaist.

Beates Blick glitt über den auf dem Rücksitz des Fords befestigten Kindersitz, und sie lächelte. Dann begann sie, ihre Einkäufe im Kofferraum zu verstauen. Beate Zimmer hatte nur noch eine Stunde zu leben. Aber das wusste sie nicht.

*

Zuerst knisterte es, dann erlosch die Glühbirne mit einem Knacken, und es war stockfinster. Der Mann erstarrte. Dann streckte er die Arme in die Dunkelheit und versuchte sich zu erinnern, wo er gerade gestanden hatte, als die Lampe ihren Geist aufgegeben hatte. Ein kleiner Junge begann zu wimmern. Es dauerte eine Weile, bis der Mann begriff, dass das Wimmern in seinem Kopf war.

Er riss die Augen auf und versuchte, die Schwärze zu durchdringen, aber da war nichts.

Das Kind jammerte stärker, und der Mann konnte die Stimme einer Frau hören, die ihm befahl, still zu sein. Und zwar sofort, sonst würde er schon sehen, was er davon habe. Er zog die Lippen nach innen, bis es schmerzte, und presste sie aufeinander; biss danach die Zähne so fest zusammen, dass sie wehtaten, und versuchte, jedes Geräusch zu unterbinden. Die Frauenstimme keifte unterdessen weiter, sie schrie, verfluchte das unselige Balg, das sie geboren hatte, und schlug mit den Fäusten gegen das Holz.

Sein Zittern nahm zu, bis der ganze Körper vor Angst schlackerte, die Betonwände verstärkten das keuchende Atmen. Wenn er nur ein kleines bisschen sehen könnte, nur einen Lichtstrahl, ein winziges Quäntchen Sonne, nur so viel, um sich vergewissern zu können, dass ihm keine Gefahr drohte.

Dunkelheit war unheilbringend, Ungeheuer lauerten überall, sie fletschten ihre Zähne, tasteten nach dem Kind, warteten auf eine falsche Bewegung. Er spürte, wie ihm heiße Tränen über die Wangen rannen.

Etwas entglitt seinen feuchten Fingern und fiel nach unten. Das Klimpern des Schlüssels auf dem Beton riss ihn aus seiner Erstarrung. Er war nicht im Bestrafungszimmer eingesperrt. Und er war auch kein kleiner Junge mehr. Er war ein erwachsener Mann, der in seiner Garage stand, und eben war die Glühbirne durchgebrannt. Weiter nichts. Und die alte Hexe, die ihn seit seiner Geburt gequält hatte, war jetzt selbst in einem lichtlosen Kasten eingesperrt und moderte vor sich hin.

Der Mann löste den Krampf der Kaumuskeln und bewegte die Zunge. Er schmeckte Blut. Dann ging er vorsichtig in die Knie, tastete nach dem Autoschlüssel und drückte das kleine Knöpfchen, das die Zentralverriegelung öffnete. Gleichzeitig mit dem Klicken der Türschlösser flammte die Innenbeleuchtung des Fords auf. Besonders hell war es nicht, aber der trübe Schein reichte, um sicher zum Auto zu gelangen und die Fahrertür zu öffnen, damit die Innenbeleuchtung anblieb. Schnell begann er, in den Regalen nach einer Ersatzglühbirne zu suchen. Es gab so viel zu tun. Heute war die Nacht von Dienstag auf Mittwoch, das bedeutete, er musste morgen wieder zur Arbeit und hatte nicht wie sonst zwei Tage frei, um sich seinem Werk zu widmen. Wenn er jedes Mal das Weichei gab, sobald es finster wurde, würde er es nie zu Berühmtheit bringen. Ed Gein hatte auch eine dominante Mutter gehabt – Augusta. Eines Tages war sie – genau wie seine – verschieden. Ob Ed auch ein wenig nachgeholfen hatte? Das würde man wohl nie herausfinden.

Aber Ed Gein war ein Dilettant gewesen, kein sensibler Künstler. Wie dieser Psychopath an den Frauen herumgesägt hatte, war eher brutal denn besonders brillant gewesen. Und auch das, was er aus den Körperteilen gemacht hatte, fand höchstens wegen seiner Absurdität Beachtung.

Doctor Nex dagegen, Doctor Nex hatte Großes vor. Das Werk Gunther von Hagens' imponierte ihm, allerdings eher wegen dessen Kühnheit, komplette Körper zu konservieren und in Scheiben zu schneiden. Kreativ war auch das nicht.

Der Mann lächelte, als er die Kiste mit den neuen Objekten in seine Küche trug. Hell beleuchteten die Neonröhren jeden Winkel des Zimmers. Er würde sich jetzt zuerst einen eiskalten Wacholderschnaps gönnen und dann mit der Arbeit beginnen.

»Na, meine Liebe, wie finden wir das?« Doctor Nex streckte die Arme mit einem Ruck geradeaus, sodass die Ärmel des Kittels nach hinten rutschten. An den vorderen Saumkanten waren kleine Blutschmierer. Er würde den Kittel heute Nacht noch auskochen und bleichen, aber zuerst musste dies hier einem Ende zugeführt werden.

Vorsichtig bohrte sich die gebogene Nadel durch das Fleisch. Die äußere Hautschicht war wie Gummi, und er musste jedes Mal kräftig drücken, um sie zu durchstoßen. Man merkte gleich, dass dies hier kein zartes, junges Küken von Anfang zwanzig mehr war. Das Gewebe war wie Leder.

Es hatte auch keinen Spaß gemacht, die Alte zu zerteilen. Sie zu jagen, war ihm gar nicht erst in den Sinn gekommen. Das Elend, eine alte Schachtel mit schütteren Löckchen durch den Wald taumeln zu sehen, hatte er sich gleich erspart. Es ging ja hier auch nicht um die Hatz der Beute, sondern lediglich darum, den Zeitungsschmierern und Bullen eine Lehre zu erteilen. Und dazu war ihm diese Alte gerade recht gekommen. Jede andere, die nicht jung, blond und grazil war, wäre auch recht gewesen. Er hatte zuerst sogar darüber nachgedacht, einen Mann zu wählen, sich dann aber dagegen entschieden. Männer waren viel kräftiger als Frauen, und Schwierigkeiten konnte er nicht gebrauchen.

Beate Zimmer war ihm als Erstes über den Weg gelaufen, die Gelegenheit war günstig gewesen, und so hatte sie dran glauben müssen. »Es war nichts Persönliches, meine Liebe.«

Die Nadel fuhr das letzte Mal durch die Haut, vollführte einen zweifachen Bogen, und der Faden verknotete sich.

»Fertig.« Der Mann legte die Instrumente beiseite und hob das Objekt hoch, um es von allen Seiten zu betrachten. »Hätten Sie das gedacht, dass Sie noch einmal zu Berühmtheit gelangen würden, Frau Zimmer? Oder sollte ich besser sagen, ein Teil von Ihnen? Nicht wirklich, oder?«

Das Gebilde antwortete nicht, und er stellte es auf das Metallgitter. Ab und zu fiel ein zäher Tropfen Polyethylenglykol in die Schale darunter. Das Kunstwerk konnte jetzt in Ruhe trocknen, bevor es verpackt werden würde. Sollte es nachher immer noch feucht sein, würde er den Föhn nehmen und den Resten von Beate Zimmer ein wenig heiße Luft zufächeln. Doctor Nex erhob sich. In zwei Stunden würde der Morgen anbrechen, und es gab noch allerhand zu erledigen.

20

Lara stieg den Pfad hinauf. Das Schnaufen wurde mit jedem Schritt lauter. Ihr Kopf war nach unten geneigt, die Augen fixierten den steinigen Weg. Schritt für Schritt musste sie voran. Ein kurzer Blick nach oben, zum Gipfel, da stand er: Peter. Er lächelte ihr entgegen, winkte ihr Mut zu. Die Sonne verlieh seinem Haar einen goldenen Schimmer. Lara beeilte sich, zu ihm zu kommen. Von weiter unten bimmelten die Glocken der weidenden Kühe herauf. Das Klingeln wurde lauter, übertünchte das Alpenpanorama, blich Peters Winken aus, ließ das ganze zauberhafte Bild verblassen, schrillte und nervte, bis nichts mehr von Idylle übrig war. Lara stöhnte und drehte den Kopf, wollte die Traumwelt zurückholen, Peters lächelndes Gesicht, die kleinen Fältchen, die sich von seinen Augenwinkeln nach außen zogen, die Berge im Hintergrund, den steinigen Weg. Das Klingeln ging weiter. Sie zwinkerte und öffnete die Augen. Noch immer schien die Sonne. Sie schien in Laras Schlafzimmer, leuchtete in ihr schlaftrunkenes Gesicht und brachte sie zum Niesen. Das hartnäckige Klingeln kam aus dem Flur, vom Telefon. Lara schwang die Beine aus dem Bett und tappte aus dem Zimmer.

»Birkenfeld?«

»Lara, ich bin's, Mark.«

»Mark?« Lara schloss kurz die Augen und schüttelte den Kopf. Irgendwie hatte sie Peter erwartet, den Peter aus dem Traum mit den Lachfältchen um die Augen.

»Habe ich dich etwa geweckt?«

»Ich gehe heute nicht in die Redaktion. Ich fühle mich nicht wohl.«

»Nicht wohlfühlen« war reichlich untertrieben nach dem Aufruhr des gestrigen Dienstags. Hoffentlich wollte er ihr jetzt nicht schon wieder die Hölle heißmachen, dass sie seine vertraulichen Informationen ausgeplaudert hatte. Mark war auf hundertachtzig gewesen. Der Artikel war in der *Tagespresse* erschienen, und *sie* arbeitete dort. *Sie* hatte die vertraulichen Informationen von ihm erhalten, niemand sonst. Lara hatte noch immer keine Ahnung, wer den Text unter ihrem Kürzel geschrieben hatte.

»Ich möchte mich nicht schon wieder rechtfertigen. Dass der Artikel nicht von mir war, habe ich dir gestern schon gesagt.«

»Deshalb rufe ich an.« Er hörte ihr gereiztes Räuspern und fuhr schnell fort. »Ich denke auch, dass du den Artikel nicht geschrieben hast.«

»Auf einmal?« Lara konnte ihren Zorn noch immer nicht bändigen.

»Ja, und das hat mehrere Gründe.«

Lara drückte das Telefon ans Ohr. Die Morgenkühle drang vom Boden durch ihre Fußsohlen, und sie ging ins Schlafzimmer, um die Hausschuhe zu holen. Mit den Schlappen an den Füßen setzte sie sich auf ihr Bett und hörte Marks Erklärungen zu.

»Zum Beispiel weiß ich, dass du nie Profiler statt Fallanalytiker schreiben würdest. Das kann nur jemand tun, der keine Ahnung davon hat, wie Fallanalyseteams in Deutschland arbeiten. Das ist also ein konkreter Anhaltspunkt für den möglichen Verfasser. Davon unabhängig finde ich aber auch, dass der reißerische Stil nicht zu dir passt.«

»Das mit dem Profiler ist mir gar nicht aufgefallen.« Lara nahm sich vor, den Artikel noch einmal ganz genau zu studieren. Sie hatte den exakten Wortlaut über all dem Stress gar nicht richtig wahrgenommen.

»Siehst du. Ich entschuldige mich jedenfalls, dass ich dich gestern so heftig zurechtgewiesen habe.«

»Ich war am Boden zerstört. Zuerst der Terror mit Hampenmann, unserem Redaktionsleiter. Der ist nach wie vor überzeugt, dass ich nur Schaden anrichte. Und ein Kriminalkommissar von hier, der mich anscheinend auf dem Kieker hat, bestärkt ihn noch darin. Dann rufst *du* an und machst mir die Hölle heiß, weil ich deine Informationen in der Zeitung veröffentliche.«

»Noch einmal, Lara: Es tut mir leid. Das ändert aber nichts daran, dass irgendjemand den Artikel geschrieben hat. Und dieser Jemand hatte Insider-Informationen.«

Lara sah sich im Spiegel nicken, bis ihr einfiel, dass Mark sie nicht sehen konnte. »Du hast recht.«

»Das Hauptteam der Polizei sucht fieberhaft nach dem Leck. Noch bin ich nicht ins Visier geraten. Wir sollten selbst versuchen herauszufinden, wer das war und wie derjenige an die Informationen gekommen ist.«

»Und wie wollen wir das bewerkstelligen?«

»Das erkläre ich dir jetzt. Und du wirst dazu nachher doch in die Redaktion gehen müssen. Wir müssen so schnell wie möglich wissen, wo die undichte Stelle sitzt. Und noch etwas: Ich frage mich die ganze Zeit, *warum* der Verfasser den Artikel unter deinem Namen geschrieben hat. Was hat er davon?«

Lara rannte die Treppen mehr hinauf, als dass sie ging. Oben angekommen, riss sie die Tür auf und betrat die Redaktion. Das bienenstockähnliche Summen erstarb mit einem Schlag, aber gleich darauf wandten sich die verblüfften Gesichter synchron ihren Computerbildschirmen zu, und das Klappern der Tasten setzte wie ein rhythmischer Tanz ein. Von der kurzzeitigen Stille alarmiert, streckte Isabell den Kopf aus der Küchentür, sah Lara und versuchte ein schiefes Lächeln. »Ich dachte, du kommst heute nicht?«

»Mir geht es wieder besser. Und die Arbeit wartet nicht.« *Und tu nicht so scheinheilig, du kleine Schlange.*

»Aha. Gut.« Isabell zog sich zurück, als hätte sie sich verbrannt. Lara schaltete ihren Computer ein und ging, während sie darauf wartete, dass er hochfuhr, in Gedanken noch einmal Marks Anweisungen durch. Der Platz ihr gegenüber war verlassen. Wahrscheinlich war Tom bei einem Außeneinsatz. Der Bildschirm erwachte zum Leben, und Lara loggte sich ein.

»Na, Sie sind ja *schnell* wieder gesund geworden!« Der ironische Klang von Gernot Hampenmanns Stimme schnitt sich in Laras Rücken. Sie holte tief Luft und drehte sich auf ihrem Stuhl, um ihm eine scharfe Erwiderung entgegenzuschleudern, als lautes Klopfen an der Bürotür erneut alle Geräusche zum Verstummen brachte. Das musste ein Gast sein. Redaktionsmitarbeiter klopften nie an.

»Herein!« Der Redaktionsleiter hatte seine Aufmerksamkeit von Lara weg auf den Eingang gerichtet. Die Tür schwang auf und gab den Blick auf einen unrasierten Mann frei, der einen großen quadratischen Karton in den Händen hielt.

»Das sollsch hier abgebn.« Der geöffnete Mund entblößte zwei Zahnlücken zwischen gelben Zahnstümpfen. Mit saurem Schweiß vermischter Bierdunst wehte herein, und Lara hielt die Luft an. Der Penner hatte sich bestimmt wochenlang nicht gewaschen und, wenn sie seine Klamotten betrachtete, auch seit vielen Tagen dasselbe an.

»Was ist das?« Gernot Hampenmann näherte sich dem Besucher widerwillig. Wenn der nicht bald verschwand, würden sie den Gestank tagelang nicht aus den Räumen bringen.

»Weessch nich. Nur abgebn.« Der Penner streckte dem Redaktionsleiter das Paket hin. »›Für Elbeh‹ hat der feine Mann gesagt. ›Geehm sie das Elbeh‹.«

»Elbeh?« Hampenmann streckte das Kinn vor und versuchte, die Schrift auf dem Packpapier zu erkennen.

»Isch lass das jetzt hier, ob Sies wolln oder nich. Der feine Mann hat gut gelöhnt, dass ischs abgeb.« Der Mann stellte das Päckchen auf den Boden neben der Tür und drehte sich um.

»Halt! Von wem ist denn das?«

»Keene Ahnung. Mir egal.« Der Penner schlurfte bereits die Treppen hinunter.

»Hallo? Ich verstehe das nicht. Elbeh … was soll das?«

Lara betrachtete die Szenerie und versuchte dabei, flach durch den Mund zu atmen. Gernot Hampenmann stand noch immer mit nach vorn gerecktem Kopf neben der Tür, vor sich den Karton. Friedrich und Hubert hatten sich von ihren Plätzen erhoben und näherten sich dem Paket vorsichtig, als sei es etwas Gefährliches. Isabell war aus ihrem Lieblingsdomizil, der Kaffeeküche, gekommen und stand hinter ihnen. Sogar Christin, die sich sonst aus allem heraushielt, hatte ihren Stuhl in den Gang gerollt und blinzelte herüber.

»Was kann das sein?« Hubert stand jetzt in gleicher Haltung neben dem Redaktionsleiter.

»Auf dem Packpapier steht nur die Redaktionsadresse in Druckbuchstaben.« Hampenmann richtete sich auf, stützte die Hände in die Seite und ächzte dabei. »Schauen wir einfach nach!«

Zwei dunkelblaue Puppenaugen zwinkerten Lara synchron zu.

»Was, wenn da eine Bombe drin ist?« Christins Stimme klang dünn.

»Ach was! Eine Bombe? Quatsch! Machen wir es auf, los!« Der Redaktionsleiter zeigte auf Isabell. »Holen Sie einen Cutter!«

Die Praktikantin stürzte zu Toms Schreibtisch und kam mit einem großen blauen Teppichmesser zurück. Währenddessen hatte Hubert das Paket auf den Tisch neben der Tür gehoben. Es schien nicht besonders schwer zu sein.

Der Cutter fuhr mit einem Zischen durch das Paketband. Auch Christin war jetzt aufgestanden und hatte sich zu den anderen gesellt.

Lara verfolgte, wie Isabell das Klebeband an den Seitenrändern durchtrennte. Vor ihrem inneren Auge tauchte eine Filmsequenz aus dem Thriller *Sieben* auf, in dem ein UPS-Bote einen Karton lieferte, dessen Inhalt sich als abgetrennter Kopf der Ehefrau eines jungen Kommissars herausgestellt hatte. Obwohl man im Film nicht hatte sehen können, was sich tatsächlich in dem Karton befand. Aber jeder hatte es gewusst.

Noch bevor Lara die Szene ganz aus ihrem Kopf verdrängen konnte, hatte Isabell bereits die beiden Deckelhälften beiseitegeklappt und zog nun lagenweise Luftpolsterfolie aus dem Paket.

Hubert, Friedrich und Gernot Hampenmann reckten wie drei kurzsichtige Vögel die Hälse, Christin hatte sich hinter ihnen postiert und versuchte, zwischen den Schultern der Männer hindurchzuspähen.

Isabell schrie als Erste. Dann stimmte Christin ein, und Lara vergaß im selben Moment, in dem sie den Inhalt des Pakets erkennen konnte, dass sie eigentlich wegen etwas ganz anderem in die Redaktion gekommen war.

»Was ist denn hier los?« Tom stand in der Tür und betrachtete die erstarrten Gestalten rund um das geöffnete Paket. »Euer Geschrei kann man ja bis auf die Straße hören!« Sein Mund stand ein wenig offen. Noch ehe ihm jemand antworten konnte, warf Isabell sich mit einem theatralischen Aufschrei an seine Brust.

»Rufen Sie die Polizei, los!« Hampenmann zeigte auf Hubert und schwenkte den Arm dann zu Friedrich. »Und Sie machen die Tür zu!« Niemand rührte sich, und so versetzte er Friedrich einen Schlag auf den Oberarm und fügte ein scharfes »Sofort!« hinzu.

»Und *Sie* – beenden augenblicklich Ihr sinnloses Geheule! Das nützt uns jetzt gar nichts! Und hören Sie auf, Herrn Fränkels Jackett vollzusabbern!« Isabell löste sich von Tom, betrachtete die Speichelflecken auf seinem Revers und begann daran herumzureiben. Lara hatte sich abgewandt und bemühte sich, das eben Gesehene aus ihrem Kopf zu verdrängen. Sauer kamen Frühstückskaffee und Cornflakes immer wieder nach oben, und sie schluckte. Der Befehlston des Hampelmanns hatte, wenn er sie alle auch noch so wütend machte, einen Vorteil – er führte dazu, dass die Leute ohne Widerstreben taten, was er anordnete.

»Was ist denn da drin, um Himmels willen?« Die beiden Deckelhälften waren wieder zugeklappt, und Tom versuchte, ratlos wegen des Aufruhrs, das Paket wieder zu öffnen.

»Finger weg von dem Karton!« Hampenmann machte einen drohenden Ausfallschritt.

Tom zuckte zurück. »Ich wollte doch nur …«

»Lassen Sie die Hände davon, habe ich gesagt! Das überlassen wir schön der Spurensicherung!«

»Der Spurensicherung? Aber was befindet sich denn in dem Paket, eine Bombe?«

»Wenn es eine Bombe wäre, wäre sie längst hochgegangen, Sie Dummkopf!«

»Ich verstehe nicht…«

»In dem Karton ist etwas, das aussieht wie ein menschlicher Kopf! Augen, Nase, Mund, dazu jede Menge Blut, Haare und anderes Geschmier. So, jetzt wissen Sie es!«

Tom runzelte die Stirn, sagte aber nichts mehr.

Friedrich schlurfte heran. Seine Augen waren noch immer weit aufgerissen.

»Haben Sie die Kripo erreicht?«

»Ja, die kommen sofort. Wir sollen nichts verändern.«

»Das ist ja wohl klar.« Hampenmann stellte sich neben das Paket, um es zu bewachen. Isabell zog Tom zur Seite. Lara konnte die beiden hastig flüstern hören. Wahrscheinlich erzählte sie ihm, was sie gerade gesehen hatte.

»Vielleicht ist es ein Scherz?« Hubert flüsterte auch. »Einer dieser Karnevalsartikel, eine Maske oder etwas Ähnliches, und der Absender wollte uns nur ein bisschen foppen?«

»Schön wär's. Ich möchte allerdings nicht noch einmal da reinschauen, um mich zu vergewissern.« Lara kämpfte noch immer mit dem Brechreiz.

»Das dürfen wir auch gar nicht.« Hubert sah zum Redaktionsleiter, der mit verschränkten Armen und versteinertem Gesicht das Paket beaufsichtigte. »Komm mit.« Er zog an ihrem Ärmel, und sie folgte ihm in Richtung Küche. Friedrich zögerte einen Augenblick und kam dann auch mit. Von niemandem bemerkt, war auch Jo aus einem der hinteren Räume aufgetaucht, eine seiner Kameras baumelte vor der Brust, eine zweite hatte er locker über die Schulter gehängt.

Hubert klappte Schranktüren auf und wieder zu und murmelte dabei vor sich hin. »Da war doch noch irgendwo Weinbrand, Moment… ah, hier!« Triumphierend hob er die halbvolle Flasche hoch, zeigte sie in die Runde, schraubte dann den Deckel ab und setzte an. Danach wanderte der Schnaps von Hand zu Hand, und jeder nahm einen kräftigen Zug. Isabell verschluckte sich und hustete. Laras Kehle brannte, aber gleich darauf breitete sich im Bauch ein warmes Glimmen aus.

»Ob der« – Hubert, der sich für den Herrn der Flasche zu halten schien, zeigte nach draußen – »auch was will?« Sie konnten ihn nicht sehen, wussten aber alle, dass Gernot Hampenmann noch immer neben der Eingangstür stand und das Paket bewachte.

»Frag ihn lieber nicht.« Tom löste sich von Isabell, die sich noch immer wie eine Schiffbrüchige an ihm festklammerte, und richtete seine Aufmerksamkeit auf die anderen. »Wer kann mir denn jetzt mal bitte kurz und bündig berichten, was los war?«

»Vor ungefähr einer Viertelstunde hat ein Penner geklopft. Der hatte dieses Paket bei sich. Er teilte uns mit, dass er es hier abgeben sollte, und es sei für ›Elbeh‹.« Hubert wischte sich den Schweiß von der Stirn. »Es stand die Redaktionsadresse drauf.«

»Und er hat gesagt, der ›feine Mann‹ hätte gut dafür gelöhnt, dass er es hier vorbeibringt.« Friedrich wollte auch seinen Senf dazugeben. »Isabell hat es dann aufgemacht …«

»Aber nur, weil Hampenmann es mir befohlen hat!« Die Praktikantin klang noch immer hysterisch.

»Ist ja gut. Du kannst doch nichts dafür.« Lara fand, dass Tom eindeutig genervt klang, wusste aber nicht, ob es an Isabells affektiertem Getue oder an etwas anderem lag.

»Und dann haben wir den Inhalt gesehen.« Hubert holte tief Luft und nahm dann noch einen Schluck aus der Flasche. Jo stand stumm daneben. Er war erst von seinem Platz aufgestanden, um nachzusehen, was im vorderen Raum los war, als er Isabell hatte schreien hören.

»Wenn da drin wirklich ein Kopf ist«, Tom räusperte sich, »dann müsst ihr euch alles, was vorher passiert ist, wie dieser Penner aussah und so weiter, gut merken. Die Polizei braucht jede Einzelheit.«

Danke für die Belehrung, Meister. Da wäre ich jetzt nicht von allein draufgekommen. Lara drehte sich um und ging hinaus. Sie musste jetzt erst einmal an die frische Luft. Ehe er es bemerken konnte, hatte sie sich an dem Redaktionsleiter vorbei ins Treppenhaus geschmuggelt.

»Halt! Wohin wollen Sie?« Hampenmann sprang wie ein Schachtelmännchen in den Türrahmen und schrie hinter ihr her. »Sie können jetzt nicht weg! Die Polizei kommt gleich!«

»Das weiß ich. Ich bin gleich wieder da!« Lara sprang die letzten zwei Stufen hinab und öffnete die Tür. Grelles Sonnenlicht machte sie für ein paar Sekunden blind.

»Und dann haben wir die Bescherung gesehen.« Gernot Hampenmann drückte den Brustkorb heraus. Er war hier der Redaktionsleiter, und er war *wichtig*.

»Chef, schauen Sie mal hier!« Der Typ von der Spurensicherung hielt ein Din-A4-Blatt an einer Pinzette hoch. »Das klebte am Rand!«

Wie von einer unsichtbaren Gummischnur gezogen, schwenkten die Köpfe der Redakteure, die sich inzwischen alle um den Redaktionsleiter und die beiden Polizisten versammelt hatten, zu dem Blatt.

»Zeigen Sie mal…« Vorsichtig betrachtete Kriminalkommissar Stiller den Text, gab dreimal ein Geräusch von sich, das wie »Hrmp« klang, und machte dann seinem Kollegen ein Zeichen, den Zettel einzutüten und zu verstauen. Hampenmann ließ enttäuscht die Mundwinkel herunterhängen, so als habe er geglaubt, man würde ihn dies erst lesen lassen.

»Ich möchte Ihre Kollegen nacheinander befragen.« Stiller schaute den Redaktionsleiter an. »Haben Sie ein Zimmer, in dem wir ungestört sind?«

»Mein Büro. Bitte sehr.« Gernot Hampenmann marschierte voran und öffnete einladend die Tür zu seinem Raum.

»Gut, dann kommen Sie als Erster dran.« Der Kommissar winkte einem Kollegen, ihm zu folgen, und drehte sich noch einmal um. »Ich rufe Sie alle nacheinander auf. Bleiben Sie bitte solange hier.« Ein giftiger Blick streifte Lara.

»Das war's für heute.« Stiller entließ Christin, die ohne ein Wort zu ihrem Platz ging. Er und sein Kollege begaben sich zur Tür. »Die Spurensicherung ist schon weg?« Gernot Hampenmann, der die ganze Zeit unruhig auf einem Drehstuhl hin und her gerollt war, stand auf und nickte abgehackt: »Vor zehn Minuten!«

»Gut. Wir verschwinden jetzt auch.« Der Kriminalkommissar instruierte sie noch kurz über das weitere Vorgehen, und dann zogen er und sein Kollege von dannen.

Lara hatte das ungute Gefühl, dass der Blechmann ihr an allem die Schuld gab. Sie sah sich in der Redaktion um. Es wirkte alles wie immer. Wenn da nicht die schwarz-grauen Schmierflecken am Türrahmen und rund um die Eingangstür herum gewesen wären.

»Werden wir über den Kopf in der Schachtel in der morgigen Ausgabe schreiben?« Toms Augen funkelten wie die einer Katze, die gerade einen Sahnetopf entdeckt hatte.

»Niemand wird darüber auch nur eine Zeile schreiben!« Gernot Hampenmann stampfte mit dem Fuß auf. »Und schon gar nicht Sie!« Sein Zeigefinger schien Blitze auf Lara zu schleudern. Sie verzichtete auf eine Erwiderung. Die Frage war schließlich von Tom und nicht von ihr gekommen. Hampenmann geiferte unterdessen weiter: »Erstens wissen wir immer noch nicht, ob es tatsächlich ein echter Kopf ist oder nur ein Fake, zweitens müssen wir«, er wiederholte es mit stärkerer Betonung, »*müssen* wir abwarten, was die Spurensicherung herausfindet. Niemals vorher Vermutungen äußern! Das sollte man als Journalist doch wissen! Wir sind kein Wurstblatt, das die Stimmung anheizt! Haben Sie alle verstanden?« Mit triumphierend vor der Brust verschränkten Armen stand er da wie ein kleiner Napoleon und sah in die Runde.

»Alles klar, Chef.« Tom zog den Kopf ein.

»Dann ist es ja gut. Um eins ist Mittagsbesprechung, wie immer! Und bis dahin möchte ich nicht gestört werden.« Der Redaktionsleiter drehte sich auf dem Absatz um und stiefelte in sein Zimmer. Die Tür fiel hinter ihm ins Schloss.

Aufgeregte Stille summte in der Redaktion. Niemand sprach. Sie hatten in den zwei Stunden, in denen die Spurensicherung alles auf den Kopf gestellt hatte und sie einer nach dem anderen befragt worden waren, genug Zeit gehabt, sich mit Vermutungen zu überbieten.

In Laras Kopf wirbelte der Weinbrand Schlieren umeinander, und sie überlegte, ob die Polizisten bei der Befragung den Schnapsgeruch an ihnen allen wahrgenommen hatten. Nach einigen Sekunden der Ruhe begann Friedrich wieder zu schreiben, und Hubert tat es ihm gleich. Kurz darauf erfüllte die übliche Kakofonie aus Tastaturklappern, Druckerrattern und Telefongesprächen den Raum.

Lara betrachtete gerade die sinnlosen Wortaneinanderreihungen auf ihrem Bildschirm, als eine Hand sie vorsichtig an der Schulter berührte. Sie drehte den Kopf und sah direkt in

Jos blaue Augen. Er wirkte etwas beunruhigt. »Kannst du mal bitte mitkommen?« Er sprach leise. »Ich muss dir etwas zeigen.«

»Was denn?« Aus den Augenwinkeln konnte Lara sehen, dass Toms Nasenflügel neugierig bebten.

»Ein Foto.« Jo umfasste ihre Schulter fester. »Von dem Brand neulich, du weißt schon.« Toms Nase hörte auf zu zucken.

»Na gut.« Sie erhob sich und folgte dem Fotografen ins Nachbarzimmer. Er zeigte auf den Stuhl neben dem Schreibtisch, nahm selbst vor dem Computer Platz und sah Lara an. »Es geht nicht um den Brand. Die anderen sollten bloß keinen Verdacht schöpfen. Du musst dir das ansehen. Ich glaube, es geht um dich.« Jetzt war sein Blick *eindeutig* beunruhigt.

»Was ist denn los?« Lara schlug die Beine übereinander und betrachtete Jos Strubbelfrisur.

»Ich habe vorhin heimlich fotografiert. Als die Spurensicherung hier war.«

»Ach was? Das hat man gar nicht gehört.«

»Das ist eine Digitalkamera.« Jo zeigte auf das Gerät, das an den Computer angeschlossen war. »Das Klickgeräusch kann man abschalten. Es passiert ja nichts Mechanisches mehr da drin, wenn ich auslöse.«

»Ach so.« Lara hoffte inständig, dass er ihr jetzt nicht Bilder von dem Kopf in dem Karton zeigen wollte.

»Ich war einfach neugierig und habe dauernd auf den Auslöser gedrückt. Da die Aufmerksamkeit aller auf andere Dinge gerichtet war, hat es keiner gemerkt.«

»Und weswegen willst du nun mit mir sprechen?«

»Ich habe nach dem Vergrößern der Bilder etwas entdeckt.

Schau hier.« Jo klickte auf das Bildbearbeitungsprogramm. Ein Foto erschien, auf dem einer der Polizeibeamten ein Blatt mit der Pinzette hochhielt. »Ich habe rangezoomt.« Jo ließ das nächstfolgende Bild erscheinen. Jetzt füllte das Papier die gesamte Bildfläche aus. Das Foto war so scharf, dass man die Schrift gut entziffern konnte. Leider hatte der Spurensicherungsbeamte das Blatt leicht schräg gehalten, und so fehlte jeweils der rechte Abschnitt.

»Das ist wahrscheinlich eine Botschaft vom Täter. Und mir gefällt nicht, was da steht.«

Lara beugte sich nach vorn. Sie erkannte jetzt, warum Jo gerade sie hatte sprechen wollen. Und in dem Moment wurde ihr auch klar, dass der Penner vorhin keinen mysteriösen »Elbeh« gemeint hatte, sondern *sie*.

»Du siehst es auch.« Jo vergrößerte das Bild noch etwas. In krakeligen Druckbuchstaben flimmerte die Schrift auf dem Bildschirm.

SEHR GEEHRTER »LB«!

L und B waren Laras Kürzel. *Sie* war gemeint. Die Botschaft war an Lara Birkenfeld gerichtet.

»Das sind *meine* Buchstaben. Die Kürzel stehen unter den Artikeln, wenn der volle Name nicht ausgeschrieben wird.«

»Das weiß ich ja. Demnach ist diese Nachricht an dich gerichtet. Und das, was in dem Paket war«, Jo vermied das Wort *Kopf*, »war wohl auch für dich bestimmt.«

»Was steht da noch?« Lara wollte nicht an den Inhalt des Kartons denken, obgleich Jo sicher auch davon reichlich Fotos hatte.

Jo vergrößerte den Bildausschnitt weiter, und beide schoben die Köpfe nach vorn, um die Blockbuchstaben zu lesen.

Der hintere Teil der Sätze fehlte jedes Mal, aber trotzdem ergab das meiste einen Sinn. Einen grausigen Sinn.

SEHR GEEHRTER »LB«!

SIE GLAUBEN ZU WISSEN, WIE ICH ARBEI...
SIE SCHRIEBEN IN IHRER ZEITUNG EINEN ...
ÜBER MICH. DARF ICH IHNEN HEUTE MITTEI...
SIE SICH IRREN. WIE SIE SELBST FESTSTELL...
BIN ICH NICHT NUR FREITAGS TÄTIG.
UND ICH BEVORZUGE AUCH NICHT IMMER ...
ZIERLICHE BLONDE MÄDCHEN, WIE SIE IN IH...
SCHRIEBEN.
WENN SIE DAS MITGESANDTE KUNSTOBJEKT ...
WERDEN SIE SEHEN, DASS ...
KEIN SCHLAFMITTEL ENTHALTEN. AUCH ...
KOPF KANN MAN NÄMLICH AUF DEN REST ...
SCHLIESSEN. ABER DAS WISSEN SIE SICHER.
VIELLEICHT FINDET MAN DEN ZUM KOPF ...
KÖRPER NACKT IN EINEM WALDSTÜCK, VIEL...
NICHT. VIELLEICHT ENTFERNTE ICH ORGANE ...
AUCH NICHT.

WIE SIE ALSO SEHEN, LIEBSTER LB, IST NICHTS ...
DENKEN SIE IN ZUKUNFT DARAN, WENN SIE ...
VERMUTUNGEN UND UNBEWIESENE BEHAUPT...
AUFSTELLEN!

ERGEBENST
IHR
D.G. EINE

Lara starrte noch eine Weile auf den Bildschirm. Neben sich konnte sie Jos leises Atmen hören. Von draußen drang das Weinen eines Kindes herein.

»Scheiße.«

»Warum hat er den Brief gerade an dich geschrieben?« Jo klickte einmal, und das Bildprogramm schloss sich.

»Hast du denn das Theater gestern nicht mitbekommen? Diesen Zeitungsartikel über den Täter, der mit meinen Initialen gezeichnet war?«

»Nein. Ich war gestern auswärts.«

Während Lara Jo in Kurzform die zurückliegenden Ereignisse schilderte, fiel ihr wieder ein, weswegen sie vorhin überhaupt in die Redaktion gegangen war. Sie hatte herausfinden wollen, wer den Artikel unter ihrem Namen verfasst und veröffentlicht hatte.

»Dann weiß der Absender von Paket und Brief also nicht, dass dieser Text, auf den er sich bezieht, gar nicht von dir ist?« Jos blaue Augen leuchteten.

»Nicht nur das. Er scheint mich auch für einen Mann zu halten, da er in der Anrede ›Sehr geehrter LB‹ schreibt.«

»Stimmt. Das ist mir gar nicht aufgefallen. Was machen wir denn jetzt?«

»Kannst du mir den Brief ausdrucken?«

»Ich schicke ihn dir auf deinen Rechner.« Während Jos Finger über die Tasten huschten, redete er weiter. »Der Täter bezieht sich in seinem Schreiben dann wohl auf den gestrigen Artikel?«

»Ja. In dem Text stand sinngemäß, dass es sich um einen Serienmörder handelt, der die Opfer mit einem Elektroschocker willenlos gemacht und anschließend mit Schlafmittel betäubt hat. Bis jetzt seien es immer junge, hübsche, zierliche blonde Frauen gewesen, die immer freitags verschwänden, deren Leichen man nackt in Waldstücken fände und denen verschiedene innere Organe entfernt worden seien.«

»Stimmt das denn?«

»Ich glaube, die Fakten waren zum größten Teil richtig wiedergegeben. Der Schreibstil allerdings war ziemlich reißerisch.« Davon, dass sich der Verfasser auf die Aussagen »eines Profilers, der eng mit der Polizei zusammenarbeitet«, bezogen hatte, sagte Lara nichts. »Am Schluss stand eine Warnung an alle jungen, hübschen blonden Frauen, am kommenden Freitag, also übermorgen Abend, zu Hause zu bleiben.«

»Und das Ganze war mit deinen Initialen unterzeichnet?«

Lara nickte. »Hampelmann war stinksauer auf mich. Und die Kripo wohl auch.«

»Das kann ich mir lebhaft vorstellen.«

Obwohl ihre Augen wie hypnotisiert auf die hin- und herspringenden Fenster auf Jos Bildschirm stierten, konnte Lara hören, dass er kurz grinste, dann aber gleich wieder ernst wurde. »Aber irgendjemand in unserer Redaktion muss diesen Text doch geschrieben haben! Von außen kommt man nicht ins Layoutprogramm.«

»Das habe ich mir auch schon gesagt. Und ich werde *herausfinden*, wer der Übeltäter war. Schließlich geht es hier auch um meinen Ruf.« Marks Worte geisterten durch ihren Kopf: *Was hat er davon, wenn der Text unter deinem Namen erscheint?* Das war die Kardinalfrage bei der ganzen Sache. Wenn sie herausbekam, welchen Vorteil der Unbekannte sich davon versprach, unter ihrem Kürzel einen derart reißerischen Artikel am Redaktionsleiter vorbei ins Blatt zu schmuggeln, hatte sie auch den Übeltäter.

»Ich lese den Artikel dann gleich mal. Glaubst du, dass du in Gefahr bist?«

»In Gefahr?« Lara wischte aufkeimende Besorgnis beiseite.

»Ich denke nicht. Der weiß doch gar nicht, wer ich bin.« Sie schüttelte zur Bestätigung den Kopf. »Mit Sicherheit nicht.«

»Alles klar. Ich bin fertig. Die Daten sind schon bei dir.«

»Danke dir.« Lara erhob sich. Sie würde jetzt nach draußen gehen und Mark anrufen, um ihm von dem Paket mit dem grausigen Inhalt und dem Brief zu berichten.

21

Flaschengrün tönte sich das Firmament. Sterne verblassten. Kleine Vögel trillerten ihren Morgengesang. Der Mann vor dem Computer bemerkte von alldem nichts. Seine Augen glitten über die Zeilen, verharrten auf Fotos. *Geins chronisch alkoholkranker Vater war stets arbeitslos, die Mutter musste die Familie mit ihrem Lebensmittelladen allein über Wasser halten. Der Vater war gewalttätig und schlug seine Söhne, die schon in jungen Jahren ein ebenso aggressives Verhalten an den Tag legten. Sowohl Gein als auch sein Bruder verachteten den Vater.*

Ein verachtenswerter Vater. Er selbst konnte sich an gar keinen Vater erinnern. War jemals einer da gewesen? Sicher, es gab einen biologischen Erzeuger, aber einen »Vater« hatte er nie besessen. Und die Mutter hatte kein einziges Mal auch nur das Wort erwähnt, geschweige denn vom Vorhandensein eines Vaters oder Ehemannes berichtet. Und einen Bruder, so wie Ed, hatte er auch nicht. Und doch gab es Parallelen. Seine eigene Mutter – Helga, die alte Hexe – glich in einigen Punkten der Mutter des verwirrten Ed Gein. Beide waren dominante, herrschsüchtige Frauen, beide unzufrieden, beide streng religiös. Noch so ein Blödsinn. Es gab keinen übermächtigen, alles sehenden Gott.

Wenn überhaupt, dann war *er* selbst Gott – *er* entschied über Leben und Tod, *er* nahm Leben und verschonte. Er – der allmächtige Doctor Nex.

Schnell scrollte er weiter. *Geins Vater starb 1940. 1944 kam es auf der Familienfarm zu einem Großfeuer, in dem Geins älterer Bruder ums Leben kam. Der Polizei gegenüber sagte Gein aus, er hätte seinen Bruder im dichten Qualm aus den Augen verloren, konnte sie aber trotzdem direkt zu dessen Leichnam führen. Obwohl bei Henry Gein ein Schädeltrauma festgestellt werden konnte, wurde Erstickungstod in die Sterbeurkunde eingetragen. Henry Gein gilt daher als mögliches erstes Opfer seines Bruders. Nachdem im darauffolgenden Jahr die Mutter starb, lebte Gein allein auf dem elterlichen Grundstück.*

Der Mann zog die Unterlippe nach innen und grub die Zähne in das weiche Fleisch. Eds Mutter war gestorben, und bald darauf hatte Ed angefangen, Gräber zu besuchen und Körperteile zu sammeln. Noch eine verblüffende Parallele. Solange die alte Hexe noch gelebt hatte, hatten *seine* eigenen Kunstwerke auch nur in seiner Fantasie existiert. Gut, er hatte schon als Kind ein bisschen mit Tieren herumexperimentiert und sich Kenntnisse angeeignet. Zuerst war es dem kleinen Martin darum gegangen, das Innenleben der Lebewesen zu erkunden. Er hatte sie aufgeschnitten und gebannt auf die pulsierenden Organe gestarrt, von denen er nicht einmal wusste, wie sie hießen und welchen Zwecken sie dienten. Die Kadaver seiner Studienobjekte begrub er in dem Wäldchen am Ende der Straße. Mutter hatte nichts davon geahnt. Sie hätte es auch nicht gutgeheißen, auch nicht zu Studienzwecken, dessen war er sich sicher. Waren es anfangs nur kleine Tiere, die ihm zufällig in die Hände fielen: Mäuse, junge Vögel, die aus dem Nest gefallen waren, ein von der Morgenkühle noch gelähmter Frosch, reichte ihm das schon bald nicht mehr aus. Er begann, sich Bücher über die Jagd auszuleihen und selbst Fallen zu basteln. Streunende Katzen, Marder oder Eichhörnchen fielen nun regelmäßig als Versuchsobjekte an. Danach hatte er das Präparieren geübt. Fell, Leder, Innereien. Er hatte all die Präparate im Biologieunterricht nur daraufhin betrachtet, mit welchen Mitteln man sie konserviert haben mochte.

Die endlosen Stunden im finsteren Kellerverlies hatte er im Anschluss leichter durchgestanden, indem er sich neue Forschungsaufgaben ausdachte, sich ausmalte, welches Tier in der Schlinge auf ihn wartete und wie er es sezieren und Teile davon haltbar machen würde.

Das Töten an sich war anfangs lediglich Mittel zum Zweck gewesen. Er fühlte sich als *Forscher*. Ein Entdecker auf dem Weg zum Weltruhm. Nicht umsonst hatte er schon als kleiner Junge Medizin studieren wollen. Seine Kenntnisse im Zerteilen und Präparieren von Körpern waren ihm dabei zugutegekommen.

Die Faszination beim eigentlichen Moment des Sterbens jedoch, zu beobachten, wie das Leben erlosch, wie die Augen der Tiere sich trübten, war erst später entstanden. Mit zunehmendem Alter hatten ihn die aufgeschnittenen Bäuche, die Herzen, Mägen, Darmschlingen immer mehr gelangweilt, und sein Forschergeist begann, nach neuen Herausforderungen zu suchen.

Nicht dass er den heiligen Quatsch glaubte, den Mutter ihm vorbetete, aber dass Tiere keine Seele besaßen, konnte er selbst sehen, wenn sie starben. Und so hatte sich die Aufmerksamkeit des jungen Erfinders anderen – höheren Aufgaben zugewandt. Töten und Ausweiden war langweilig, eines Wissenschaftlers und Künstlers nicht würdig. Ein *Kunstwerk* aus menschlichen Elementen zu schaffen jedoch – ein »Opus magnus« ehemals beseelter Fragmente –, dieses Verlangen erschien eines Tages wie von Zauberhand in seinem Kopf und festigte und vertiefte sich von Jahr zu Jahr.

Weil Mutter ihn bei allem und jedem nachspionierte, ihn beobachtete und seine Freizeitaktivitäten streng kontrollierte, hatte er es erst nach ihrem Ableben gewagt, seinen Wunschtraum in die Tat umzusetzen. Außerdem hatte ihr Tod ihm einen Schock versetzt – der sich zuerst in einer Art monatelanger Starre äußerte, dann aber in einen Heilungsprozess überging. Erst als Helga Mühlmann für immer in ihrem Eichensarg unter der Erde eingeschlossen gewesen war, hatte sich sein kreativer Geist frei entfalten können.

Bei Eddie Gein musste es ähnlich gewesen sein. Sein Blick kehrte zum Bildschirm zurück. *Auf Eds abgelegenem Gehöft fanden sich Teile von mindestens fünfzehn verschiedenen weiblichen Leichen.*

»Da kann ich nicht mithalten, Bruder Ed.« Der Mann hörte dem Nachhall seiner eigenen Worte zu und setzte hinzu: »Noch nicht.« Dann lächelte er. Sanft.

Der Eintrag über Ed Gein bei der deutschen Ausgabe von Wikipedia war halbherziger Schrott. Es fehlten Fotos, es fehlten Hintergründe, es fehlten genaue Auflistungen, was man bei Bruder Ed alles gefunden hatte. Die englischsprachige Ausgabe von Wikipedia war zwar detailreicher, aber auch nicht genau. Zum Glück gab es im Internet zahlreiche weitere Seiten über seinen berühmten Vorgänger, manche auch mit realistischen Fotos. Er hatte ohnehin alle gespeichert. Wieder rief er seine Lieblingsseite auf und las den Text laut: *»Am 16. November 1957 wurde Bernice Worden, Besitzerin eines kleinen Ladens und Mutter des Hilfssheriffs, vermisst. Ihr Laden war voller Blut, und eine Spur führte zur Hintertür. Im Geschäftsbuch stand ›Frostschutzmittel zu 99 Cent‹ als letzter*

Eintrag. Wer war dieser letzte Kunde, und hatte er etwas gesehen? Der Hilfssheriff erinnert sich: ›Es war Eddie Gein … Er sagte, dass er Frostschutzmittel brauche und dass er heute Morgen vorbeikäme …‹

Sie fuhren zu ihm raus, aber niemand war da. Eine Tür war offen, und der Hilfssheriff und ein Bewohner Plainfields betraten das Haus. Dann sahen sie es: Bernice Worden hing mit den Füßen zuoberst an der Decke, sie war nackt, der Kopf fehlte, und sie war wie ein Tier ausgeweidet worden.«

Das Beste an dieser Seite waren die Fotos. Grobkörnig, in Grautönen, ein bisschen unscharf, sah man, wie eine Leiche, die Arme vor dem Leib mit einem Seil verknotet, an einer Art Flaschenzug hing. Der Kopf fehlte.

Ein weiteres Bild zeigte den kopflosen Körper von vorn. Was auf der Seitenansicht nicht zu sehen gewesen war, wurde hier deutlich: Eddie hatte an den Füßen eine Querstange befestigt, sodass die Beine weit auseinandergespreizt wurden. Vom abgetrennten Kopf gab es extra Fotos. Bernice Worden machte ein Gesicht, als wüsste sie, was mit ihr geschehen war. Die grauen, schwarzen und weißen Pixel machten das Bild zu etwas Unglaubwürdigem, Fremdem. Blut drückte sich in schwärzlichen Schmieren aus, Haut schimmerte nicht bläulich, sondern schmutzig bleich.

Doctor Nex schloss das Programm. Was Eddie da veranstaltet hatte, war definitiv keine Kunst gewesen. Vom Gestank in seiner Farm ganz zu schweigen. Edward Theodore Gein konnte sich nicht mit Doctor Nex messen. Er mochte Inspiration sein, Anregungen liefern, mehr jedoch nicht. In zwei Verfahren hatte die Justiz den »Schlächter von Plainfield« für unzurechnungsfähig erklärt. Eddie war 1984 in dem Hospital, in dem er »verwahrt« wurde, an Krebs gestorben.

»Friede sei mit dir, Eddie. Du warst ein verwirrter Mann.«

Ed Gein hatte keine Vorstellung von dem Moment gehabt, in dem die Seele einen Körper verließ, keine Ahnung von Expressionismus und wissenschaftlichem Erfindergeist. Aber auch Edward Theodore Gein hatte auf seine Weise am Menschen geforscht. Und dafür gebührte ihm Achtung.

Doctor Nex stand auf und reckte sich. Es war an der Zeit, die Morgenlektüre hereinzuholen. Mit einem Rattern rollten die Jalousien an den Küchenfenstern nach oben. Er öffnete die Eingangstür und schnüffelte frische, klare Morgenluft, die noch einen Hauch Nachtkühle mit sich brachte. Die *Tagespresse* ragte seitlich aus dem Briefkastenrohr heraus. Mal schauen, was »LB« über den mysteriösen Kopf in der Schachtel und den dazugehörigen Brief zu berichten hatte.

*

… London und Paris wollen gemeinsame Atomkraftwerke bauen… Strengere Kontrolle der Finanzmärkte… US-Bank bietet Internet-Safe für wichtige Dokumente an… Mit einem Schnaufen blätterte er um. Den Kopf in der Kiste auf der Titelseite zu suchen, war ja auch zu vermessen. Obwohl sein Bestreben dahin zielte.

Eines Tages – so wusste er – würde das großartige Werk des Doctor Nex auf den Titelseiten aller Zeitungen prangen, Wikipedia hätte eine eigene Seite für ihn, Bewunderer würden Domains unter seinem Namen kaufen und mit Inhalten bestücken.

Auf den Seiten zwei und drei standen Nachrichten aus aller Welt. *Sein* Beitrag befand sich bestimmt weiter hinten. Schnell überflog er die Überschriften. … *Mindestens zehn Tote bei Selbstmordanschlag… Tausende demonstrieren in New York… Der Papst erteilt den Segen… Taliban-Rebellen in Südafghanistan getötet…* Nun gut. Er hob die Tasse zum Mund und genoss für einen Augenblick den Geruch des frischgebrühten Kaffees, eher er einen Schluck nahm. … *Neues Disney-Musical … satanische Verse werden auf Opernbühne aufgeführt … Die Protestbewegung der 60er Jahre … Sommer der Revolte …* Schneller huschten die Augen über die fetten schwarzen Buchstaben. Hastig blätterte er um, sodass der obere Rand der Zeitung dabei einriss. Nach der Kultur folgte Sport. Trotzdem las er jede Überschrift. In seinem Magen begann es zu rumoren. *Leichtathletik – Siebenkampf … Motorsport – Formel-1-Rennen … Kopf an Kopf …* Die nächsten beiden Seiten nannten sich »Panorama«. Ein abgetrennter Kopf in einem Paket, abgegeben bei der Redaktion, würde doch gut in diesen bunten Mischmasch aus Meldungen passen. Er las die Überschriften zweimal. Dann noch einmal, Buchstabe für Buchstabe.

Nichts.

Nicht ein *einziges* Wort über sein Kunstwerk. Zur Sicherheit blätterte er zur letzten Seite: Wetter, Rat und Hilfe, Gesundheit und Specials.

Nur kurz blitzte der Verdacht in ihm auf, der Penner habe gestern das Paket mit dem Kopf der alten Schreckschraube gar nicht in der Redaktion der *Tagespresse* abgegeben, ehe er sich selbst zurechtwies. Selbstverständlich war alles an Ort und Stelle angekommen. Er hatte die Übergabe zwar nicht mit eigenen Augen gesehen, aber alle Indizien sprachen dafür. Dieser widerlich stinkende Mann mit den verfaulten Zähnen, den Doctor Nex so sorgfältig aus dem Kreis der biertrinkenden Taugenichtse vor dem Supermarkt ausgesucht hatte, war gegen ein entsprechendes Entgelt sofort bereit gewesen, einen »Auftrag zu erledigen«. Bedenken, dass sich die Säufer an ihn erinnerten, hatte er kaum. Alle vier waren schon reichlich betrunken gewesen. Und Doctor Nex war ein durchschnittlicher Mann ohne besondere Merkmale. Ihr zerfressenes Hirn würde ihn schon ein paar Minuten später vergessen haben. Die Bullen würden Tage oder gar Wochen brauchen, bis sie den Penner, der das Paket überbracht hatte, ermittelt hatten. Wenn sie ihn überhaupt fanden. Bis dahin würden seine Kumpane und er sich höchstens noch an den Fünfziger erinnern, der dabei herausgesprungen war.

Er selbst hatte von einem gegenüberliegenden Café aus beobachtet, wie der Penner, die kostbare Ladung in den Händen balancierend, in das Gebäude geschlurft war. Nach endlos erscheinenden fünf Minuten war er wieder herausgekommen, diesmal ohne das Paket, und davongewankt.

Als die ersten beiden Polizeiautos auf den Platz gefahren waren, war Doctor Nex von dannen geschlendert, ein zufriedenes Grienen im Gesicht.

Die Journalisten, unter ihnen »LB«, hatten den Karton samt Brief erhalten, daran gab es keinen Zweifel.

Der letzte Schluck Kaffee schmeckte fad. Zorn brannte hinter seiner Stirn. Die Journaille wagte es doch tatsächlich, ihn zu missachten, wagte es, seine Botschaft und das mitgesandte Kunstwerk zu ignorieren! Der Mann stand auf. Seine Finger knüllten das Wurstblatt zu einem festen Ball. Magensäure brannte in der Speiseröhre. Wenn die Journalisten glaubten, sein Werk durch Ignoranz hintergehen zu können, dann hatten sie sich gründlich geirrt. Doctor Nex würde sich das nicht bieten lassen.

Mit einem Knacken öffnete sich der Deckel der Packung mit Latexhandschuhen. Die von einer weißen Haut überzogenen Finger von sich gestreckt, marschierte der Mann ins Arbeitszimmer. In seinem Schreibtisch bewahrte er immer jungfräuliches Papier, in Klarsichthüllen verpackt, auf. Er würde den Schreibern, insbesondere seinem Freund »LB«, eine weitere Botschaft zukommen lassen. Der Mann schien den Brief, der dem Kunstwerk in der Schachtel beigefügt gewesen war, nicht gründlich gelesen zu haben. *Eine* Chance zur Richtigstellung sollte er noch bekommen. Doctor Nex war kein Unmensch. Und zur Sicherheit würde er dieses Mal zeitgleich auch andere Zeitungen informieren.

Druckvoll kratzte der Kugelschreiber die Unterschrift auf das Papier. Die Latexhände ergriffen das Blatt und hielten es in Augenhöhe.

SEHR GEEHRTER »LB«!

LEIDER MUSS ICH MICH HEUTE ERNEUT AN SIE WENDEN. WIE ICH ZU MEINEM GROSSEN BEDAUERN FESTSTELLEN MUSSTE, HABEN SIE MEIN KUNSTWERK UND DEN VORHERGEHENDEN BRIEF IGNORIERT.

ICH WÜNSCHTE, SIE KÄMEN MEINER BITTE NACH UND STELLTEN DIE UNSACHGEMÄSSEN BEHAUPTUNGEN RICHTIG, DIE SIE VOR ZWEI TAGEN ÜBER MICH UND MEIN WERK VERÖFFENTLICHT HABEN.
ICH WÜNSCHTE AUSSERDEM, SIE TÄTEN DIES BALD.
ES IST FÜR EINEN KÜNSTLER WIE MICH SCHWER ZU ERTRAGEN, UNWAHRE BEHAUPTUNGEN UND VERDREHUNGEN DER TATSACHEN ÜBER SEIN OPUS LESEN ZU MÜSSEN.

WERTER »LB«, ICH BITTE SIE HIERMIT NOCH EINMAL EINDRINGLICH, DIESEN SOWIE AUCH DEN ERSTEN BRIEF SEHR ERNST ZU NEHMEN.

ICH VERZICHTE DARAUF, DIESER NACHRICHT EINE WEITERE KREATION BEIZUFÜGEN, DA ICH NICHT SICHER BIN, OB SIE DEN WERT UND DIE KÜNSTLERISCHE GENIALITÄT MEINER SCHÖPFUNG ZU SCHÄTZEN WISSEN.

ERGEBENST
IHR
D.G. EINE

Perfekt. Das war deutlich. Heute war Donnerstag Er würde den Text mehrmals abschreiben und die Briefe nachher gleich einwerfen, dann erhielten die Zeitungen ihn morgen früh, noch rechtzeitig vor dem Wochenende.

Über die Druckbuchstaben machte er sich wenig Sorgen. Sicher hätte man das Ganze auch am Computer schreiben können, aber jede Aktion hinterließ unsichtbare, unlöschbare Spuren im Rechner. Das war nicht nötig. Da keine Schriftprobe von ihm vorlag, konnte man auch nichts zu ihm zurückverfolgen. Fassten sie ihn wider Erwarten, war es auch egal. Er würde sein Werk nicht verleugnen.

Vorsichtig faltete er den ersten Zettel zweimal und schob ihn in einen Umschlag, den er an die Redaktion mit dem Zusatz »Zu Händen Herrn LB« adressierte. Es folgten sieben weitere Kuverts. Das sollte fürs Erste reichen.

Man konnte nie wissen, wie die Zeitungsschreiber von der *Tagespresse* reagierten. Hatten sie bis jetzt außer dem ersten reißerischen und sachlich unrichtigen Artikel nichts über ihn berichtet, würden sie es vielleicht auch in Zukunft nicht tun.

Es konnte natürlich sein, dass die Bullen ihnen einen Maulkorb verpasst hatten. Aber die Polizei konnte nicht sämtlichen Redaktionen aller Zeitungen das Wort verbieten.

Wenn er wollte, dass sein Werk bekannt und gewürdigt wurde, reichte es nicht aus, sich nur mit der *Tagespresse* zu beschäftigen. Er musste *übergreifend* operieren. Und womöglich reichten diese Briefe mit erklärenden Texten nicht. Für die *Tagespresse* war ja nicht einmal der abgetrennte Kopf ohne Ohren drastisch genug für einen Artikel gewesen.

Aber es gab noch genug andere Zeitungen und Boulevardblätter. Nicht alle hatten Skrupel, brisante Informationen abzudrucken, oder einen Maulkorb von den Bullen verpasst bekommen.

Was, wenn du deine Termine für den heutigen Donnerstag absagst und dich stattdessen auf die Suche nach Material für ein weiteres Kunstwerk machst?

Der Mann lächelte. Gute Idee, Doctor Nex. Er brauchte sowieso noch diverse Teile für seine Gesamtkreation. Aus dem Abfall konnte er kleine Give-aways für interessierte Journalisten erschaffen. So war für weitere Überraschungen vorgesorgt.

Und, um dem Ganzen ein bisschen Würze zu verleihen und es den Häschern nicht ganz so leicht zu machen, würde er einen Ausflug ins benachbarte Tschechien unternehmen. An den Rändern der großen Bundesstraßen wimmelte es von blutjungen Mädchen, die bereitwillig zu einem gutsituierten, gutaussehenden Deutschen ins Auto stiegen. Ein bisschen Verkleidung, ein paar Manipulationen am Auto und alles würde ein Kinderspiel sein.

Das leise Kichern verstärkte sich, als der Mann aufstand, um seine Sachen zu packen.

Sein Motor lief auf Hochtouren. Doctor Nex hatte viel zu tun.

22

»Das Dokument ist zuletzt am Montag um zwölf Uhr fünfzehn geöffnet worden.« Lara stellte die leere Müslischüssel in die Spüle und kehrte an ihren Küchentisch zurück.

Sie war gestern Schritt für Schritt nach Marks Anweisungen vorgegangen und hatte ihren Ordner mit den Hintergrundinformationen zu den Morden geöffnet. Die enthaltenen Dateien ließ sie sich als Liste mit Details anzeigen. Hinter jedem Dokument stand das Datum der letzten Speicherung, genau wie Mark es gesagt hatte.

»Du selbst hast aber zum letzten Mal am Montagvormittag hineingeschaut.«

»Richtig. Als ich mit dir telefoniert habe. Das war so gegen elf. Danach habe ich den USB-Stick in meiner Handtasche aufbewahrt. Durch das ganze Hin und Her mit dem Kopf und dem Brief bin ich nicht dazugekommen, mich weiter um die Sache zu kümmern.«

»Darüber sprechen wir gleich.« Lara vermeinte, ein leichtes Seufzen in Marks Stimme zu hören, ehe er fortfuhr. »Alles der Reihe nach. Der Artikel von Dienstag über den Täter ist der Auslöser dafür, dass dieser mit der Redaktion Kontakt aufgenommen hat. Besser gesagt, er hat einen Boten geschickt und sich direkt an ›LB‹, den Verfasser des Textes, gewandt. Also finden wir zuerst heraus, wer dein Kürzel benutzt hat.«

Und werfen ihn dann dem Serienmörder zum Fraß vor. Lara lächelte schwach und wurde gleich wieder ernst.

»Der Schreiber hat das Wort ›Profiler‹ benutzt. Fällt dir dazu spontan jemand aus der Redaktion ein?«

Lara schwieg und dachte an Isabell. Hatte die Praktikantin ihr die Informationen geklaut und einen reißerischen Artikel über den Serienmörder daraus gemacht? Isi war ihr immer eher ein wenig unbedarft denn gerissen vorgekommen. »Ich weiß nicht recht.«

»Wer hat denn das Passwort für deinen Computer?«

»Jeder.« Lara schnaufte. »Falls ich mal nicht da bin, schreiben auch andere Kollegen dort. Ab und zu kommt auch mal einer von den Freien und stellt Artikel rein. Das können wir also vergessen.«

»Nun, es war eine Möglichkeit. Du verdächtigst also niemanden?«

»Ich traue es ehrlich gesagt niemandem zu. Wahrscheinlich bin ich zu naiv. Was sollte der Schreiber überhaupt davon haben, so einen Text zu veröffentlichen? Und vor allem unter meinem Kürzel?«

»Vielleicht ist es die klammheimliche Freude an Sensationen, oder er wollte dir eins auswischen, dich beim Redaktionsleiter anschwärzen, um selbst gut dazustehen. Es könnte jemand sein, der auf deine Kosten Karriere machen will. Lara, ich bin sicher, der Verfasser hat sich die Informationen von dem Speicherstick in deiner Handtasche geholt. Vermutlich wurde er durch dein Telefonat mit mir neugierig. Du verlässt doch manchmal den Raum?«

»Wenn ich auf Toilette gehe oder zum Essen.«

»Na siehst du. Es dauert nicht lange, eine Datei zu kopieren. Mit Sicherheit war es einer deiner Kollegen, jemand in deiner Nähe, der dir beim Telefonieren zuhören kann und gesehen hat, wo du den USB-Stick aufbewahrst. Du musst jetzt genau beobachten. Ob jemand das Wort ›Profiler‹ in deiner Gegenwart benutzt, zum Beispiel. Und ich hoffe sehr, dass der Verfasser nicht noch weitere Artikel schreibt.«

»Ich glaube nicht, dass das geschieht. Die Kontrollen wurden verschärft. Hampelmann will jetzt *alles* vorher lesen. Auch die Schlussredaktion ist sehr streng.«

»Nun gut. Falls der Täter aber weitere Artikel über sich erhofft, wovon ich nach diesem Brief, der in Schachtel mit dem Kopf lag, ausgehe, haben wir womöglich ein nächstes Problem, wenn nichts Diesbezügliches gedruckt wird. Und damit wären wir bei Punkt zwei: Kopf und Brief. Ich habe den Text analysiert und mit den Kollegen von der Soko geredet.«

»Und?«

»Ich habe einige Informationen. Zuerst zum Inhalt des Päckchens.« Lara presste den Hörer fester ans Ohr und stand auf. Sie musste sich jetzt bewegen. »Wie du ja schon weißt, war es ein menschlicher Kopf. Allerdings ohne Ohren. Die wurden fachgerecht abgetrennt.« Lara ging ins Bad, stellte sich vor den Spiegel und schnitt Grimassen, um die Bilder vor ihrem inneren Auge zu vertreiben, während sie weiter zuhörte, wie Mark berichtete, dass der abgetrennte Kopf zu der seit Dienstagabend als vermisst gemeldeten Beate Zimmer gehört hatte. Die Siebenundfünfzigjährige war vom Einkaufen nicht zurückgekommen. Ihren Corsa hatte man später, mit den Einkäufen im Kofferraum, auf dem Parkplatz des Supermarktes entdeckt.

»Inzwischen wurde auch der Körper des Opfers gefunden, ganz in der Nähe von ihrem Wohnort, etwas außerhalb von Dresden, in einem Wald.«

»Wieder in einem Wald?« Es klang eher wie eine Feststellung denn eine Frage.

»Genau wie bei den anderen.«

»Davon habe ich noch gar nichts gehört.«

»Es ist auch erst zwei Stunden her. Wenn du nachher in die Redaktion gehst, wird es schon durch den Ticker sein.« Lara sah auf ihre Armbanduhr und verließ dann das Badezimmer. Das Grimassenschneiden vor dem Spiegel war fürs Erste beendet.

»Wurden der Leiche Organe entnommen?« Sie flüsterte jetzt, obwohl niemand sie hören konnte.

»Nein, nichts. Der Körper war unversehrt. Bis auf den fehlenden Kopf natürlich.« Mark machte eine kurze Pause, und Lara konnte hören, wie er tief Luft holte. »Lara, schreib das bitte nirgends auf. Es ist streng vertraulich. Ich komme in Teufels Küche, wenn ich dir solche Informationen erzähle. Bis jetzt hat in der Soko noch niemand Verdacht geschöpft, aber sie überprüfen alles. Das kann zwar dauern, wenn jedoch irgendwann herauskommt, dass *ich* die undichte Stelle bin, kann ich meine Sachen packen. Alles, was du aufschreibst, könnte dem Falschen in die Hände fallen.«

Sie nickte. Ja. Ja.

»Der Kopf ist fachmännisch abgetrennt worden. Der Täter muss anatomische Kenntnisse besitzen. Das ist aber auch schon alles. Das Opfer war komplett angezogen, es war weder blond noch jung noch hübsch.« Mark holte tief Luft. »Wenn wir uns nun den mitgeschickten Brief vornehmen, so erklärt der Täter hier, dass der Verfasser sich irrt und er weder stets blonde, junge, hübsche Mädchen bevorzugt noch immer freitags tötet, obwohl er das Wort ›töten‹ nicht benutzt.« Vor Laras Augen tauchten Jos Fotos mit dem abgeschnittenen Text auf. Mark kannte anscheinend den kompletten Brief, aber auch Lara hatte aus den Bruchstücken auf die fehlenden Teile schließen können.

»Im Gegenteil, er spricht von Kunst, einem ›Kunstobjekt‹. Und, um seine kruden Aussagen zu beweisen, schickt er den Kopf des Opfers mit. Wahrscheinlich hat der Täter Beate Zimmer nur aus diesem einen Grund getötet – um zu zeigen, dass die abgedruckten Aussagen nicht der Wahrheit entsprechen.« Mark sprach noch immer leise und bestimmt, fast ein wenig emotionslos. »Der Täter möchte *seine* Wahrheit in der Zeitung lesen, nicht das, was andere über ihn denken oder wissen, denn er schließt mit den Worten: ›Wie Sie also sehen, liebster LB, ist nichts sicher. Denken Sie in Zukunft daran, wenn Sie wilde Vermutungen und unbewiesene Behauptungen aufstellen.‹«

»Ich kann dir gar nicht sagen, wie abscheulich ich das alles finde. Es macht mich sprachlos. Ein Wahnsinniger, der Frauen abschlachtet, um ›Kunstobjekte‹ daraus zu machen!« Lara schüttete den Morgenkaffee in den Ausguss und nahm sich eine Schokomilch aus dem Kühlschrank. »Wie geht es denn jetzt weiter?«

»Die Kripo ermittelt. Unsere Leute sind gut. Mach dir keine Sorgen. Der Täter kennt dich nicht. Er hält LB für einen Mann. Du bist nicht in Gefahr.«

»Aber andere sind womöglich in Gefahr. Heute ist Freitag!« Lara zügelte ihre Lautstärke.

»Bitte, Lara, es wird gewissenhaft und zügig gearbeitet. Es gibt eine Sonderkommission. Mehr darf ich dir dazu nicht sagen.«

»Du meine Güte. Denkst du, dass er weitermordet?«

»Ich glaube schon, auch wenn du lieber etwas anderes hören möchtest. Der Täter ist meiner Meinung nach vollkommen in seinem Wahn aufgegangen, sein Kunstwerk, was auch immer das sein mag, gewürdigt zu wissen. Solange das nicht geschieht, macht er weiter.«

»Kann man denn nicht einen Artikel veröffentlichen, der ihn aufhält? Etwas schreiben, das seinen Vorstellungen entgegenkommt?«

»Du würdest wahrscheinlich nicht den richtigen Ton treffen. Zumal wir das besagte Kunstwerk ja auch noch gar nicht kennen.«

»Jetzt nennst du es schon selbst so!«

»Ich betrachte es mit seinen Augen, entschuldige. Für ihn ist es das. Um seine Motive zu verstehen, muss ich mich in sein Denken einfühlen.«

Lara schüttelte den Kopf. »Ich mache mich dann auf den Weg, Mark.«

»Gut. Wir telefonieren heute Abend wieder. Vielleicht gibt es dann schon etwas Neues zu vermelden.« Mark legte auf. Lara verscheuchte die Assoziationen zu seinem letzten Satz. »Neues« musste nicht unbedingt Fahndungserfolge meinen.

Ein Gutes hatte das Ganze jedoch. Ihre Halluzinationen waren seit ein paar Tagen komplett verschwunden. Sie suchte nach ihrer Handtasche und überlegte dann auf dem Weg zur Tür, ob sie den CT-Termin am kommenden Montag absagen sollte.

Draußen schien die Sonne. Lara blinzelte nach oben und musste niesen. Vielleicht war ihre Angst vor einem Hirntumor wirklich nur eine fixe Idee gewesen.

Die Luft in den Redaktionsräumen roch muffig. Lara hob grüßend die Hand in die Runde, nahm sich vor, gleich in den Ticker-Nachrichten nach dem Fund von Beate Zimmers Leiche zu schauen, und ging zum Fenster, um es zu öffnen. Isabell saß mit halbem Hintern auf Toms Schreibtisch, die Beine kokett übereinandergeschlagen, die Fußspitzen am Rand der Sitzfläche abgestützt. Tom gestikulierte beim Reden und deutete ab und zu auf seinen Monitor. »Die Mutter hat vor der Urteilsverkündung ihren Anwalt eine Erklärung verlesen lassen. Darin wies sie die Vorwürfe zurück, dass ihr Sohn nichts zu essen und zu trinken bekommen habe. Er hätte immer schon schlecht gegessen. Ihr größter Wunsch wäre, dass ihr Kind noch lebte und in die Schule gehen könnte.«

Lara setzte sich und musterte die Papiere auf ihrem Schreibtisch, während sie Isi flüstern hörte: »Ob die selbst davon überzeugt ist?«

Es war wie bei den sieben Zwergen. Irgendjemand hatte sich schon wieder an ihrem Platz zu schaffen gemacht.

»Ich glaube das zwar nicht, aber manchmal verdrängen die Leute solche furchtbaren Sachen auch total. Jedenfalls muss sie nun für dreizehn Jahre ins Gefängnis.«

Lara ließ ihren Mittelfinger auf der Enter-Taste landen und öffnete den Mund, um ihren Kollegen zu fragen, wer an ihrem Computer gewesen war.

»Der Fall ist zum Glück abgeschlossen.« Tom sah auf. »Guten Morgen, Lara. Die Mutter von Dennis ist rechtskräftig verurteilt. Eine Berufung wird es wahrscheinlich nicht geben.«

»Ich habe es gehört.« Lara ließ den Blick zu Isabell wandern, die gerade versuchte, ihren Rocksaum in Richtung Knie zu zerren. »Wer hat an meinem PC gearbeitet?«

»Christin.«

»Aha?«

»Sie ist schon wieder weg. Hat nur ein paar Sachen eingegeben.« Tom sah Isi nach, die sich inzwischen erhoben hatte und in Richtung Küche stolzierte. Seine Zunge kam hervorgekrochen und fuhr über die Unterlippe.

»Traritrara, die Post ist da!« Hubert stieß die Tür mit dem Fuß auf und schwenkte den Packen Papier. »Was haben wir denn da alles?« Er leckte den rechten Mittelfinger an und begann dann, die Kuverts durchzusehen, während er die Namen der Empfänger vor sich hin murmelte: »Redaktion, Christin; Redaktion, ich; Redaktion, zweimal Gernot, einmal –

hoppla!« Das »Hoppla« klang überrascht. Es tönte noch ein wenig nach. Mehrere Köpfe wandten sich in Richtung Eingang, wo Hubert noch immer stand und auf einen weißen Umschlag starrte. »Das ist… das ist…« Hilfesuchend sah er sich um und warf dann den Brief hastig auf die Tischplatte, als habe er sich die Finger daran verbrannt.

»Was hast du denn?« Tom war aufgestanden. Mit vorsichtigen Schritten näherte er sich dem Tisch, als wittere er Unheil. »Oh!«

In dem Augenblick, in dem Lara sich erhob, glühten vor ihren Augen die Worte »ignoriert«, »unsachgemäße Behauptungen« und »Verdrehungen der Tatsachen« wie eine bluttriefende Leuchtschrift kurz auf und verglommen dann, noch ehe sie die Druckbuchstaben auf dem Kuvert gesehen hatte. Sie wusste, von wem dieser Brief war, und sie wusste auch, was darin stehen würde.

»Ich möchte das aufmachen.« Tom streckte den Arm aus.

»Das wirst du nicht tun!« Huberts Hand klatschte auf Toms Finger. Der unerwartete Widerstand erzeugte einen Ausdruck im Gesicht ihres Kollegen, den Lara noch nie bei ihm gesehen hatte: Verblüffung, vermischt mit widerstrebendem Zorn. Aber er gab noch nicht auf. »Das ist mit Sicherheit eine Nachricht von diesem Serienmörder! Er will uns etwas mitteilen. Uns – der Zeitung! Sonst hätte er den Brief doch gleich an die Polizei geschickt! Willst du dir das etwa entgehen lassen?«

Lara spürte, wie sich die Härchen an ihren Armen aufrichteten. Tom war einen Schritt zurückgetreten und zeigte nun anklagend auf das Kuvert.

Hubert ignorierte ihn. »Das sind die gleichen Druckbuchstaben wie auf dem Paket vorgestern. Und er ist an ›LB‹ adressiert. Wir sind kein Wurstblatt, sondern eine seriöse Zeitung. Das bekommt die Spurensicherung!« Er drehte sich ratsuchend zum Zimmer des Redaktionsleiters um, als wolle er diesen mit seinen Gedanken herbeirufen, obwohl Gernot Hampenmann zu einem Termin außer Haus war.

»Na gut, aber der Text in dem Brief muss schnellstens von einem dieser Profiler analysiert werden. Ich rufe Kriminalkommissar Stiller an!« Tom hatte sich schon umgedreht und marschierte im Eiltempo zu seinem Telefon, damit keiner der Kollegen ihm mit dem Anruf zuvorkommen konnte. So sah er nicht, wie das Begreifen in Laras Augen aufflackerte.

23

»Schau mal, da vorn sind ganz viele Heidelbeeren!«, rief die junge Frau fröhlich. Das Kind neben ihr lächelte mit blauverschmiertem Mund. Dann lief es los, schwenkte dabei ein winziges Körbchen.

»Da wird sich der Papa aber freuen!« Eifrig pflückten kleine Hände die dunkelblauen Kügelchen vom Strauch.

»Das glaube ich auch, Sarah.« Corinna Belzig liebte Waldspaziergänge. Und hier, direkt hinter der tschechischen Grenze, fand man auch die nötige Ruhe. Gleichzeitig konnte sie ihrem Kind etwas über die Tiere und Pflanzen des Waldes beibringen. Auf dem Rückweg machten sie dann immer den Tank mit billigem Benzin voll und kauften in einem der zahlreichen Supermärkte ein. Bernd liebte ihre Heidelbeerpfannkuchen im Sommer und im Herbst die Pilzomeletts. Bernd liebte es, wenn die Kleine ihm abends von den Abenteuern im Wald erzählte, von Geistern, Feen und kleinen Waldelfen.

Lächelnd folgte Corinna Belzig ihrer Tochter, die Augen nach unten gerichtet, um nicht über eine der knorrigen

Wurzeln zu stolpern. Weiche Moospolster federten unter ihren Turnschuhen. Der Wald roch nach Kiefernharz, Erde und ein bisschen nach Honig.

Sarah hatte sich unterdessen schon hingehockt und pflückte eifrig Beeren vom Strauch. Sie würde schnell die Lust verlieren, aber man musste das Sammeln ja nicht stundenlang ausdehnen. Es war Spaß und sinnvolle Beschäftigung gleichzeitig. Corinna Belzig hockte sich neben ihre Tochter, sammelte dunkelviolette Kügelchen in ihre Handfläche und sah sich dabei abwesend um. Der Hochwald in ihrem Rücken wirkte aus der Ferne düster. Ein leichter Wind war aufgekommen und rüttelte an den Kronen der Bäume. Vor ihnen befand sich eine Fichtenschonung.

»Fertig.« Sarah hob ihr Körbchen. Es war halbvoll.

»Fein. Ich hab auch schon viele, schau.« Corina zeigte ihrer Tochter ihren eigenen Korb. »Wir waren beide sehr fleißig.« Die Kleine nickte. Der blauverschmierte Mund verzog sich zu einem seligen Lächeln. Dann hielt sie einem Marienkäfer den Zeigefinger hin, und das Tierchen tat ihr den Gefallen und krabbelte darauf. Stolz reckte sie den Finger nach oben, wartete, bis der Käfer an die Spitze geklettert war, und juchzte, als er die braunhäutigen Flügel aufspannte und losflog.

»Und weil wir so tüchtig waren, essen wir zur Belohnung nachher ein Eis.«

»Juhu! Ich möchte Schoko!« Sarah hopste auf der Stelle und klatschte dabei in die Hände. Corinna schüttete den Inhalt des kleinen Korbs in den großen und nahm ihre Tochter an die Hand. »Dann los.«

Feines Summen begleitete ihren Weg. Eine pelzige Hummel kam aus einer kleinen gelbweißen Blüte gekrochen, putzte sich die Beinchen und surrte zur nächsten Pflanze. Das Brummen verstärkte sich. Es klang, als träfen sich da vorn

Hunderte von Fliegen auf einen Sommerplausch. Corinna lächelte stärker, als sie sich vorstellte, wie sie Sarah nachher eine Geschichte vom geheimen Treff der Waldfliegen erzählte.

Der Weg war mit braunroten Nadeln bedeckt. Ein Eichelhäher keckerte in der Fichtenschonung. Sarah murmelte einen Abzählreim vor sich hin, während sie die Hand der Mutter hin- und herschwenkte.

Weiter vorn summte und surrte es unentwegt. Eine dunkelgraue Wolke dehnte sich aus und zog sich wieder zusammen, und Corinna kniff die Augen zusammen, um den anthrazitfarbenen Schleier zu fixieren. Von weitem sah es aus wie ein phänomenaler Mückenschwarm. Beim Näherkommen hörte Corinna, dass es keine sirrenden Mücken, sondern Fliegen waren. Hunderte schillernder, auf- und abschwebender Fliegen, die aufgeregt brummten.

»Was ist das, Mama?« Sarah zeigte mit einem blau befleckten Finger auf den Schwarm.

»Weiß ich nicht, Schätzchen. Es sieht aus wie eine Fliegenversammlung. Schauen wir einfach mal nach.« Hinterher sagte sich Corinna immer wieder, dass sie es hätte *wissen* müssen, dass eine solch riesenhafte Ansammlung grünschillernder Schmeißfliegen nur *eines* bedeuten konnte: Futter für diese Insekten. Und die Nahrung für Schmeißfliegen war nun einmal Fleisch, totes verwesendes Fleisch. Aber hier auf dem Weg zu dem »Etwas« unter den Fliegen dachte sie mit keiner Silbe daran. Und so näherte sich Corinna Belzig mit ihrer Tochter dem Summen und Brummen, gingen die beiden so dicht an den wimmelnden und wabernden Berg schillernder Insektenleiber heran, bis der Geruch sie abrupt zurückprallen ließ.

Corinna unterdrückte ein Stöhnen, legte ihrer Tochter die Hand über die Augen und drehte sie zu sich herum. Der Korb fiel achtlos zu Boden. Blaue Kügelchen rollten bis zu dem stinkenden Gebilde. Unter all den Krabbeltierchen blitzte fahle Haut hervor, dazwischen rotbraune, verschorfte Wundränder, geronnenes Blut. Der Fliegenberg hatte die Gestalt eines Menschen. Zuckende, wimmelnde, irisierende Arme, Beine und ein Rumpf. Kein Kopf.

Corinna Belzig schloss die Augen und begann zu würgen.

24

Die seltsam aussehende Schüssel bestand aus der Schädeldecke eines menschlichen Kopfes, Lampenschirme und Abfalleimer waren aus Menschenhaut gemacht. Ein makabres Einrichtungsstück war gerade in Arbeit: ein Stuhl, mit menschlicher Haut überzogen. Weibliche Genitalien fand man in einem Schuhkarton, auch einen Gürtel aus Brustwarzen, einen menschlichen Kopf, vier Nasen, ein Herz… Doctor Nex fädelte neongrünen Zwirn ins Nadelöhr und zog dabei die Oberlippe zu einem unbewussten Grinsen hoch. Lauter sinnlose Einzelteile. Allerdings – das Beziehen eines Stuhls mit Menschenhaut hatte etwas.

Er hatte die Informationen über Bruder Ed so oft gelesen, dass er sie auswendig wusste, sie tauchten in seinem Kopf auf wie züngelnde Boten einer düsteren Parallelwelt. *Je länger man sich im Haus umsah, desto mehr grauenhafte Trophäen wurden gefunden. Das Schlimmste für die Polizisten waren wohl ein Kleid und Gesichtsmasken aus Menschenhaut. Sie waren erschüttert, als sie die Zahl der Frauen schätzten, die durch Geins Hand gestorben sein mussten. Seine bizarre Arbeit machte Gein jedoch sehr schnell auch zu einer Berühmtheit.*

Eine Berühmtheit, genau. Noch heute sprachen die Menschen von Edward Theodore Gein. Die gebogene Nadel vollführte eine elegante Drehung, umschlang dabei das Fadenende, und Doctor Nex zog den Knoten fest. Die Augen der leichtsinnigen Tschechennutte starrten ihn vorwurfsvoll an. Aus ihrem Hals suppte noch immer rötliche Flüssigkeit zäh in die Sezierschale.

Die kleine Hure konnte jetzt besser hören, auch wenn ihr das nichts mehr nützte. Je ein weiteres Ohr war mit neongrünem Garn vor ihrem Originalohr angenäht. Doctor Nex grinste. Es war skurriler Humbug, aber es war auch lustig. Quattrofonie am Nuttenkopf.

Dann griff er zum »scharfen Löffel«, einem Gerät, das vom Aussehen her einer winzigen Schöpfkelle glich, nur dass die »Kellenränder« messerscharf geschliffen und der Griff viel massiver und genoppt war, damit die Finger nicht abrutschen konnten. Ärzte verwendeten das Instrument meist zum Herausschälen von kleineren Hautstückchen, vereisten Warzen oder Ähnlichem.

Ohne Widerstand glitt der scharfe Löffel zwischen Augapfel und Augenhöhle nach hinten. Doctor Nex drehte die kleine Kelle vorsichtig, damit das Auge nicht beschädigt wurde, und bewegte sie dabei behutsam vor und zurück, um den Sehnerv vollständig zu durchtrennen. Dann löffelte er den Augapfel aus der Höhlung und ließ ihn in die vorbereitete Lösung gleiten. Das zweite Auge folgte. Trüb starrten die weißen Kugeln mit den hellblauen Kreisen in der Mitte aus der Flüssigkeit heraus auf ihren Herrn. Zwei marmorierte Murmeln. Er stellte das Glas beiseite und zwinkerte den Kugeln zu. Sie würden später am Gesamtkunstwerk zur Verwendung kommen. Es war nicht ideal, dass sich die Hornhaut vor der Pupille trübte, ließ sich aber seiner Kenntnis nach nicht vermeiden.

In der Schreibtischschublade warteten Ersatzaugen für die Kreation. Er bewahrte sie dort seit seiner Kindheit in einem Kästchen auf, als er eine »Operation« an einer kindsgroßen Puppe, die bis dahin immer artig und unbeweglich in der Sofaecke seiner Tante Emilie saß, vorgenommen hatte.

Das geschnitzte Holzkästchen klappte auf, und er bewegte es so weit nach vorn, dass sich die Lider mit ihrem leisen Klackgeräusch über die dunkelblau bemalte Iris senkten.

Tante Emilie hatte bis zu ihrem Tod nie erfahren, wohin ihre Klara mit den schönen Schlafaugen verschwunden war. Die auf- und abklimpernden Plastiklider mit den langen schwarzen Wimpern hatten ihn in ihren Bann gezogen, seit er denken konnte, und eines Tages hatte er Klara entführt und im Wald, gleich hinter Tante Emilies Häuschen, operiert. Die Bestürzung, dass der rosa Puppenkörper innen komplett hohl gewesen war, fühlte er heute noch.

Doctor Nex zog die Handschuhe in Richtung Handgelenk und stellte Klaras Augenkästchen neben den Schädel der Tschechennutte. Die dunkel-blutigen Augenhöhlen verliehen ihrem Kopf ein unfertiges Aussehen, aber diesen Makel würde er gleich beheben. Vorsichtig fuhr er mit dem Wattestäbchen in das Innere, säuberte die Höhlung und wiederholte das Ganze mehrmals mit frischen Tupfern. Er würde das hintere Ende mit etwas Mull auspolstern müssen, da Klaras Schlafaugen ein bisschen zu klein für die Höhle waren.

Nachdem alles an Ort und Stelle eingeklebt war, griffen die Chirurgenhände nach dem Kopf und ließen ihn nicken. Klack schlossen sich die Schlafaugen. Und öffneten sich – klack – wieder, als er den Schädel sanft nach hinten neigte. Perfekt.

Die Blutreste aus dem langen blonden Haar der Tschechennutte hatte er vorhin schon ausgespült. Das Haar war inzwischen auch getrocknet und konnte zu niedlichen Zöpfchen geflochten werden. An den vorderen beiden Ohren befestigte er die achteckigen Glitzersteinchen von der frechen kleinen Studentin. Wie hatte sie noch gleich geheißen? Ach ja, Ann-Kathrin.

Das musste reichen. Es sollte nicht zu aufwändig sein, aber den begriffsstutzigen Journalisten trotzdem deutliche Hinweise auf sein Werk geben.

Der Mann stellte die Kreation zum Abtropfen auf den Rost und ging sich umziehen. Es war noch früh am Tag, aber freitags waren die Redaktionen vielleicht nicht so lange besetzt wie sonst. Er wusste es nicht genau, wollte aber die Kreation unbedingt heute noch bei der *Tagespresse* vorbeibringen. Dieses Mal würde er selbst den Penner geben. Es wurde allmählich Zeit, selbst einen Blick auf Herrn »LB« zu werfen und sich ein Bild zu machen, welcher stümperhafte Schreiberling seine Informationen ignorierte. *Audiatur et altera pars – Auch die andere Seite soll gehört werden!* Pfeifend verschwand Doctor Nex im Badezimmer, um sich seiner Verkleidung zu widmen.

*

Lara saß vor ihrem Computer und starrte auf die Tastatur. Der an »LB« adressierte Brief war inzwischen abgeholt worden. Erneut waren sie alle eingehend befragt worden, aber da das Schreiben mit der normalen Post gekommen war, hatte niemand etwas Erhellendes von sich geben können. Sie war froh, dass diesmal nicht Kommissar Stiller, sondern Kriminalobermeister Schädlich die Gespräche geführt hatte. Wahrscheinlich hatte der Blechmann Bedeutenderes zu tun. Wie Schädlich ihr nach der Unterredung gesteckt hatte, war Stillers Truppe durch die Ereignisse vom Mittwoch in die Arbeit der Sonderkommission involviert. Das bot mit Sicherheit eine ausgezeichnete Gelegenheit für den blasierten Kommissar, sich wichtig zu machen. Doch Stiller war nicht der einzige Wichtigtuer.

Durch Laras Kopf rotierten Toms Worte, der Text in dem Brief müsse »schnellstens von einem dieser Profiler analysiert« werden, während sie gleichzeitig darüber nachdachte, wie sie dem Verräter die Niedertracht nachweisen konnte. Anscheinend hatte der Kollege schon vor längerer Zeit beschlossen, sie beim Redaktionsleiter schlecht dastehen zu lassen, um selbst in umso hellerem Licht zu erscheinen.

Lara beschloss, einen kleinen Spaziergang zu machen, dabei Mark anzurufen und ihn um Rat zu fragen.

Tiefes Gebrummel einer Männerstimme schlängelte sich zwischen den Streben des eisernen Geländers nach oben. Dann gackerte eine Frau. Die Stimme gehörte zu Isabell. Lara beugte sich über den Handlauf und spähte nach unten. Von hier oben sah man, dass die Haare an Toms Hinterkopf schon dünner wurden. Der Kollege stand dicht vor der Praktikantin und drückte ihre Arme gegen die Wand. Lara hielt die Luft an und lauschte, schlich dann auf Zehenspitzen ein paar Stufen abwärts und spitzte wieder die Ohren. Satzfetzen wehten nach oben. Laras Gehirn setzte die Worte »Serienmörder«, »Bevölkerung warnen« und »Artikel schreiben« zusammen. Und noch einmal das Wort »Profiler«. Sie atmete tief durch und setzte sich wieder in Bewegung. Schäumender Zorn trieb das Blut hektisch durch ihre Adern. Dieser eitle Arsch brüstete sich doch tatsächlich mit seinen angeblichen Insiderkenntnissen vor dem naiven Blondchen.

Isabells hysterisches Kichern hallte im Treppenhaus wider. Lara öffnete die Tür zur Toilette und ließ sie dann mit Schwung zuschlagen. Das Gackern verstummte abrupt.

Sie begegneten sich im ersten Stock. Röte glühte im Gesicht der Praktikantin.

»Hallo Lara. Gehst du zum Mittagessen?« Tom trug einen gleichmütigen Ausdruck zur Schau.

»Ja. Ich bin spätestens in einer halben Stunde wieder da.« Lara richtete den Blick schnell wieder auf die Stufen und beeilte sich, an den beiden vorbeizukommen.

Mit einem leisen Seufzen schwang die große Tür auf. Grell stach die Sonne in ihre Augen. Sie bog um die Ecke, blieb vor einem Teppichgeschäft stehen und suchte im Handymenü nach Marks Nummer.

Fette rote Buchstaben flammten auf der Schaufensterscheibe auf.

Ohne es zu bemerken, zuckte Lara zusammen.

Die Schrift verblasste und strahlte gleich darauf umso heller. Serienmörder wendet sich an Zeitung!

Heute Morgen erhielt unsere Nachrichtenredaktion einen Brief, der mit »D. G. Eine« unterzeichnet war. Wir drucken hier den exakten Wortlaut ab!

Lara schloss die Augen und öffnete sie gleich wieder. Die Halluzinationen waren zurück. Hinter den Scheiben hingen farbenprächtige Läufer und Brücken. Keine Buchstaben. Sie kniff die Augen noch einmal zusammen und schüttelte den Kopf heftig von rechts nach links, als könne sie so die unerwünschten Bilder herausschleudern. Der Text war verschwunden. Vorsichtig, als seien ihre Knochen gebrechlich, tappte Lara los. Sie würde sich jetzt in ein Straßencafé setzen, einen Cappuccino trinken, einen Salat essen und versuchen, Mark zu erreichen.

»Da bin ich wieder!« Lara war in Gedanken noch bei der Falle, die Mark Tom stellen wollte, und erfasste die merkwürdige Szene erst einen Augenblick später. Tom saß vor seinem Computerbildschirm, hinter ihm standen, als besäßen sie keinen eigenen Arbeitsplatz, Isi, Christin und Hubert, und alle stierten auf seinen Monitor.

»Was ist denn hier los?«

»Da kam grad eine gruselige Nachricht durch den News-Ticker. Schau mal.« Bei dem Wort »gruselig« machte Isabells Stimme einen ungewollten Quietscher, während sie gleichzeitig die Kollegin heranwinkte. Tom hatte den Text auf Anfang gescrollt, und Lara ließ die Augen über die Sätze gleiten: »Das glaube ich nicht.«

»Du hast recht, das Ganze ist unglaublich! Ich denke, der gleiche Text war auch in dem Brief, der heute früh bei uns in der Post war. Nur dass *wir* ihn weder gelesen noch abgedruckt haben.« Tom klang enttäuscht. »Mit Sicherheit hat der Täter ihn an verschiedene Zeitungen und Agenturen verschickt in der Hoffnung, dass ihn jemand abdrucken würde.«

»Was ja anscheinend auch funktioniert hat.« Lara wandte sich ab und ging zu ihrem Schreibtisch, um sich den genauen Wortlaut noch einmal selbst auf den Schirm zu holen.

LEIDER MUSS ICH MICH HEUTE ERNEUT AN SIE WENDEN … KUNSTWERK … BRIEF IGNORIERT … KÄMEN MEINER BITTE NACH … BALD … KÜNSTLER … SCHWER ZU ERTRAGEN … UNWAHRE BEHAUPTUNGEN … GENIALITÄT MEINER SCHÖPFUNG … ICH BITTE SIE HIERMIT NOCH EINMAL EINDRINGLICH, DIESEN SOWIE AUCH DEN ERSTEN BRIEF SEHR ERNST ZU NEHMEN.
ICH VERZICHTE DARAUF, DIESER NACHRICHT EINE WEITERE KREATION BEIZUFÜGEN …

ERGEBENST
IHR
D.G. EINE

Sie las den Text dreimal, doch das änderte nichts an der Tatsache, dass der Täter seinen Brief wieder an »LB« adressiert hatte. Und »LB« war sie, auch wenn er das anscheinend nicht wusste. Lara fröstelte, obwohl es in der Redaktion warm war.

Große Gefahr droht. Du bist in Gefahr. Die innere Stimme wisperte eindringlicher. *Nimm dich in Acht! Nimm dich in Acht!* Lara drückte beide Handflächen an die Schläfen, schloss die Augen und wiederholte mehrmals, dass alles gut sei. Sie war *nicht* in Gefahr. Der Irre hatte keine Ahnung, dass sie existierte.

Dann suchte sie in den News nach weiteren Informationen. Die Nachricht von »D. G. Eine« hatte es in den zurückliegenden Stunden bis in die Top Ten geschafft. Lara fingerte ihr Handy aus der Hosentasche und begann, Mark eine SMS zu schreiben. Sie schloss mit den Sätzen: Bin ich in Gefahr? Heute ist wieder Freitag …

*

Noch bevor sie die heisere Stimme hörte, nahm Lara den Geruch wahr. Beißender Urin, vermischt mit wochenaltem Schweiß, untermalt von Alkohol. Angewidert ließ sie die Hände sinken und schaute hoch. Der Mann in der Tür trug einen Arbeitsanzug, der ehemals blau gewesen sein musste. Jetzt war der Stoff von oben bis unten mit Flecken, die nach getrocknetem Ei, geronnenem Blut und Straßendreck aussahen, beschmiert. Strähnig hingen die Haare unter einer Baseballmütze bis auf die Schultern.

»Heh! Wer iss hier zuständisch?« Mit den Worten verdichtete sich der Gestank. Lara, die in Gedanken noch bei ihrem Artikel für morgen war, schaute kurz zu den leeren Stühlen und verfluchte ihre Kollegen, die schon gegangen waren. »Was *wollen* Sie denn?«

»Sind Sie zuständisch? Isch hab da was.« Speichelfäden trieften vom Mundwinkel auf die Brust.

»Gehen Sie bitte wieder. Das ist kein öffentliches Büro, Zutritt nur für Redaktionsmitglieder.« An der Nase hatte der Mann einen dicken dunklen Klumpen. Lara schluckte und wandte den Blick ab.

»Nee! Sind Sie allein? Wo iss Ihr Kollege?«

»Welcher Kollege?« Erst als Hubert aus dem Nebenzimmer geschlichen kam und »O Gott! Nicht schon wieder!« ausrief, ratterten die Rädchen in Laras Kopf los, und sie sah einen ähnlich stinkenden Penner mit einem Karton in der Tür stehen.

Gleichzeitig lallte der Mann: »Herrn Elbeh such isch!« Hubert deutete auf Lara, wollte etwas sagen, schlug im gleichen Moment die Hand auf den Mund und schaute sie mit weit aufgerissenen Augen an.

Der sabbernde Mund des Besuchers klappte mit einem hörbaren Schnappen zu, und seine Augen schienen kurz zu glühen, ehe sie wieder ihren trüb-abwesenden Blick annahmen.

»Ah. *Sie* sind Elbeh. Das iss dann wohl für Sie.« Der Penner grinste kurz. Weiße, gleichmäßige Zähne wurden sichtbar, bevor er den Mund schnell wieder schloss. Jetzt beugte er sich zur Seite, schob mit dem Fuß ein Päckchen herein, das im Hausflur gestanden haben musste, und wich zurück. Das Ganze dauerte keine zehn Sekunden.

»Halt! Dageblieben!« Hubert erwachte endlich aus seiner Starre, in die er beim Auftauchen des Penners gefallen war, und hastete zur Tür. »Wir haben ein paar Fragen an Sie!« Der Penner jedoch rannte schon die Stufen hinunter. Hubert humpelte hinterher. Lara stierte auf das Paket, ohne etwas zu sehen.

Neongrüner Zwirn zu kleinen Knötchen verschlungen.

Ein halboffener Mund, eingesunken, mehrere Ohrmuscheln.

Lara zwang sich, die Augen abzuwenden. Im Unterbewusstsein hörte sie Hubert die Treppen wieder nach oben stampfen.

Blaue Puppenaugen schlossen sich in Zeitlupe. Öffneten sich wieder. Schauten vorwurfsvoll.

»So ein Mist. Der Typ war deutlich schneller als ich alter Knochen. Auf einmal konnte der rennen, das glaubst du nicht!« Hubert machte einen Bogen um den Karton. »Ich ruf die Polizei an.« Erst jetzt sah er den abwesenden Blick seiner Kollegin. »Was ist denn los?« Etwas lauter: »Lara?«

»Entschuldige.« Sie schluckte. »Ich fürchte, ich weiß, was da drin ist.«

»Ich ahne es auch.« Er schüttelte sich, kam näher und tätschelte ihre Schulter. »Tut mir leid.«

»Was tut dir leid?«

»Dass ich vorhin auf dich gezeigt habe, als der Typ nach ›LB‹ gefragt hat. Das war ein Reflex.«

»Das macht nichts. Diesem Penner ist das, glaube ich, egal.« Lara fingerte nach ihrem Handy. Natürlich machte es etwas. Aber die Ereignisse ließen sich nicht zurückdrehen.

»Du *weißt*, was da drin ist?« Hubert zeigte mit der Linken auf das Päckchen. Mit der Rechten wählte er.

»Ich weiß es, du weißt es. Machen wir uns nichts vor.«

»Das muss nicht so sein. Es steht überhaupt nichts außen drauf.« Hubert machte ihr ein Zeichen, dass am anderen Ende jemand abgenommen hatte, und begann seinen Bericht abzuspulen.

Lara wählte Marks Nummer. Es war Zeit, Rat einzuholen.

25

Im Kopf des Mannes dröhnte ein Lied, wellte nach draußen, nebelte durch sein Haus. Maurice Jarre: Doctor Zhivago. Streicher, Balalaikas, orchestrales Crescendo. *Lara's Theme.*

Er summte die Melodie leise vor sich hin. Es war ein Gleichnis, ein Zeichen. Er fühlte, dass er seine Bestimmung gefunden hatte, und schloss die Augen, ließ den Film von gestern noch einmal in seinem Kopf ablaufen.

Wie der stämmige Redaktionskollege bei seiner Frage nach »LB« auf die Kollegin gezeigt hatte; sein Entsetzen darüber, dies preisgegeben zu haben, dazu gleichzeitig der ungläubige Blick der blonden Schönheit am Schreibtisch gegenüber. Natürlich war es ein großes Risiko für ihn gewesen, selbst in den Redaktionsräumen aufzutauchen. Die Leute dort hatten erst kürzlich ein einschneidendes Erlebnis gehabt, nachdem ein Penner bei ihnen aufgetaucht war und ein Päckchen abgegeben hatte. Aber Doctor Nex hatte sich unbedingt selbst ein Bild machen wollen. Zur Sicherheit und um das Überraschungsmoment auszunutzen, hatte er sich nicht mehr als ein paar Sekunden für die gesamte Aktion gegeben und sein »Mitbringsel« dann nur schnell mit dem Fuß hineingestoßen. Nicht zuletzt war Doktor Nex gut trainiert und konnte auf seine schnellen Beine vertrauen.

Insgesamt betrachtet war es eine Gefahr gewesen, die aber gleichzeitig auch eine prickelnde Erregung mit sich brachte, fast so heftig wie bei der Jagd auf lebende Beute. Er bedauerte nichts.

Melodisch säuselten die Geigen.

Auch Jurij Schiwagos Lara war blond gewesen, allerdings

ging ihr Blond mehr ins Wasserstoffgebleichte, während seine Lara – er zog wegen des Possesivpronomens kurz die Mundwinkel nach oben –, während *seine* Lara eine Haarfarbe hatte, die der Volksmund als Erdbeerblond bezeichnete.

Lara Birkenfeld. Inzwischen hatte er auch ihren vollen Namen herausbekommen. Immer wieder saß man Vorurteilen auf. In Zeitungsredaktionen arbeiteten auch Frauen, und doch nahm jeder automatisch an, die Artikel würden von Männern verfasst. Wer hätte gedacht, dass »LB« eine Frau war! Dazu so eine hübsche.

Er hatte sich bezwingen müssen, nicht laut herauszuplatzen. Zum Glück beherrschte Doctor Nex zu jeder Zeit jeden Muskel seines Körpers, und das kurze Aufblitzen seines Interesses hatte mit Sicherheit keiner von beiden bemerkt. Dazu war die Verkleidung zu gut.

Abgelenkt von Gestank und widerlichen Klamotten waren die beiden Gestalten in der Redaktion gar nicht auf die Idee gekommen, in ihm etwas anderes zu sehen als einen unrasierten, schmierigen Penner.

Kleidungsstücke aus dem Kleidercontainer, eingerieben mit diversen Resten aus einer Gaststättenmülltonne, darauf uriniert, Schnaps darübergegossen. Ein bisschen Schmiere auch im Gesicht, ein schleimiger Rotzklumpen an der Nase. Das hielt die Leute davon ab, ihn zu lange anzusehen. Das Beste war die Perücke gewesen. Mutters braungraue, schulterlange Fusselfrisur hatte schon viele Jahre auf ihren Einsatz gewartet. Wahrscheinlich wäre die alte Hexe zutiefst empört gewesen, wenn sie gesehen hätte, wie er Speiseöl in den Spitzen ihrer Lieblingsperücke verteilt hatte. Damit man den Haaransatz nicht sah, hatte er sich zusätzlich noch eine schmuddelige Baseballmütze aufgesetzt.

Die Scharade hatte großen Spaß gemacht. Doctor Nex

grinste, betrachtete abschließend die Arbeit der vergangenen Nacht und erhob sich dann, um die Utensilien wegzuräumen. Sein Kunstwerk nahm allmählich Gestalt an, auch wenn noch ein paar Teile fehlten.

Nachdem die gutbürgerliche Küche wieder hergerichtet war, öffnete er das Fenster. Die Nacht lag in den letzten Zügen. Die ersten Amseln begannen, verschlafen zu zwitschern. Ihnen war es egal, ob Wochenende oder Arbeitstag war. Sie sangen immer zur gleichen Zeit die ewig gleichen Lieder.

Er atmete die kühle Luft, hob die Arme über den Kopf, streckte sich. Zeit für einen starken Kaffee. Müde war Doctor Nex jedoch nicht. Der Zufall hatte ihm ein hübsches kleines blondes Fräulein vorgestellt. Was ihn wieder zu seinem eigentlichen Anliegen zurückführte. Sicher – gestern hatte die *Abendpost* seinen Brief in vollem Wortlaut abgedruckt, aber das war es nicht, was er wollte.

Heißer Dampf brodelte aus der Schnauze des Wasserkochers und kondensierte in der kühlen Luft zu weißem Nebel. Die falschen Angaben sollten vom ursprünglichen Verfasser – von Lara Birkenfeld also – richtiggestellt werden. Sosehr er sie mochte, das würde sie für ihn erledigen müssen. Und zu diesem Zweck würde er ihr ein bisschen nachspionieren. Beim Verfolgen kam ihm bestimmt eine Idee, wie er sie überzeugen konnte, den entsprechenden Artikel zu schreiben. Kochendes Wasser sprudelte in die große Tasse. Kaffeepulver strudelte im Kreis und senkte sich zu Boden. Der Mann rührte gedankenverloren und dachte über sein erdbeerblondes Püppchen nach. Zuerst musste er eine neue Verkleidung kreieren, ihr dann folgen, den Tagesablauf erkunden und sein weiteres Vorgehen planen.

Er nahm einen Schluck Kaffee und verbrannte sich fast die Zunge. Das würde ein ereignisreiches Wochenende werden.

»Ja sicher.« Lara hörte zu, wie Mark ihr zum hundertsten Mal erklärte, dass sie nicht in Gefahr sei und sich beruhigen sollte. Es war bereits Samstagmittag, und sie fühlte sich noch immer wie gerädert. In ihrem Brustkorb loderten kleine Flämmchen, züngelten und leckten. Sie hatte die halbe Nacht wach gelegen und versucht, die Bilder des schmierigen Penners, des Pakets und der hektischen Betriebsamkeit der Spurensicherung zu verdrängen, aber sie waren immer wieder hochgeblubbert wie faulige Gasblasen, bis sie entnervt aufgestanden war und sich eine heiße Milch geholt hatte.

Als auch das nichts helfen wollte, hatte Lara zwei Stunden ferngesehen, belanglosen Mist, an den sie sich schon Minuten später nicht mehr erinnerte, war dann in ihr Bett zurückgekehrt und irgendwann zwischen vier und fünf in der Frühe eingeschlafen.

Sie goss sich ein Glas Milch ein – Kaffee hätte sie jetzt nur noch mehr aufgewühlt – und nickte zu Marks Worten. Ja, ja. Er hatte sicher recht damit, dass der eigentliche Täter nicht wissen konnte, wer »LB« in Wirklichkeit war, und sie sich demnach nicht in Gefahr befand, aber ihr Unterbewusstsein wollte den Beteuerungen trotzdem nicht glauben.

Die Milch schmeckte nach nichts. Lara goss das halbvolle Glas in den Ausguss, verabschiedete sich gleichzeitig von ihrem Freund und legte das stumme Telefon auf die Arbeitsplatte neben der Spüle.

Mark war erst nach langem Drängen damit herausgerückt, dass in dem gestrigen Päckchen erneut ein abgetrennter Frauenkopf gewesen war. Es bestürzte Lara noch immer, dass er inzwischen anscheinend starke Skrupel hatte, ihr seine Informationen zu verraten.

Bisher hatte es auch noch keine Berichte – weder im Radio noch im Fernsehen und auch nicht im allwissenden Internet – gegeben. Die Kripo hatte zurzeit noch den Deckel auf der Sache.

Lara seufzte und ging, um sich endlich anzuziehen. Es war dem Seelenheil nicht zuträglich, wenn man den halben Tag im Nachthemd herumlief. Egal, ob und was berichtet wurde, *sie* wusste jetzt, was sich in dem Paket befunden hatte. Und egal, was Mark beteuerte, in ihrem Unterbewusstsein breitete sich das Gefühl einer lauernden Gefahr immer weiter aus.

»Zweiundfünfzig Euro dreißig.« Die Kassiererin hörte für eine Sekunde auf, an ihrem Kaugummi zu kauen, schob das Kartenlesegerät zu Lara hin und wartete dann, erneut wiederkäuend, bis diese ihre Geheimzahl eingegeben hatte. Ratternd erschien der Bon.

Der Mann hinter Lara wartete geduldig. Sie erhaschte im Gehen einen flüchtigen Blick auf millimeterkurz geschorene Haare und vergaß es sofort wieder.

Auf dem Parkplatz des Supermarktes blendete die Sonne. Der erhitzte Asphalt strömte einen Geruch nach Teer aus. Lara stapelte die Einkäufe sorgsam in die Klappkiste im Kofferraum. Saftkartons und fest verpackte Lebensmittel zuunterst, Obst und Gemüse obenauf. Dann schaffte sie den Einkaufswagen weg. Auf dem Gelände herrschte rege Betriebsamkeit. Mütter mit Kindern, Ehepaare, Rentner, ein paar allein einkaufende Männer. Es hatte den Anschein, dass jeder Einwohner der Stadt seine Wochenendeinkäufe am Samstagnachmittag erledigte.

Lara stieg ein und ließ sich abgestandene Luft um Hals und Brust wehen. Es dauerte einige Sekunden, bis der Windhauch aus der Klimaanlage merklich kühler wurde. Sie gab Gas und ordnete sich an der Ampel auf die Rechtsabbiegerspur ein.

Ein Ford Mondeo folgte ihr in einigem Abstand. Lara bemerkte davon nichts. Ihre Gedanken kreisten um den kommenden Montag.

Mark hatte gesagt, sie solle ihn am späten Vormittag von der Redaktion aus anrufen und dabei darauf achten, dass Kollege Tom auch alles mithören konnte. Sie würden gezielt ein paar Falschinformationen besprechen, während Lara diese auf ihren USB-Stick speichern und diesen dann irgendwo für Tom erreichbar deponieren sollte. Irgendwann danach würde Lara ankündigen, die Redaktion zu verlassen, entweder zu einem Außeneinsatz oder zum Mittagessen. Das würde sich finden. Und auch alles Weitere würde sich finden.

Lara parkte vor dem Feinkostgeschäft und blieb noch einen Moment sitzen. Montag früh musste sie erst einmal ins Kreiskrankenhaus zur Computertomografie. Sie hatte ein bisschen Angst vor der Röhre und noch mehr davor, dass die Ärzte auf dem Computerbild Anomalien in ihrem Gehirn feststellten. Während sie im Laden verschwand, fuhr ein silberner Ford langsam an ihrem Mini Cooper vorbei.

*

Doctor Nex tupfte die Lippen mit der weißen Leinenserviette ab, lehnte sich zurück und faltete die Hände, als wolle er beten. Seine Lara war mit einer Freundin im Kino um die Ecke, und er hatte die Gelegenheit genutzt, ein stilvolles Abendessen zu genießen. Die erdbeerblonde Schönheit würde ihm nicht entwischen, die Spätvorstellung ging mindestens bis halb zwölf.

Das Essen hier war exzellent. Teurer als anderswo, aber das war es wert. Er winkte dem Kellner und bestellte noch ein Glas von dem südafrikanischen Shiraz. Allmählich kroch ihm die Müdigkeit in den Körper, der Tag war lang und aufregend gewesen. Im Mund breitete sich der fruchtig-würzige

Geschmack des Rotweins aus, während er über die Aktivitäten des Samstags nachdachte.

Lara Birkenfeld war eine leichtsinnige Frau. Ihre Adresse stand im Telefonbuch, jeder konnte ihr Haus finden. Sie fuhr ein auffälliges Auto und achtete nicht auf eventuelle Verfolger. Irgendwann würde ihr das zum Verhängnis werden. Vielleicht schon bald. Der vorbeieilende Kellner erwiderte das Grinsen des Mannes am Tisch.

Er schmeckte das Tannin und dachte darüber nach, noch ein drittes Glas zu bestellen, entschied sich aber dagegen. Es gab noch Verschiedenes zu tun, und er wollte einen klaren Kopf behalten. Außerdem musste er noch fahren. Wieder lächelte Doctor Nex. In seinem Kopf schwelgte das Orchester – *Lara's Theme*. Noch gestern Nacht hatte er die CD mit dem Soundtrack zum Film per Übernachtlieferung bei Amazon bestellt. Sie war heute Nachmittag im Briefkasten gewesen.

Seitdem hatte er die gesamte Aufnahme während der Fahrt durchlaufen lassen. Es gab mehrere Titel, die mit Lara zu tun hatten: *Lara is charming*, *Lara and Komarovsky dancing up a storm*, *Lara says goodbye to Yuri*, *In Lara's bedroom*, *Yuri approaches Lara's apartment* und *Lara and Yuri arriving at Varykino*.

Am Ende wurde *Lara's Theme* dreimal variiert, als Jazz-, Rock 'n' Roll- und Swing-Version. Das hatte ihm nicht so gut gefallen, aber man konnte die CD ja vorher stoppen.

Er wiegte den Kopf bedächtig hin und her. Musik war der Schlüssel zum Herzen.

Was einem das Schicksal doch für seltsame Streiche spielte!

Doktor Schiwago war ein Arzt – er war Doctor Nex.

Juri Schiwago hatte seine Lara – er auch.

Beide waren junge, außerordentlich hübsche junge Frauen.

Wenn das kein schicksalhaftes Gleichnis war, was dann?

Versunken lächelnd nahm der Mann den letzten Schluck und wälzte ihn im Mund hin und her.

Es wurde allmählich Zeit für die Rechnung. In einer Viertelstunde war die Kinovorstellung zu Ende, und er wollte rechtzeitig am Parkplatz sein, um seine Freundin auf ihrem Heimweg zu begleiten.

26

»Im Gegensatz zu ›normalen‹ Röntgenaufnahmen, die nur aus einer Richtung gemacht werden, kreist die Strahlenquelle bei der Computertomografie rund um die zu untersuchende Stelle Ihres Körpers.« Der Arzt schaute kurz hoch, Lara nickte, und so fuhr er mit seinen Erklärungen fort. »Auf dem Bild gibt es daher keine Überlagerungen von Gewebe. Außerdem erzeugt der Computer ein dreidimensionales Bild, das ich von allen Seiten betrachten kann.« Wieder nickte Lara. Was sie viel brennender als die technischen Fakten interessierte, war, ob der Arzt ihr hinterher *gleich* seine Diagnose mitteilen würde oder ob es Tage dauerte, bis sie erfuhr, was mit ihrem Kopf los war.

»Gut. Nun zum Ablauf der Untersuchung. Die Untersuchung findet im Liegen statt, Sie befinden sich auf dem Rücken. Zu Beginn fährt die Liege mit Ihnen in das CT-Gerät. Da wir nur Ihren Kopf durchleuchten wollen, bleibt der Rest des Körpers außerhalb der Röhre. Man nennt das eine kraniale Computertomografie. Wir verlassen während der Untersuchung den Raum, um uns vor den Röntgenstrahlen zu schützen. Alles klar?«

»Ja.« Das mulmige Gefühl in Laras Bauch ließ sich auch

durch die klinischen Fakten nicht vertreiben. Sie hatte heute früh keinen Bissen heruntergebracht. Auf der Fahrt ins Krankenhaus hätte sie fast ein über die Straße rennendes Kind übersehen. Auch das silberne Auto hinter ihr hatte erst im letzten Moment gebremst. Anscheinend war sie heute früh nicht die einzige unkonzentrierte Fahrerin.

»Gut, Frau Birkenfeld. Wenn Sie keine Fragen mehr haben, fangen wir an.« Der Arzt schaute prüfend über seine Halbbrille. Die Schwester, die im Hintergrund herumhantiert hatte, kam heran und berührte Laras Arm. »Versuchen Sie, sich bitte während der Untersuchung zu entspannen, liegen Sie so ruhig wie möglich und befolgen Sie meine Atemanweisungen. Das Verfahren ist ungefährlich und schmerzfrei.«

»Wie lange dauert das?« Lara blickte zum vorwärtstickenden Zeiger der Wanduhr. Halb neun. Wenn alles glattging, konnte sie gegen zehn in der Redaktion sein. Am späten Vormittag würde er sie in der Redaktion anrufen, hatte Mark gesagt. Und dann würde die Falle für Tom zuschnappen.

»Zwischen drei und fünfzehn Minuten. Je nachdem.«

Je nachdem, ob ihr etwas findet oder nicht, dachte Lara, sprach es aber nicht laut aus.

»Gut. Los geht's.« Die Schwester packte Laras Unterarm – so als könne die Patientin nicht allein laufen – und geleitete sie zur Liege.

Im Rückspiegel näherte sich sehr schnell ein großes Auto. Lara konnte das Gesicht hinter dem Steuer nicht erkennen, war sich aber sicher, dass sie den Fahrer schon einmal gesehen hatte.

Himmelblaue Puppenaugen klappten schläfrig zu. Neongrünes Garn wand sich durch ein Nadelöhr. In einer Tupperdose schwammen zwei bleiche Murmeln.

Eine tonlose Stimme murmelte immer gleiche Worte: Es droht Gefahr … Es droht Gefahr … Es droht Gefahr …

»Frau Birkenfeld?« Die Stimme schien sich zu nähern, und Lara öffnete mühsam die Augen. »Frau Birkenfeld! Wir sind fertig. Alles in Ordnung mit Ihnen?«

Lara nickte, überlegte kurz, ob die Schwester ihr Nicken überhaupt sehen konnte, und krächzte ein »O. k.« heraus.

»Fein. Gleich haben Sie es geschafft.«

»Auf den ersten Blick ist da nichts Auffälliges.« Jetzt tätschelte der Arzt Laras Hand. »Keine Tumore, keine Verkalkungen, keine Blutungen.« Er wartete kurz, aber die Patientin zeigte keine Anzeichen von Erleichterung. Vielleicht musste sie das Gesagte erst verarbeiten. »Ich schaue mir die Bilder aber noch einmal genauer durch.« Er deutete mit der Spitze des Kugelschreibers auf den Computermonitor, auf dem mehrere graue Gebilde zu sehen waren, die Lara wie aufgeschnittene, riesenhafte Walnüsse vorkamen. Er setzte noch hinzu: »Ich gehe aber nach jetzigem Stand nicht davon aus, dass Sie einen Hirntumor haben.« Noch immer keine Reaktion.

»Gut, Frau Birkenfeld. Das war's.« Der Arzt erhob sich. Seine Zeit war knapp. »Ich übermittle die Befunde dann an Ihren Hausarzt.«

»Danke.« Lara öffnete die Tür und ging gedankenversunken hinaus. Die Luft im Treppenhaus roch nach Desinfektionsmittel. Auch wenn der Spezialist in ihrem Kopf nichts Anormales fand, irgendeine Ursache mussten die Halluzinationen doch haben. »Was uns wieder zu Großmutters Prophezeiungen zurückführt. Vielleicht habe ich doch das zweite Gesicht.« Lara kicherte über ihre absurden Gedanken. Das ältere Ehepaar, das ihr entgegenkam, schaute verständnislos.

Der Himmel hatte sich bewölkt. Während sie im Computertomografen gelegen hatte, waren grau und mächtig dichte

Regenwolken herbeigezogen, hatten eine bleierne Decke über den Himmel gelegt, alles Sonnenlicht aufgesogen und warteten nun darauf, ihre schwere Fracht über der Erde auszuleeren.

Lara schaute kurz nach oben und stieg dann in ihr Auto. Sie würde jetzt noch tanken und dann auf schnellstem Wege in die Redaktion fahren, um, wie vereinbart, Mark anzurufen. Drei Autos weiter hinten setzte sich ein grauer Ford langsam in Bewegung.

*

»Das hat ja ewig gedauert.« Tom betrachtete die Nachricht auf dem Bildschirm und schüttelte dabei den Kopf. »Die haben nun endlich die Brandursache von dem Großbrand vor zwei Wochen in der Bahnhofstraße ermittelt.«

»Was war es?« Isabell reckte das Kinn nach vorn.

»Ein defekter Fernseher.«

»Schreiben wir da jetzt noch was dazu?« Isabell schob unauffällig ihren Rock etwas weiter nach oben und beobachtete dabei, wie ihr Gegenüber sich unbewusst die Lippen leckte.

»Eigentlich war das Laras Geschichte. Aber Stiller kann sie nicht leiden. Und *den* brauchen wir noch.« Er meinte damit, dass *er* ihn brauchte. Kommissar Stiller kam sehr gut mit Tom zurecht. Tom benötigte bei seiner geplanten Karriere jede Hilfe, die er kriegen konnte. Bis jetzt war alles wunderbar gelaufen. Hampenmann schätzte Toms Arbeit. Lara dagegen schien einen Fehler nach dem anderen zu machen.

»Ich möchte nicht, dass Stiller sich wieder über sie aufregt, aus welchem Grund auch immer. Das schadet der ganzen Redaktion. Vielleicht schreibe ich nachher selbst ein paar Zeilen zum Abschluss.« Tom drehte sich mitsamt dem Stuhl und checkte dabei den Raum. »Wo *ist* Lara eigentlich?« Ohne hinzuschauen, tippte er ein paar Befehle in die Tasten und richtete den Blick dann auf den Bildschirm. »Hier steht, sie sei ab halb elf wieder in der Redaktion. Das wäre vor einer Stunde gewesen.«

»Vielleicht hat ihr Termin länger gedauert?« Isabell hatte sich erhoben und strich sich den Mini glatt.

»Normalerweise ruft man dann an und sagt irgendjemandem Bescheid, dass es später wird.« Auch Tom stand auf. »Gehen wir ins *La casa* zum Mittagessen, Schönste?« Sein Arm wand sich wie von selbst um Isabells Taille.

»Wir sind wieder da!« Isabell ging zwei Schritte in den Raum hinein und spähte um die Ecke. Ihr Gesicht war hochrot, so als sei sie die Treppen nach oben gerannt. »Keiner hier?« Tom folgte ihr und warf sein Leinenjackett über die Stuhllehne.

»Doch. *Ich* halte die Stellung.« Hubert schlurfte aus der Küche, einen großen Kaffeebecher in der Rechten. »Gert ist zu einem Verkehrsunfall mit Straßenbahnbeteiligung, Christin zu Tisch und Friedrich beim Zahnarzt.«

»Ah.« Tom, der gar nicht richtig zugehört hatte, saß bereits an seinem Schreibtisch und las die neuesten Meldungen. »Apropos Arzttermin: Ist Lara inzwischen aufgetaucht? Sonst schreibe *ich* jetzt etwas über die Brandursache beim Wohnhausbrand.«

»Nein.«

»Was nein?«

»Ist sie nicht.« Hubert nahm einen Schluck und tappte zurück in die Küche. »Kommt bestimmt noch.«

Tom kratzte sich am Kopf und senkte dann die Finger auf die Tasten. Im gleichen Moment klingelte sein Telefon. Er betrachtete unwillig das Display, nahm dann den Hörer ab und versuchte, lautlos zu tippen, während er zuhörte. Isabell stand am Aktenregal und tat so, als suche sie nach einem Ordner, während Toms einsilbige Satzfetzen zu ihr herüberwehten: »… weiß nicht … nein … war sie nicht … nein … woher soll ich denn das wissen … ist sie nicht …«

Sie betrachtete ihr immer noch gerötetes Gesicht im Spiegel neben der Tür und dachte darüber nach, ob man ihr den schnellen Sex auf der Redaktionstoilette ansähe, während Tom sich weiter in Verneinungen erging. Der Anrufer schien hartnäckig zu sein. Schließlich gab er auf, und Tom legte den Hörer mit einem Seufzen zurück. »Puh.«

»Nervig?« Isabell verließ ihren Platz neben der Tür und setzte sich auf die Kante von Toms Schreibtisch.

»Das war irgend so ein Bekannter von unserer Miss Birkenfeld, der sie auf dem Handy nicht erreichen konnte.« Tom verdrehte die Augen.

»Und da ruft er hier an?«

»Normalerweise ist das sinnvoll, da sie ja heute Dienst hat und erreichbar sein muss.« Tom wandte sich wieder seinem Bildschirm zu.

»Machst du dir denn keine Gedanken?«

»Worüber?«

»Wo Lara stecken könnte.«

»Warum sollte ich?«

»Ist sie denn sonst auch manchmal unzuverlässig?«

»Eigentlich nicht.« Jetzt hob Tom den Blick. Er schien nachdenklicher als sonst.

»Vielleicht ist ihr etwas passiert.«

Tom hob kurz die Schultern und wandte sich wieder seinem Monitor zu. »Das glaube ich nicht, Isi. Du dramatisierst ein wenig.«

»Na gut. Hätte ja sein können.« Isabell erhob sich von der Tischkante. Ihre Lippen waren nach vorn geschoben. Tom behandelte sie manchmal wie eine Vierzehnjährige. Hatten letzte Woche nicht groteske Ereignisse stattgefunden? Allein, wenn sie an vergangenen Mittwoch dachte, an das Paket mit dem Kopf – nicht, dass sie ihn gesehen hätte, Isabell schüttelte sich kurz –, reichte das aus, um ihre Fantasie anzuheizen. Und was in dem zweiten Päckchen von Freitag gewesen war, verschwieg die Polizei noch immer. Nicht dass sie es hätte wissen wollen. Unheimliche Dinge geschahen auch in ihrer Stadt, daran war nicht zu rütteln.

Was, wenn mit Lara Birkenfeld tatsächlich etwas nicht in Ordnung war? Vielleicht brauchte sie Hilfe? Man sollte immer seinem Bauchgefühl vertrauen. Und ihr Bauch sagte ihr, dass hier etwas nicht stimmte.

Isabell setzte sich an ihren Platz und betrachtete die To-do-Liste des heutigen Montags. Auf der Liste stand *nicht*, dass Tom sie für heute Abend ins Kino eingeladen hatte, aber er hatte es getan. Er wollte sich mit ihr in der *Öffentlichkeit* zeigen. Im gleichen Augenblick, in dem Isabell sich den weiteren Verlauf des Abends ausmalte, hatte sie auch schon die Gedanken an Lara vergessen.

*

Doctor Nex setzte sich an seinen Schreibtisch und zwinkerte. Er fühlte sich überhaupt nicht müde, obwohl er seit mindestens vierundzwanzig Stunden nicht geschlafen hatte. Der Dienst wartete nicht. Sein Geist arbeitete mit kristallener Klarheit. Beruhigend summte der Computer.

Zuerst würde er den Text verfassen und danach seinen begnadeten Händen etwas zu tun geben.

Künstler äußert sich zu seinem Werk!

Gestern hat sich der als »D.G. Eine« bekannte Künstler, über den die Kollegin Lara B. am 11.07. einen unsachlichen und polemisierenden Artikel geschrieben hat, in dem sie ihn als »Serienmörder« bezeichnete, persönlich bei unserer Zeitung zu Wort gemeldet.
D. G. Eine bat uns, nunmehr einige Dinge richtigzustellen. Ihm geht es nicht um reißerischen Aktionismus, nicht um Berühmtheit und auch nicht um das Töten von Menschen, wie manch einer zu glauben scheint.

Nein, Dieser Mann ist ein wahrer Künstler, der sein derzeit leider noch unvollendetes Werk irgendwann der entzückten Öffentlichkeit präsentieren wird. Noch ist er jedoch zu schüchtern, sich gänzlich zu offenbaren, und hat uns nur einige seiner Leitgedanken skizziert.
Der Künstler hofft, dass sie den Wert und die künstlerische Genialität seiner Schöpfung danach besser zu schätzen wissen.

Doctor Nex kratzte sich am Haaransatz. War das der richtige Stil, in dem die Zeitungsartikel geschrieben waren? Vielleicht noch nicht ganz. Er konnte den Text am Schluss noch einmal überprüfen. Fast immer war es nützlich, wenn man sein Werk mit etwas Abstand noch einmal betrachtete. So fielen Fehler eher auf. Und es war außerordentlich wichtig, dass die Leute verstanden, was er ausdrücken wollte. Zumindest die, die sich um Verständnis bemühten. Man konnte nie alle bekehren. Und nun war es Zeit für eine Zwischenüberschrift, die das Leseverständnis erleichterte.

Die Konzeption des D. G. Eine
von D. G. Eine

Menschen sind nicht für sich selbst auf der Welt. Ihr Dasein wird von äußeren Kräften bewirkt und gesteuert. Manche von ihnen sind in der Lage, aus Kleinem und Unwichtigem Großes zu erschaffen – so auch der Künstler D. G. Eine.
Seine Kunst formt sich aus dem profanen Menschen, dieser ist ihm Vorlage und Quelle der Inspiration. Wie jeder andere Künstler bestätigen kann, sind manche Ausgangsobjekte besser für das kreative Schaffen geeignet als andere.

D. G. Eine bevorzugt für sein Werk junge Frauen – das Wort »Opfer« erscheint ihm im Übrigen nicht angemessen. Schließlich tragen diese Frauen mit Teilen ihres Körpers zu seiner Kreation bei, das sollte ihnen Befriedigung und Sinnhaftigkeit genug sein.
Dem Künstler geht es nicht um ein »Ausschlachten seiner Opfer«, wie die Tagespresse kürzlich schrieb. Das Entnehmen von Körpersegmenten ist kein »Ausweiden«, sondern lässt sich schlicht nicht umgehen, da diese Teile für das schöpferische Gesamtwerk vonnöten sind.
Um den Lieferantinnen der Einzelkomponenten nicht unnötig Schaden zuzufügen, hat D. G. Eine den Weg gewählt, ihren Körper vorher vom Bewusstsein zu trennen.
Dies kann ihm gewiss niemand verübeln, im Gegenteil, solcherart Vorgehen ist wohl eher fürsorglich zu nennen.

Die wahre Reichweite der Schöpfung des von uns befragten Künstlers wird sich erst ermessen lassen, wenn diese insgesamt betrachtet und analysiert werden kann.

Doch darauf, liebe Leser, werden Sie noch einige Zeit – wenn auch nicht mehr sehr lange – warten müssen.
Bis dahin verabschiedet sich der Schöpfer von ihnen mit den lateinischen Worten: Ludit in humanis divina potentia rebus – Im Menschlichen spielt göttliche Macht.

Bleiben Sie gespannt!
Ergebenst,
Ihr D. G. Eine

Er las den Text noch einmal komplett. Es klang ziemlich gut. Das »Ergebenst« am Ende war vielleicht ein bisschen zu schwülstig, aber sonst fand er, war es ihm gelungen, sein Anliegen gut herauszuarbeiten. Mit einer kleinen Melodie verabschiedete sich der Computer.

Auf dem Weg in die Garage ließ Doctor Nex die eingepuderten Finger in die Fächer des Handschuhs gleiten. Grell flammte das Garagenlicht auf. Eine der Neonröhren flackerte kurz und beruhigte sich dann wieder. Im Innern des Autos roch es nach abgestandener Sommerluft. Sein Mitbringsel lag auf dem Rücksitz, die angewinkelten Beine unter der Decke, mit der er sie auf der Fahrt hierher verhüllt hatte. Er beugte sich über den reglosen Körper und beobachtete das leichte Heben und Senken des Brustkorbs.

Das erdbeerblonde Haar hing über den Rand des Sitzes bis in den Fußraum. Ihre Wimpern waren lang und gebogen. Schade, dass sie sie schwarz getuscht hatte. Der Mann lächelte und strich der leblosen Frau mit einem behandschuhten Finger über die Wange.

Er hätte nicht gedacht, dass es so leicht sein würde, sich ihrer zu bemächtigen. Das dumme Ding hatte die ganze Zeit keine Ahnung davon gehabt, dass er ihr auf Schritt und Tritt gefolgt war. Wenn die Gelegenheit heute Vormittag nicht so günstig gewesen wäre, hätte er sein Vorhaben auf den Nachmittag oder den Abend verschoben, aber das Glück war ihm hold gewesen, auch wenn die ganze Aktion nicht ganz gefahrlos gewesen war. Gerade das Risiko der Entdeckung erhöhte den Thrill.

Lara Birkenfeld hatte nach dem Besuch im Krankenhaus an einer Tankstelle gehalten und war nach dem Bezahlen zur Rückseite des Gebäudes zur Waschanlage gefahren, während er seinen Ford abseits in einer Nische an den Stationen zur Reifendruckmessung geparkt hatte.

Das Gelände hinter der Tankstelle war verlassen, meterhohe Hecken, kein Mensch in Sicht.

Die kleine Redakteurin hatte mit ihrem Mini Cooper vor dem Eingang gewartet, bis das Auto vor ihr hineingefahren war. Erst als ihr Wagen schon im vorderen Bereich stand, war er herangeeilt, hatte die Beifahrertür geöffnet, sich neben ihr auf den Sitz geschwungen und ihr, noch bevor ihrem geöffneten Mund ein Schrei entschlüpfen konnte, den Taser an die Seite gedrückt. Umgeben von rotierenden Rollen und weißem Schaum, hatte er dann gewartet, bis der erste Waschgang beendet war und das Display der Anlage zum Vorfahren aufforderte, war um den gelben Mini herumspaziert, hatte Lara auf den Beifahrersitz gehievt und sich selbst ans Steuer gesetzt. Überwachungskameras gab es hier nicht. Niemandem würde es auffallen, dass beim Herausfahren jemand anderes am Steuer des Wagens saß.

Während der Luftstrom kleine Wasserbläschen über die Frontscheibe nach oben trieb, hatte er ihren Kopf gehalten, ihr ein wenig von den K.-o.-Tropfen eingeflößt und sie dann angeschnallt. Ein gelber Mini Cooper verließ die Waschanlage. Die Frau neben dem Fahrer mit der verspiegelten Sonnenbrille machte ein Nickerchen. Der Mini Cooper rangierte rückwärts dicht neben den Ford. Ein Zuschauer hätte vielleicht bemerkt, wie der Fahrer die Frau vom Beifahrersitz des gelben Kleinwagens auf die Rückbank des Mondeo hievte und liebevoll zudeckte. Nur gab es keinen Beobachter.

Der Ford rollte aus der Nische und fuhr davon. Buttergelb leuchtete der verlassene Kleinwagen.

Doctor Nex kehrte in die Gegenwart zurück. Lara Birkenfeld atmete so leicht, dass man es fast übersehen konnte. Sie sah rein und unschuldig aus. Die kleine Schlange. Es wurde langsam Zeit, sie zu wecken. Er hatte einiges mit ihr vor. Doctor Nex zog die Oberlippe hoch, sodass die gleichmäßig weißen Zähne hervorblitzten.

27

Mark legte das Telefon beiseite und starrte den Terminkalender auf dem Schreibtisch an. Für den heutigen Montag waren noch zwei Nachmittagstermine offen.

Ausgesprochen mitteilsam war Laras Kollege nicht gerade gewesen. Wenn dieser Herr Fränkel derjenige war, der den Bericht über den Serienmörder in ihrem Namen verfasst hatte, war er so oder so ein Arsch, gesprächig oder nicht. Er hätte sich den Typen zu gern selbst einmal angesehen.

Trotz des Ärgers über den maulfaulen Journalisten kroch die Unruhe wieder in Mark hoch. Er hatte seine halbstündige Mittagspause bereits hinter sich, und Lara war noch immer »nicht zu erreichen«.

Er versuchte, sich noch einmal an den genauen Wortlaut des gestrigen Telefongesprächs zu erinnern. Nach ihrer CT heute Morgen hatte sie ihn von der Redaktion aus anrufen wollen, damit sie beide ihren Plan, gezielt Falschinformationen zu verbreiten, um dem Schreiber des Serienmörderartikels auf die Spur zu kommen, in die Tat umsetzen konnten.

Mark Grünthal seufzte. Womöglich hatte Lara das Handy ausgeschaltet, weil sie noch immer in der Klinik war, nachdem die Computertomografie etwas Gravierendes ergeben hatte? Würden sie ihm dort Auskunft geben, wenn er anrief und sich als Freund oder Verwandter ausgab? Zumindest ob sie noch anwesend war, mussten die Angestellten ihm mitteilen. Mark tippte Namen und Ort des Krankenhauses in die Suchmaschine und griff dann zum Hörer.

»Danke. Etwa neun Uhr dreißig, sagen Sie?« Mark lauschte der Antwort, wanderte dabei im Sprechzimmer umher und strich mit der Linken unentwegt über die Fältchen an der Knopfleiste. Ein Psychologe musste in der Praxis nicht unbedingt einen weißen Kittel tragen, aber er fand es einfach praktisch.

»Nein, es ist in Ordnung. Ich kann sie nur nicht erreichen, deshalb kam mir die Idee, sie sei noch bei Ihnen.« Er nickte zweimal knapp, verabschiedete sich und legte auf. Lara hatte das Krankenhaus um halb zehn verlassen. Auch wenn sie danach noch ein paar Besorgungen gemacht hatte, hätte sie spätestens um elf in der Redaktion sein müssen. Er sah zur Uhr. Vor zweieinhalb Stunden also.

Die Sprechanlage knackte, dann ertönte die Stimme von Schwester Anneliese, die ihm verkündete, dass der nächste Patient eingetroffen sei. Doktor Mark Grünthal schaltete das Handy auf stumm und schob es in seine Kitteltasche.

Regen trommelte an das Küchenfenster. Das laute Prasseln war trotz der fest geschlossenen Jalousien zu hören.

Doctor Nex betrachtete Lara Birkenfeld. Zusammengefallen saß sie in dem klappbaren Rollstuhl, das Kinn war nach vorn auf die Brust gesunken, der Mund stand ein wenig offen. Mithilfe des Paketbandes, das Brust, Beine und Arme am Gestell fixierte, behielt der Körper seine sitzende Position. Ab und zu bewegte sie mühsam den Kopf und hob schläfrig die Lider. Vielleicht war es nicht nötig gewesen, sie zu fesseln, aber das Risiko, dass die kleine Schlange in ihrer Angst Bärenkräfte entwickelte und ihm womöglich unvermittelt ins Gesicht springen würde, war ihm doch zu groß erschienen.

Es dauerte länger, als er gedacht hatte, sie wach zu bekommen. Vielleicht hatte er sich auch ein wenig in der Dosis des Beruhigungsmittels verschätzt.

Er zog die Latexhandschuhe glatt, fasste dann unter Laras Kinn und drückte ihren Kopf nach hinten. Die Kindertrinktasse, mit der er ihr einen Energydrink einflößte, ähnelte einer Schnabeltasse, nur dass der Deckel dicht war, wenn sie umfiel. Praktische Erfindung.

Kaum berührte die Flüssigkeit ihre Lippen, öffnete seine neue Freundin auch schon den Mund und sog das Getränk in sich hinein, als sei sie am Verdursten. Nach jedem Schluck setzte er kurz ab und wiederholte die Prozedur dann. Es war wichtig, dass die junge Frau zu Bewusstsein kam, denn bei dem, was er vorhatte, musste sie im Vollbesitz ihrer geistigen Kräfte sein.

Der Becher war fast leer, und Doctor Nex stellte ihn beiseite, zog einen Küchenstuhl heran, nahm dicht vor dem Rollstuhl Platz und fixierte Laras Gesicht. Sie konnte die Lider nun schon länger offen halten, ihr Blick jedoch war nach wie vor verwirrt. Es war faszinierend zu beobachten, wie sich Unverständnis in Begreifen umwandelte.

Jetzt öffnete sie den Mund, lallte ein »Waaasch iss …«, drehte mühsam den Hals und versuchte sich umzusehen. Er setzte sein sympathischstes Lächeln auf und legte seine Handfläche auf ihren Handrücken, ehe er sprach. Ihre Haut fühlte sich kalt an.

»Guten Abend, Lara. Wie erfreulich, dass du erwacht bist.«

Meergrüne Augen weiteten sich. »Isch …«

»Ruhig, Schönste, ganz ruhig. Immer mit der Ruhe. Wir haben viel Zeit.« Jetzt strich er sanft über ihre Finger. Die Berührung schien Lara zu erschrecken, denn sie versuchte, die Hand wegzuziehen. Was ihr nicht gelang, weil ihre Handgelenke mit Paketband an der Armlehne befestigt waren. »Was … Wer …« Allmählich wurde ihre Aussprache klarer.

»Ich erkläre dir gleich alles. Vorher trinkst du bitte noch den Rest von deinem Erfrischungstrunk.« Er hielt ihr den Becher an den Mund, aber sie presste die Lippen fest zusammen und drehte den Kopf weg.

»Nanu? So ein kleiner Dickkopf!« Wieder lächelte er. »Das ist doch nicht dein Ernst, Süße!« Mit der Linken hielt er ihr die Nase zu, mit der Rechten kickte er den Deckel von der Tasse und wartete dann, bis sie zu zappeln begann. Gleich darauf öffnete sich ihr Mund, sie schnappte nach Luft, er goss das süße Gebräu hinein und trat einen Schritt zurück, um ihrem Husten zu entgehen.

»Damit dir klar wird, wer hier das Sagen hat, meine Beste. Das bist nämlich nicht du.« Die Augen noch immer weit aufgerissen, sah sie ihn an. »Hast du verstanden, was ich gesagt habe?« Als Antwort kam ein verächtliches Prusten heraus. Hatte die kleine Schlampe etwa gerade versucht, ihn anzuspucken?

Ein wenig Disziplinierung schien angebracht. Die Kleine war widerborstig. Wahrscheinlich wusste sie gar nicht, was ihr blühte. Doctor Nex ließ seine Hand in Laras Gesicht klatschen. Die Wange rötete sich sofort. Zumindest für die nächsten Aktionen musste sie gefügig sein und gehorchen. Was er danach mit ihr vorhatte, brauchte er ihr ja jetzt noch nicht auf die Nase zu binden. »Ich frage dich jetzt noch einmal: Hast du verstanden, wer hier das Sagen hat?«

Jetzt nickte sie. Ihre Augen schimmerten feucht.

»Fein. Möchtest du nun noch etwas trinken?« Ihr Kopf wackelte hin und her. Doctor Nex nahm es für ein Nein. »Im Übrigen …«, er legte die Hand unter ihr Kinn und hob es an, um in ihre Augen sehen zu können, »… bist du nicht geknebelt, kannst also sprechen. Und nun *antworte* mir: Möchtest du noch etwas trinken?«

Sie krächzte ein leises »Nein« heraus, dann irrlichterten ihre Augen zur Seite.

»Gut. Sag Bescheid, wenn du etwas möchtest. Und jetzt haben wir zu arbeiten.«

Bleiben sie gespannt!
Ergebenst,
Ihr D. G. Eine

Doctor Nex ließ die Hand auf der Maus ruhen. »Wie findest du den Text?«

Lara starrte noch immer auf den Bildschirm. Er hatte versucht, ihren Gesichtsausdruck während des Lesens zu ergründen, war aber nicht ganz schlau daraus geworden.

»Haben Sie das geschrieben?« Sie schaute während des Sprechens noch immer starr geradeaus.

»Wer denn sonst?« Ein kleiner Schlag ließ ihren Kopf

nach vorn wippen. Was für eine idiotische Frage! »Aber sicher ist das von mir. Ich finde, es ist Zeit, die Dinge richtigzustellen.«

»Wegen des vorhergehenden Artikels?«

»Genau! So langsam begreifst du wohl doch, was ich möchte. In eurer Zeitung standen kürzlich eine Menge unwahre Behauptungen über meine Arbeit.«

»Dieser Text war nicht von mir!«

»Rede dich nicht heraus, meine Beste. Er war mit deinen Initialen unterzeichnet.«

»Ein Kollege hat ihn verfasst, ich schwöre es!« Sie wimmerte fast ein bisschen. Er fand Jammern erbärmlich. »Weißt du was?« Ein erneuter Stoß gegen ihren Hinterkopf. Fester dieses Mal. »Das ist jetzt auch egal. Es stand in eurem Wurstblatt, und jeder hat dieses Pamphlet gelesen. Das fanden wir sehr, sehr ärgerlich.« Wie immer, wenn er sich aufregte, ging er zum Pluralis Majestatis über. »Und es bedarf einer umgehenden Richtigstellung. Unsere vorhergehenden Nachrichten habt ihr ja nicht ernst genommen.«

»Ich hatte darauf keinen Einfluss. Bitte!« Das Wimmern wurde zu einem Flehen. »Haben Sie ein Einsehen! Ich habe Ihnen doch nichts getan.«

»Als ob das eine Rolle spielen würde, Dummchen. Mittlerweile ist das völlig unwichtig geworden. Nachdem wir dich das erste Mal gesehen haben, wussten wir, dass du die Richtige bist. Du gefällst uns nämlich außerordentlich, süße Lara!« Er drehte den Rollstuhl, sodass er sie während des Sprechens ansehen konnte. Zwei schwarzbraune Schlieren waren von den getuschten Wimpern über die Wange gelaufen. »Heulen nützt da auch nichts. Wir wollen sehen, wie wir den angerichteten Schaden wiedergutmachen können. Und du wirst uns dabei helfen! Hast du verstanden?« Er musste nicht erst die

Hand heben. Sie nickte, die Augen noch immer weit aufgerissen, die Pupillen stecknadelkopfgroß.

»Und damit du mir auch glaubst, werde ich dir jetzt mein Kunstwerk zeigen. Ich weiß nicht, ob dein beschränkter Geist begreift, welche Kunstfertigkeit darin steckt, aber versuchen wir es wenigstens. Und vielleicht wird dir dann auch klar, dass man nicht einfach Dinge erfinden und veröffentlichen kann, wie es einem beliebt, sondern immer gründlich recherchieren muss. Insbesondere, wenn es um Kunst und Urheberrechte geht.«

Stufe für Stufe zog er den Rollstuhl abwärts. Seine Freundin stierte nach oben, zum kleiner werdenden Lichtviereck. Wie gut, dass er Mutters altes Gefährt aufbewahrt hatte! Zusätzlich zu den Fesseln war ein bisschen Muskelschwäche ganz nützlich, und so hatte er ihr erneut ein Betäubungsmittel eingeflößt. Er konnte es sich nicht leisten, Lara so weit zu Kräften kommen zu lassen, dass sie eventuelle Fluchtgedanken in die Tat umsetzen konnte.

Sein Kunstwerk schien ihr nicht richtig gefallen zu haben. Sie hatte ein Geräusch gemacht wie ein kleiner Vogel, den man in der Hand zerdrückt und dann den Kopf zur Seite gedreht. Das hatte ihn nicht gerade erheitert. Gut, nicht viele besaßen den Verstand, Großes zu begreifen, aber ein wahrer Künstler hoffte immer auf Interesse.

Nun schlief sie schon fast wieder. Zum Abschied strich er ihr über das feine Haar. »Auf die Toilette kann ich dich leider nicht bringen, Süße. Das wäre mir unangenehm und auch zu anstrengend. Sieh zu, wie du damit klarkommst. Du kannst es anhalten oder machst in die Hose. Mir egal.« Mit diesen Worten löschte er das Licht und verließ den Raum.

*

Die Regentropfen prasselten auf die Windschutzscheibe des Ford Mondeo, kaum dass der Scheibenwischer von rechts nach links geglitten war. Das war das richtige Wetter, um einen kleinen Abendbesuch in der Redaktion zu machen. Niemand, der nicht etwas Dringendes zu erledigen hatte, würde nach draußen gehen.

Leise surrend zirkelte der silberne Wagen die steilen Kurven nach oben. Er hatte sich für das Parkhaus entschieden, weil die Gefahr, jemandem aufzufallen, hier geringer war. Bis zum Zeitungsgebäude war es nicht weit. In einer dämmrigen Ecke des Treppenhauses kontrollierte er seine Verkleidung und marschierte, die Aktentasche unter dem Arm, los. Er musste sich beeilen. Laut Lara blieb die Spätschicht bis etwa einundzwanzig Uhr, danach war niemand mehr in der Redaktion. Um noch einen Artikel in die morgige Ausgabe zu bringen, würde er ihn bis spätestens zweiundzwanzig Uhr abspeichern müssen, hatte Lara gesagt. Danach wurde gedruckt. Leider gab es keine Möglichkeit, von außen auf die internen Seiten der *Tagespresse* zu kommen. Um seinen Artikel einzustellen, musste er an Laras Redaktionscomputer sitzen. Verwegen zwar, aber gleichermaßen reizvoll.

Finster erwartete das große Haus seinen ungebetenen Besucher. Er benutzte den Seiteneingang. Der Schlüssel, den er Lara abgenommen hatte, passte. Eine Alarmanlage gäbe es nicht, hatte sie gesagt. Er hoffte für sie, dass ihre Angaben stimmten.

Der Lichtkegel der Taschenlampe eilte ihm die Stufen voraus. Alles hatte sich wie von selbst gefügt. Bereits bei der Abgabe des zweiten Päckchens am Freitag hatte er das Gebäude gründlich inspiziert, so als habe sein Unterbewusstsein schon damals gewusst, dass er die Informationen später noch einmal brauchen würde. Zwar sahen die Dinge im Dunkeln immer ein wenig anders aus, aber die Grundrisse blieben die gleichen.

Er hätte Lara mitnehmen können, sie kannte wahrscheinlich jeden Winkel des Hauses, aber das wäre viel zu gefährlich gewesen. Womöglich hätte sie Möglichkeiten gefunden, auf sich und ihre Lage aufmerksam zu machen, ohne dass es ihm aufgefallen wäre, und morgen stünden dann die Schergen vor seiner Tür.

Nein, Doctor Nex benötigte zwar Laras Fachwissen, nicht jedoch ihre körperliche Anwesenheit.

Es hatte ein bisschen gedauert, aber nach mehrmaligen, nachdrücklichen Aufforderungen seinerseits war sie schließlich mit allen Informationen herausgerückt. Er hatte versucht, ihr dabei keine äußerlich sichtbaren Verletzungen zuzufügen. Wer weiß, wozu die Kleine noch nützlich sein würde. Und ihre Haut war so zart und weich, dass sie nicht durch blaue Flecken oder verschorfte Wunden entstellt werden sollte.

Lara hatte ihm genauestens erklärt, welche Schlüssel für welche Türen passten, wie man sich mit ihrem Passwort in den Computer einloggte, wie das Layoutprogramm funktionierte und wie die Artikel schließlich eingegeben wurden.

Lautlos drehte sich der Schlüssel im Schloss. Doctor Nex ging vorsichtig zu Laras Schreibtisch. Vor seinem inneren Auge sah er sie im hellen Sonnenlicht hier sitzen und mit angewidertem Blick den Penner in der Eingangstür betrachten. Ihr Haar hatte kupferfarben geleuchtet.

Jetzt wurde der Raum lediglich durch den gelborangen Schein der Straßenlampen schwach erhellt. Er betrachtete von der Tür aus die Lage des Computers und der Fenster und entschied, dass der Lichtschein des Bildschirms von draußen nicht zu sehen sein würde, wenn er ihn etwas drehte.

Leise surrend erwachte die Maschine zum Leben. Sein Herz schlug schneller, als die Aufforderung zur Eingabe eines Passwortes erschien. Wenige Sekunden später begrüßte ihn der Rechner mit »Lara Birkenfeld«, und Doctor Nex atmete tief durch und entspannte die Rückenmuskeln. Jetzt musste er nur noch den Text von seinem Speicherstick auf Laras Computer laden, eine passende Rubrik und einen ähnlich umfangreichen Artikel aussuchen, diesen löschen und stattdessen *seine* Botschaft eingeben und anpassen. Das waren höchstens zehn Minuten Arbeit.

Schnell klapperten die Tasten. Draußen hupte ein vorbeifahrendes Auto. Kopieren. Einfügen. Der Text war zwei Zeilen zu kurz. Er fügte zwei Absätze ein und betrachtete sein Werk. Es sah perfekt aus.

Die Kollegen würden es gar nicht merken, dass nicht ihre Kollegin Lara Birkenfeld den Artikel geschrieben hatte. Was sprach dagegen, dass sie spät abends, nach dem Erhalt der Botschaft, noch einmal in die Redaktion gegangen war, um ihn einzugeben?

Jetzt musste er die Seite noch einmal abschicken. Normalerweise, so hatte Lara ihm den Ablauf erklärt, gab der Spätdienst in der Redaktion die Seite frei, bevor er nach Hause ging. Logischerweise war also die eben bearbeitete Seite schon einmal vom Verantwortlichen freigegeben worden. Landete eine Änderung jedoch bis zweiundzwanzig Uhr bei den Technikern, wurde sie noch für die nächste Ausgabe berücksichtigt.

Und heute Abend hatte Lara Birkenfeld noch etwas geändert und sendete es nun erneut. Hastig huschten die

Finger über die Tastatur, dann lehnte sich der dunkel gekleidete Mann aufatmend zurück und faltete die Hände über der Brust. Jetzt hieß es warten. Warten, bis morgen früh die Zeitung erschien. Dann würden alle Leser wissen, dass es sich bei ihm nicht um einen hirnlosen Serienmörder, sondern um einen wahren Künstler handelte.

28

Er fühlte sich ausgezeichnet. Der Kaffee war so heiß, dass er sich fast die Zunge verbrüht hätte. Vorsichtig nippte der Mann an seiner Tasse und schaute dabei nach draußen. Der Junge, der die Zeitung austrug, kam immer zwischen fünf und sechs am Morgen. Feiner Nieselregen nässte die Gehwegplatten und ließ den Asphalt glänzen. Feuchte Luft wehte zum offenen Küchenfenster herein. Er hörte das feine Quietschen des Fahrrads schon, bevor es in Sicht kam. Das Bürschchen bremste, klappte den Deckel der großen Tasche hoch und schob die zusammengerollte Zeitung in die dafür vorgesehene Röhre am Tor. Das Ganze dauerte höchstens fünf Sekunden, dann strampelte er weiter zum nächsten Eingang.

Doctor Nex nahm noch einen kleinen Schluck und erhob sich dann langsam. Seitlich am Hals konnte er eine Ader pulsieren spüren. Im Flurspiegel sah er, dass sich auf seinen Wangen zwei rote Flecken gebildet hatten.

Wie ein sanftes Tuch legte sich der Regen auf sein Gesicht. Die Enden der Zeitung waren schon ein bisschen feucht, und das Papier begann bereits, sich zu wellen. Das wertvolle Stück unter den Arm geklemmt, eilte er hinein. Die Ader pochte stärker.

Ganz langsam blätterte er um. Genüsslich glitt der Blick über die fetten Überschriften. Noch eine Seite weiter hinten. Er zwang sich, die Texte zu überfliegen, obwohl seine nervösen Finger schon den Rand der Zeitung gepackt hielten und umblättern wollten. Noch ein paar Sekunden wollte er die Vorfreude genießen, die Vorstellung, dass überall in der Stadt jetzt Menschen den Artikel lasen, in dem sie über die Kunstwerke des »D. G. Eine« informiert wurden und sich so ein Bild von seinem Anliegen machen konnten. Sein Herz galoppierte voran. *Blättere endlich um!,* schrie die Stimme in seinem Kopf, *mach schon, los!* Er leckte noch einmal den Zeigefinger an. Auf der Straße röchelte ein Anlasser und übertönte das feine Rascheln des Papiers.

Doctor Nex starrte auf die Seite. Seine Augen waren geweitet. Stoßweise entwich Atemluft. Dann presste er die Zähne aufeinander und schnaubte durch die Nase, vergewisserte sich noch einmal. Und noch einmal.

Spanische Hacker nach 45 000 Internet-Attacken festgenommen

Die spanische Polizei hat fünf Hacker festgenommen, die in den vergangenen Jahren insgesamt 45 000 Seiten im World Wide Web geknackt haben sollen …

Nex ließ die Faust auf den Tisch krachen. An der Stelle seiner Erklärung prangte der beschissene Artikel über irgendwelche Internetflegel, den er gestern Abend eigenhändig gelöscht hatte. Zur Sicherheit durchforstete er noch einmal die gesamte Zeitung von vorn bis hinten, aber es blieb dabei. Die Konzeption des »D. G. Eine« stand nicht in der *Tagespresse.* Seine ganze Vorfreude war umsonst gewesen, die Aufregung, die Anstrengungen, die Gefahr, in die er sich und sein Projekt gebracht hatte – vergebens!

Auf dem Weg in den Keller dachte er darüber nach, ob Lara ihn bewusst angelogen hatte. Konnte es sein, dass sein kleiner goldlockiger Engel ihm die Unwahrheit gesagt, ihn über die Abläufe in der Redaktion getäuscht hatte? Oder handelte es sich lediglich um einen Irrtum, einen Fehler der Techniker? Hastig drehte er den Schlüssel im Schloss.

Wir werden es herausfinden, jetzt gleich. Die nichtsnutzige Schlampe würde ihm Auskunft geben müssen, ob sie wollte oder nicht. Und dieses Mal würde er sich nicht von ihrem Flehen und Jammern aus dem Konzept bringen lassen. Sollte sie ein paar Blessuren davontragen – auch nicht so schlimm! Alles war besser, als von so einer kleinen Nutte verarscht zu werden!

Das Kellerlicht flammte auf. Doctor Nex betrachtete den zur Seite gesunkenen Kopf. Ihr Mund stand ein wenig offen. Es sah nicht besonders attraktiv aus. Aber darauf kam es jetzt auch nicht an.

»Wach auf!« Zeitgleich mit den Worten schlug er ihr kräftig auf die Wange. Laras Augenlider flatterten, blieben aber geschlossen. »Augen auf, hab ich gesagt!« Noch ein Schlag, fester jetzt. In Zeitlupe hob sich erst das eine und dann das andere Lid. Mit verstörtem Blick sah sich die junge Frau um.

»Ich habe ein paar Fragen an dich.« Er zog sich einen Hocker heran und setzte sich dicht vor die Frau im Rollstuhl. »Du kannst es leicht oder schwer haben, das hängt ganz von dir ab.« Sie schaute noch immer verwirrt. Dann öffnete sie den Mund und krächzte ein »Durst« heraus.

»Was zu trinken? Das kannst du haben!« Doctor Nex angelte nach der Wasserflasche, öffnete sie und hielt sie direkt vor Laras Gesicht. »Wenn du kooperierst, Baby.« Dann zog er die Flasche wieder zurück und genoss die Genugtuung über die Enttäuschung im Gesicht der jungen Frau.

»Erinnerst du dich an gestern?« Sie nickte schwach. »Du hast mir erklärt, wie ich den Artikel über meine Kunst in deinen Computer eingeben muss, damit er heute in der Zeitung steht.« Erneutes Nicken. »Fein. Und genau nach deinen Erläuterungen bin ich dann auch vorgegangen.« Jetzt steigerte er seine Lautstärke abrupt. »Leider habe ich heute nichts davon in eurem Wurstblatt gefunden! Nicht eine EINZIGE Zeile!« Lara Birkenfeld zwinkerte krampfhaft. »Kannst du mir das irgendwie erklären?«

Es dauerte einen Moment, dann bewegte sie vorsichtig den Kopf von links nach rechts.

»Nicht?« Er musste sich dicht nach vorn beugen, um ihr heiseres »Nein« zu verstehen.

»Das ist schlecht, meine Beste. Wir möchten nämlich unsere Richtigstellung UNBEDINGT in der Zeitung sehen, und zwar in *der* Zeitung, die die unwahren Behauptungen über uns abgedruckt hat. Und zwar so schnell wie möglich!« Ein weiterer Schlag ließ ihren Kopf nach hinten schnellen. »Also überleg dir schleunigst, woran es gelegen haben könnte!«

Weil sie von Neuem nach Wasser röchelte, beschloss er, ihr einen Schluck einzuflößen. Vielleicht regte das ihre Gehirnzellen an. Stockend und mit zahlreichen Unterbrechungen erklärte sie ihm, dass es daran gelegen haben könnte, dass er den Artikel zu spät abgeschickt hatte. Wenn die Seite schon beim Belichten war, konnte man nichts mehr daran ändern. Das Zeitfenster zwischen dem Verschwinden des Spätdienstes und den Vorbereitungen des Andrucks war klein.

Hatte es Sinn, die gleiche Aktion heute Abend etwas eher noch einmal zu versuchen? Er könnte in der Nähe des Redaktionsgebäudes warten, bis der Letzte das Haus verließ, dann sofort an Laras Computer den Text eingeben und absenden.

Sie sagte, das könnte funktionieren.

Doctor Nex erhob sich und prüfte die Fesseln der Frau. »Also gut, meine kleine Provinzjournalistin. Eine Chance gebe ich dir noch! Und gnade dir Gott, falls du mich eben angelogen hast.« Wenn das der Fall war, würde er seine Botschaft in Laras hellhäutigen Rücken einbrennen und ihren Kadaver im Rollstuhl vor der Tür des Redaktionsgebäudes abstellen.

»Ich gehe jetzt wieder nach oben. Es sind einige Vorbereitungen zu treffen. Bis dann!« Er löschte das Licht und übersah ihren nach der Wasserflasche fiebernden Blick. Das war hier kein Krankenhaus mit Sonderbehandlung. Zweimal drehte sich der Schlüssel im Schloss. Mochte sie da unten ruhig rufen und rumoren, niemand würde es hören. Er hatte es in seiner Kindheit oft genug ausprobiert.

In der Küche setzte er sich an seinen Tisch, trank den inzwischen kalten Kaffee und überlegte. Es war sehr riskant, heute noch einmal in die Redaktion zu gehen. Stimmte Laras Geschichte mit dem Zeitfenster?

Jedenfalls war es angebracht, ein paar Vorkehrungen zu treffen, um sich abzusichern. Er hatte den ganzen Tag Zeit, um sich vorzubereiten.

*

Lara versuchte zu schlucken, aber es ging nicht. Sie schloss die Augen und öffnete sie gleich wieder, doch es blieb stockfinster. Wie vorbeitreibende Sommerwölkchen drifteten Bilder des Raumes, in dem sie sich befand, an ihrem inneren Auge vorbei. Die Regale mit den Konservendosen, die gekalkte Ziegelwand, die Brettertür deuteten darauf hin, dass sie sich in einem Keller befand. Da der Wahnsinnige, der sie gekidnappt hatte, ohne Jacke und in Pantoffeln aufgetaucht war, konnte dieser Keller sich eigentlich nur bei ihm zu Hause befinden. Wo auch immer das sein mochte.

Lara versuchte, das brennende Durstgefühl zu unterdrücken. Sie musste *nachdenken*, aber ihr Kopf war wie mit Watte gefüllt.

Vor einiger Zeit hatte sie in einer spießigen Küche gesessen. »Vor einiger Zeit« konnte Stunden, aber auch Tage her sein. Lara hatte keine Ahnung. Der Irre hatte ihr einen Text präsentiert, in dem von Kreationen, Schöpfertum und Kunstwerken fabuliert wurde.

Vorsichtig drückte sie die Lendenwirbelsäule ein wenig durch. Sofort krampfte der Rücken. Ihre Blase schmerzte. Sehr lange würde sie dem Harndrang nicht mehr widerstehen können.

Wieder traten die Bilder vom Machwerk des Geisteskranken vor ihr inneres Auge. Die milchigen Augen an dem Klumpen Fleisch schienen sie noch immer vorwurfsvoll anzustarren. Im Licht der Neonröhre hatten die grellgrünen Zierstiche von innen heraus geleuchtet. Lara unterdrückte ein trockenes Würgen und versuchte, den Anblick zu verdrängen und sich stattdessen an die Pläne des Mannes zu erinnern. In ihrem Unterleib verkrampfte sich die Harnblase, und Lara schluchzte kurz und biss dann die Zähne zusammen.

Der Wahnsinnige hatte versucht, sein Pamphlet bei der *Tagespresse* einzugeben und die veränderte Fassung dann abzusenden, damit sie am nächsten Tag erschien.

Dass dies nicht funktioniert hatte, konnte mehrere Ursachen haben. Am wahrscheinlichsten war, dass die Änderung einfach zu spät gekommen war, aber es bestand auch die Möglichkeit, dass die Techniker, die vor dem Belichten alles noch einmal prüften, seinen Beitrag wieder durch den ursprünglichen Text ersetzt hatten.

Wenn das der Fall war, hatte vielleicht jemand die »Konzeption des D. G. Eine« gelesen, und wenn jemand dann ihr Fehlen mit dem Artikel in Verbindung brächte … Wenn, wenn, wenn. Lara wimmerte und presste die Beine fester zusammen.

Der Mann hatte gesagt, er wolle es heute Abend noch einmal versuchen. Vielleicht lauerten die Polizisten schon in den Redaktionsräumen darauf, dass der Wahnsinnige erneut erschien.

Das Knirschen eines Schlüssels kündigte die Rückkehr des Psychopathen an. Lara hielt die Luft an und lauschte. Von draußen drang ein Lichtschein herein, dann schlurften Schritte nach unten.

»Ich hätte doch fast vergessen …« Da war er wieder. In ausgebleichten Jeans und Pantoffeln. Noch ehe Lara sich umsehen konnte, kam er heran und versperrte ihr mit seinem Oberkörper die Sicht nach oben.

»Du hattest doch Durst, meine Beste?« In der Rechten hielt er eine Babytrinktasse. Beim Anblick des Dekors erinnerte sich Lara, dass er ihr in seiner Küche schon etwas daraus eingeflößt hatte, und sie biss die Zähne zusammen und presste die Lippen aufeinander.

»Nicht schon wieder!« Die Finger seiner Linken kniffen ihre Nasenflügel zusammen. »Du kleines Biest!«

Laras Brust schien sich vor Atemnot nach innen zu wölben. Sie wand sich und warf den Kopf hin und her, er aber blieb unerbittlich, bis ihr Mund in dem grenzenlosen Verlangen nach Sauerstoff aufschnappte. Kühl strömte süße Flüssigkeit in Laras Kehle, und sie schluckte und schluckte.

»Na siehst du!« Der Mann prüfte noch einmal ihre Fesseln

und wandte sich ab. »Wir wollen doch nicht, dass du Dummheiten machst, während wir unsere Aufgaben erledigen.« Das Licht erlosch. Schritte verklangen.

Laras Blase schaffte es nicht mehr. Sie spürte ihre Hosenbeine feucht werden und begann zu weinen. Wenige Minuten später fielen ihre Augen zu, und sie schlief erneut ein.

29

»Guten Morgen. Ich suche Frau Birkenfeld. Ist sie hier?« Der große Mann mit dem kantigen Gesicht sah sich um.

»Nein. Die ist noch nicht da.« Der griesgrämig wirkende ältere Herr musterte den Besucher ausgiebig.

»Wann kommt sie?«

»Keine Ahnung. Wenn sie Frühdienst hat, so gegen sieben. Kann aber auch sein, dass sie zu einem Außentermin ist.«

»Lara war gestern schon nicht da, Hubert!« Ein Mädchen mit zu kurzem Rock kam aus einem Nebenraum spaziert und musterte den Mann in der Tür.

»Ach so? Na, das kann ich ja nicht wissen. Ich bin schließlich montags nicht da.« Der Griesgram zog einen Flunsch und wandte sich wieder seinem Bildschirm zu.

»Vielleicht ist sie krank. Ich bin auch eben erst gekommen.« Das Mädchen zuckte die Achseln. »Was wollen Sie denn von ihr? Vielleicht können wir sie auf dem Handy erreichen?«

»Da geht keiner ran. Zu Hause ist sie auch nicht. Es macht jedenfalls niemand auf.«

»Das ist seltsam.« Isabell ließ es ein bisschen gelangweilt klingen, aber der Mann mit der Hakennase machte keine

Anstalten zu gehen. »Wer sind Sie denn, wenn ich fragen darf?«

»Ein Freund. Ich versuche seit gestern Vormittag, Lara zu erreichen. Auf dem Festnetz, auf dem Handy, zu Hause. Sie ist wie vom Erdboden verschluckt.« Der hagere Mann streckte den Arm aus. »Mark Grünthal.«

Isabell kam heran und schüttelte die dargebotene Hand. Hubert brummte unwirsch. Fremde hatten in der Redaktion nichts zu suchen.

»Gehen wir nach draußen.« Isabell zeigte auf die Tür. »Da können wir ungestört reden.«

Der Regen hatte aufgehört. Leute eilten an ihnen vorbei. Mark musterte die junge Frau, während diese ihm, ab und zu an ihrer Zigarette ziehend, erklärte, dass Lara sonst eigentlich immer pünktlich käme und, wenn etwas dazwischenkam, anrief. Auch achte sie stets darauf, sich korrekt an- und abzumelden, wenn Termine außer Haus anstanden. Dass bisher noch niemand ihr Fehlen beanstandet hatte, konnte daran liegen, dass es in den letzten Tagen turbulent zugegangen war. Und wahrscheinlich hatten alle stillschweigend angenommen, sie käme heute noch. Es wäre ja erst halb acht.

»Und gestern war sie nicht hier?« In Marks Magen ballte sich ein heißer Klumpen zusammen. Irgendetwas stimmte hier ganz entschieden nicht.

»Gesehen habe ich sie nicht. Morgens hat sie einen Arzttermin gehabt. Ich war aber nicht den ganzen Tag in der Redaktion.« Isabell dachte an ihre Mittagspause mit Tom und spürte die Hitze in ihrem Gesicht. Ein großer schlanker Mann kam näher. Über seiner Schulter und um den Hals baumelten mehrere Fototaschen.

»Könnte ich nicht kurz mal einen Blick in Laras Computer werfen?«

»Das geht leider nicht.«

Der Mann mit der Fotoausrüstung war stehen geblieben. »Morgen, Isi.« Sein Blick wanderte von Isabell zu Mark und wieder zurück. »Was geht leider nicht?« Während Mark sich noch fragte, wieso der Typ sich in ihr Gespräch einmischte, hatte Isabell schon damit begonnen, ihm das Problem zu schildern.

»Lara war gestern nicht da? Komisch.« Der Fotograf kratzte sich am Haaransatz. Dann besann er sich und streckte Mark die Rechte hin. »Entschuldigung. Joachim Selbig. Ich arbeite als Fotograf für die *Tagespresse*.«

»Grünthal. Ich bin ein Freund von Lara.« Im Telegrammstil erklärte Mark noch einmal, dass Lara ihm fest versprochen hatte, ihn gestern Vormittag anzurufen. Dass sie dem heimlichen Schreiber, der in ihrem Namen Artikel verfasste, eine Falle hatten stellen wollen, verschwieg er. »Ich habe es gestern noch mehrmals versucht, auch abends zu Hause, aber nichts. So bin ich heute in aller Frühe hierhergefahren. Daheim ist sie nicht, jedenfalls macht niemand auf.«

»Und hier ist sie auch nicht?« Jo sah Isabell mit hochgezogenen Augenbrauen an, die daraufhin den Kopf schüttelte. Dann wandte er sich wieder Mark Grünthal zu. »Sie haben recht. Das klingt beunruhigend. Und jetzt wollen Sie in ihr Computerprogramm schauen?«

»Sieht man, wer sich wann einloggt?«

»*Wer* nicht unbedingt, weil auch die Freien mit einem Passwort an den Rechner können. Aber zumindest *wann* müsste herauszufinden sein. Da könnte man den Administrator fragen. Wir könnten das für Sie überprüfen.«

»Das wäre toll.« Der heiße Klumpen in Marks Magen entrollte sich und glühte stärker. »Ich komme mit hoch und warte draußen.«

Gemeinsam stiegen sie die Treppen nach oben, Jo voran, dann folgte das Mädchen, von dem Mark noch immer nur den Vornamen kannte, und schließlich er selbst. Isabells Rock war so kurz, dass sie besser hinter ihm nach oben gegangen wäre. Mark wandte die Augen von den hin- und herwiegenden Gesäßbacken ab und betrachtete stattdessen das schmucklose Treppenhaus.

Jos gemurmelte Worte rissen ihn abrupt aus seiner Versunkenheit. »Wenn das mal nicht mit diesen ominösen Briefen zusammenhängt …«

»Welche Briefe meinen Sie?« Sie waren oben angekommen und blieben vor der Tür stehen.

»Diese Nachrichten an LB. Der erste Brief war in dem Paket mit dem« – Jo räusperte sich –, »mit dem Kopf. Der nächste Brief kam zwei Tage später, am Freitagvormittag. Er war auch wieder an ›LB‹ adressiert und enthielt absurde Rechtfertigungen und wirres Gefasel über einen Künstler, den LB und die *Tagespresse* nicht ernst nähmen. Wir haben ihn zwar nicht geöffnet, sondern gleich der Polizei übergeben, aber der Schreiber muss ihn noch an andere Zeitungen geschickt haben, denn der Inhalt kam kurz darauf über den News-Ticker.«

»Denken Sie?« Noch ehe die zwei Worte ausgesprochen waren, wusste Mark Grünthal, dass der Fotograf recht hatte. Sein Unterbewusstsein hatte es vorher schon gewusst, nur sein Verstand hatte sich gegen die Einsicht gesträubt.

»Wir gehen jetzt rein und checken Laras Computer. Sie warten hier. Dann sehen wir weiter.« Jo Selbig öffnete die Tür und verschwand. Isabell folgte ihm.

Mark betrachtete das Treppengeländer. An der Wand dahinter hatte jemand kleine Krakel hinterlassen. Unten klappte eine Tür, Gemurmel drang herauf. Es roch nach Kaffee. Mark prüfte mit den Fingerspitzen, ob die Wandfarbe abblätterte, lehnte sich dann dagegen und ging die Ereignisse chronologisch durch. Mit einem Schnappen öffnete sich die Tür wieder, und der Fotograf erschien. In seinen Augen flackerte es. »Los, gehen wir nach draußen.« Ohne abzuwarten, stürmte er nach unten, warf dabei hastig Sätze hin. »Wir müssen uns beraten. Sie hatten recht. Da stimmt was nicht!« Dabei wedelte er mit einem Ausdruck.

*

»Hören Sie. Gestern Abend hat jemand an Laras Computer gearbeitet.« Jo winkte der Kellnerin und ließ sich ein Mineralwasser bringen. »Und zwar, nachdem die Spätschicht schon weg war, von halb zehn bis Viertel vor zehn. Ich hab den Administrator gefragt.«

»Das ist gerade mal eine Viertelstunde, nicht sehr lang. Wissen Sie, *was* da geschrieben wurde?«

»Nein. Ich weiß nur, dass es die Seite mit dem Artikel über spanische Hacker war. Die Druckplatten für die heutige Ausgabe waren aber schon in der Belichtung. Es war auch nichts gespeichert. Auf Laras Computer wurde zwar das zuletzt geöffnete Dokument angezeigt, der Dateiname lautete ›Text 3‹, der Pfad war aber ungültig. Der Inhalt muss auf einem externen Speichermedium vorgelegen haben, das dann wieder entfernt wurde.«

»Und das Druckzentrum hat auch nichts?«

»Ich kann da anrufen und nachfragen. Wahrscheinlich haben die Techniker die Seite gleich wieder gelöscht, da die Änderung zu spät kam. Das Ganze wird ja per Datenkabel übersandt und nicht als Dateianhang.«

Mark betrachtete die Gasbläschen in seinem Wasser, während der Fotograf telefonierte.

»So ein Mist. Die wissen auch nichts Konkretes. Wir können wohl nur spekulieren, was da drinstand.« Jo runzelte die Stirn. »Da stimmt etwas nicht. Ich finde es jedenfalls befremdlich, dass Lara gestern Abend noch in der Redaktion gewesen sein und die Seite geändert haben soll. Warum hätte sie das tun sollen?«

»Genau das ist die Frage.« Mark überlegte kurz und beschloss, den Fotografen in einige Details einzuweihen. In dürren Worten beschrieb er Laras Vorahnungen: zuerst ihre Furcht, einen Hirntumor zu haben, dann das seltsame Zusammentreffen von Eingebungen und realen Fällen, umriss die bekannten Tatsachen über den Serienmörder und erläuterte Grundzüge seiner Fallanalyse, ohne interne Details zu verraten. Die senkrechten Falten auf Jos Stirn vertieften sich von Minute zu Minute.

»Letztes Wochenende haben Lara und ich dann noch einmal ausführlich telefoniert.« Mark hatte seine Stimme zu einem Flüstern gedämpft, obwohl an den Nachbartischen niemand saß. »Wahrscheinlich hat der Täter Beate Z. nur ermordet, um uns zu beweisen, dass die Aussagen über seinen Modus Operandi in dem Zeitungsartikel vom letzten Dienstag falsch sind. Es hat dann allerdings – wegen der verhängten Nachrichtensperre – niemand über das Mittwochspaket mit dem abgetrennten Kopf berichtet, das der noch immer unbekannte Penner bei Ihnen in der Redaktion abgegeben hat. Lara und ich wussten jedoch bei unserem Gespräch am Freitagmorgen noch nicht, dass es inzwischen in Tschechien schon die nächste Leiche gab. Und dieses Mal hat sich der Mörder wieder fast wie bei den vorhergehenden Opfern an seine Fantasien gehalten.«

Jo nahm hastig einen Schluck und beugte sich nach vorn, um kein Wort zu verpassen.

»Allerdings fehlte auch bei der tschechischen Prostituierten der Kopf. Er wurde fachgerecht abgetrennt, der Täter muss Anatomiekenntnisse haben.«

»Ist meine Ahnung richtig, dass dieser Kopf in dem Paket war, das der Obdachlose am Freitag in der Redaktion abgegeben hat, genau wie Mittwoch davor?«

»Da liegen Sie richtig.« Mark nickte.

»Die Kollegen und ich haben es vermutet, aber da die Spurensicherung gleich alles abtransportiert hat, waren wir uns nicht sicher.« Jo schüttelte sich unwillkürlich. Seine Gedanken schweiften ab. Zwei abgetrennte Köpfe in einer Woche. Mit gesundem Menschenverstand war das nicht zu erfassen. Die Lage spitzte sich zu. Irgendjemand musste den Mörder aufhalten. »Das zweite Paket war auch an ›LB‹ adressiert – Laras Kürzel!«

»Ich weiß.« Mark schob die Unterlippe nach vorn. »Lara und ich haben darüber geredet. Der Absender weiß aber nicht, wer sich hinter der Abkürzung verbirgt. Er hat den Adressaten als Mann angesprochen.«

»Ja, aber – das war letzte Woche. Vielleicht *weiß* er inzwischen, wer ›LB‹ in Wirklichkeit ist?« Jo klang zunehmend sorgenvoller, und auch in Mark entwickelte sich der Argwohn zu einer Lawine, während Jo weiterredete. »Lara ist seit gestern nicht zu erreichen, sagten Sie?« Er wartete das Nicken seines Gegenübers ab und fuhr fort. »Vielleicht ist sie nur krank und liegt im Bett, aber hätte sie dann nicht in der Redaktion oder auch bei Ihnen angerufen? Ich finde, Sie sollten sich vergewissern. Und zwar sofort.«

Mark musterte den Fotografen genauer. Der Mann hatte recht. Und ihm selbst hätte schon längst klar sein müssen, dass hier etwas faul war. Sein Unterbewusstsein war da zuverlässiger, warum sonst hatte es die ganze Nacht insistiert, bis er seine Dienstagstermine abgesagt, in aller Herrgottsfrühe ins Auto gestiegen und hierhergefahren war?

»Was wollen Sie jetzt tun?«

»Ich fahre zu ihr nach Hause und versuche irgendwie, in die Wohnung zu gelangen.« Mark hob sein Portemonnaie und winkte der Bedienung.

»Ich weiß, dass Laras Nachbarin einen Schlüssel hat.« Jo faltete die Rechnung und steckte sie ein. »Und *ich* komme mit.« Es klang so, als wolle er nicht diskutieren, während Mark sich fragte, was der Fotograf mit Lara zu schaffen hatte und wieso der Mann davon wusste, dass die Nachbarin einen Schlüssel besaß, er selbst dagegen nicht.

Sie liefen schnell. Irgendwie hatten beide Männer das Gefühl, es eile zunehmend.

»Gab es denn in dem zweiten Paket auch ein Schreiben?« Jo schaute kurz zu Mark und richtete den Blick dann nach vorn. Noch dreihundert Meter bis zum City-Parkhaus.

Mark überlegte kurz, wie weit er sich mit den Fakten aus dem Fenster lehnen konnte, und beschloss, dem Fotografen nicht zu viele Details zu verraten. »Ja. Voller Rechtfertigungen. Krudes Zeug. Der Schreiber will, dass sein Werk gewürdigt wird, verlangte eine Richtigstellung der veröffentlichten Angaben, spricht von Kunstobjekten.« Mark hatte die Sätze noch gar nicht ausgesprochen, da blinkte in seinem Kopf schon eine Warnlampe. »Halt!«

Jo, der gerade die Hand nach dem Griff der Eingangstür ausgestreckt hatte, blieb abrupt stehen und sah sich mit hochgezogenen Augenbrauen zu Mark um, der beim Sprechen mit den Händen fuchtelte. »Sie haben vorhin gesagt, Lara hätte gestern von halb zehn bis Viertel vor zehn in der Redaktion einen Artikel geändert.«

»Sorry, aber das habe ich *nicht* gesagt. *Jemand* hat an ihrem Computer gearbeitet. Das muss nicht heißen, dass sie es war. Jeder von uns kann sich mit dem entsprechenden Passwort einloggen und etwas schreiben.«

»Scheiße. Sie haben recht.« Mark, der sich wieder in Bewegung gesetzt hatte, schob die Parkkarte in den Kassenautomaten und zahlte. »Man müsste Fingerabdrücke von der Tastatur abnehmen.«

»Wenn nicht heute Morgen schon jemand anderes dran war.«

Sie waren an ihren Autos angekommen. Synchron klickten die Zentralverriegelungen. Beide Männer stiegen ein und fuhren los.

»Das sieht so aus, als wäre sie seit gestern früh nicht hier gewesen.« Mark betrachtete die kostenlosen Anzeigenblätter und Werbebroschüren auf dem Küchentisch, die sie aus dem Briefkasten gezogen hatten. Jo hatte das Fenster geöffnet und lehnte sich einen Augenblick lang hinaus. »Das sehe ich auch so.«

Laras Nachbarin hatte zu Mark gesagt: »Sie waren doch vor einer Woche hier«, hatte trotzdem die Ausweise beider Männer kontrolliert und war ihnen dann in die Wohnung gefolgt. Nach mehrfachen und ausführlichen Erklärungen war sie schließlich in ihre Behausung zurückgeschlurft, nicht ohne die Wohnungstür einen Spalt offen zu lassen.

»Ihre Handtasche ist nirgends zu finden.« Mark kam aus dem Flur. »Jacke und Schuhe sind auch weg. Ihr Auto stand vorhin auch nicht auf dem Stellplatz.«

»Scheißdreck.« Jo fühlte sich äußerst unwohl.

»Fluchen nützt nichts. Auch wenn es eilt, wir müssen die Puzzleteile in die richtige Reihenfolge bringen. Jetzt gleich!

Los, setzen Sie sich hier hin.« Mark zeigte auf den Tisch. »Ich schreibe alles in chronologischer Reihenfolge auf.« Er versuchte, sich an die Details auf der großen Schautafel zu erinnern, die bei den Kollegen vom Fallanalyseteam an der Wand hing, ehe er weitersprach. »Sie ackern Laras Telefonverzeichnis durch, rufen einen nach dem anderen an und fragen nach ihr. Erkundigen Sie sich auch, wer sie wann gesprochen und gesehen hat und welche Pläne sie für diese Woche hatte.«

»Mache ich.« Jo betrachtete das goldgeprägte Büchlein und schlug es dann bei »A« auf.

»Das ist furchtbar.« Jo schaute auf die nebeneinanderliegenden Blätter, auf denen Mark einen Zeitstrahl gezeichnet und die Ereignisse markiert hatte. »Mir war gar nicht bewusst, was da alles geschehen ist. Fünf tote Frauen in einem Monat!«

»Das hat auch am Anfang niemand in einen Zusammenhang gebracht. Schauen Sie mal, wie weit die Tatorte auseinanderliegen.« Mark tippte mit dem Zeigefinger nacheinander auf die Punkte des Zeitstrahls: »Neustrelitz, Wernigerode, Regensburg, Dresden und zuletzt sogar Franzensbad in Tschechien. Und die Kripos der einzelnen Bundesländer tauschen sich nicht immer gleich über all ihre Fälle aus, geschweige denn mit den Kollegen aus dem Ausland.«

»Das bringt uns also nicht weiter.«

»Nicht sofort jedenfalls. Und die Telefonate haben auch nichts ergeben.« Mark hatte zugehört, wie Jo mit den Teilnehmern gesprochen hatte. Keiner hatte etwas Konkretes darüber sagen können, wo Lara derzeit steckte.

»Wir bräuchten ihren Terminkalender.« Jo blätterte abwesend das Telefonbüchlein durch. »Was war denn in den letzten Tagen bei ihr geplant?«

»Gestern früh hatte Lara einen Arzttermin für eine Computertomografie. Sie ist halb zehn dort weg. Danach hat sie keiner mehr gesehen.« Marks Finger trommelten nervös auf dem Tisch.

»In der Redaktion war sie jedenfalls nicht.« Jo war aufgestanden und tigerte in der Küche auf und ab. »Sie ist verschollen.« Er weigerte sich, sich etwas Schlimmeres vorzustellen.

»Wissen Sie, wer bei der Kripo hier zuständig ist? Wer leitet die Untersuchung der Paketfälle?«

»Kriminalkommissar Stiller heißt der Mann.« Jo schüttelte unbewusst den Kopf. »Aber ich warne Sie. Der ist nicht besonders umgänglich.«

»Ohje, der.« Mark schluckte trocken und griff dann nach dem Telefon. Seine Finger zitterten. Lara war in höchster Gefahr. »Die müssen jetzt etwas unternehmen!«

30

»Trink das!« Er hielt ihr die Tasse an die Lippen, aber Lara-Schatz hatte beschlossen, mal wieder störrisch zu sein. So wandte Doctor Nex erneut den Trick mit der zugehaltenen Nase an. Nach einer halben Minute begann sie zu zappeln, und als sich daraufhin ihr Mund mit einem Schnappen öffnete, schüttete er das Betäubungsmittel hinein. Wenn sie gedacht hatte, ihm auf der Nase herumtanzen zu können, so hatte sie sich getäuscht.

Außerdem war es sowieso bald vorbei. Nur dass Lara Birkenfeld davon noch keine Ahnung hatte. Während die Medizin zu wirken begann, marschierte er im Keller hin und her und suchte Utensilien heraus. Es gab viel zu bedenken.

Als ihr Kopf zur Seite sank, war alles beisammen, und er legte den Metallkoffer mit den Geräten auf ihren Schoß. Dann begann er, den schweren Rollstuhl Stufe für Stufe nach oben zu ziehen. Seine kleine Reporterin würde eine hübsche Ausfahrt machen.

Das Licht in der Garage erleuchtete jeden Winkel.

Doctor Nex parkte den Rollstuhl an der Rückwand, setzte sich in den Ford und ließ den Motor an. Er hatte Laras Mini Cooper gestern Abend im Schutz der Dunkelheit noch von der Tankstelle zu einem nahe gelegenen Parkplatz eines Einkaufszentrums gefahren. Für die Hin- und Rückfahrt hatte er den Bus benutzt. Ein bisschen umständlich das Ganze, aber so war es sicherer. Jeder würde vermuten, dass Lara Birkenfeld im Umkreis des Supermarktes verschwunden war. Fingerabdrücke von Doctor Nex gab es in ihrem Auto nicht. Er hatte die ganze Zeit seine Lederhandschuhe getragen.

Er stieg wieder aus, betrachtete die Rückbank seines Autos und öffnete dann zum Vergleich den Kofferraum. Im Kofferraum war ausreichend Platz für einen schlanken Frauenkörper. Und der Transport würde keinem auffallen. Andererseits – was, wenn sie während der Fahrt aus ihrer Narkose erwachte und zu randalieren begann? Das Risiko war unberechenbar. Zu viel Betäubungsmittel wollte er ihr auch nicht einflößen, sonst schlief sie zu lange oder wachte womöglich gar nicht wieder auf. Noch wurde sie gebraucht. Zumindest so lange, bis er wusste, ob die erneute Eingabe seines Textes bei der *Tagespresse* funktioniert hatte.

Vielleicht war es das Beste, er schnallte Laras regungslosen Körper auf dem Beifahrersitz fest und verstaute stattdessen den Rollstuhl und die Geräte im Kofferraum. Da hatte man sie während der Fahrt auch besser unter Kontrolle, und für einen zufälligen Beobachter sah es aus, als mache seine Beifahrerin ein kleines Nickerchen. Nur der kritische Moment, in dem er mit ihr an seiner Seite aus seiner Garage fuhr, musste kurz gehalten werden. Er hatte heute keine Zeit zu warten, bis es dunkel wurde.

Der neuerliche Versuch, seinen Text in die morgige Ausgabe der *Tagespresse* zu bringen, barg ein großes Risiko. Schnappten sie ihn dabei, würden sie schon sehen, was sie davon hatten.

Er würde jedenfalls nicht damit herausrücken, wo die kleine Journalistenschlampe war. Bei ihm daheim mit Sicherheit nicht. Seine hervorblitzenden Eckzähne verstärkten das perfide Grinsen.

*

Laras Lider waren verklebt. Sie hörte, wie ein angestrengtes Stöhnen aus ihrem Mund kam, und wollte den Arm heben, um sich die Augen zu reiben, aber weder die linke noch die rechte Hand gehorchten. So kniff sie die Lider fester zusammen, um sie dann mit einem heftigen Ruck zu öffnen. Jetzt gelang es.

Lara starrte auf das verschwommene Bild. Es war durch unzählige gelb flimmernde Längsstreifen geteilt. Hinter ihr surrte eine aufgeregte Fliege. Sie versuchte, tief einzuatmen. Es schmerzte in ihrer Brust, so als seien die dünnhäutigen Bronchien versengt worden. Die Luft brachte einen Hauch von warmem Staub und Heu mit sich. Und noch eine Nuance, die sie irgendwoher kannte.

Wieder sog Lara ruckartig die Luft ein, versuchte sich zu besinnen, an was sie dieser Geruch erinnerte, aber sie kam nicht darauf.

Mehrmaliges Zwinkern klärte den verwaschenen Anblick.

Die Flimmerbalken schärften sich zu millimeterstarken Lichtstreifen. Es dauerte eine Weile, bis ihr einfiel, was solch ein Bild hervorrief: Bretter, durch die von außen eine tiefstehende Sonne hereinschien.

Mühsam drehte Lara den Kopf. Auch die Hals- und Nackenmuskeln schmerzten. Die Wände schienen aus Holzbohlen zusammengezimmert zu sein. Bruchstückhaft kamen die Erinnerungsfetzen hoch. An den Wahnsinnigen in Jeans und Pantoffeln, an eine biedere Küche, dann tauchte das Klappern von Rädern über Stufen aus den Schatten auf, Regale mit Konservendosen, weißgekalkte Wände, eine einzelne Lampe, die sacht hin und her schaukelte, das Quietschen eines Schlosses, danach absolute Finsternis.

Hier dagegen war es dämmrig, und die Wände schienen aus Brettern zu bestehen, durch deren Ritzen Licht hereindrang. Eine Blockhütte, eine Scheune? Lara versuchte zu schlucken. Ihre Schleimhäute waren ausgetrocknet, der Hals brannte. Und eine Stimme flüsterte in ihrem Kopf unentwegt, sie solle sich besinnen, nachdenken, sie sei in höchster Gefahr, stattdessen registrierte ihre empfindliche Nase, dass sie abscheulich roch, ein Gemisch aus Angstschweiß, ungewaschener Kleidung und Urin. Und warum hatten ihr eben die Hände nicht gehorcht? Die Halswirbel knackten, als sie seitlich nach unten blickte.

Ihre Unterarme waren mit Paketband an den Lehnen festgeklebt. Braune Streifen erstreckten sich bis zu den Handgelenken. Große Räder mit einem glatten Griffrand an der Außenseite reichten links und rechts bis fast an die Armlehnen heran. Lara konnte sich nicht so weit nach vorn beugen, dass sie ihre Schuhspitzen sah, aber sie wusste, dass auch die Beine festgeklebt waren. Die Füße ließen sich keinen Millimeter bewegen.

Sie saß gefesselt in einem altertümlichen Rollstuhl in einem unbekannten Raum, wusste weder, wie sie hierhergekommen war, noch, was man mit ihr vorhatte. *Wir wollen sehen, wie wir den angerichteten Schaden wiedergutmachen können. Und du wirst mir dabei helfen! Hast du verstanden?*

Die Fliege summte lauter, kreiste um ihren Kopf, surrte und ließ sich dann auf dem Nasenrücken nieder. Über die Haut kribbelnde Beinchen verursachten einen unerträglichen Juckreiz. Lara schob die Unterlippe nach vorn, pustete Luft nach oben und schüttelte gleichzeitig heftig den Kopf. Die Fliege brummte davon, nur um sich gleich darauf auf ihrem Hals niederzulassen. Anscheinend übte Laras Geruch eine unwiderstehliche Anziehung auf das Insekt aus.

Sie schloss den Mund und versuchte, das quälende Durstgefühl zu verdrängen. *Im Übrigen – du bist nicht geknebelt.*

Dass der Irre ihr keinen Knebel verpasst hatte, konnte eigentlich nur bedeuten, dass niemand ihr Schreien hören würde. Sie war fern jeglicher Zivilisation.

Zwei Tränen lösten sich und rollten heiß die Wangen hinab. Lara presste die Kiefer aufeinander, sodass es in ihrem Kopf knirschte. Sie wollte nicht heulen. Es musste doch eine Möglichkeit geben zu entkommen! Sie wollte noch nicht sterben, nicht so, nicht hier, nicht jetzt. Sie wollte kämpfen, um sich schlagen, beißen, treten, dem Verrückten die Zähne in den weichen Hals schlagen, sein Blut trinken …

Der Zorn tat ihr gut. Jetzt nahm Lara das beharrliche Drängen ihrer inneren Stimme endlich ernst. Sie kniff die Augen zusammen, versuchte sich zu erinnern, barg Satzfetzen aus einem Konglomerat aus Wörtern. … *Künstler äußert sich zu seinem Werk … Das Entnehmen von Körpersegmenten ist kein »Ausweiden«, sondern lässt sich schlicht nicht umgehen, da diese Teile für das schöpferische Gesamtwerk vonnö-*

ten sind … bevorzugt für sein Werk junge Frauen … hat D. G. Eine den Weg gewählt, ihren Körper vorher vom Bewusstsein zu trennen …

Ein Text, auf einem Computerbildschirm, formuliert im Stil einer Zeitungsreportage. Lara hatte vor dem Monitor gesessen und versucht, ihr Entsetzen über das Geschriebene zu bezwingen, es vor dem Mann zu verbergen, der seitlich neben ihr gestanden hatte. Sie hatte seinen heißen Atem im Nacken gespürt wie einen Pesthauch und gewusst, dass er auf eine Reaktion von ihr lauerte, dass sein irres Gehirn hoffte, sie möge den Text gut finden, verstehen, ihn bewundern.

Sie öffnete die Augen wieder. In den Sonnenstrahlen, die zwischen den Brettern hereindrangen, gaukelten kleine Staubfünkchen, wirbelten auf und nieder, verspotteten Lara Birkenfeld mit ihrem Tanz. Sie hatte keine Ahnung, wie spät es war. Der Einfallswinkel der Lichtstreifen deutete darauf hin, dass die Sonne tief stand, sodass es entweder früher Morgen oder hereinbrechender Abend war. *… werde ich dir jetzt mein Kunstwerk zeigen …*

Noch während Lara Morgen gegen Abend abwog, gesellten sich Bilder zu den Satzfragmenten des Wahnsinnigen, züngelten vor ihrem geistigen Auge wie dunstige Schleier über einem Moor. Ein herzförmiges, wulstiges Gebilde aus dunkelrotem Fleisch, umgeben von weißen Fasern. Links war etwas gewesen, das einem Ohr glich. Am Ohrläppchen hatte ein milchiges Auge in einem fein geflochtenen Drahtkäfig wie ein skurriler Schmuck gebaumelt. An der Oberseite des Fleischklumpens umhäkelte neongrünes Garn etwas, das aussah wie zwei Brustwarzen.

Lara hatte nur ein paar Sekunden hinschauen können, bevor ihr die Luft weggeblieben war und ein gnädiger schwarzer Schleier ihr die Sicht genommen hatte. Das letzte Bild hatte sich dennoch in ihre Netzhaut eingeätzt: ein zu einem stummen Schrei geöffneter Mund, aus dessen Innerem zwei weitere trübe Augen herausschauten.

Die Fliege, welche die ganze Zeit aufgeregt um Lara herumgesurrt war, hatte sich auf ihrem Handrücken niedergelassen. Das zarte Krabbeln brachte Lara ins Jetzt zurück. Sie schüttelte ungestüm den Kopf. All das waren keine Wahnbilder oder aberwitzigen Träume gewesen, das Gesehene war Realität. Dieser Mann hatte ihr in seiner Küche Dinge gezeigt, die keines Menschen Auge je erblicken sollte.

Ein Rucken der Hand scheuchte die Fliege auf.

Lara starrte auf das flimmernde Lichtgitter und versuchte, sich an Ort und Zeit zu erinnern, während das Insekt zurückkam und vorsichtig auf ihrer Jeans landete.

Die Szenen hatten sich in einer kleinbürgerlichen Küche abgespielt. Ein rot-weiß kariertes Tischtuch auf dem Tisch, über dem chromglänzenden Herd Regale mit Gewürzen, neben der Spüle ein mächtiger amerikanischer Kühlschrank mit Eiscrusher an der Vorderseite.

Sie sah eine Kindertrinktasse und schmeckte den Geschmack nach Gummibärchen. Ihr Körper spürte das ruckartige Holpern des Rollstuhls.

Dann war alles dunkel geworden, und sie war *hier* erwacht. In diesem Bretterverschlag, in dem es nach Heu und Staub roch. Und nach etwas Undefinierbarem.

Lara wusste nicht genau warum, aber sie war sich sicher, nicht mehr in dem Haus mit der sittsam eingerichteten Küche zu sein. Der Wahnsinnige musste sie betäubt und dann an einen anderen Ort gebracht haben. Bedeutete das, er brauchte sie noch? Oder war auch sie nur Rohmaterial für seine abscheulichen Objekte?

Sie hatte keine Ahnung, aber der Irre würde wiederkommen, so viel war sicher. Er konnte sie nicht lebend hier zurücklassen, auch wenn dies ein abgelegener Ort sein mochte. Die Gefahr, dass doch jemand Lara lebend fand, war mit Sicherheit zu groß.

So oder so – sie musste sich vorbereiten, auf eine Flucht oder auf seine Rückkehr. Und sie durfte keine Zeit verlieren. Lara drehte vorsichtig den Kopf und versuchte, den Raum zu inspizieren. Die Augen hatten sich allmählich an das Dämmerlicht gewöhnt, und sie konnte jetzt erkennen, dass die viereckigen Gebilde an der rechten Seite übereinandergestapelte Strohballen waren. Daneben stand eine Art Leiterwagen. Rechts davon war freier Raum. Wahrscheinlich hatte man hier Platz für weiteres Stroh gelassen.

Lara wollte gerade den Blick abwenden, um die linke Seite der Scheune genauer in Augenschein zu nehmen, als irgendetwas sie innehalten ließ. Ganz am Rande ihres rechten Sehfeldes flimmerte ein unscharfes mannshohes Gebilde. Ihre Nackenmuskeln brannten. Noch einmal verrenkte sie den Hals soweit es ging nach rechts, dann war sie sicher. In der dämmrigen Umgebung materialisierte sich ein braunroter Umriss. Riesige Räder, ein vergittertes Blechmaul auf der bulligen Schnauze, links und rechts davon zwei runde Lampen.

Dahinten stand ein altertümlicher Traktor. Ein fahrbarer Untersatz. Lara schluckte die heraufdrängenden Tränen hinunter. Sie musste zu diesem rostigen Monstrum, koste es, was es wolle. Das Fahrzeug konnte ihre Rettung sein, auch wenn sie im Moment noch keine Vorstellung hatte, wie diese aussehen würde. Eins nach dem anderen.

Für einen Augenblick stellte sie sich vor, wie sie die zwei Metalltritte hinaufstieg, den Zündschlüssel im Schloss steckend vorfand und davontuckerte. Jetzt rollten die Tränen doch herab, und das Bild verschwamm.

Lara streckte die Finger. Mit den Spitzen konnte sie gerade die Reifen an den Seiten des Rollstuhls berühren. Zwar waren ihre Beine an die Fußstützen gefesselt, aber wenn es ihr gelang, die Räder zu drehen, konnte sie sich vorwärtsbewegen. Noch ein paar Millimeter. Gemeinsam krochen die Finger über gekerbtes Gummi, drückten beide Reifen gleichzeitig nach vorn. Lara bewegte ihr Becken ruckweise nach vorn. Der Rollstuhl rührte sich keinen Millimeter.

Lara reckte den Hals und drehte dann den gesenkten Kopf, so weit es ging, nach links und rechts, um die Beschaffenheit des Bodens zu untersuchen. Kleine Buckel und Steinchen, einzelne Strohhalme, aber nichts Unüberwindliches. Theoretisch dürfte es kein Problem sein, den Rollstuhl vorwärtszubewegen. Lara drehte den Kopf noch etwas weiter zur Seite, bis ihre Halsmuskeln aufgrund der unnatürlichen Haltung glühten. Ihr Verstand weigerte sich anzuerkennen, was die Augen längst gesehen hatten: zwei Feststellbremsen an den rückwärtigen Griffen des Rollstuhls.

Lara wandte den Blick ab.

An die Bremsen des Rollstuhls kam sie nicht heran, also würde sie auch nicht damit fahren können. Es musste eine andere Möglichkeit geben. Entweder versuchte sie, sich ruckweise nach vorn zu werfen und so Stück für Stück voranzukommen, oder sie stürzte sich mitsamt dem Gefährt seitlich um und bemühte sich dann zu kriechen.

Während Lara noch darüber nachdachte, was besser wäre, kam ihre Freundin, die Schmeißfliege, zurück und nahm auf der Armlehne Platz.

Das Geräusch von draußen dröhnte in der plötzlich eingetretenen Stille wie ein Schuss. In Wirklichkeit war es eher ein leises Knacken. Dann raschelte es an der rückwärtigen Bretterwand.

Lara hatte das Gefühl, als zögen sich sämtliche Muskeln ihres Körpers in einem konvulsivischen Krampf zusammen. Die Fliege erhob sich und brummte aufgeregt davon. Das Rascheln blieb. Blieb so lange, bis Lara heiser um Hilfe zu schreien begann.

Das Reh und sein Kitz, die die saftigen Gräser direkt am Fuß der Wand genascht hatten, erstarrten. Nur ihre Ohren bewegten sich für einen winzigen Augenblick.

Dann flüchteten sie in den Wald. Das weiße Hinterteil der Mutter schien auf und ab zu hüpfen. Das Kitz sprang hinterdrein.

In der Bretterbude verebbte das Schreien. Dann war es wieder still. Totenstill.

31

Mark hielt das Handy ein Stück vom Ohr weg, sodass auch Jo hören konnte, wie Kriminalkommissar Stiller seine Antwort ins Telefon blaffte. »Bleiben Sie mir mit dieser Frau vom Leib!« Wenigstens hatte er nicht gleich aufgelegt.

»Haben Sie mir denn nicht zugehört?« Mark schaute Jo an, der mit den Augen rollte. »Ein Menschenleben ist in Gefahr!«

»Haben Sie außer Ihren wirren Vermutungen irgendwelche handfesten Beweise?«

Mark fasste im Telegrammstil noch einmal die Fakten zusammen. An seinem Gesichtsausdruck sah Jo, dass der Kommissar ihm noch immer nicht glaubte. Das, was der Kripomann »handfeste Beweise« nannte, hatten sie nicht. Niemand hatte beobachtet, wie der Täter Lara gekidnappt und verschleppt hatte, es gab keine Augenzeugen.

»Ich verstehe. Trotzdem würde ich gern zu Ihnen kommen und die Dinge besprechen.« Mark wartete kurz und setzte ein »Bitte« hinzu. Dann zählte er zum zweiten Mal seine Referenzen auf. Von der Beteiligung des Fotografen sprach er vorsichtshalber nicht.

»Nein. Morgen wäre zu spät! Kollege Stiller, hören Sie, ich bitte doch nur um eine Viertelstunde Ihrer Zeit.« Vielleicht war es die kollegiale Anrede, vielleicht das permanente Bitten, vielleicht auch die beachtliche Liste von Fällen, an denen Mark mitgearbeitet hatte, oder dass Stiller ihn flüchtig vom Fallanalyseteam kannte, jedenfalls stimmte der Beamte zu, den Psychologen um drei Uhr zu empfangen, schloss mit den Worten: »Aber nicht mehr als zehn Minuten!«, und legte auf, ohne sich zu verabschieden.

»Was für ein unkooperativer Mann!« Mark atmete hörbar aus. In seinem Schädel trommelte ein Schlagzeuger Soli, und er musste sich mit solchen Ignoranten herumschlagen. »Ich hätte ihn gar nicht erst anrufen, sondern ohne Voranmeldung bei ihm aufkreuzen sollen. Aber ich hatte gehofft, die könnten in der Zwischenzeit schon etwas ermitteln.«

»Was kann *ich* denn währenddessen tun?« Jo hatte die ganze Zeit fieberhaft in Laras Telefonbuch geblättert.

»Gehen Sie in die Redaktion. Befragen Sie die Kollegen über Laras letzte Aktivitäten, worüber sie geschrieben hat, mit wem sie über was geredet hat. Vielleicht ergeben sich noch brauchbare Anhaltspunkte.«

Jo kritzelte ein paar Stichpunkte in ein kleines Heft, dann machten sich die beiden Männer, geplagt von verhängnisvollen Vorahnungen, auf den Weg. Mark klopfte an der immer noch halb geöffneten Wohnungstür der Nachbarwohnung, um den Schlüssel zurückzugeben. Die alte Frau war hochzufrieden über die ihr zugedachte bedeutsame Rolle der Späherin. Sie versprach hoch und heilig, sich sofort an ihr Fenster zu setzen und sich nicht mehr von der Stelle zu rühren, bis Mark sie anrief. Sie würde alles beobachten, was draußen passierte, und auch die Vorgänge im Haus registrieren.

»Er hat sich zumindest alles angehört.« Mark sah noch einmal das versteinerte Gesicht des Kriminalkommissars vor sich.

»Und, werden die etwas unternehmen?« Jo studierte die Karte und legte sie wieder auf den Tisch. Seine Kehle war zugeschnürt. Schon wieder saßen sie in einem dieser Cafés herum. Nur dass es inzwischen später Nachmittag war. Die Sonne war herausgekommen. Das grelle Licht passte nicht zu ihrer Stimmung.

»Ganz bin ich nicht daraus schlau geworden. Sie werden meine Angaben überprüfen, hat er gesagt. Ich denke, ich habe zwar seinen Argwohn geweckt, aber so richtig hat er nicht angebissen. KK Stiller hält nicht besonders viel von der Mitarbeit externer Psychologen, das ist mir schon früher aufgefallen. Er ist ein sehr konventioneller Mann. Es gäbe für ihn und die Kollegen ›wichtigere Dinge‹ zu tun. Ich glaube, Stiller will sich nicht in die Karten gucken lassen, schon gar nicht von uns. Er will aber mit der Soko Kontakt aufnehmen.«

»*Wann* wollen die das denn dann prüfen?«

»Das hat er nicht gesagt.« Marks Magen fühlte sich wie ein kleiner harter Klumpen an. »Ich hoffe doch, noch heute. Die Polizei hat zahlreiche Möglichkeiten, etwas herauszufinden, die wir nicht haben. Die Ortung eines Handys zum Beispiel funktioniert auch, wenn es ausgeschaltet ist. Dazu muss man aber dem Netzbetreiber eine richterliche Verfügung präsentieren. Und das geht nur, wenn die Polizei einen Staatsanwalt beauftragt, der sich dann mit einem Richter in Verbindung setzt. Davon einmal abgesehen dauert das auch seine Zeit.« Mark holte tief Luft und fuhr dann fort. »Haben Sie in der Redaktion etwas herausgefunden?«

»Etwas kam mir im Nachhinein seltsam vor. Die ganze Zeit überlege ich schon, wie dieser Typ gerade auf Lara gekommen ist. Hubert …« Jo sah kurz zu Mark. Der nickte zum Zeichen, dass er wusste, wer das war, »… hat mir noch einmal von Freitagnachmittag erzählt, als dieser Penner das zweite Paket abgegeben hat. Es sei ihm erst hinterher bewusst geworden, aber er habe dem Typen durch eine unbewusste Geste einen Hinweis gegeben, dass Lara ›LB‹ sei. Das erklärt zwar noch nicht, wie der Mörder dann davon erfahren hat, aber wenn wir diesen Penner finden könnten …« Jo sprach langsamer und hielt dann inne, während seine Augen sich weiteten. Im gleichen Augenblick streckte Mark das Kinn vor, hob die Hand und flüsterte: »Was, wenn das am Freitag gar kein Penner war?«

32

Lara spürte, wie ihr Schluchzen allmählich verebbte. Sie leckte sich salzige Tränen von der Oberlippe. Auf ihren Wangen trockneten die Rinnsale. Was auch immer da geraschelt haben mochte – ein Mensch war es nicht gewesen. Niemand hatte auf ihr Schreien reagiert, geantwortet oder gar nachgesehen. Sie war ganz auf sich allein gestellt.

Das Lichtmuster war inzwischen vom Boden in Richtung ihres Rollstuhls gewandert. Die Sonne sank. Es war Abend und nicht Morgen, und das hieß, es würde nicht mehr lange dauern, bis die Dunkelheit hereinbrach und ihrem Gefängnis den nachtschwarzen Mantel überwarf.

Sie musste sich beeilen. Noch immer unschlüssig, ob ruckhaftes Bewegen oder Umfallen und seitliches Kriechen besser seien, beschloss Lara, es zuerst im Sitzen zu versuchen. Sich mitsamt dem Gefährt auf die Seite fallen lassen konnte sie danach immer noch. Nach einem kurzen Augenblick der Besinnung presste sie sich, so weit es ging, in den Sitz zurück, spannte alle Muskeln an und begann dann, ihren gesamten Körper nach vorn zu stoßen. Der Rollstuhl tat einen kleinen Satz, und Lara wiederholte die Bewegung. Noch ein Hopser. Es funktionierte! Schrilles Kichern entfloh ihrem Mund und wirbelte durch den Raum. Das wilde Lachen verwandelte sich von einem Moment auf den nächsten in unbeherrschtes Heulen. Lara schrie ihre ganze Angst heraus, jaulte, schluchzte und schniefte. Der Gefühlsausbruch war so schnell beendet, wie er begonnen hatte, sie zog noch ein paar Mal die Nase hoch und setzte dann mit wütender Entschlossenheit ihre Bemühungen voranzukommen fort.

Muskeln anspannen, sich nach vorn schleudern, ausruhen. Muskeln anspannen, den Körper nach vorn schleudern, ausruhen. Dabei versuchte Lara, den Oberkörper mehr nach rechts zu drehen, damit der hopsende Rollstuhl insgesamt einen Bogen in Richtung des Traktors beschrieb. Vor ihrem geistigen Auge sah sie sich im Fitnessstudio auf einer Rudermaschine sitzen und sich in die Riemen legen.

Nach exakt dreißig Schlägen hatte sie ungefähr zwei Meter zurückgelegt. Und auch die Kurvenbewegung schien zu gelingen. Lara konnte das rote Blechmonstrum inzwischen gut erkennen. Die rostige Zugmaschine stand geduldig an ihrem Platz und wartete darauf, dass sie näher kommen möge.

Wieder rollten ein paar Tränen. Ihr Nervenkostüm war ziemlich angegriffen.

Die Sonne war schneller als sie. Sie stand schon tief, schien durch die Bretter der Scheune hinein zu ihr und dem altertümlichen Traktor. Lara atmete noch immer schwer. Sie musste ihn erreichen, bevor es dunkel wurde. Wenn sie Glück hatte – etwas anderes verbot sie sich zu denken –, fand sie den Zündschlüssel oder irgendwelche Gerätschaften. Auf irgendeine Art und Weise, die sie sich überlegen konnte, wenn sie dort war, würde sie sich des Werkzeugs bemächtigen und ihre Fesseln durchtrennen. Ihr Atem hatte sich etwas beruhigt, und Lara beschloss weiterzumachen, auch wenn ihre Rückenmuskeln bereits lautstark protestierten.

Im Vorwärtsrucken fraß sich ihr Blick am seitlichen Brettermuster rechts hinter dem Traktor fest. Die Längslinien waren nur schwer zu erkennen, da die Sonne von der anderen Seite kam, aber trotzdem konnte sie sehen, dass die Streifen durchbrochen waren. Es gab drei senkrechte Linien. Ein Tor! Irgendwie mussten der Leiterwagen und der Traktor, mussten der Rollstuhl und Lara schließlich in diese Scheune hineingelangt sein. Sie hatte das Tor nicht sehen können, weil es sich anfangs in ihrem Rücken befunden hatte. Ein Film lief in ihrem Kopf ab: Lara Birkenfeld am Steuer des Traktors. Ihr Gasfuß brachte den Motor zum Aufheulen. Erst dann löste sie die Bremse. Der Traktor ratterte auf das Tor zu, beschleunigte, sprengte wie ein Bulldozer die Flügeltüren auf und brauste davon.

Noch ein Ruck. Und noch einer. Ihre Nackenmuskeln glühten von der Anstrengung. Den rasenden Durst hatte sie fast vergessen, jetzt kam er zurück, sie konnte kaum schlucken, das Innere des Mundes fühlte sich wie mit Sand gefüllt an, die Lungen schmerzten beim Atmen. Gleichzeitig meldete sich ihre Blase, alarmiert vom ständigen Rütteln. Lara hatte das Gefühl, es nur noch wenige Sekunden lang aushalten zu können, und betete darum, nicht in die Hosen machen zu müssen, nicht *noch einmal* die Beherrschung zu verlieren, sich solch eine Blöße zu geben, auch wenn sie allein war.

All das dachte sie, während ihr erschöpfter Körper wie ein Automat die Befehle befolgte: anspannen – vorwärtswerfen – ausruhen.

Allmählich drang die Dämmerung durch die Ritzen, Gelb verwandelte sich erst in Orange, dann in Rot, Schatten krochen in die Ecken und ließen sich dort nieder. Ihr blieb, wenn sie Glück hatte, noch eine Stunde Sicht.

Noch ein Ruck. Der Traktor war jetzt nur noch einen Meter entfernt. In der Vorwärtsbewegung kam es Lara so vor, als habe sich das Paketband im Brustbereich ein wenig gelockert. Sie hielt inne, bewegte den Oberkörper und beobachtete dabei die Fesseln. Zwischen Rücken und Lehne entstand ein Luftzug, wenn sie versuchte, sich nach vorn zu beugen. Auch die gefesselten Hände hatten etwas mehr Spielraum. Das Klebeband hatte sich definitiv durch die ruckartigen Bewegungen gedehnt. Abfallen würde es sicher nicht, aber vielleicht konnte sie wenigstens eine Hand herausziehen. Mit neuem Mut fuhr Lara fort, sich nach vorn zu werfen, und zählte dabei laut mit.

Bei »zwanzig« fehlten noch wenige Zentimeter. Der Traktor schien auf sie zu warten. Wieder prüfte Lara ihre Fesseln, wand und drehte beide Hände, krallte die Finger ein, drückte und kniff die Nägel in das elastische Band. Rechts riss etwas ein, und ihr entschlüpfte ein triumphierender Aufschrei. Mit einem letzten wütenden Reißen zerrte sie das Gelenk aus der Fessel. Die rechte Hand war frei, doch durch die heftige

Bewegung war der Rollstuhl ins Schlingern geraten, trudelte kurz auf zwei Rädern und kippte dann um.

Lara sah in Zeitlupe den roten Lack des Radkastens auf sich zukommen, registrierte eine tiefe Delle, dann schrammte ihre Wange am Blech entlang, und sie prallte auf den harten Boden, den eben erst befreiten rechten Arm unter dem Rad das Rollstuhls eingeklemmt.

Im ersten Augenblick bekam sie keine Luft, dann rollte Zorn über ihre Ungeschicktheit wie eine Welle über sie hinweg. Auf der Seite liegend, an diesen unsäglichen Rollstuhl gekettet, würde sie nie an die Fahrerkabine herankommen.

Jetzt heulte sie wieder. Träne für Träne rollte aus den Augenwinkeln, glitt über die Wange seitlich zum Ohr hin, tropfte herab und sprenkelte den staubigen Boden dunkel.

Sie war so unendlich müde. Der ganze Körper schmerzte, die erschöpften Muskeln schrien nach Ruhe, nur ein paar Minuten, dann würde es weitergehen, irgendwie. Lara schloss die Augen und öffnete sie gleich wieder. Ihr Rollstuhl war am Hinterrad vorbei zur Rückseite des Traktors gekippt. Im Halbdunkel zwischen den riesigen Rädern glänzte schwarzgraues Metall im Dämmerlicht. Sie kniff die Lider zusammen, versuchte, dem unscharfen Gebilde eine Bedeutung zuzuordnen.

Es dauerte eine Weile, bis sie erkannte, dass die Streben eine Art einfache Anhängerkupplung darstellten. Zwei zu einem Dreieck verschweißte Stützen, dazwischen ein langer Metallstift, der an einer Kette hing. Ein Metallstift war besser als gar nichts. Sie konnte ihn als Waffe benutzen, wenn der Irre zurückkam, oder die Fesseln damit bearbeiten. Vorsichtig versuchte Lara, ihre rechte Hand unter dem Rad des Rollstuhls hervorzuziehen, aber die Finger steckten zwischen den Speichen fest. Sich krümmend versuchte sie, den Rollstuhl zu verrücken, aber das Monstrum rührte sich keinen Millimeter von der Stelle. Die Hinterreifen des Traktors strömten einen Geruch nach vulkanisiertem Gummi aus, von dem Lara übel wurde. Nur wenige Zentimeter entfernt davon hing der metallene Stift an der Kette. Das sanfte Baumeln schien sie zu verhöhnen. Inzwischen war es fast völlig dunkel geworden.

Lara beschloss, es noch einmal zu versuchen, und spannte alle Muskeln an, was zur Folge hatte, dass ihr Rücken sich in einem endlos scheinenden Krampf verhärtete. Sie würde eine Pause einlegen müssen, damit der geschundene Körper wieder zu Kräften kam, sich ein wenig ausruhen, um es dann mit frischen Kräften erneut zu versuchen. Nur für eine Minute die Augen schließen und sich sammeln.

Ihr Gesicht entspannte sich. Dann sank der Kopf zur Seite. Lara schlief.

33

Jo fuhr, das Handy am Ohr, dicht auf Marks Audi auf und ließ sich dann wieder zurückfallen. Mark schlug die Handfläche auf die Hupe. Der Opa im Nissan vor ihm zuckelte mit vierzig Stundenkilometern durch die Stadt und ließ sich nicht beirren. Der Opa bremste. Mark hörte sein eigenes lautes Fluchen und rief sich zur Räson. Erregung verhinderte logisches Denken. In ihren Blechbüchsen vergaßen die Menschen oft ihre Manieren und verfielen in Verhaltensweisen von Neandertalern. Drei Sekunden nach diesem Gedanken hatte er das Insistieren seines Psychologenverstandes schon wieder vergessen.

Der Nissan bog ab, und Mark und Jo beschleunigten synchron. Fünf Minuten später hielten beide in der Fußgängerzone vor dem Redaktionsgebäude. Zwei Autotüren fielen ins Schloss.

»Haben Sie ihn erreicht?«

»Nein.« Jo rannte fast. »Macht wahrscheinlich längst Feierabend.«

»Mist.« Mark hetzte hinter dem Fotografen nach oben und betete, Jos Kollege Hubert möge noch in der Redaktion sein.

Die Erkenntnis, dass der Serienmörder sich als Penner verkleidet zur *Tagespresse* begeben haben musste, um dort persönlich herumschnüffeln zu können, hatte ihn getroffen wie ein greller Blitz.

Das erklärte auch, woher der Mörder inzwischen wusste, wer »LB« war. Der Mann hatte Lara am Freitag mit eigenen Augen gesehen, und so wäre es ihm ein Leichtes gewesen, ihr später zu folgen und sie in seine Gewalt zu bringen. Auf der Fahrt hierher waren die Gesichter der Opfer durch Marks Kopf gewirbelt. Lara war jung, hübsch und hatte lange blonde Haare. Sie entsprach genau dem Beuteschema des Täters.

Jo stieß die Eingangstür zu den Redaktionsräumen auf. Er blieb kurz stehen, keuchte leise, sah sich um und verschwand im Nebenzimmer. Mark folgte ihm wortlos. Sein Herz holperte in der Brust wie ein defekter Motor.

Nebenan saß ein älterer Mann mit schütteren Haaren an einem der Computer und tippte.

»Hallo Friedrich.« Jo klang atemlos. »Wir sind auf der Suche nach Hubert!« Der Kollege tippte noch ein paar Sekunden weiter und sah dann hoch. Sein Blick blieb an Mark hängen, der hinter dem Fotografen im Türrahmen stehen geblieben war. »Der ist vor einer halben Stunde los.«

»Wohin?«

»Ich habe keine Ahnung. Nach Hause doch sicher.« Friedrich fragte nicht, was die beiden Männer von dem Kollegen wollten, und beschwerte sich auch nicht, dass Jo Fremde mit in die Redaktionsräume brachte, sondern drehte sich mit seinem Stuhl wieder in Richtung Bildschirm. »Ruf ihn doch einfach auf dem Handy an.«

»Hab ich schon versucht, aber er geht nicht ran.«

»Dann kann ich auch nichts machen.« Die Finger huschten schon wieder über die Tasten. Friedrich hatte das Interesse verloren. Jo winkte Mark, ihm zu folgen, und hastete in die Redaktionsküche.

»Versuchen Sie einfach alle zehn Minuten, diesen Hubert zu erreichen.« Mark bemühte sich, ruhig ein- und auszuatmen. Sie wussten ja nicht einmal, ob Hubert überhaupt in der Lage war, eine detaillierte Beschreibung des vermeintlichen Penners abzugeben.

Jo legte das Handy auf den Tisch, nahm Platz und sprang sofort, wie ein Schachtelmännchen, wieder auf. »Was glauben Sie, was der Täter jetzt vorhat?«

»Ich denke die ganze Zeit über nichts anderes nach.« Kurz zuckte der Gedanke durch Marks Kopf, dass der Fotograf sich entschieden zu sehr um Laras Befinden sorgte, dann vergaß er ihn wieder. Er setzte sich und legte die Hände auf die Tischplatte. Seine Fingerspitzen zitterten leicht. »Es handelt sich mit Sicherheit um einen planenden Täter, der wahrscheinlich zur Kategorie der sadistischen Sexualmörder gehört, auch wenn wir keine Spuren von Vergewaltigungen gefunden haben. Solche Mörder bereiten ihre Verbrechen methodisch vor und achten darauf, keine Spuren zu hinterlassen.« Jetzt hatten Marks Finger begonnen, auf der Tischplatte einen Trommelwirbel auszuführen. Er schien es nicht zu bemerken, sondern redete einfach weiter. »Während des Tatverlaufs ist so ein Täter außergewöhnlich ruhig und emotional distanziert.«

»Das hilft uns nicht weiter.« Jo klang ärgerlich. Auch er saß nun wieder, den Rücken durchgedrückt, beide Ellenbogen auf den Tisch gestemmt, die Finger ineinander verschränkt.

»Nein, da haben Sie recht. Das einzig Positive« – Marks Hände malten Anführungszeichen in die Luft –, »wenn man das überhaupt so nennen kann, ist die Tatsache, dass ein sadistischer Sexualmörder seine Opfer oft über einen gewissen Zeitraum in seiner Gewalt behält.«

»Er tötet sie also nicht gleich.« Jo flüsterte nun. »Von welchem Zeitraum sprechen wir?«

»Stunden, einen halben Tag, einen ganzen? Genau weiß ich es nicht. Dazu müsste man den bei der Autopsie der vorhergehenden Opfer bestimmten Todeszeitpunkt mit dem Zeitpunkt ihres Verschwindens vergleichen. Und auch dann ist nicht gesagt, dass er sich bei allen gleich verhält.« *Es hängt davon ab, ob er ein Interesse daran hat, Lara am Leben zu lassen.* Der letzte Satz blieb unausgesprochen.

»Unabhängig von Ihren Fachkenntnissen, was glauben Sie denn, was er jetzt vorhat?«

Mark zwang seine Finger zur Ruhe und atmete durch. Es musste ihm gelingen, endlich die Gefühle abzuschalten, und seinen Sachverstand einsetzen. »Neben der sadistischen Lust am Töten und Ausweiden von Opfern hat der Täter ein außerordentlich starkes Bestreben, *seine* Sicht der Ereignisse an den Mann zu bringen, *diese* Version der Öffentlichkeit zu präsentieren. Er hat dem ersten Paket einen Brief beigefügt, weil er sich in der Presse nicht richtig dargestellt sah. Und als Ihre Zeitung seine ›Gegendarstellung‹ nicht abgedruckt hat, hat er einen Tag später die nächste Nachricht geschrieben und am Tag darauf erneut ein Päckchen, wieder mit einem abgetrennten Kopf und einer Mitteilung, an die *Tagespresse* geschickt.

Drei Botschaften in drei Tagen! Und Ihr Blatt hat nichts davon veröffentlicht!«

»Ich denke, er wendet sich jetzt aufs Neue an die Medien: Zeitungen, Radio, Fernsehsender.« Jos Augen waren dunkel.

»Das nehme ich ganz stark an. Sein spezielles Feindbild ist jedoch mit Sicherheit die *Tagespresse*.«

»Könnte es sein, dass er versuchen wird, die Richtigstellung *noch einmal* in unsere Zeitung zu bringen?«

Ein paar Sekunden vergingen, in denen sich die beiden Männer ansahen.

»Denken Sie das, was ich denke?« Jo sprach als Erster. »Der Typ war gestern Abend schon hier und hat an Laras Computer etwas geschrieben! Deshalb wurde die geänderte Seite an die Techniker gesendet! Lara hat ihm gesagt, wie es gemacht wird, und er hat es versucht.« Bei den letzten Worten dämpfte er seine Lautstärke und schielte in Richtung Tür.

»Ich fürchte, Sie haben recht.« Marks Worte waren kaum zu verstehen, so leise hatte er gesprochen. »Ich hätte schon längst selbst darauf kommen müssen, aber die Sorge hat mir den Verstand vernebelt.«

»Das *Schwein* war hier in der Redaktion. Womöglich sogar mit Lara im Schlepptau!« Jo schlug sich die Faust an den Kopf, hielt dann inne und starrte sein Gegenüber mit weit geöffneten Augen an. »Glauben Sie, er wird heute Abend wiederkommen, um es noch mal zu versuchen, da es gestern nicht geklappt hat?«

Mark blieb stumm und zwang sich, die Alternativen sachlich gegeneinander abzuwägen, auch wenn das Blut in seinen Adern rauschte und das Herz in der Brust holperte. Ganz abwegig war der Gedanke des Fotografen nicht. Dieser sprudelte indessen weitere Sätze heraus: »Wir könnten uns hier auf die Lauer legen und ihn erwischen! Er muss Laras Schlüssel haben. Und ihr Passwort. Das bedeutet doch, dass sie noch lebt! Womöglich bringt er sie wieder mit!«

Mark schwieg noch immer. Was der Fotograf eben gesagt hatte, war nicht unbedingt logisch. *Wenn* der Täter alle Informationen von Lara bekommen hatte, brauchte er sie nicht mehr. Die Frage war nur: Traf diese Annahme zu?

»Habt ihr Probleme?« Von beiden unbemerkt war Friedrich in der Tür aufgetaucht.

»Nein, nein. Wir haben gerade über einen gemeinsamen Bekannten gefachsimpelt.« Mark lehnte sich zurück und versuchte ein gelassenes Lächeln. Es misslang.

»Habt ihr Hubert denn erreicht?«

»Bis jetzt noch nicht.« Jetzt sah auch Jo hoch. Sein Gesicht war hochrot.

»Na gut. Christin ist grad gekommen. Sie macht heute den Spätdienst bis einundzwanzig Uhr, und ich verschwinde jetzt.« Friedrich bleckte die Zähne zu einem schiefen Grinsen, winkte und verschwand.

Jo sprang auf, lief zur Tür und spähte hinaus, um sich zu vergewissern, dass der Kollege nicht mehr in Hörweite war. Zurückgekommen nahm er mit durchgedrücktem Rücken auf der Stuhlkante Platz. »Also denken Sie nun auch, dass der Typ heute nach Redaktionsschluss noch einmal hierherkommt?«

»Es könnte sein.« Mark war sich nicht sicher, aber eine geringe Wahrscheinlichkeit bestand tatsächlich.

»Also bleiben wir hier und warten auf ihn?« Der Fotograf wischte sich mit dem Hemdärmel die Schweißperlen von der Stirn und betrachtete dann sein Handy. »Oder was könnten wir sonst noch unternehmen?«

»Nichts, was sinnvoll wäre. Ich schlage vor, wir planen genau, wie wir uns verhalten werden, falls er tatsächlich auftaucht. Und ich habe ein paar Anrufe zu erledigen.« In Marks Kopf wirbelten mehrere Gedankengänge gleichzeitig durcheinander. Warum nahm der Fotograf solch großen Anteil an Laras Geschick? Hatte er etwas mit ihr? Gleichzeitig sah er vor seinem geistigen Auge das hölzerne Gesicht von Kriminalkommissar Stiller. Vielleicht zeigte die Kripo nach den neuesten Erkenntnissen nun doch Interesse, sich an der Suche nach der verschwundenen Journalistin zu beteiligen. Mark glaubte nicht daran, aber er wollte nichts unversucht lassen.

Nach seiner Analyse des Täterverhaltens existierte die Möglichkeit, dass Lara noch am Leben war, weil dieser Mann sie noch brauchte. Mark konnte jedoch nicht einschätzen, wie hoch die Wahrscheinlichkeit dafür war. Er wandte den Blick von den Kratzern auf der Tischplatte und betrachtete das immer noch hochrote Gesicht von Joachim Selbig, während in seinem Kopf Sätze aus der Charakteristik planender Täter aufflammten und wieder verloschen wie eine defekte Neonreklame. *Gleichwohl besteht immer die Gefahr der Tötung des Opfers, denn schon ein geringer Anlass kann die Aggressivität des planenden Täters abrupt steigern. Ein planender Täter weist meist ausgeprägt sadistische Züge auf, er genießt die Angst seines Opfers, er genießt es, die Steigerung dieser Angst mitzuerleben, er genießt die Eskalation.*

*

Doctor Nex hatte ein Déjà-vu. Wie ein silbriger Schatten zirkelte der Ford um die engen Kurven. Wenn er jetzt noch die gleiche Parknische wie gestern fand, war die Täuschung perfekt.

Der Platz war besetzt.

Er rangierte den Wagen in eine Lücke zwischen zwei Betonpfeilern, an deren Seiten farbige Striemen darauf hindeuteten, dass andere Fahrer es nicht gelernt hatten einzuparken, und rollte den Gedanken, ob das ein schlechtes oder ein gutes Omen war, in seinem Kopf hin und her. Nach der gestrigen Vorgehensweise war sein Vorhaben gescheitert. Lief heute alles exakt gleich, konnte das ein erneutes Fehlschlagen bewirken. Dies hier war ein erster Unterschied. Er murmelte »Gutes Omen«, zog den Schlüssel ab, öffnete die Autotür und schloss sie sofort wieder.

Kindergeschrei rasselte heran, prallte auf die steinernen Wände, brach sich und hallte zurück. Gleich darauf bog ein Pärchen um die Ecke, jeder mit mehreren Plastiktüten beladen, im Schlepptau zwei kreischende Bälger im Kindergartenalter, die wie Hüpfbälle auf und ab sprangen und dazu erbärmlich krakeelten. Im Näherkommen sah er, dass die Eltern – so sie es denn waren – selbst noch im Teenageralter zu sein schienen: sie mit billigen Stöckelschuhen und zu kurzem Rock, über dessen Bund zwei Speckfalten quollen, die Haare aufgepeppt mit schlecht gemachten roten Strähnchen. Er latschte mit abgetretenen Turnschuhen einen Schritt hinter ihr, die Jeans ausgefranst, auf dem T-Shirt prangte das obligatorische Logo einer amerikanischen Eliteuniversität.

Doctor Nex rutschte im Sitz nach unten, während das Proletenpärchen zu dem blauen Skoda zwei Parkplätze neben seinem Ford marschierte und damit begann, den Kofferraum mit den mitgebrachten Tüten zu beladen. Die Kinder spielten unterdessen zwischen den Autos Fangen, und er sinnierte, ob er in der Lage wäre, sich zu beherrschen, wenn solch ein rotznäsiges Balg ihm im Eifer des Gefechts einen Kratzer am Auto verpasste.

Das kleine Auto erinnerte ihn an den Mini Cooper von Lara Birkenfeld. Er lächelte, und seine Gedanken schweiften für einen Moment zu der Journalistin und ihrem traurigem

Schicksal, während er das Tun der Eltern und ihrer unerzogenen Kinder weiter beobachtete.

Es dauerte schier endlose Minuten, bis sie endlich alle im Wagen saßen und davonfuhren. Ein zweiter Unterschied zu gestern.

Doctor Nex betrachtete sein Gesicht im Rückspiegel. Die dunkle Sonnenbrille in Kombination mit dem perlgrauen Anzug ließ ihn wie einen Mafiaboss aussehen. Niemand würde Parallelen zu dem stinkenden Penner ziehen, der vor ein paar Tagen in der Redaktion der *Tagespresse* gewesen war. Er öffnete die Fahrertür, lauschte, stieg dann aus und wartete noch ein paar Sekunden. Absolute Ruhe.

Es konnte losgehen.

Sein Puls beschleunigte sich. Er tastete kurz nach dem Speicherstick in seiner Hosentasche und marschierte dann los.

Alle Fenster des Gebäudes waren dunkel. In einer Lokalredaktion arbeitete man spätabends nicht. Mit schnellen Schritten lief Doctor Nex zuerst an der Eingangstür vorbei bis zum nächsten Haus, drehte sich dann abrupt um, rieb sich die Stirn, als habe er etwas vergessen, ging langsam wieder zurück und musterte dabei unauffällig die Umgebung. Es war niemand zu sehen.

Lautlos drehte sich der Schlüssel im Schloss. Die mächtige Tür schwang auf, und der Mann im grauen Anzug verschwand im Innern des Hauses. Nachdem die Tür sich ebenso lautlos wieder geschlossen hatte, blieb er stehen und spitzte die Ohren. Völlige Stille. Er zählte, atmete die trockene Luft im Takt: bei den ungeraden Ziffern ein, bei den geraden aus. Es war nicht völlig finster. Treppen und Geländer schälten sich allmählich aus der Dunkelheit hervor.

Neunundzwanzig – ein. Dreißig – aus. Und los! Doctor Nex setzte den Fuß auf die erste Stufe und begann, von vorn zu zählen.

Die Redaktionsräume, in denen Lara arbeitete – er berichtigte sich –, gearbeitet hatte, lagen im zweiten Stock. Nach jedem Schritt blieb er stehen, lauschte ein, zwei Sekunden und erklomm die nächste Stufe. Auf halbem Absatz wartete er exakt bis zwanzig. Noch einmal zwanzig und er wäre in der ersten Etage.

Das Zeitfenster war eng. Dieses Mal musste es gelingen, sollte der neue Text am nächsten Tag sicher in der *Tagespresse* abgedruckt sein.

Er hob den rechten Fuß und erstarrte. Aus den oberen Stockwerken war ein leises Geräusch zu hören. Kleine Muskeln zogen seine Kopfhaut am Haaransatz nach hinten. Auf den Unterarmen sträubten sich alle Härchen, stießen gegen den Hemdenstoff, verursachten ein feines Kribbeln.

Es hatte sich angehört, als ob etwas umgefallen war. Oder umgestoßen wurde. Von jemandem, der da oben auf ihn wartete. Ohne es zu merken, schob er das Kinn nach vorn, wie eine betagte Schildkröte, die ein Salatblatt wittert. Das Geräusch wiederholte sich nicht.

Doctor Nex hielt die Luft an und lauschte in die Stille. Dann drehte er sich um, ließ die Hand über das Geländer gleiten und schlich lautlos die Stufen wieder hinunter.

34

Scheiße! Mark unterdrückte den Fluch und zwang sich gleichzeitig, die Finger von dem umgefallenen Hocker zu lassen. Ihn aufzuheben und wieder neben die Tür zu stellen, hätte womöglich noch mehr Lärm verursacht. Er blickte stattdessen schnell auf seine Armbanduhr und dann zu Jo, der noch immer neben dem Fenster stand, nur kurz den Kopf gedreht hatte und nun wieder hinausspähte. »Wenn der Typ das gehört hat, können wir den Rest vergessen.« Das Flüstern des Fotografen hallte in Marks Kopf wider. *Das weiß ich selbst.* Zorn brodelte wie rotglühende Lava. Während mögliche Szenarien in seinem Kopf miteinander um Aufmerksamkeit wetteiferten, presste Mark das Ohr wieder an die Tür und versuchte, Geräusche aus dem Treppenhaus aufzufangen.

Dabei hatte es sich so hoffnungsvoll angelassen. Der Mann im biederen Anzug, den Jo vorhin draußen auf dem Gehweg erspäht hatte, war ihnen irgendwie eigentümlich vorgekommen. Sein ganzes Gebaren hatte etwas Verstohlenes gehabt, obwohl er anscheinend zielstrebig voranschritt. Als er an ihrem Eingang vorbeimarschierte, war Jo ein Seufzer entwichen, doch dann hatte der Mann haltgemacht und war zurückgekommen.

Sie beide hatten die Luft angehalten, bis der Anzugtyp im toten Winkel vor dem Redaktionsgebäude verschwunden und nicht wieder aufgetaucht war. Hastig hatte Mark sich vor der Eingangstür zu den Redaktionsräumen postiert, um zu lauschen, während Jo die Straße beobachtete.

Und dann war er bei dem Versuch, noch dichter an die Tür heranzurücken, mit der Fußspitze an diesem verfluchten

Hockerbein hängen geblieben und hatte damit womöglich den Täter verschreckt.

»Da ist er!« Jos Schrei ließ Mark zusammenfahren. »Schnell, schnell!«

Er hastete zum Fenster, und gemeinsam sahen sie, wie der Mann im dunklen Anzug zügig in Richtung Parkhaus ging.

»Hinterher!« Jo griff im Rennen nach seinem Handy und nestelte die Schlüssel aus der Hosentasche. Dann spurteten sie die Treppen hinunter.

»Was, wenn das gar nicht unser Mann war?« Jo sprang zwei Stufen auf einmal hinunter.

»Wir haben keine Alternative.« Mark hetzte die Worte im Takt seiner Schritte heraus. »Der Typ ist vorhin im toten Winkel verschwunden, aber nicht wieder aufgetaucht, also *muss* er ins Haus gegangen sein.«

»Jep.« Jo war unten angekommen und griff nach der Klinke. »Nicht abgeschlossen!« Mehr musste er nicht sagen. Jo hatte Christin vorhin nach unten gebracht und eigenhändig die Tür zugeschlossen. Wenn sie jetzt offen war, konnte dies nur bedeuten, dass jemand einen Schlüssel gehabt haben musste, diesen aber auf dem Rückweg in der Eile nicht benutzt hatte. Und es hatte nur einen »Jemand« in der fraglichen letzten Viertelstunde gegeben.

Mark im Schlepptau, stolperte Jo auf den Gehweg hinaus.

»Wir nehmen *mein* Auto! Schnell! Der ist Richtung Parkhaus gelaufen!« Mark drückte auf die Fernbedienung. Die Blinkleuchten flammten kurz auf. Fast synchron öffneten sie die Türen und hechteten auf die Sitze. Noch ehe Jo die Beifahrertür richtig geschlossen hatte, fuhr Mark schon los. Fünfzig Meter vor der Ausfahrt des Parkhauses bremste er und hielt. Finger trommelten einen Wirbel auf das Lenkrad und krallten sich dann um das genarbte Leder.

»Ist er schon weg?« Jo nagte an der Seite seines Daumens.

»Das glaube ich nicht. Wir hätten ihn sehen müssen. Und *so* langsam waren auch wir nicht. Außerdem muss er erst das Ticket am Automaten bezahlen, sonst kommt er nicht raus.«

Ein in der Abenddämmerung froschgrün schimmernder Mazda rollte auf die Schranke zu, und Jo beugte sich nach vorn. Mark hatte schon die Rechte an der Handbremse, als er feststellte, dass hinter dem Steuer eine Frau saß.

»Wir wissen gar nicht, was der Typ für ein Auto fährt.« Jo klang zunehmend kurzatmig.

»Wir werden ihn erkennen, wenn er angefahren kommt.«

Ein großer silbergrauer Ford näherte sich der Ausfahrt. Wieder beugte Jo sich nach vorn. Mark spürte, wie sein Herz einen Salto vollführte, während Jo flüsterte: »Das *ist* er. *Verdammt*, das ist er!« Ein Arm in dunkelgrauem Zwirn reckte sich aus dem Fahrerfenster und schob das Ticket in den Schlitz. Die Schranke glitt nach oben, der Ford rollte auf die Straße und bog nach links ab.

Mark wartete, bis sich das Auto entfernt hatte, und fuhr dann los.

»Sollten wir nicht die Bullen informieren?« Jo deutete auf die Freisprechanlage.

»Versuchen können wir es. Wählen Sie, ich muss mich aufs Fahren konzentrieren. Die Nummer ist noch von vorhin gespeichert.«

Der Mondeo bog rechts ab. Mark folgte ihm, immer in gebührendem Abstand. Eine Abfolge von Tönen verkündete, dass das Telefon wählte. Ein Beamter nuschelte seinen Namen in den Hörer. Vor ihnen beschleunigte der Ford. Mark ließ einen schwarzen BMW überholen und hängte sich an dessen Heck. Gemeinsam lauschten sie dem Polizisten, der ihnen in aller Gemütsruhe erklärte, dass Kommissar Stiller längst

Feierabend habe, er ihn zwar anpiepsen könne, dies aber nur im Notfall tun würde.

»Das hier *ist* ein Notfall, verdammt!« Mark verschluckte den Zusatz »Idiot«. Beschimpfungen würden zu nichts führen. Jos Körper lehnte weit nach rechts, er wandte den Blick nicht von dem silbernen Auto, das vor dem BMW fuhr, so als könne er durch sein Starren die Fahrtroute des Fahrers erraten. An seinem Hals pochte eine Ader. Nachdem Mark sich den Namen des widerwilligen Polizisten hatte buchstabieren lassen und mit Regressforderungen gedroht hatte, sollte dieser sich weiterhin weigern, die Informationen ernst zu nehmen, maulte der, er werde sich das Kennzeichen des Ford Mondeo notieren und dann den Kommissar anpiepsen, und setzte zum Schluss noch hinzu, er könne jedoch nicht garantieren, dass dieser zurückrufen werde.

»So ein Arsch!« Mark legte auf und blickte kurz zur Seite. Jo glich mit seinem vorgeschobenen Unterkiefer einem Nussknacker. Mit fast siebzig Stundenkilometern hetzten sie durch die Stadt, vorweg der silberne Mondeo, gefolgt von dem schwarzen BMW, im Anschluss der Audi.

»Glauben Sie, er weiß, dass wir ihm folgen?«

»Ich denke nicht. Jedenfalls im Moment noch nicht.« Der BMW bog ab. Mark ließ sich etwas zurückfallen und verbot seinem Fuß, sich noch fester auf das Gaspedal zu senken. »Wenn wir allerdings weiter hinter ihm herfahren, wird er es irgendwann merken.«

»Was glauben Sie, wo der hinfährt?« Jos Kiefer mahlten unablässig.

»Zu sich nach Hause, hoffe ich.« In Marks Kopf lärmten die Gedanken. Sein sonst so pragmatischer Verstand schien nicht in der Lage zu sein, das Wissen auf persönliche Bedrohungen anzuwenden.

Der Ford wurde langsamer. Vorortvillen säumten jetzt ihren Weg. Die Abenddämmerung puderte einen rosafarbenen Hauch über Häuser und Gärten.

Jetzt blinkte der Mondeo rechts. Mark verlangsamte seinen Audi auf Schritttempo, ließ ihn an den Straßenrand rollen und grub die Zähne in die Unterlippe, während das verfolgte Auto abbog und nicht mehr zu sehen war.

»Mist!« Jo fluchte leise, so als könne der Mann im Ford sie trotz der Entfernung noch hören. »Hinterher?«

»Was sonst!« Vorsichtig gab Mark wieder Gas und näherte sich der Kreuzung. Jo reckte den Kopf so weit es ging nach vorn; versuchte schon, bevor sie abbogen, um die Ecke zu spähen. Sein »Stopp, verflucht!« kam zu spät.

Sie sahen, wie sich der Ford, hundert Meter hinter der Einmündung, die breite silberne Schnauze ihnen zugewandt, in Bewegung setzte.

Reifen protestierten quietschend, als das Auto auf sie zugeschossen kam. Wie mit einem Magnesiumblitz beleuchtet, brannte sich das Gesicht des Fahrers auf Marks Netzhaut ein. Millimeterkurz geschorene Haare, markante Nase, bulliger Hals.

Aber was am schlimmsten war: Der Typ hatte gegrinst, als er an ihnen vorbeigeschossen war.

*

Mark ließ den Motor aufheulen, setzte rückwärts in eine Einfahrt, kurbelte hektisch am Lenkrad und zirkelte wieder auf die Straße zurück. Im Rückspiegel erhaschte er einen Blick auf eine sich öffnende Haustür, in der ein alter Mann, schwer auf einen Krückstock gestützt, stand. Sein halboffener Mund wirkte in der Dämmerung wie eine dunkle Höhle.

Jo, der die ganze Zeit im Sitz hin und her gerutscht war,

zeigte schweigend nach vorn und klammerte die Finger dann um den Griff oberhalb der Beifahrertür. Der Audi schoss voran und presste die beiden Männer in die Sitzschalen. Der Opa hinter ihnen schüttelte den Kopf und schloss die Tür wieder.

Das Auto schlingerte um die Kurve. Weit und breit kein silberner Ford. Mark trat das Gaspedal bis zum Bodenblech durch. Der Audi beschleunigte. Ein Stoppschild leuchtete grell im Licht der Scheinwerfer. Mark trat so heftig auf die Bremse, dass ihrer beider Köpfe nach vorn geschleudert wurden und fast die Windschutzscheibe berührten. Dann fuhr er bis in den Kreuzungsbereich, sodass sie die Querstraße in beiden Richtungen absuchen konnten. Nichts. Nicht ein einziges fahrendes Auto.

»Scheiße, Scheiße, Scheiße!« Der Deckel des Handschuhfachs erzitterte im Takt der Schläge von Jos Faust. »Wir haben ihn verloren!«

Mark nickte müde.

»Was machen wir denn jetzt?«

»Es hat keinen Sinn, weiter durch die Gegend zu fahren. Ich hatte den Eindruck, dass der Typ sich hier auskennt. Der ist längst über alle Berge oder versteckt sich und seinen Ford irgendwo.« Im Auto roch es nach Schweiß. Mark wischte sich mit dem Unterarm über die Stirn. »Fahren wir in die Straße zurück, in der er vorhin gewendet hat. Es muss einen Grund geben, warum er gerade *hierher* gefahren ist, denn ich glaube, er hat erst kurz vorher bemerkt, dass ihm jemand folgt. Das bedeutet, sein Zielpunkt befindet sich ganz hier in der Nähe.« Mark holte tief Luft, aber die Enge in seinem Brustraum löste sich nicht.

»Dann los!« Jo lockerte seine verkrampften Finger. Mark wendete und fuhr langsam zurück. Er parkte gegenüber der Stelle, an der der Ford eben noch gehalten hatte.

Der Motor erstarb mit einem Seufzen. Die beiden Männer schauten sich an. Inzwischen war es fast völlig dunkel geworden. Auf alt getrimmte Straßenlampen zeichneten mattgelbe Lichtkreise auf den Gehweg.

»Schauen wir uns an, wer hier wohnt. Befragen wir ein paar Leute.« Mark suchte in seiner Brieftasche nach einem amtlich wirkenden Ausweis. Seine Finger stellten sich ungelenk an.

Sie stiegen aus, sahen sich um. Betagte Einfamilienhäuser mit großzügigen Gärten. Auf der Spitze einer Tanne zwitscherte eine Meise. Hinter einem der Fenster im ersten Stock wackelte die Gardine. Es war das Haus, in dessen Tür vorhin der alte Mann mit der Krücke gestanden hatte.

»Den Opa zuerst! Ich bin sicher, der sieht und hört alles, was hier vorgeht!« Mark war schon in Richtung des grün gestrichenen Gartentores unterwegs. Er klingelte, sah sich um. Wieder bewegte sich der Stoff. Die Minuten, bis die Haustür sich langsam öffnete, kamen ihnen wie Stunden vor.

Der alte Mann lugte um die Tür. Seine buschigen Augenbrauen waren tief in die Stirn gezogen, die Mundwinkel hingen nach unten. In seinen dicken Brillengläsern spiegelte sich die Straßenlampe. »Was ist?«

»Wir haben ein paar Fragen an Sie!« Marks Worte hallten laut durch die Stille. Die Meise flatterte davon.

»Hab kein Interesse!« Auch der Alte sprach laut. Aber er blieb in der Tür stehen, als erwarte er, dass die beiden Fremden ihm Genaueres erklärten.

»Der Ford Mondeo, der eben hier gehalten hat – kannten Sie den?« Mark beobachtete, wie der Alte seinen Stock fester packte und sich in Bewegung setzte. Mit einem Ächzen kam er die drei Stufen herunter und tappte dann auf das Gartentor zu.

»Was wollen Sie denn von dem?«

»Kennen Sie den Fahrer?«

»Kann sein. Was wollen Sie von ihm?« Jetzt war er am Tor angekommen, eine Bugwelle von altem Männerschweiß, abgestandenem Essen und ungewaschener Kleidung vor sich herschiebend. Jo unterdrückte ein Hüsteln und wandte den Blick von der fleckigen Cordhose ab, während Mark dem Alten ein eingeschweißtes Dokument vor die dicke Brille hielt. »Wir untersuchen einen Unfall mit Fahrerflucht.«

»Fahrerflucht? Der Martin? Nie im Leben!« Jo konnte Mark scharf einatmen hören. Der Alte fuchtelte mit seinem Stock in der Luft herum. »Er fährt immer ganz anständig, das können Sie mir glauben!«

»Vielleicht haben Sie recht, aber das müssen wir erst abklären. Wo wohnt denn der Martin?« Mark sah sich um, so als suche er das entsprechende Haus.

»Da drüben, das Eckhaus.« Die Spitze des Stocks zeigte in die angegebene Richtung. »Wo die Rollläden runtergelassen sind.« Der alte Mann kam nicht auf die Idee, dass eine einfache Halterüberprüfung die Adresse des Fahrers zutage fördern würde, schließlich hatte Mark sich ihm gegenüber doch als offizieller Ermittler ausgewiesen.

Jo folgte Marks Blick und betrachtete das Gebäude auf der anderen Straßenseite. Im müden Schein der Straßenlampen wirkte der Rauputz fleckig. Er fragte sich, welchen Grund es geben mochte, die Jalousien zu schließen, wenn man nicht daheim war. Irgendwie war ihm klar, dass Martin allein lebte.

»Dann gehen wir jetzt mal rüber. Danke schön für Ihre Auskunft.« Mark drehte sich um. Der Alte stand mit halboffenem Mund, auf seinen Stock gestützt und erweckte den Eindruck, als bedauere er, dass das schon alles gewesen sein sollte.

Seine abschließende Bemerkung erreichte nur mehr ihre beiden Rücken: »Sie werden umsonst klingeln! Da ist keiner zu Hause, weil der Martin vorhin weggefahren ist!«

Mark hob beschwichtigend die Hand. In seinem Kopf hörte er das Knirschen seiner aufeinandergepressten Zähne. *Das werden wir ja sehen, ob da keiner zu Hause ist, alter Mann!*

Auf dem Weg hinüber blieb Mark kurz an seinem Audi stehen, kramte im Kofferraum und nahm dann zwei Paar Latexhandschuhe aus dem Verbandskasten. Er wusste nicht genau, warum er das tat. Vielleicht war es die Intuition eines Fallanalytikers.

Am Klingelschild stand »Mühlmann«. Irgendwie hatte Mark erwartet, dass der Typ »Eine« mit Nachnamen hieß, weil die Briefe mit »D. G. Eine« unterzeichnet gewesen waren. Sein Zeigefinger stach auf den Knopf nieder und drückte ihn ein. Ein fast unhörbares Summen drang heraus. Im Haus rührte sich nichts. Jo betrachtete die Rollläden. Das war eine Festung. »Was, wenn Lara da drin ist?« Sein Flüstern schien sich durch die Abendstille zu verstärken.

»Schauen wir nach einem Hintereingang.« Mark warf einen Blick zurück zum Haus des alten Mannes. Der hatte die drei Stufen zu seinem Eingang erklommen und stand nun wieder in der halbgeöffneten Tür, lauernd wie eine Katze, die vor einem Mauseloch sitzt. »Und dann sehen wir weiter.«

Mit festen Schritten gingen sie bis zur Ecke und bogen ab. Jetzt war dem Alten die Sicht versperrt. Mannshohe Fichten bildeten mit ihren verflochtenen Armen eine natürliche Barriere hinter dem Bretterzaun. Nach ungefähr fünfzig Metern fanden sie ein Tor. Mark hob den rechten Fuß und trat kräftig dagegen. Die Latten knirschten, dann sprang das Schloss auf, und das Tor schwang nach innen. »War leider kaputt.« Er zuckte die Schultern und betrat den gepflasterten Weg. Jo folgte, nicht ohne sich zu fragen, ob das, was sich der Psychologe da erlaubt hatte, nicht mindestens Sachbeschädigung war und ob dies Konsequenzen für ihn haben würde.

Zwischen den Bäumen war es still und finster. Vorsichtig näherten sich die beiden Männer der in der Dunkelheit heller schimmernden Terrasse. Mit strafenden Augen blickten schwarze Fensterscheiben auf die ungebetenen Besucher. Keine Jalousien.

»Was nun?« Jo kratzte sich heftig im Nacken. Sie waren an der Terrassentür angekommen.

»Wir öffnen die Tür und gehen rein.«

»Ist das nicht Einbruch? Und wenn er eine Alarmanlage hat?«

»Das werden wir ja sehen.« Marks Worte zischten durch die Dunkelheit wie scharfe Klingen. »Es geht um Lara! Mir ist im Moment egal…« Weiter kam er nicht. Handyklingeln ertönte. Ungestüm fuhren die Finger in die Hosentasche, rissen das Telefon heraus. Mark drückte einen Knopf und blaffte »Grünthal!« in den Hörer. Dann hörte er mit vorgeschobenem Unterkiefer zu, was der Anrufer zu sagen hatte, schüttelte dabei den Kopf und untersuchte gleichzeitig die Tür. Jo hatte beide Hände neben das Gesicht gelegt und drückte die Nase an die Fensterscheibe. Was er in der Schwärze erkennen konnte, sah aus wie ein gutbürgerliches Wohnzimmer. Er hörte, wie Mark im Telegrammstil die Ereignisse des zurückliegenden Abends schilderte, zwischendurch immer wieder unterbrochen von Entgegnungen des Anrufers. Der Ton wurde zunehmend schärfer, obwohl der Psychologe sich noch immer bemühte, leise zu sprechen.

Erst als Mark Straße und Hausnummer des Gebäudes durchgab, bei dem sie sich gerade befanden, dämmerte es Jo, dass der Anrufer jemand von der Kripo, wahrscheinlich

Kommissar Stiller war. Marks »Ja, ja« klang nicht wirklich ernst gemeint. Dann legte er auf und sah Jo an. »Stiller.«

»Das dachte ich mir.« Beide flüsterten sie jetzt wieder.

»Hat er etwas herausgefunden?« Das Weiße in Jos Augen leuchtete in der Dunkelheit.

»Der Mann wollte mich lediglich anrufen, um mir mitzuteilen, dass sie noch ›beraten‹.« Mark spuckte das letzte Wort verächtlich heraus. »Wahrscheinlicher aber ist, dass er mich ruhigstellen wollte. Der hat mir heute Nachmittag nicht ein Wort abgenommen! Dafür werde ich ihn noch zur Verantwortung ziehen! Und ich *hoffe* für ihn, dass er das, was ich ihm eben erklärt habe, ernst nimmt!« Mark war von Satz zu Satz lauter geworden. »Unfähiger Schwätzer! Wir sollen es nicht ›wagen, das Haus zu betreten‹!«

»Wird er seine Leute herschicken?« Jo schluckte Magensäure hinunter.

»Könnte sein. Ich bin mir nicht sicher.«

»Wie lange kann das dauern?«

»Stunden?« Mark hatte sich unterdessen gebückt, einen großen Stein von der Einfassung genommen und seinen Ärmel darübergezogen.

Dann schlug er die Terrassentür ein.

»Dumm, dass die meisten Menschen Sicherheitsglas aus Kostengründen ablehnen.« Mark streifte die Latexhandschuhe über, langte an den Splittern vorbei zum Riegel und öffnete die Tür jetzt mit einer schnellen Handbewegung. »Der war sich ja ziemlich sicher, dass hier niemand einbrechen wird. Kommen Sie! Wir haben nicht viel Zeit! Und ziehen Sie Handschuhe an. Hier!« Er hielt dem Fotografen das zweite Paar hin.

Jo, der noch immer wie festgenagelt auf der Terrasse gestanden und auf das Schrillen einer Alarmanlage gewartet hatte, setzte sich nur langsam in Bewegung. »Es ist nichts zu hören.«

»Es könnte auch ein stilles Signal sein, das eine private Wachschutzfirma alarmiert. Was ich allerdings nicht glaube. Der Kerl hat Dreck am Stecken, da lässt man keine Wachfirma in sein Haus, auch nicht zur Sicherheitsanalyse.« Mark war mit dem Schienbein an einen niedrigen Couchtisch gestoßen und fluchte unterdrückt. »Aber das ist auch egal. Stiller ist schließlich informiert.« Dass der Kommissar ihnen befohlen hatte, vor dem Haus zu warten, erwähnte er nicht noch einmal. Es würde so oder so Ärger geben.

»Womöglich ruft auch der Opa von gegenüber die Polizei.« Jo tastete sich mit ausgestreckten Armen voran. Seine Augen gewöhnten sich nur langsam an die Dunkelheit.

»Von mir aus. Irgendjemand hat das Klirren eben mit Sicherheit gehört. Und bald taucht Stiller mit seiner Mannschaft auf. Also beeilen wir uns!« Mark hatte endlich den Lichtschalter gefunden. Das grelle Leuchten blendete die beiden Männer für einen Moment.

»Suchen wir das Haus ab! Sie fangen oben an –«, Mark zeigte auf die Treppe ins obere Stockwerk, »ich unten. Wenn Sie etwas finden, rufen Sie, ich mache es auch so.«

Jo nickte und rannte dann fast zur Treppe. Keiner von beiden sprach aus, was oder besser wen sie suchten. Es war auch so klar.

Mark musterte das Hakenbrett im Flur und griff sich dann einfach alle Schlüssel, die dort hingen. In seinem Kopf pulste es. Von oben drang das Getrappel eiliger Schritte herunter. Sie waren jetzt exakt vier Minuten im Haus. Er hatte ausgerechnet, dass ihnen, wenn die Polizei schnell war, eine halbe Stunde bleiben würde; länger, wenn Stiller sich tatsächlich erst »beriet«. Die Tür zur Kellertreppe war unverschlossen. Mark klemmte einen Schuh dazwischen und stieg hinab.

Von der Ziegelwand wehte ein Geruch von Salpeter, vermischt mit einem Hauch Schimmel, herüber. »Lara!« Die zwei Silben tönten durch das Gewölbe, brachen sich an den Wänden, hallten zurück. »Bist du hier unten? Antworte mir, wenn du kannst!« Mark hielt die Luft an und lauschte. Nichts. Dann scharrten kleine Füßchen. Er rief noch einmal Laras Namen. Seine Stimme klang hoch und durchdringend, aber außer dem Echo war kein einziger Laut zu hören. Auch das Trippeln hatte aufgehört.

Schnell durchschritt er den Raum. Zwei Durchgänge. Mark ging nach links in die Schwärze und bedauerte es, keine Taschenlampe dabeizuhaben. Die Handfläche scharrte über eine unebene grobkörnige Wand, feine Fädchen hefteten sich an das Latex, bis die Fingerspitzen auf den Kippschalter trafen. Ein Klicken und gelbes Licht erhellte die Mitte des Raumes. Eine Lampe mit Blechrand pendelte leicht hin und her, so als sei eben noch jemand hier gewesen und habe sie in Schwingungen versetzt.

An der Rückwand standen Regale mit Konserven. Mark warf einen flüchtigen Blick auf die staubigen Gläser in den Metallgestellen und verließ den Raum wieder. Das Licht ließ er an.

Auch im rechten Durchgang lauerte undurchdringliche Finsternis. Auch hier befand sich der Lichtschalter in Brusthöhe an der rechten Innenwand. Klick.

Trübes Licht beschien eine weitere Tür. Sie war aus massiver Eiche. Zwei eiserne Riegel lagen quer über den Bohlen, an ihren Enden mit einer mächtigen Panzerkette, die durch ein großes Vorhängeschloss gesichert war, mehrfach verzurrt. Mark hörte sich selbst keuchen und öffnete den Mund, um nach dem Fotografen zu rufen, aber es kam kein einziger Ton heraus. Er räusperte sich und versuchte es noch einmal. Mehr als ein kraftloses Krächzen wurde es nicht, aber Jo schien den Ruf trotzdem gehört zu haben, denn von oben näherten sich schnelle Schritte. Stampfen, schweres Atmen. »Mark? Da oben ist nichts. Ich habe in alle Schränke geschaut.« Jetzt bog Jo um die Ecke, sah die Eichentür mit der Kette und erstarrte. Marks Blick blieb am Zifferblatt seiner Armbanduhr hängen. 22:06 Uhr.

»Was zum …« Ein gurgelndes Husten. Jo hatte sich verschluckt. Nach Luft ringend, näherte er sich. Mark untersuchte inzwischen die ineinander verschlungene Kette und das Schloss.

»Lara? Bist du da drin?« Jo hatte sich neben den Psychologen gedrängt und begann, an das Holz zu trommeln. Dann presste er das Ohr an die Bohlen, lauschte. Schlug erneut die Faust an die Tür.

Mark hatte unterdessen alle Schlüssel auf dem Boden ausgebreitet und durchforstet.

»Warten Sie!« Er erhob sich, ein rostiges kleines Ding in der Hand. Seine Finger zitterten so sehr, dass es ihm zuerst nicht gelang, den Schlüssel ins Schloss einzuführen, doch dann glückte es. Jo schnaufte direkt neben seinem Ohr, und Mark verspürte das brennende Verlangen, den Mann anzuschreien, er möge sich beherrschen.

Mit einem Knirschen begann der Schlüssel sich zu drehen. Jo hielt für eine Sekunde den Atem an, dann schnappte er nach Luft. Es klackte metallisch, der Bügel öffnete sich, Mark löste das Schloss aus den Kettengliedern, und dann zogen und zerrten sie gemeinsam, bis sich die vielfachen Verschlingungen zu lösen begannen. Mit einem bösartigen Rasseln glitt die Kette zu Boden. Ein schabendes Geräusch begleitete das

Verschieben der Riegel. Sie hielten beide einen Herzschlag lang inne.

Was würden sie in diesem Verlies finden? Laras Leiche, gefoltert, gequält? Oder lebte die Freundin noch, war lediglich bewusstlos, hilflos zwar, aber nicht tot? Bilder ausgeweideter Frauenkörper zuckten durch Jos Kopf.

Mark betastete den Griff und verschwieg seinen Verdacht, dass dieses Schloss und die Kette seit Jahren von niemandem berührt worden waren und dass Lara nicht hier war. So stark sein Geist sich an diese Möglichkeit geklammert hatte, so deutlich war ihm jetzt bewusst, dass der Rost am Schlüssel und die festgefressenen Verknotungen der Kette dagegen sprachen.

Quietschend öffnete sich die Tür. Zwei Augenpaare folgten dem Lichtstreif aus dem Gang, der schon nach wenigen Metern von der Schwärze aufgesogen wurde. Jo reagierte als Erster, trat einen Schritt nach vorn und suchte nach dem Schalter. Ein erschöpftes Knistern, ein asthmatisches Flackern, dann brannte die rußgeschwärzte nackte Glühbirne ruhig. Es roch nach jahrzehntealtem, vertrocknetem Staub.

Jos Unterlippe zitterte. Mark befahl seinem Gehirn zu arbeiten, herrschte sich selbst an: *Denk nach, Idiot, denk nach! Inspiziere den Raum, analysiere ihn!* Er tat zwei Schritte nach vorn und sah sich um; musterte die fleckige Matratze, das klapprige Tischchen daneben, den Stuhl. Kindlich anmutende Kritzeleien an den Wänden waren durch die ehemals weiße Tünche durchgeschlagen.

Was immer sich hier abgespielt haben mochte – es war Jahrzehnte her.

»Gehen wir wieder nach oben.« Marks Stimme klang jetzt matt, er fühlte sich ausgebrannt, leer. Jo tappte, den Kopf gesenkt, noch immer sprachlos, hinter ihm drein.

Die ganze Aktion schien Stunden gedauert zu haben. In Wirklichkeit waren jedoch gerade einmal zehn Minuten vergangen. Hintereinander stiegen sie die Kellertreppe wieder hinauf.

Den zwei mal einen Meter großen Tresorraum hinter den Metallregalen mit den Konserven hatten die beiden Männer nicht gefunden. Und auch die Polizei würde Tage brauchen, das gut getarnte Versteck zu finden.

»Wir können nichts mehr tun.« Es hörte sich endgültig an. »Hier ist Lara nicht.« Jo steuerte die Küche an und verdrängte die Vorstellung von im Mondlicht schwarzglänzenden Blutlachen, von leichenblasser Haut und klaffenden Wunden und wunderte sich über den gleichzeitig auftauchenden Gedanken, dass es kein Mondlicht geben würde, weil gestern Neumond gewesen war. Sein Gehirn speicherte und verknüpfte Nutzloses und Wichtiges.

»Suchen wir nach anderen Anhaltspunkten, wo Lara sein könnte.« Die Hoffnung, dass sie noch lebte, war geringer geworden, aber Mark weigerte sich aufzugeben. Er öffnete die Wohnzimmertür. Sie hatten das Licht angelassen. Ein Falter gaukelte um die Designerlampe. Zweiundzwanzig Uhr zwanzig. Die Polizei würde bald hier sein.

Wie gestrandete Wale wölbten zwei mächtige Ledersessel ihre Rücken vor dem niedrigen Couchtisch. Marks Schienbein erinnerte ihn mit einem Pochen daran, dass das Möbelstück scharfe Kanten besaß.

Er ging um die Sitzgruppe herum zur Bücherwand, erfasste erst im letzten Augenblick den flachen schwarzen Kasten, der auf der Glasplatte des Couchtischs lag, dachte kurz das Wort »Laptop« und vergaß es im selben Moment, in dem seine Augen die Buchtitel entlangglitten. Gartenbau und Pflanzenkunde. Obstgehölze, Bücher über alte Rosensorten und biologische Schädlingsbekämpfung, Hecken und Sträucher, einjährige Stauden. Lauter harmlose, sympathische Titel. Zu sympathisch.

Durch jahrelange Erfahrung geschult, griffen seine Finger wie automatisch nach den Wälzern, zogen ein paar heraus, und er spähte dahinter. Was er sah, ließ ihn mit einem scharfen Zischen die Luft einsaugen. Dumpf polternd landete der Stapel Gartenbücher auf dem Parkett.

Blaue Schrift auf grauem Hintergrund. Ein Buch von Michael Farin und Hans Schmid. Der Mann auf dem Titelfoto hatte ein narbiges Gesicht. Mit der Baseballkappe und dem Arbeitshemd wirkte er wie ein etwas zurückgebliebener Bauernsohn.

Mark kannte ihn natürlich. Oder besser, er kannte ihn nicht persönlich, aber den Fall, die unsäglichen Taten, seine psychologischen Abnormitäten, all die abscheulichen Objekte, die man bei der Durchsuchung des abgelegenen Gehöfts gefunden hatte. »Edward Theodore Gein. Der Metzger von Plainfield«. Der Falter schien die gemurmelten Worte gehört zu haben. Er flatterte jetzt stärker, angstvoll.

Mark sah sich, das Buch in der Hand, um und bemerkte erst jetzt, dass Jo fehlte.

In der nächsten Sekunde überschlugen sich die Ereignisse. Aus der Küche gellte ein Schrei. In Marks Kopf flackerte die Unterschrift unter den Täterbriefen wie eine verrückt gewordene Neonreklame: *D. G. Eine*. Aber ehe er weiterdenken konnte, kam Jo hereingestürzt, taumelte, stammelte etwas, hielt sich dann die Hand vor den Mund und würgte. Im nächsten Moment rannte er auf die Terrasse, und Mark konnte hören, wie er sich über das Geländer erbrach.

Gleich darauf kam er wieder herein, wischte sich mit einem Tempotaschentuch den Mund ab und presste das Wort »Kühlschrank« heraus. Den immer noch würgenden Fotografen im Schlepptau, hetzte Mark in die Küche, erfasste mit einem Blick die noch immer geschlossenen Jalousien, die biederkarierte Tischdecke und das blau gepunktete Geschirr in den Wandregalen, bevor sein Blick auf die geöffnete Tür des mannshohen Kühlschranks fiel.

Die zahlreichen Tupperdosen leuchteten im hellen Licht förmlich von innen. Im Näherkommen zeichneten sich unidentifizierbare Umrisse in dem durchsichtigen Plastik ab. Mark atmete durch den Mund. In seinem Kopf rauschte das Blut, während er sich den Behältern bis auf wenige Zentimeter näherte. In einem von ihnen schwamm etwas, das aussah wie Augen. Menschliche Augen. Mark wusste, was die Spurensicherung in den anderen Dosen finden würde. »Rühren Sie ab jetzt nichts mehr an!« Sein Befehl klang scharf. Der Fotograf nickte ergeben. Von weit her näherte sich das Jaulen einer Sirene, eine zweite folgte. Es war fünf Minuten vor halb elf.

»Wir beide werden das Haus verlassen müssen, wenn die Spurensicherung hier ist.« Mark sah Jo in die Augen. »Die werden Stunden um Stunden brauchen, dies alles hier zu untersuchen. Und es wird einen Riesenärger geben, dass wir hier eingedrungen sind.« Wieder nickte Jo. Das Sirenengeheul kam näher. Inzwischen war bestimmt die ganze Nachbarschaft alarmiert.

»Lara ist nicht hier.« Mark hatte den Kühlschrank zugeschlagen, die Küche verlassen und war, ohne sich umzusehen, ins Wohnzimmer marschiert. »Aber vielleicht hat er sie woanders versteckt, an einem geheimen Ort, vielleicht ist sie noch am Leben, vielleicht braucht er sie noch …« Jo öffnete den Mund, um zu protestieren, entschied sich dagegen und schüttelte nur den Kopf.

»Schieben Sie den Einbruch auf mich. Wir haben uns im Haus umgesehen. Erzählen Sie denen ruhig, wie es war. Die finden es sowieso heraus.« Das Gellen der Martinshörner erstarb vor der Tür. Jos Mund war noch immer offen. Mark war sich nicht sicher, ob der Mann ihm zuhörte und verstand, was er sagte, aber er hatte keine Zeit mehr. »Dann sind Sie in die Küche gegangen, weil Sie etwas zu trinken gesucht haben. Die Dinge im Kühlschrank haben Sie nicht angerührt. Und Sie haben keine Ahnung, wo ich auf einmal hin war.«

Mit diesen Worten nahm Mark den Laptop vom Tisch, schob ihn unter den Arm und marschierte zur Terrassentür hinaus.

35

Doctor Nex alias Martin Mühlmann trat auf das Gaspedal, der Blick huschte zwischen Rückspiegel und Straße hin und her. Der Audi blieb verschwunden. Es schien so, als seien die Verfolger abgehängt. Er mochte seinen Namen nicht. Dieses unbedarfte »Martin« war für einen intelligenten Geschäftsmann in den Dreißigern unangemessen, deshalb kürzte er seinen Vornamen stets ab und verwendete lieber nur den Anfangsbuchstaben.

Seine Mutter hatte ihn damit bestrafen wollen, dessen war er sich sicher, auch wenn sie immer betont hatte, dass sich sein Name von dem römischen »Martinus« herleite, der wiederum auf den Namen des Kriegsgottes Mars zurückgeführt werden könne. Verbreitet worden sei der schöne alte Vorname dann im vierten Jahrhundert durch den heiligen Martin, der seinen Mantel mit einem Bettler geteilt hatte. Und bis jetzt hatten drei Päpste den Namen Martin getragen. Es sei eine Ehre, so genannt zu werden. Leute mit ehrbaren Namen hatten auch einen ehrenwerten Charakter.

Wenn sich Frau Mama da mal nicht geirrt hatte. Er grinste und betrachtete seine Zähne im Rückspiegel. Die beiden Eckzähne waren spitzer als die Schneidezähne. Deutete das nicht darauf hin, dass der Mensch dereinst ein Raubtier gewesen war? Er bog scharf nach rechts ab und wartete dann, ob jemand vorbeifuhr. Niemand folgte ihm.

Dazu kam dieser banale Nachname: »Mühlmann«. Eine schäbige Alliteration noch als Dreingabe. Was sollte das schon heißen? Die Kinder hatten ihn gehänselt. »Hallo, Müllmann!« hatten sie gerufen. Oder: »Martin – Smartie« oder Ähnliches. Er hatte sich als Kind scheinbar damit abgefunden, gute Miene zum bösen Spiel gemacht; auch die Namen anderer Kinder wurden verballhornt, aber in seiner Fantasie waren den Quälgeistern drastische Missgeschicke passiert, sie wurden vom Blitz erschlagen, von Lastwagen zerquetscht oder von einem irren Serienmörder mit der Axt verfolgt.

Der Mann musste über das gedankliche Bild grinsen. Die Eckzähne leuchteten im Spiegel. Es gab keine irren Serienmörder. Jeder von ihnen hatte ein Ziel, eine Vision, strebte nach etwas Höherem. Seine Profession war der allmächtige Doctor Nex – Nex der Tod.

Inzwischen hatte er die Stadtgrenze passiert. Der Ford glitt fast lautlos um die Kurven, huschte durch die Nacht, Scheinwerfer strichen über borkige Stämme am Straßenrand, streiften Sträucher und schmutziges Gras. Wieder und wieder erinnerte er sich an das brennende Unbehagen, das ihn erfasst hatte, als ihm der dicke Audi zum ersten Mal aufgefallen war. Zuerst hatte er an einen Zufall geglaubt, den Wagen im Rückspiegel beobachtet, war langsamer und abrupt wieder schneller gefahren, um zu testen, ob dieses Auto ihm folgte, während sich die ungute Ahnung zur Gewissheit verdichtete und Gedanken wie durchgegangene Pferde durch den Kopf galoppierten.

Bullen waren das mit Sicherheit nicht. Bullen fuhren keinen dicken Audi. Womöglich hatte ihn doch irgendwer auf dem Weg in die Redaktionsräume observiert. Und dieser Unbekannte fuhr nun hinter Doctor Nex her. Das Entsetzen, dass man ihm schon so dicht auf den Fersen war, wich sehr schnell kaltschnäuzigem Zorn. Wenn sie dachten, ihn so leicht erwischen zu können, hatten sie sich geirrt!

Discite moniti estis – Lernt, ihr seid gewarnt worden!! Diese Erfahrung würde den Audifahrer lehren, dass er Doctor Nex in keiner Weise gewachsen war. Und es war gelungen.

Ein zweiter kurzer Schockmoment folgte bei der Erkenntnis, dass *zwei* Männer im Auto saßen, als der Audi um die Ecke gebogen war, aber auch diesen hatte er schnell verkraftet.

Martin Mühlmann spitzte seine Lippen und pfiff ein paar Takte aus Doktor Schiwago. Zweiundzwanzig Uhr fünfzehn. Die kleine Redaktionsschlampe würde sicher schon seiner harren. Vielleicht hatte sie Hunger und Durst, vielleicht drückte ihre Blase. Sie wurde nicht mehr gebraucht, aber ihr würde nicht sofort bewusst sein, dass sie ihren Nutzen für ihn verloren hatte. Er konnte zum Spaß so tun, als habe sein Vorhaben funktioniert, als sei der Artikel eingestellt und erschiene morgen, konnte noch ein bisschen mit ihr spielen, so wie es eine Katze mit der Maus tat, und dem Ganzen erst später ein Ende bereiten.

Es war bedauernswert, dass er all seine Kunstwerke im Haus hatte zurücklassen müssen, aber das war nicht zu ändern. Er konnte neue erschaffen.

Wie gut, dass der allwissende Doctor Nex schon vor Beginn seiner Tätigkeit daran gedacht hatte, für solche Notfälle wie heute vorzusorgen. Frau Mama hatte ein hübsches Sümmchen hinterlassen. Er besaß ein Nummernkonto in der Schweiz. Falsche Ausweispapiere waren in einem Schließfach deponiert. Es würde kein Problem sein, die Grenze zu passieren, wenn er ein paar Umwege in Kauf nahm. Den Ford konnte er zurücklassen, ihm lag nichts an diesem Auto.

Ihm lag auch nichts an Mutters Haus, den immer wieder aufkeimenden Erinnerungen an seine Kindheit. Schon beim Beginn seiner künstlerischen Tätigkeit war er sich im Klaren gewesen, dass er all dies notfalls würde aufgeben müssen. Und nun war es so weit.

Sein Körper fühlte sich leicht und beschwingt, der Geist war frei wie ein Vogel.

Lebwohl, Martin Mühlmann, Muttermörder. Drei Alliterationen hintereinander. M-M-M. Friede deiner Asche. Das, was du verkörpert hast, war mir noch nie sympathisch. Doctor Nex zwinkerte sich selbst im Rückspiegel zu und bog dann auf den Schotterweg ein. Kurz vor halb elf.

Der gute Doctor musste sich jetzt ein wenig um Lara Birkenfeld kümmern. Vielleicht würde er sich zur Erinnerung an seine letzte deutsche »Freundin« ein Andenken an sie mitnehmen, aber nur etwas Kleines, Unauffälliges. Sein Kichern hallte durch den Innenraum des Ford, als er bremste und anhielt.

Leises Motorsummen. Zwei grellweiße Lichtsäulen leuchteten durch Bretterspalten. Schritte tappten. Jemand brummte.

Dann das Knirschen eines Schlüssels, gedämpftes Quietschen. Holz schabte über Stein.

Laras Augen öffneten sich mit einem Ruck. Zuerst sah sie nichts, dann erschienen Umrisse. Unebenheiten vor ihrem Gesicht wirkten in der Finsternis wie tiefe Krater. In Wirklichkeit waren sie nur wenige Millimeter hoch. In Laras Körper wurden die Maschinen angeworfen. Das Herz hatte wie wild zu pumpen begonnen, der Puls raste. Während sie noch versuchte, etwas zu erkennen, registrierte sie, dass ihr Körper auf der Seite lag, das Gesicht auf dem Boden. Kleine Steinchen hatten sich in ihre rechte Wange gebohrt. Sie versuchte, den Kopf zu heben, aber ihr Hals war steif. Jetzt erinnerte sie sich an alles. Der Rollstuhl war umgekippt. Sie musste für ein paar Sekunden – oder waren es Minuten, Stunden? – eingenickt sein. Das Letzte, an das sie sich erinnerte, war die Anhängerkupplung des Traktors. Der Metallstift baumelte noch immer vor ihrer Nase, zwanzig Zentimeter entfernt. Und ihre rechte Hand war noch immer unter dem Rad eingeklemmt.

Die Schritte kamen langsam näher. Lara spannte alle Muskeln an und versuchte mit aller Macht, die Finger unter dem Rollstuhl hervorzuziehen. Ein Schnappen. Glühender Schmerz versengte die Haut. Aber die Hand war frei.

Der Wahnsinnige war fast bei ihr angekommen. Mit zusammengebissenen Zähnen tastete Lara nach dem langen Stab und zerrte ruckartig daran, während unentwegt Tränen über ihr Gesicht rollten. Mit einem scharfen Ruck riss die Kette, und Laras Hand prallte mit der kostbaren Beute auf den Lehmboden. Schnell zog sie den Metallstift an sich, befühlte ihn wie ein teures Juwel und schob den Stab dann hastig an der Hüftseite unter die Hose. Die Spitze schrammte am Oberschenkel abwärts, das breitere Endstück hing mit der Öse fest im Bund der Jeans. Im gleichen Augenblick fuhr der Strahl einer Taschenlampe über ihren Körper. Das Licht machte sie für ein paar Sekunden blind. Dann lachte der Mann. »Was hast du denn angestellt? Wolltest ein bisschen fahren und bist umgekippt?« Er kicherte noch immer, und Lara spürte den Zorn zurückkommen.

»Kleines Dummchen! Dann wollen wir dich mal aufheben.« Er legte die Taschenlampe auf den Radkasten des Traktors. Lara drückte ihre Hand wieder unter den nun gänzlich verdrehten Ring aus Paketband und schüttelte den Ärmel so weit wie möglich über den Unterarm. Der Wahnsinnige durfte keinen Verdacht schöpfen. Sie musste warten und die Lage gut einschätzen. Den Metallstab als Waffe gegen ihren Peiniger einzusetzen, würde ihren gesamten Einfallsreichtum erfordern. Mit einem Ächzen kippte der Mann den Rollstuhl wieder in eine aufrechte Position und schob ihn vom Auto weg in die Mitte des Raumes.

»Wo bin ich?« Lara räusperte sich und hustete dann.

»Du bist mit mir zusammen, das muss als Antwort reichen.« Der Mann nahm die Taschenlampe vom Radkasten, leuchtete kurz in ihr Gesicht und grinste dann. Seine Eckzähne schimmerten fahl. »Ich habe den Artikel abgeschickt. Hoffen wir beide, dass er morgen erscheint.« Er wandte sich ab und ging zu einer Tasche, die er in der Nähe des Eingangs abgestellt hatte. Lara versuchte, Einzelheiten im Innern dieses Schuppens zu erkennen, aber außer dem Traktor und einigen Strohballen im hinteren Teil schien die Scheune leer zu sein. Der Typ hatte gesagt, er habe den Artikel abgeschickt. Jetzt musste er bis zum nächsten Morgen warten, um zu sehen, ob er auch erschien. Ihre einzige Hoffnung war, dass die Leute aus der Technik den erneuten Versuch sofort bemerkten und dies mit ihrem Verschwinden in Verbindung bringen würden. Das löste allerdings nicht das Problem, dass keiner – nicht einmal sie selbst – wusste, wo sie sich derzeit befand. Auch wenn man Lara Birkenfeld suchte, finden würde sie wahrscheinlich so schnell niemand.

»Hast du Durst?« Mit einer großen Plastikflasche in der Rechten kehrte er zu ihr zurück.

»Dein Geschäft hast du ja schon erledigt, wie man riecht. Konntest wohl nicht warten, bis ich wieder da war?«

Lara unterdrückte das Schamgefühl, indem sie im Geiste ihre Litanei wiederholte: dass er ihr keine andere Wahl gelassen hatte, dass sie nichts dafür konnte, dass man Sachen wegwerfen und den Körper waschen konnte. Die feuchte Jeans und der Uringeruch waren ihr geringstes Problem. Vorsichtig presste sie den Ellenbogen auf den Griff des Metallstabes.

»Ob du Durst hast?« Er klang ärgerlich, und Lara bemühte sich zu nicken. Der Irre hatte irgendetwas mit ihr vor. Wenn sie nur wüsste was.

Der Verschluss knackte beim Drehen. Ein Zeichen, dass die Flasche noch originalverschlossen gewesen war. Er stand jetzt direkt vor ihr, und Lara konnte sein Parfüm riechen – Kardamom und etwas Zitronengras.

»Dann trink jetzt.« Er hielt ihr die Öffnung an die Lippen und neigte die Flasche behutsam. Eiskaltes Wasser floss in Laras Mund und nahm ihr die Luft, bevor sie schluckte und schluckte, das Prickeln genoss, spürte, wie ihr ganzer ausgetrockneter Körper sich entspannte.

Dann war es vorbei. Ihr Peiniger schraubte die Flasche wieder zu und stellte sie ab.

»Sehr schön. Geht es dir jetzt besser?«

»Danke.« Es klang gepresst. Lara holte tief Luft. »Lassen Sie mich jetzt frei? Bitte! Oder wollen Sie Geld?« Sie hasste sich für den weinerlichen Tonfall in ihrer Stimme.

»Geld?« Er lachte. »Das brauche ich nicht. Nein, ich möchte

ein Spiel spielen. Der Gewinner bekommt einen fairen Preis. Bei dir ist es die Freiheit. Bei mir –«, ein erneutes glucksendes Lachen, »– ach, das verrate ich dir noch nicht.« In der folgenden Pause atmete er tief ein und berührte dabei wie unabsichtlich seinen Schritt. Lara unterdrückte die aufkommende Übelkeit und sah zur Seite.

»Es heißt Räuber und Gendarm, du kennst es sicher. Und ich muss dir bestimmt auch nicht erst erklären, wie die Rollen verteilt sind.«

Lara schwieg, presste eisern die Zähne zusammen. Der Wahnsinnige referierte weiter.

»Du bist das Wild. Es gibt keine Regeln. Wenn du mir entkommst, bist du frei.« Er richtete den Strahl der Taschenlampe direkt in ihr Gesicht. »Oh – du bist wütend! Das ist gut.« Seine Hand tätschelte ihre Wange, und Lara hätte ihn am liebsten angespuckt. »Wer wütend ist, gibt sich mehr Mühe.« Wieder glitt sein Unterarm wie eine Schlange zum Reißverschluss der Hose. Er keuchte jetzt verhalten. »Im Wald binde ich dich dann los. Du musst ein bisschen Geduld haben, sicher sind deine Beine vom langen Sitzen eingeschlafen. Deshalb gebe ich dir etwas Zeit, und zwar exakt fünf Minuten. Dann kannst du dich auf den Weg machen. Wie findest du das? Mich entzückt es. Es ist mein Lieblingsspiel. Gib dir also *richtig* Mühe. Es hängt viel davon ab.«

Lara lockerte ihre Kiefermuskulatur.

»Hast du alles verstanden?«

Jetzt nickte sie. Lara hatte sehr gut verstanden. Das Schwein hatte gesagt, er würde sie losbinden. Das war ihre Chance. Sie würde sich nicht kampflos ergeben.

»Fein. Dann machen wir uns jetzt auf die Socken. Ich fahre dich, bis wir an Ort und Stelle sind.« Er trat hinter den Rollstuhl und begann, sie in die Nacht hinauszuschieben.

36

Von ferne drang Hundegebell herüber. Ein anderer Hund fiel ein. Die Querlatten der Bank drückten in seinem Rücken, aber Mark bemerkte nichts davon.

Er betrachtete den blauen Bildschirm, auf dem ein Fenster ihn zur nochmaligen Eingabe des korrekten Passwortes aufforderte, und sah sich dann um. Die Bushaltestelle lag im Halbdunkel. Eine schwache Windbö ließ zerknülltes Papier flattern und trieb den kleinen Ball dann über die Straße.

Er hatte sein Auto nicht benutzen können, weil es vor dem Haus des Psychopathen stand, genau dort, wo jetzt jede Menge Einsatzfahrzeuge parkten. Und so war ihm nichts anderes übrig geblieben, als ein paar Querstraßen weiter zu laufen, sich einen Sitzplatz zu suchen und zu beten, dass der Akku des Laptops geladen war.

Die Batterie war halb leer gewesen, und weiter als bis zur Eingabe des Passwortes war er bis jetzt nicht gekommen. Das Notebook summte verächtlich. Mark sah auf die Uhr. Das flaue Gefühl in seinem Magen wurde von Minute zu Minute stärker.

Wie schlau war der Täter wirklich? Hatte der Typ ein Passwort benutzt, wie es die Experten empfahlen – zusammengesetzt aus Groß- und Kleinbuchstaben und Zahlen? Dann hatte er keine Chance. Und auch die Spezialisten würden Tage brauchen, um den Code zu knacken. Zu spät für Lara. Mark schüttelte heftig den Kopf, verbot der Sorge, weiter durch sein Gehirn zu kriechen und jeden klaren Gedanken aufzuweichen, und tippte stattdessen weiter Buchstabenkombinationen in das weiße Feld.

D. G. Eine, die Unterschrift unter den Briefen, hatte nicht funktioniert. Mark versuchte weitere Varianten der sechs Buchstaben, mit und ohne Punkte.

Zehn nach elf. Er dokterte jetzt schon fast zwanzig Minuten herum und hatte nichts erreicht.

EDEN GI

ENDE GI

DIE GEN

DIE ENG

EID GEN

Nichts außer: »Bitte geben Sie Ihr Passwort ein.« Übelkeit wuchs vom Magen nach oben.

EID ENG

DEIN EG

NEID EG

Ladezustand der Batterie: 35 %. Sein Herz hämmerte schneller. Mark dachte an den Buchtitel. »Ed« war eine Abkürzung für Edward gewesen. In Wirklichkeit hatte der Schlächter von Plainfield Edward Theodore Gein geheißen. Wie von selbst tippten seine Finger den Namen in das Eingabefeld. Er erschauerte, als die Windows-Melodie ertönte und das Passwort-Fenster verschwand. Ein kaltes Rinnsal lief ihm über das Rückgrat nach unten, während die Bildschirmsymbole erschienen. Marks Mittelfinger rutschte über das Touchpad. Er rückte den Laptop auf den Knien zurecht, beugte sich nach vorn und betrachtete Ordner und Programmsymbole. Dann schob er den Cursor auf »Eigene Dateien« und überflog die Liste der gespeicherten Objekte. In seinen Ohren rauschte das Blut wie ein Wasserfall, als er »Briefe« anklickte.

Künstler äußert sich zu seinem Werk!

Marks Augen fraßen sich an den Formulierungen fest.

> Schließlich tragen diese Frauen mit Teilen ihres Körpers zu seiner Kreation bei, das sollte ihnen Befriedigung und Sinnhaftigkeit genug sein.

In seinem Kopf protestierte die Stimme der Vernunft immer lauter, dass er aufhören müsste, dieses irre Zeug zu lesen, dass er stattdessen nach etwas suchen sollte, das ihm Laras Aufenthaltsort verriet – und zwar schnell –, aber er konnte die Augen nicht von den Blockbuchstaben abwenden.

> Um den Lieferantinnen der Einzelkomponenten nicht unnötig Schaden zuzufügen, hat D. G. Eine den Weg gewählt, ihren Körper vorher vom Bewusstsein zu trennen.

Erst das herannahende Rütteln von Autoreifen auf dem Kopfsteinpflaster brachte ihn zur Besinnung. Ein roter Kastenwagen rauschte vorbei und verschwand in der Nacht.

Mark wollte schlucken, aber sein Mund war staubtrocken. Wahllos klickte er auf weitere Symbole, fand Musiktitel, Karikaturen, Bestellformulare, Exceltabellen mit Steuerabrechnungen, ein Adressbuch, Versicherungsschreiben und Ordner zu Auto und Haus.

Das Batteriesymbol in der rechten unteren Ecke zeigte jetzt fünfzehn Prozent. Mark hatte das Gefühl, keine Luft mehr zu bekommen. Es würde Tage, wenn nicht Wochen dauern, all diese Dokumente durchzusehen. Was hatte er sich eigentlich dabei gedacht, sich mit dem Laptop des Verbrechers davonzumachen? Die Vorstellung, dass er, Mark Grünthal, mitten in der Nacht an einer Bushaltestelle saß und in knapp einer Stunde etwas im Computer des Täters entdecken könnte, was ihn zu Lara führen würde, war absurd.

Aber er hatte es nicht fertiggebracht, die Ermittlungen den Polizisten zu überlassen, danebenzustehen und abzuwarten, wie diese systematisch alles durchsuchten, während der Verrückte zur gleichen Zeit Lara abschlachtete.

Ein kleines Fenster poppte auf und drängte, dass der Akku gleich leer sei und er das Gerät sofort an die Stromversorgung anschließen müsse, um Datenverlust zu vermeiden.

Mark stierte auf den Bildschirm. Er musste zurück zum Haus dieses Verbrechers. Jetzt gleich.

Mit einem durchdringenden Jaulen verabschiedete sich das Notebook. Der Bildschirm erlosch. Mark konnte nichts mehr tun. Seine Freundin war verloren.

37

Die Räder hoppelten über kleine Wurzeln und Steinchen. Lara spürte das Ruckeln am ganzen Körper. An ihrem Oberschenkel kratzte der Metallstab. Die Bäume warteten stumm und finster auf das, was geschehen würde. In ihrem Rücken keuchte der geisteskranke Mörder. Ihre Gedanken überschlugen sich. Sie hatte nur wenige Minuten Zeit, sich eine Strategie zurechtzulegen. Er würde sie nicht ewig durch den Wald schieben.

Vor der Scheune hatte der Mann den Rollstuhl mit Blick auf den Wald abgestellt und hinter ihrem Rücken herumgekramt. Die Kofferraumklappe seines Autos war mit einem satten Schnappen zugefallen, dann hörte sie ihn heranschleichen. Seine Schritte klangen jetzt anders, gedämpfter. Ihr Peiniger hielt sich nun nur noch hinter ihr auf, so als sei er darauf bedacht, dass sie ihn nicht zu Gesicht bekam. Lara versuchte krampfhaft, darüber nachzudenken, was das zu bedeuten hatte, aber ihr Verstand verweigerte den Dienst. Stattdessen schrie und wimmerte die innere Stimme abwechselnd, sie solle etwas tun, der Irre würde sie sonst umbringen, würde sie abschlachten wie all die anderen Frauen. Inzwischen hatte der Killer sich wieder hinter dem Rollstuhl positioniert. Die Bremsen des Gefährts lösten sich klickend. Dann hatte das Rattern begonnen.

Lara schielte zur Seite. Aus den Augenwinkeln konnte sie einen Teil seines Arms sehen. Er glänzte wie schwarz lackiert. Das Fächeln der kühlen Nachtluft über ihre aufgeschrammte rechte Wange brachte die Stimmen im Kopf endlich zur Räson. Lara atmete tief durch und wollte gerade damit beginnen, sich einen Plan zurechtzulegen, als das Holpern sich verlangsamte. Dann hielt der Rollstuhl an.

Lara spannte die Rückenmuskeln und bewegte vorsichtig die Finger der Rechten. In seiner Erregung war es dem Mörder zum Glück vorhin nicht aufgefallen, dass diese Hand nur lose unter dem Paketband steckte.

Ein Blitzangriff würde jedoch nur einen Sinn ergeben, wenn er sich ihr von vorn näherte, wenn er sich über sie beugte, um ihr die Fesseln durchzuschneiden, wie er es angekündigt hatte, denn nur dann konnte sie den Metallstift einsetzen. Noch ehe sie den Gedanken zu Ende gedacht hatte, schnappte neben ihrem Ohr ein Cutter aus dem Griff.

»Halt ganz still! Sonst schneide ich in deinen hübschen Körper anstatt ins Paketband.« Die Stimme des Mannes klang jetzt dumpfer als vorhin, erstickt, so als trüge er einen Mundschutz. Noch immer machte er keine Anstalten, um den Rollstuhl herumzugehen, sondern durchtrennte, über Laras Rücken gebeugt, von hinten ihre Fesseln mit dem Teppichmesser. Die glänzende Schneide fuhr über die Seiten des Rumpfes. Lara schielte aus den Augenwinkeln auf die schwarze Hand, dachte an den eisernen Stab und wartete darauf, dass der Mann nach vorn kam, um ihre Fußfesseln durchzuschneiden. Stattdessen ertönte die dumpfe Stimme plötzlich direkt hinter ihrem Kopf.

»So, meine Beste. Bevor wir dich ganz befreien, erklären wir dir noch ein Mal, was wir uns vorstellen, weil wir nicht sicher sind, ob du vorhin richtig zugehört hast. Das Spiel beginnt, sobald du frei bist. Ich rate dir aber noch einmal, nicht sofort aufzustehen. Deine Beine würden einknicken, du könntest stürzen und dich verletzen. Und dann kannst du nicht mehr mitspielen. Deshalb« – ein kurzer Schlag gegen die Rückwand des Rollstuhls –, »deshalb befolge meinen Rat. Warte ein bisschen, bis die Durchblutung wieder eingesetzt hat. Du hast genau fünf Minuten. Verstanden?« Lara nickte. Ihr rechter Arm lag auf der Lehne, die Hand unter dem Paketband angespannt, bereit, im passenden Moment durch die Schlinge zu fahren und die Öse des Stabs unter ihrem Hosenbund zu packen.

»Dann machst du dich auf den Weg. Du kannst laufen, wohin immer du möchtest. Wenn du schneller bist als ich, entkommst du. Wenn nicht – Pech gehabt.« Sein heiseres Kichern bohrte sich in ihren Hinterkopf. »Dann wollen wir mal. Ich schneide dir jetzt die Fußfesseln durch, und zum Schluss sind die Arme dran. Nicht dass du vorher auf dumme Gedanken kommst.«

In Sekundenbruchteilen hatte er das Paketband an Fuß- und Handgelenken durchtrennt.

Ein verwischter schwarzglänzender Schatten in der Nacht, mehr war nicht zu sehen. Noch ehe Lara ihre Hand auch nur ansatzweise in Richtung Hosenbund bewegen konnte, war er auch schon zurückgesprungen und entfernte sich schnell.

»Fünf Minuten! Ab jetzt!« Sie konnte hören, wie er die Erregung in seiner Stimme zu zügeln versuchte, als wolle er nicht, dass sie es mitbekam. Lara schickte Befehle in ihre Füße, aber diese bewegten sich keinen Millimeter. Der Psychopath hatte recht. Ihre Beine waren wie abgestorben, und sie hatte keine Ahnung, ob fünf Minuten ausreichen würden, sie wieder zum Leben zu erwecken. Dafür war die rechte Hand nicht aufzuhalten. Vorsichtig krochen die Finger unter den Bund und krampften sich am warmen Rund der Öse fest, um den Stab dann in Zeitlupe hervorzuziehen, während sie unentwegt überlegte, ob das Schwein sie beobachtete; ob er *sehen* konnte, was sie da gerade unter dem Hosenbund hervorholte. Mitten in ihre behutsamen Bewegungen hinein tönte ein keuchendes »Vier Minuten!«. Es war aus dem Hintergrund gekommen. Demnach lauerte der Irre irgendwo hinter Lara im Gebüsch, und das bedeutete wiederum, dass er nicht jede ihrer Bewegungen sehen konnte. Das Kribbeln in ihren Beinen wuchs zu einem peinigenden Stechen. Schnell krümmte sie Zeige- und Mittelfinger durch die Öse und schob den Stab mit der Spitze voran unter ihren Ärmel.

Sie glaubte dem Schwein kein Wort. Der Typ hatte ihr sein Gesicht gezeigt, sie kannte seine Wohnung, konnte die Einrichtung beschreiben. Und da erwartete er, sie wäre so naiv zu glauben, dass er sie entkommen lassen wollte?

Nie im Leben! Sie würde kämpfen müssen. Und genau das hatte Lara Birkenfeld vor. Sie biss die Zähne zusammen und versuchte, erneut die Zehen zu bewegen. Der Schmerz in den Beinen schien unerträglich, und doch zwang sie die Füße vor und zurück, hob sie schließlich an. Wie zwei Bleisäcke plumpsten sie geräuschlos auf den Boden.

»Noch drei Minuten, meine Beste! Wie kommst du voran?«

Lara umklammerte das Oberteil des Stabes fester und versuchte, ihre Wut zu zügeln und nachzudenken, während das Leben in ihre Beinmuskeln zurückkehrte. Was hatte der Irre tatsächlich mit ihr vor? Was, außer dem Ausweiden von Leichen, bereitete ihm noch Vergnügen?

Es war die Jagd, die teuflische Hatz, er selbst hatte es ihr gesagt. Sie – das angstvoll flüchtende Wild, er der überlegene Jäger. Er war ein Ungeheuer: Wenn sie ihm den Gefallen tat und blindlings durch den Wald stolperte, würde er sie verfolgen und sich am Jagen ergötzen. Bis er genug davon hatte. Seine Opfer waren ausgeweidet in Waldstücken aufgefunden worden. Und dieses Schicksal blühte auch ihr.

»Zwei Minuten! Gib dir Mühe!«

Sie musste etwas tun, das er *nicht* erwartete. Aber was war das? Womit rechnete dieser Psychopath nicht? Das Kribbeln ließ nach, und Lara begann damit, die Beine zu strecken und wieder anzuwinkeln. In den Füßen hatte sie inzwischen so viel Gefühl, dass sie mit den Sohlen den stachligen Waldboden fühlen konnte. Er hatte ihr die Schuhe ausgezogen, wohl damit sie nicht so schnell vorankam. Was, wenn sie einfach hier sitzen blieb, so tat, als könnte sie nicht laufen, und auf ihn wartete?

Lara versuchte, in die Nacht zu lauschen, aber es war totenstill. All die kleinen Waldtiere waren verstummt, harrten mit furchtsamem Zweifel, warteten stumm auf das, was gleich geschehen würde.

»Noch *eine* Minute!« Das »eine« wurde triumphierend herausgeschleudert.

Laras Atem beschleunigte sich. Die Finger, die den Stab umklammerten, wurden feucht. Sie wusste noch nicht, ob ihre Beine die Last des Körpers tragen würden, sie wusste *noch immer* nicht, ob sie gleich aufstehen und fliehen oder hier sitzen bleiben und auf ihn warten sollte.

»Dreißig Sekunden! Du solltest dich allmählich auf den Weg machen! Sonst hab ich dich ja gleich!« Irres Kichern hallte seitlich zwischen den Stämmen hindurch zu ihr herüber. Der Wahnsinnige veränderte seine Position.

Lara stemmte die nackten Fußsohlen fest auf den Boden. Die Entscheidung war gefallen. Sie würde nicht kampflos aufgeben, willenlos in diesem Rollstuhl hocken und darauf warten, dass das Ungeheuer sie erledigte. Mit zitternden Armen drückte sie sich hoch und stand.

Der Oberkörper schwankte ein-, zweimal wie Bambus im Wind, dann stabilisierte er sich. Aus der Schwärze kam ein Klatschen. Der Perverse applaudierte ihr. Glühender Zorn fraß sich durch Laras Adern und verlieh ihr ungeahnte Kräfte. Den Metallstab hatte sie vorsorglich wieder rechts im Hosenbund verstaut. Nicht dass der Irre ihn vorzeitig bemerkte. Sie schob den Unterkiefer nach vorn und stakte los.

*

Doctor Nex rückte das Nachtsichtgerät zurecht und betrachtete die grün flimmernde Gestalt. Sie sah klein und sehr verletzlich aus, wie sie da so zwischen den Kiefernstämmen stand. Er zügelte seine Atmung. Das Blut hämmerte Technobeats durch seine Adern, schäumte und pulsierte.

Noch verharrte sie regungslos. Er konnte körperlich fühlen, wie die junge Frau angstvoll in die Nacht lauschte, aber gleich würde sie davonstürzen, so viel war sicher. Und dann begann das Spiel, das Doctor Nex über alles liebte, unvergleichlich mehr noch als die Erschaffung seiner Kreationen, wie er in diesem Augenblick des Wartens erkannte.

Sie würde durch die Bäume hetzen, stolpernd und wimmernd, die Augen in Panik weit aufgerissen, den Mund geöffnet, panisch nach Luft ringend. Dass Steinchen und Wurzeln ihre Fußsohlen malträtierten, würde sie nicht bemerken. Er hatte Erfahrung damit. Das Adrenalin blendete die Schmerzen aus. Der ganze Körper konzentrierte sich nur auf die Flucht. Sie wusste, dass er sie verfolgte, weil er es ihr gesagt hatte, und das würde ihre Panik noch steigern. Zugleich verhinderte diese Panik logisches Denken, was es für ihn leichter machte. Dazu kam, dass *er* alles gut erkennen konnte, das Wild jedoch fast blind umherrannte.

Jetzt setzte sie sich in Bewegung.

Er atmete scharf ein und hob den rechten Fuß in Erwartung, dass sie losstürmen würde, aber die kleine Journalistenschlampe ließ sich Zeit. Mit zögernden Trippelschritten umrundete sie den Rollstuhl und tappte dann in die Richtung los, aus der sie gekommen waren. Ohne es zu wissen, kam sie direkt auf ihn zu! Behutsam setzte sie ein Bein vor das andere, den linken Arm nach vorn gestreckt, den rechten dicht an den Körper gepresst. Schritt für Schritt tastete sie sich zwischen den Bäumen hindurch, darauf bedacht, in der Finsternis nirgends anzustoßen, sich nicht an herabhängenden Ästen oder im Weg stehenden Stämmen zu verletzen. Nach jedem Schritt machte sie eine kurze Pause, wie um zu lauschen.

Verwirrung regte sich in Doctor Nex' Brustraum. Die kleine Schlampe tat nicht, was er von ihr erwartete. Er lief ein Stück zur Seite, umrundete sie vorsichtig, sodass er wieder hinter ihr stand. Der Drang, das Wild bis zu dessen völliger Erschöpfung zu hetzen, wurde stärker und mischte sich mit wachsender Unruhe. Das Opfer schien nicht gewillt, durch den Wald zu stürmen, vor ihm davonzurennen und sich in – trügerische – Sicherheit zu bringen. Dieses kleine Flittchen!

Ihre Renitenz machte ihn wütend. Das Blut rauschte in den Ohren, grüne Schleier webten vor seinen Augen auf und ab. Sein Atem ging stoßweise. Mit zusammengepresstem Kiefer schlich er ihr nach, die Hände um die Träger des Rucksacks gekrampft. Sie durfte auf keinen Fall bis zur Scheune gelangen. Er beschleunigte seine Schritte und stellte dabei die Schärfe des Nachtsichtgeräts nach.

Laras gemustertes Oberteil rückte näher. Er hatte ihr, bis auf die Schuhe, die Kleidung gelassen, nicht um es ihr leichter zu machen, sondern weil es nach dem Fesseln nicht mehr möglich gewesen war, sie auszuziehen, da ihr Körper mitsamt Jeans und Bluse am Rollstuhl festgeklebt hatte.

Da kam er ihr nun schon so entgegen, und nun weigerte sich das blöde Ding, sein Spiel mitzuspielen. Worauf wartete sie eigentlich? Dachte sie im Ernst, er würde sie bis zu der Scheune, an der sein Auto stand, laufen lassen? Die Empörung rollte in immer stärker werdenden Wellen heran, überspülte seinen Verstand und rief nach Rache. Vor ihm schwankte der schmale Körper leicht von links nach rechts. Er würde sie bremsen müssen. Vielleicht brachten Schläge oder ein paar oberflächliche Schnitte mit dem Skalpell die Schlampe dazu, ihn ernst zu nehmen. Heftig keuchend hielt er nach Steinen Ausschau, der Waldboden jedoch schien wie zum Hohn leergefegt. Zornig griff er nach einem borkigen Zweig und riss daran. Mit einem Knacken brach der Ast ab, und Doctor Nex stellte sich in Position, um ihn auf sein Wild zu schleudern.

Vor Laras Augen flimmerten grauschwarze Schattenrisse, Säulen und knochenfingerähnliche Gebilde. Während sie auf wackligen Beinen mit gebeugtem Rücken voranschritt, fügte ihr Gehirn Geruch, Vogelrufe und Umrisse zusammen. Sie war im *Blair Witch Project* gefangen. Und es war real. Ein Nachtvogel schrie. Dann raschelte es dicht hinter ihr. Lara hatte das Gefühl, dass sich all ihre Muskeln gleichzeitig verkrampften, während die Bronchien sich schmerzhaft verengten und das Herz wie ein Presslufthammer losratterte. Durch permanentes Starren in die Nacht hatte sich der Blick geschärft, und sie sah die borkigen Stämme und hängenden Zweige deutlicher.

Sie versuchte, ihre Schultern zu lockern, drückte die Rückenwirbel durch und sah an sich herab. Sie war splitternackt. Über ihr wiegte sich eine ebenso leichenblasse Mondsichel. Das widerwärtige Gefühl, beobachtet zu werden, wurde körperlich. Über der Brust versengten zwei glühende Flecken die kalte Haut. Sie musste hier weg. Sauren Speichel hinunterschluckend, stakte sie los, den Blick zwischen die grauschwarzen Pfeiler der Stämme gerichtet, die zitternden Arme nach vorn gestreckt.

Lautes Knacken verwischte den sichelförmigen Mond, löschte das Schreien des Nachtvogels. Lara hatte dies alles schon einmal durchgemacht. Damals war es ein Traum gewesen, schaurige Fantasie eines überreizten Gehirns, sie war zu Hause in ihrem Bett erwacht und hatte sich gefragt, was ihr diesen Albtraum beschert hatte. Dieses Mal aber – dieses Mal war es *kein* Traum. Das hier war die Realität. Lara tappte weiter, schneller jetzt, versuchte, sich an das Ende der Halluzination zu erinnern. Wie war es ausgegangen? Was hatte der Verfolger mit ihr getan? Was … Aber mehr als schmerzhafte Atemnot und ein Gefühl, als schnüre ihr etwas die Kehle ab, tauchten nicht aus dem Unterbewusstsein auf. Er musste sie gewürgt haben. Und wahrscheinlich hatte der Irre genau das jetzt auch vor. Laras Finger umklammerten die Metallöse, sie wappnete sich für das, was gleich geschehen würde, alle Muskeln waren zum Zerreißen gespannt. Die Ohren registrierten jedes Geräusch.

Ihr Nacken verkrampfte sich, und sie schwankte, als sie einen Schlag im Rücken spürte. Das Schwein hatte von hinten irgendetwas Schweres auf sie geschleudert. Lara knickte in den Knien ein, ließ sich zu Boden gleiten und hoffte, dass er nicht bemerkt hatte, dass sie den Sturz nur simuliert hatte.

Jetzt kam er.

Sie konnte sein Hecheln hören. Lara kniff die Augen zusammen, spähte durch den schmalen Spalt zwischen den Lidern und zog ganz vorsichtig die rechte Hand unter dem Rumpf hervor, bis Hand und Metallstab unter dem Oberschenkel lagen. Alle Muskeln angespannt, erwartete ihr Körper das Herannahen des Mörders.

Sie hatte nur einen Versuch.

Eine schwarzglänzende Gestalt mit einem geweihähnlichen Kopf neigte sich über sie, die Arme wie ein Segen spendender Pfarrer ausgebreitet. In seiner Rechten funkelte eine schmale Klinge. Jetzt beugte er sich herab, das Skalpell senkte sich.

Mit einem nicht enden wollenden, gellenden Schrei katapultierte Lara sich hoch, der rechte Arm fuhr wie ein Dolch nach oben, während der Froschmann sie mit dem Skalpell nur knapp verfehlte und gleich darauf an den Schultern packte. Laras linke Hand erwischte die Halsfalten seiner Latexhaut, und ihre Fingernägel krallten sich hinein. Für einen winzigen Augenblick verharrten beide in einer grotesken Umarmung, dann stieß Lara dem Mann, weiterhin ihre unbändige Wut hinausschreiend, mit aller Kraft den Metallstab ins linke Auge und machte dann einen Satz nach hinten. Konvulsivisch zuckend brach er zusammen, seine Beine zitterten.

Laras Kreischen hörte so abrupt auf, wie es begonnen hatte. Der Froschmann hatte aufgehört zu zucken und lag jetzt mit ausgebreiteten Armen auf dem Rücken. »Ich hab ihn umgebracht.« Lara wischte sich die Tränen aus den Augenwinkeln. Dann gaben ihre Beine nach, und sie stürzte auf den weichen Waldboden. »Hab das Schwein umgebracht!« Wildes Kichern brach sich Bahn. Lara heulte und lachte, bis ihr die Luft wegblieb. Hustend lag sie auf dem weichen Moosbett. Direkt neben ihrem Kopf glänzte die Silberklinge des Skalpells. Sie griff danach und versuchte sich aufzurappeln. Schon halb abgewandt, kehrte Lara noch einmal zurück. Sie brauchte die Autoschlüssel. Der Froschmann lag, wie sie ihn verlassen hatte, die Öse des Metallstabes ragte aus seinem Auge steil nach oben, ein schmales Blutrinnsal lief seitlich über die schwarzglänzende Gummihaut. Das Geweih auf seinem Kopf entpuppte sich als Nachtsichtgerät. Er musste es in die Stirn geschoben haben, bevor er sie gepackt hatte. Mit dem Skalpell schnitt sie die Träger seines Rucksacks durch, wickelte sich die Bänder um das Handgelenk und stakte so schnell es ging davon.

Erst in der Scheune öffnete sie den Beutel. Zuoberst lag eine Taschenlampe. Laras Finger zitterten so stark, dass sie mindestens dreimal vom Einschaltknopf abrutschte, ehe das Licht aufflammte. Der schmale Lichtkegel trieb ihr erneut die Tränen in die Augen. Sie leuchtete in den Rucksack. Schraubgläser, eine Flasche mit hochprozentigem Alkohol. Chirurgische Instrumente in ein Lederfutteral eingerollt. Lara stellte alles nebeneinander auf den Boden und unterdrückte die Bilder, die sich zu den Werkzeugen gesellen wollten. Der Autoschlüssel war in einer Außentasche. Noch immer schniefend, begann sie, den Ford zu durchsuchen.

Als sie ihre Handtasche im Kofferraum unter einer Plane entdeckte, rollten die Tränen ungehemmt.

Lara schüttete den Inhalt auf den Boden, langte mit der Rechten nach den Taschentüchern und mit der Linken nach ihrem Handy. Ihre Hände hatten inzwischen Schüttelfrost, und doch gelang es ihr nach mehreren vergeblichen Anläufen, das Telefon anzuschalten, die PIN einzugeben und zu wählen.

Als sie Marks Stimme hörte, bekam Lara einen Weinkrampf.

Im Wald begann der Froschmann zu stöhnen.

Epilog

»Das werden wir vor Gericht alles noch einmal detailliert aussagen müssen.« Mark nickte Jo zu und stellte sein halbvolles Bier auf den Tisch. Ende September war es schon fast zu kühl, um draußen zu sitzen, aber beide Männer hatten die frische Luft dem stickigen Innern des Gartenlokals vorgezogen.

»Es wird allerdings mindestens noch zwei, drei Monate bis zur Verhandlung dauern. So schnell mahlen die Mühlen der Justiz in Deutschland nicht.«

»Dann haben wir Weihnachten.« Jo wischte mit dem Daumen über die kleinen Wassertröpfchen an der Außenseite seines Glases. »Wann beginnt deine Tagung morgen?«

»Um zehn. Viele Kollegen reisen erst morgen früh an. Wir können noch ein Bierchen trinken.«

Seit der Jagd auf den Serienmörder und den anschließenden Ereignissen hatten die beiden Männer fast so etwas wie Freundschaft geschlossen. Die gemeinsamen Erlebnisse verbanden. Mit einem Quietschen schwang die Tür der Kneipe auf, und der Kellner kam mit einem Tablett herausmarschiert. Ungefragt stellte er zwei neue Biere vor die Männer hin.

»Es gibt auch noch einiges zu ermitteln, bevor Anklage erhoben werden kann. Außer den Körperteilen in seinem Kühlschrank hat die Kripo im Haus von diesem Mühlmann noch eine Vielzahl weiterer abscheulicher Dinge gefunden.« Mark dachte an die ausgestopften Tiere, an die aus Teilen von Katzen und Hunden zusammengestückelten Objekte, die der Psychopath in seinem Versteck, dem Tresorraum im Keller, aufbewahrt hatte. Schmuckstücke der Opfer, ihre Papiere, Taschen und Kleidungsstücke waren gefunden worden. Auch Laras Armbanduhr und die schmale Goldkette, die sie von ihrer Großmutter geerbt hatte, waren dabei gewesen. Mark lauschte dem feinen Wispern der Bäume. Die Kastanie am Eingang wurde schon gelb.

»Ich will das alles eigentlich gar nicht wissen.« Jo schaute zum Gartenzaun hinüber. Stockrosen wiegten ihre zerknitterten Blüten im Abendrot.

»Du hast recht.« Auch Mark betrachtete die Blüten. Ihr brüchiges Rosa erinnerte ihn irgendwie an Lara.

»Ist der Typ eigentlich gesundheitlich wieder auf dem Damm?«

»Er ist nicht mehr im Haftkrankenhaus, sondern in Untersuchungshaft. Daher gehe ich davon aus, dass seine Wunden inzwischen verheilt sind.« Das Einsatzkommando hatte das Waldstück stundenlang durchkämmt, bis sie den Mann im schwarzen Latexanzug endlich fanden. Martin Mühlmann war nicht weit gekommen. Er hatte ein paar hundert Meter bis in eine Schonung kriechen können, wo ihn der Blutverlust und die Schmerzen erneut ohnmächtig werden ließen. Danach hatte er fast anderthalb Monate – strengstens bewacht – im Haftkrankenhaus zugebracht.

»Hoffentlich wird das Schwein nicht für unzurechnungsfähig erklärt.« Jos Gedanken kehrten wie ein sich permanent drehendes Mühlrad immer wieder zu den Geschehnissen zurück.

»Ich hoffe nicht. Aus meiner Sicht ist er voll schuldfähig. Aber das müssen wir abwarten. Man wird ihn vor dem Prozess begutachten. Ich bin leider befangen, wie es so schön heißt.« Mark nahm einen Schluck Bier. Es schmeckte nicht.

»Ich verstehe nicht, wie jemand zu so einem menschlichen

Ungeheuer werden kann.« Jo wandte seinen Blick von den Stockrosen ab.

»Für ein solches Verhalten gibt es fast immer anlagebedingte Faktoren. Entscheidend aber ist die Persönlichkeitsentwicklung in den ersten, den prägenden Lebensjahren, zwischen Geburt und Beginn der Pubertät. Nach dem, was ich bisher über Martin Mühlmann erfahren habe, sind etliche Faktoren zusammengekommen. Misshandlungen seit frühester Kindheit, drastische Strafen, Liebesentzug, eine dominante Mutter, der fehlende Vater. Mühlmanns frühe Kindheit wurde von Angst vor der Mutter geprägt, die ihn ohne Grund blutig geschlagen, ihn oft allein gelassen oder eingesperrt hat. Du erinnerst dich doch an den verschlossenen Raum im Keller?«

Jo nickte, während vor seinem inneren Auge die Szene auftauchte, als er und Mark im Haus des Mörders nach Lara gesucht hatten.

»Dort war er eingesperrt – manchmal tagelang, ohne zu wissen, ob und wann die Mutter wiederkommen würde. Auf eine solche Behandlung reagieren Kinder damit, dass sie die Gefühle der Angst und der Ohnmacht quasi wegschieben, sie verdrängen, bis sie dem Bewusstsein nicht mehr zugänglich sind. Dann schmerzen sie nicht mehr, aber sie sind trotzdem noch vorhanden und entwickeln aus der Tiefe einen ungeheuren Druck, der sich irgendwann Bahn bricht. Bei Martin Mühlmann gab es schon sehr zeitig unübersehbare Anzeichen – er hat andere Lebewesen gequält, getötet und seziert, zuerst nur kleinere, später hat er sich dann aktiv größere Tiere besorgt, um mit ihnen zu experimentieren.«

»Schön und gut, der Typ hat also Tiere zerlegt und ausgestopft. Aber das muss doch nicht heißen, dass so jemand anschließend Menschen umbringt.« Jo schüttelte den Kopf und sah sich in dem Gartenlokal um. Sie waren jetzt die beiden Einzigen hier draußen.

»Nicht unbedingt, nein. Als er älter wurde, muss Martin Mühlmann erkannt haben, dass er der heimischen Knechtschaft nur entkommen konnte, indem er der Mutter die Kontrolle entzog und danach die Rollen umkehrte und selbst Macht ausübte. Zuerst waren es mit Sicherheit Fantasien. Solche Erfahrungen fallen fast immer mit dem Beginn der sexuellen Entwicklung zusammen, und hier könnte sein sexuelles Machtbedürfnis seinen Ursprung haben. Diese Umkehrung des Ohnmachtsgefühls löst bei den Betroffenen ein grandioses Gefühl von Macht aus, das immer wieder erlebt werden will. Daraus entstehen weitere Fantasien, die klein beginnen und immer weiter ausgeweitet werden – immer in dem Wissen, dass es nicht sein darf.«

»Ja, aber …« Jo führte den Satz nicht zu Ende.

»Ich weiß, einem Außenstehenden ist so etwas fast immer unbegreiflich.« Mark holte tief Luft, nahm noch einen Schluck Bier und sah dann zur Uhr, ehe er fortsetzte. »Irgendwann beginnt der Täter dann, reale Fundamente für die Befriedigung seiner geheimen Wünsche zu schaffen, er bereitet sich vor, plant und organisiert in dem Bewusstsein, er *könne* all das tun, müsse aber nicht. Dabei kann es jahrelang bleiben.«

»Das heißt aber doch, dass es trotz all der Fantasien einen konkreten Anlass für den Beginn der Morde gegeben haben muss?«

»Da hast du vollkommen recht. Es gibt fast immer einen Auslöser. Manchmal ist sich der Täter dessen selbst nicht bewusst. In unserem Fall kann es die zunehmende körperliche Schwäche der Mutter gewesen sein, die Martin Mühlmann dazu brachte, seine Überlegenheit zu erkennen. Er beschloss, sich an ihr zu rächen.«

»Hat er sie etwa auch umgebracht?« Jo betrachtete die Gänsehaut an seinen Unterarmen.

»Davon geht man inzwischen aus, auch wenn es nach so langer Zeit schwer ist, Beweise dafür zu finden. In dem Moment, in dem er den Schritt von der Wunschvorstellung zur Tat gegangen ist, ergibt sich für den Täter eine ungeheure Befriedigung, die er immer wieder durchleben möchte. Mit jedem weiteren Opfer bestrafte er die Mutter erneut und durchlebte von Neuem diese Genugtuung.« Mark schnaufte abschließend. »Das ist *meine* Sicht der Dinge. Ich denke aber, die Gutachter werden zu ähnlichen Schlüssen kommen. Wir werden es bald wissen.«

Jo nickte, nahm seine Jacke von der Stuhllehne und warf sie sich über die Schultern. »Was ist denn eigentlich aus dem Aufruhr wegen der Weitergabe interner Informationen an die *Tagespresse* geworden?«

»Hat sich im Sande verlaufen.« Mark nahm einen großen Schluck. »Dein karrieregeiler Kollege Tom hat natürlich alles abgestritten. Handfeste Beweise, dass tatsächlich *er* den Artikel verfasst hatte, hat niemand. Und wenn schon – Tom wäre der Letzte, der zugeben würde, aus welcher Quelle seine Informationen stammen. Ich habe ja auch nie persönlich mit ihm darüber gesprochen. Der Gauner hatte Laras Notizen kopiert.«

»Aber einen Verdacht gab es schon, dass die Interna von dir kamen, oder?«

»Das kannst du annehmen. Beweisen konnten sie mir jedoch nichts. Zum Glück praktiziere ich als niedergelassener Arzt und bin kein Staatsdiener. Ansonsten hätte mir wahrscheinlich ein Disziplinarverfahren gedroht. Ob sie mich allerdings jemals wieder zu einem ihrer Fälle hinzuziehen, ist fraglich.«

»Schöner Mist, was?«

»Es hätte schlimmer kommen können. Wenn ich ernsthaft darüber nachdenke, ist es mir sogar lieber so. Ich lebe ruhiger ohne Mörder und Vergewaltiger.«

Wieder quietschte die Tür. Diesmal war es nicht der Kellner. Mark sah Jo an und legte den Finger auf die Lippen. Jo nickte schnell und machte dann ein unverfängliches Gesicht.

Lara näherte sich mit schnellen Schritten. Der Kies knirschte. »Sorry, Männer. Es hat ein bisschen gedauert. War ganz schön Betrieb auf der Toilette.« Sie grinste und nahm Platz.

»Das macht nichts. Wir haben uns inzwischen über Marks Kongress unterhalten. Du hast nichts verpasst.« Jo sah Mark bestätigend nicken. Lara war noch immer in psychologischer Behandlung. In ihrer Gegenwart vermieden sie das Thema Martin Mühlmann, so gut es ging.

»Wie ich sehe, habt ihr euch noch ein Bier bestellt.« Sie strich sich über den Kopf, und Mark bedauerte zum hundertsten Mal, dass Lara ihre Haare hatte abschneiden lassen.

»Ich nehme auch noch einen Wein.« Ihr Blick glitt von Jo zu Mark und wieder zurück. Dann lächelte sie.